T. C. Rypel ist ein Fantasy-Autor alter Schule,
aus einer Zeit, bevor Drachen zu Schoßtieren wurden und
Zauberlehrlinge auf Abenteuer auszogen.
Allen Gerüchten zum Trotz hat er nicht Seppuku begangen,
sondern lebt in Middelburg Heights, Ohio,
am Ufer des Erie-Sees.

T. C. Rypel

GONJI
DER WIND DES TODES

Fantasy-Roman

Aus dem Amerikanischen von
Thomas Schichtel
Mit einem Vorwort von Kai Meyer

BASTEI
LÜBBE

BASTEI LÜBBE TASCHENBUCH
Band 20603

1. Auflage: Juli 2009

Vollständige Taschenbuchausgabe
Bastei Lübbe Taschenbücher in der Verlagsgruppe Lübbe

Deutsche Erstausgabe

Titel der Originalausgabe: »Gonji – Deathwind of Vedun«
Originalverlag: Zebra Books, Kensington Publishing Corp., New York

Redaktionelle Bearbeitung: Michael Kubiak
Kartenzeichnung: Helmut W. Pesch
Titelillustration: Christine Rypel
Umschlaggestaltung: Guter Punkt, München
Autorenfoto: © Christine Rypel
Satz: Urban SatzKonzept, Düsseldorf
Gesetzt aus der Goudy Old Style
Druck und Verarbeitung: CPI – Ebner & Spiegel, Ulm
Printed in Germany
ISBN 978-3-404-20603-2

Für
Chris, Jennifer, Michael und Elizabeth
– die alles durchlebt haben

VORWORT

Vor einer Weile las ich ein Interview mit dem Fantasy-Autor David C. Smith, der in den siebziger und achtziger Jahren einige farbenfrohe Sword-&-Sorcery-Abenteuer veröffentlicht hat. Unter anderem ging es darum, wie flüchtig Erfolg und ein gewisser Bekanntheitsgrad sein können. Um dies zu illustrieren, erwähnte er eine Romanserie mit dem Titel »Gonji«; vor rund 25 Jahren sei sie in den USA recht populär gewesen, heute aber zu Unrecht völlig vergessen.

Nun weiß man als Schriftsteller zwangsläufig um die Vergänglichkeit der eigenen Bücher, aber wahrhaben möchte man sie nicht. Vielleicht war es das, was mich schließlich dazu brachte, T. C. Rypels Spur durch ein Vierteljahrhundert bis in die Gegenwart zu verfolgen.

Neugierig bestellte ich mir antiquarisch alle fünf Bände seiner Reihe. Ohne allzu große Erwartungen, ehrlich gesagt. Sword & Sorcery (›Schwert & Magie‹) ist jenes Subgenre der Fantasy mit dem schlechtesten Ruf: pralle, meist recht maskuline (und muskuläre) Abenteuergeschichten, gern nach dem ewig gleichen Strickmuster gebaut, viele davon lediglich Variationen von Robert E. Howards Storys um den Barbaren Conan. In den Siebzigern feierte diese Spielart des Genres einige Erfolge, geriet aber seither unter den jüngeren Lesern, die sich für Phantastisches begeistern, in Vergessenheit. Viele mögen noch Conan kennen (eher als Film denn als Buch), doch einige der anderen, womöglich gar besseren Helden aus dessen literarischem Umfeld sind aus der Wahrnehmung der Fans verschwunden: Elric, Kane, Fafhrd und der Graue Mausling – ihre Abenteuer liest heute leider kaum noch jemand.

»Gonji« jedoch, das wurde mir schon auf den allerersten Seiten klar, ist anders. Sicher, auch hier beginnt alles mit einem Schwertkämpfer, gut gemachter Action, einem Ungeheuer – doch damit erschöpfen sich die Parallelen. »Gonji« ist vor allem eines: phänomenal gut geschrieben! So gut, dass ich sofort begann, im Internet nach diesem obskuren Autor namens T. C. Rypel zu suchen. Gefunden habe ich nichts außer einigen Titelvermerken – offenbar hatte Rypel nach dem fünften »Gonji«-Band im Jahr 1986 nie wieder irgendetwas veröffentlicht.

Kann nicht sein, dachte ich. Niemand, der ein solches Talent besitzt, hört einfach auf. Zwei Möglichkeiten kamen in Frage: Entweder Rypel lebte nicht mehr, oder aber er schrieb sehr wohl weiterhin Bücher, nur unter anderem Namen. Einige der Sword-&-Sorcery-Veteranen jener Zeit wurden später in anderen Genres zu Bestsellerautoren – der bekannteste ist John Jakes, der mit naiven Barbarengeschichten begann, um dann mit seiner vielbändigen Bürgerkriegssaga »Fackeln im Sturm« einen Welterfolg vorzulegen. Oder Eric van Lustbader, heute der offizielle Ghostwriter des verstorbenen Thrillerkönigs Robert Ludlum. Warum also hätte Rypel, bei so viel offensichtlichem Talent, nicht eine ähnliche Karriere machen sollen?

Also vertiefte ich meine Recherche. Für ein paar Dollar mehr bestellte ich mir stapelweise alte amerikanische Genre-Fanzines wie »Amra« und den »Fantasy-Newsletter«, die bis in die achtziger Jahre das Sprachrohr der Szene gewesen waren. Darin musste es Hinweise auf Rypel geben – und wenn es nur ein Nachruf wäre.

Doch einige wenige Erwähnungen der Titel zum Zeitpunkt des Erscheinens waren alles, auf das ich in Dutzenden von Heften stieß. Keine Rezensionen, kein Interview. Ich schrieb an David C. Smith – und bekam keine Antwort. Zunehmend ungeduldig setzte ich Suchmeldungen in die größten amerikanischen Internetforen zum Thema Fantasy. *Irgendwen* musste es doch geben, der wusste, was aus Rypel geworden war. Aber auch hier: Erst einmal Fehlanzeige. Ein, zwei Leute antworteten, dass sie sich düster an die Bücher erinnern könnten, aber über den Autor selbst wusste niemand irgendetwas. Im *Internet!* Wo es doch angeblich Informationen über alles und jeden gibt!

Derweil las ich den ersten Band, dann den zweiten. Bis ich, Monate später, unter meinen E-Mails eine Benachrichtigung fand: Irgendwer hatte sich im Forum der offiziellen »Conan«-Homepage gemeldet. Ich sah nach – und fand einen Eintrag von Rypels Tochter Beth. Ihr Vater sei keineswegs ein Pseudonym, auch nicht tot, sondern, ganz im Gegenteil, quicklebendig. Ich schrieb ihr zurück, dass ich sehr erleichtert sei und mich freuen würde, wenn sie meine Mail an ihn weiterleiten könnte. Das werde sie gern tun, antwortete sie, allerdings sträube sich ihr Vater ein wenig, per E-Mail zu kommunizieren. Egal, dachte ich, ich wollte ja nur meine Komplimente loswerden und ihm zu seinen Büchern gratulieren.

Wieder verging einige Zeit mit völliger Funkstille. Zufrieden war ich trotzdem, hatte ich doch alles loswerden können, das ich hatte sagen wollen. Doch dann, nach mehreren Monaten, trudelte eine ungewöhnlich lange und überaus freundliche E-Mail bei mir ein – diesmal unterzeichnet mit »Ted«. Ganz offensichtlich konnte er kaum fassen, dass sich noch jemand für ihn und seine Bücher interessierte. Er gehe gerade in Pension, schrieb er, nach Jahrzehnten in einem Job, der ihn nur mäßig ausgefüllt habe. Ja, er habe immer geschrieben, aber tatsächlich seit dem fünften »Gonji«-Band nichts mehr veröffentlicht. Ärger mit dem damaligen Verlag, mit einer Agentur, allerlei äußere Umstände hätten dazu geführt, dass er sich selbst lange nicht mehr als echten Schriftsteller gesehen hätte.

Ich widersprach – Schriftsteller ist man immer, auch Jahre nach der letzten Veröffentlichung. Die Bücher bleiben bestehen, selbst wenn sie nur noch in den hinteren Regalen eines Antiquariats zu finden sind.

Wir begannen, ausführlichere Mails zu schreiben, schickten

Bücher hin und her, und ich bat ihn, die »Gonji«-Bände meinem Verlag hier in Deutschland zeigen zu dürfen. Bastei-Lübbe hatte gerade mit dem Tod von David Gemmell den letzten erfolgreichen Sword-&-Sorcery-Autor verloren, und ich konnte mir vorstellen, dass Ted Rypel und »Gonji« diese Lücke füllen könnten. Ted freute sich über meine Begeisterung, schien aber nicht so recht glauben zu wollen, dass tatsächlich ein Verlag Interesse haben könnte. Trotzdem sandte er einige Exemplare an Lübbes Fantasy-Lektor Ruggero Leò; ich hatte ihn bereits mit einer glühenden Empfehlung eingestimmt und bekräftigte sie noch mal am Telefon und auf der nächsten Buchmesse. Einige Wochen später kam das Signal: Ja, man wolle »Gonji« auf Deutsch veröffentlichen, erst einmal die Bände eins bis drei, die eine in sich geschlossene Trilogie bilden, danach womöglich auch die beiden folgenden Einzelromane.

Ted war außer Rand und Band vor Begeisterung – zumal sich parallel zu all dem ein amerikanisches Hörbuch-Label gemeldet hatte, das Audioversionen der Romane auf den Markt bringen wird. Das »Gonji«-Revival ist somit offiziell aus den Startlöchern, und Ted hat den unvollendeten sechsten Roman aus der Schublade geholt und spielt mit dem Gedanken, ihn nach all den Jahren zu überarbeiten und zu vollenden.

Ich kann mir nicht vorstellen, dass eine Überarbeitung nötig ist – »Gonji« ist perfekt gemachte Fantasy mit einem der interessantesten Helden, die das Genre zu bieten hat. Zudem scheinen mir die Bücher heute fast zeitgemäßer zu sein als bei ihrer ersten Publikation vor 27 Jahren – die Zahl der japanophilen Fantasy-Fans ist größer denn je, Manager besuchen Seminare über den Ehrenkodex der Samurai, und das Genre kann einen Schuss vom guten alten »high adventure« nur zu gut gebrauchen: zu viele Zauberlehrlinge, zu viele Elfenprinzessinnen, zu viel Vampirgeschmuse machen manch einem die Phantastik längst madig.

Ich bin überzeugt, dass es seit der Auferstehung von Robert E. Howards »Conan« in den Siebziger Jahren keine so wichtige

Wiederentdeckung innerhalb des Fantasy-Genres gegeben hat wie diese. »Gonji« ist atemberaubend, und das in jeder Beziehung. Und wenn ich ein klein wenig stolz bin auf meine Rolle in all dem, so verblasst das gegen meine Freude darüber, dass T. C. Rypel sich jetzt wieder als waschechten Autor empfindet, an neuen Romanen und einem Drehbuch arbeitet und uns allen – da bin ich ganz sicher – noch eine Menge zu sagen haben wird.

Kai Meyer
Januar 2009

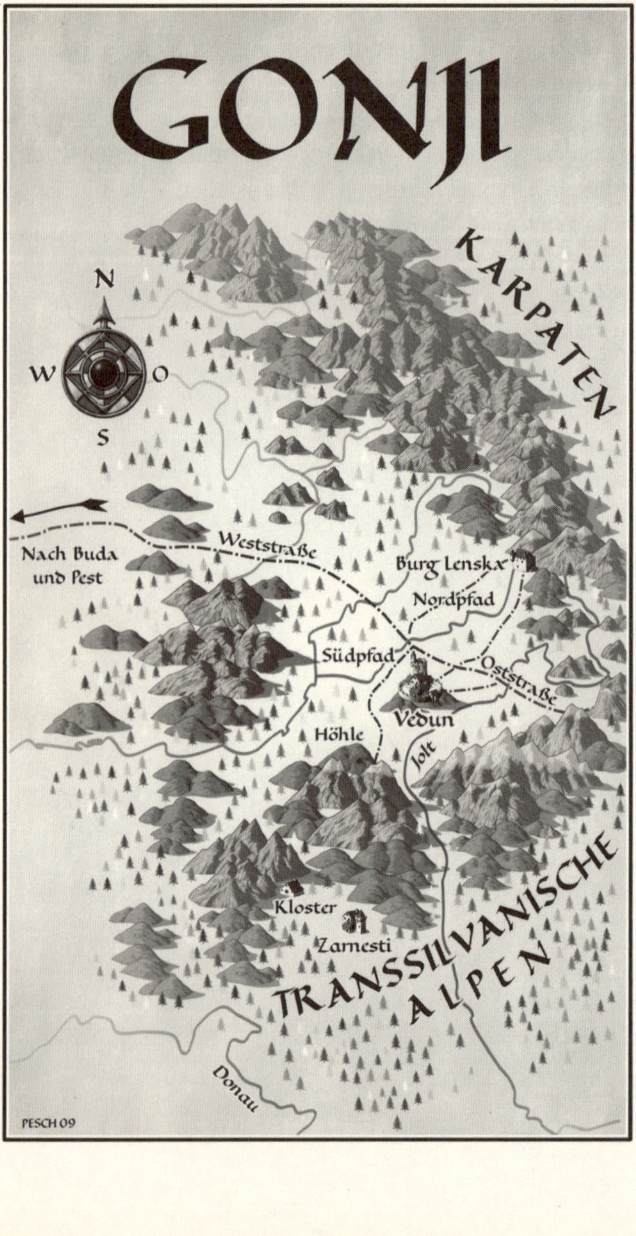
GONJI
N
W
O
S
KARPATEN
Nach Buda
und Pest
Weststraße
Burg Lenska
Nordpfad
Südpfad
Oststraße
Vedun
Höhle
Jolt
Kloster
Zarnesti
TRANSSILVANISCHE
ALPEN
Donau
PESCH 09

»Du machst mich irre fast in meinem Glauben,
So dass ich's halte mit Pythagoras,
Dass Tieresseelen in die Leiber sich
Von Menschen stecken; einen Wolf regierte
Sein hünd'scher Geist, der, aufgehängt für Mord,
Die grimme Seele weg vom Galgen riss
Und du da lagst in deiner schnöden Mutter,
In dich hineinfuhr: denn dein ganz Begehren
Ist wölfisch, blutig, räuberisch und hungrig.«

William Shakespeare, *Der Kaufmann von Venedig*
(Übers. A. W. von Schlegel)

PROLOG

Vor Jahrhunderten in einem mitteleuropäischen Gebirge, der Legende wie auch der Wahrheit nach von Spukgestalten bevölkert.

Die Nacht erfüllte die ummauerte Stadt Vedun mit bizarren Nebelschwaden und düsteren Schatten. Das südliche Drittel der Umfassungsmauer grenzte an den Steilhang des Plateaus, auf dem sich die uralte Stadt erhob, und aus dem weiten Tal unter ihr stieg wie ein Teppich dichter Wasserdampf auf, als die Sonne versank.

Gen Norden, wo sich die bewaldeten Vorberge zur Burg des Fürstprotektors hinaufschwangen, tanzten die Schatten der Wolken im Mondlicht über die Baumwipfel und üppiges Weideland hinweg und vermischten sich mit dem leisen Rauschen der Wälder, um eine Vielzahl unirdischer Bilder zu beschwören. Man fragte sich sofort, zu welchen Deutungen das vergessene Volk beim Anblick dieser Bilder gelangt sein mochte – jenes vergessene Volk, das die Mauern Veduns geschaffen hatte.

In dieser Nacht jedoch, als die gaffende Scheibe des Vollmonds durch die Wolkendecke auf die flüsternden Gruppen verängstigter Menschen auf den Dächern der Stadt hinabfunkelte, hielt eine furchtbare Stille die Elemente in ihrem Griff. Die Zeit selbst hielt vor dem Ehrfurcht gebietenden Drama, das sich in der Burg Baron Rorkas abspielte, respektvoll inne.

Die kalte Luft verstärkte das Klirren aufeinanderkrachenden Metalls und die Schreie sterbender Menschen und ließ den Lärm als vielfaches Echo widerhallen. Rorkas Stadtwachen drängten sich in Zweier- und Dreiergruppen auf den Mauern zusammen und deuteten aufgeregt murmelnd, als der Sturm losbrach.

Flavio, der Älteste des Stadtrates, entdeckte als Erster die Prophetin Tralayn auf der regennassen Mauer unweit des Nordtores. Er machte Garth, Michael und Lydia auf sie aufmerksam, als die geheimnisvolle heilige Frau die Arme ausbreitete und in den Tumult am Himmel blickte. Das Wispern auf den Dächern verstummte, als die Menschen innehielten und aufmerksam Tralayns Handlungen verfolgten. Ihre Bitte um Erleuchtung und Unterweisung durch den Herrn war offenkundig abgefangen worden. Die Antwort erfolgte augenblicklich und war wider alle Natur.

Tralayn hielt dem schimmernden Bild, das den Himmel über der Burg verdeckte und mit obszön anzüglicher Miene auf die Stadt Vedun herabgrinste, trotzig stand. Die Menschen schrien auf und verließen die Dächer in wilder Flucht, als ob jeder von ihnen fürchtete, einzeln von diesen unergründlichen Augen erfasst zu werden. Haustiere zerrissen die Stricke, mit denen sie angebunden waren, und fielen mit schrillen, panischen Schreien übereinander her.

Es dauerte nicht lange, und Tralayn starrte allein in die nackte Fratze Satans hinauf.

ERSTER TEIL

BUSHIDO

ERSTES KAPITEL

Unter Gefährten allein zu sein ist die schrecklichste Form der Einsamkeit.

Ja, so ist es.

Der Reiter klapperte die staubige Straße entlang, während er über diese Dinge nachsann; juckende Hitzebläschen quälten ihn im Schritt, und er hatte vom Reiten einen Krampf im Rücken. Die Hufe des Fuchshengstes wirbelten Staub auf, und seine Ohren zuckten, um die summenden Fliegen abzuwehren.

Mensch und Tier kamen beide schier um unter der erbarmungslosen Sonne des Spätnachmittags. Die bummelnde Gangart des Pferdes lockte einen kläffenden Hund an, der sich jedoch auf einen scharfen Befehl seines Herrn hin sofort wieder davonmachte. Irgendwo in der Nähe wurde gerade Hammel gebraten. Wahrscheinlich in der traurigen Spelunke, die im Dorf hochtrabend Gasthaus genannt wurde.

Der Krieger schnaubte und kräuselte vor Abscheu die Lippen.

Dummköpfe. Er hatte fades, getrocknetes Rindfleisch essen müssen.

Am Dorfrand wurde die Straße breiter, und der Krieger hatte freie Aussicht auf die vor ihm liegende Wegstrecke, die sich durch den immer dichteren Lärchenbestand schlängelte, bis sie in einer aufsteigenden Kurve im Wald verschwand. Weiter voraus stiegen die kiefernbewachsenen Vorberge immer höher auf. Eine andere Welt schien sich hinter dem Nebel am hohen Horizont zu verbergen und ihn anzulocken.

Als der Krieger das letzte der bescheidenen Dorfhäuser hinter sich gelassen hatte, blickte er träge nach rechts und links. Überall mürrische Augen, furchtsame Gesichter. Er spornte Tora zu etwas schnellerer Gangart an und unterdrückte den Drang, herumzuwirbeln und die dummen Bauern drohend anzufauchen, nur um zu erleben, wie sie hastig Deckung suchten.

Welchen Sinn hätte das gemacht?

Es hätte ihn selbst als nichtswürdigen Menschen gebrandmarkt. Stattdessen richtete er sich im Sattel auf und rückte seine Schwerter in eine bequemere Position. Er sprach liebevoll mit seinem Reittier und lenkte es unter den üppigen grünen Schirm des Waldes mit seinen schattigen Flecken, während die Strahlen der heißen Sonne nur wenig heftiger auf dem Rücken des Kriegers brannten als die feindseligen Blicke, die wie Brandeisen seine Haut versengten. Er konnte sich vorstellen, wie die Leute sich auf ihre abergläubische Art bekreuzigten – aber nicht aus Sorge um ihn, davon war er überzeugt, sondern wohl eher aus Dankbarkeit, dass er sich endlich wieder auf den Weg machte.

Fades Rindfleisch. Was für eine armselige Verpflegung! Zweifellos speisten die Engländer gerade um einiges besser.

Ah, aber die wenigen Stunden, die er in ihrer Gesellschaft verbracht hatte, hatten ihm gefallen! In der kurzen Zeit, bis sie ins Dorf geritten waren, war es dieselbe alte Geschichte gewesen; wieder ein Dorf voller dummer Bauern, abermals ein unmöglicher Dialekt und weitere argwöhnische Blicke und abfällige Bemerkungen.

Dann waren die beiden Engländer mit klappernden Hufen ins Dorf gekommen, Kaufleute auf dem Weg ins von den Türken gehaltene Buda und Pest; unter herzlichem Gelächter hatten sie ihren alltäglichen Kampf gegen Schmutz und andere Unannehmlichkeiten geschildert. Der freundliche, rotwangige Goodwin, stets zu einem wiehernden Lachen aufgelegt, ritt auf einem prachtvollen arabischen Ross, auf dessen Rücken er eine ausgesprochen spaßige Figur abgab; der ernste, einem wandelnden Spazierstock gleichende Lancaster mit seinen roten Hundeaugen und seinem ironischen Witz; die drei mit mürrischem Eifer ihren Dienst versehenden Leibwächter, die mit hin und her zuckenden Blicken grimmig die Umstehenden musterten, wobei die Rapiere auf drollige Art und Weise an ihren Hüften baumelten wie nutzlose Anhängsel, mit denen sie nichts anzufangen wussten.

Sie hatten Französisch gesprochen – eine abscheuliche, verworrene Sprache! –, und der Krieger hatte feststellen können, dass sie ganz wild darauf waren, Abenteuergeschichten auszutauschen. So manchen Krug Wein und Ale hatten sie geleert und auf das Glück und das Ende alles Bösen und jeglichen tödlichen Schreckens angestoßen. Die Kaufleute waren von dem seltsamen Krieger, der ihm fremde Sprachen so meisterhaft beherrschte, fasziniert gewesen und hatten ihm begierig endlose Geschichten aus einem abenteuerlichen Leben entlockt; Geschichten von Knochen zertrümmernden Begegnungen von Männern und Stahl, von zerbrechlicher Liebe – gewonnen, verloren und vergeudet –, von Monstern und Zauberei und kühnem Tod. Und der Krieger hatte Gefährten gefunden.

Aber dann war er zu weit gegangen.

Als die Kaufleute ihre Absicht kundtaten, in die nächtlichen Berge zu reiten und ein Stück weit einem Weg zu folgen, der seinem eigenen entsprach, hob er seinen überschwappenden Krug, um fröhlich grinsend auf ihre offenbar noch einige Zeit länger andauernde Gemeinschaft anzustoßen.

Kein Becher wurde erhoben. Das Lächeln schmolz dahin. Viel sagende Blicke wanderten offen zwischen den Engländern hin und her. Nervöses Räuspern, gefolgt von allen möglichen wenig einleuchtenden Argumenten gegen dieses Vorhaben. Sie verließen unter fadenscheinigen Vorwänden die Tafel.

Der Clown hatte seine Schuldigkeit getan.

Woran hatte es diesmal gelegen? An den zu einem eigenartigen Knoten geflochtenen Haaren? An den schmalen, schräg stehenden Augen? *(Sie hatten besorgt miteinander geflüstert.)* Trug er seine Schwerter zu selbstbewusst? *(Immerhin hatten die Leibwächter nervös die Griffe ihrer Waffen gepackt.)*

Verdammte ungebildete Dummköpfe! Versnobte, geldgierige Kaufleute! Ich bin kein Straßenräuber. Wenn ich es wäre, könnte ich mir ihr Gold mit wenig Mühe holen. Ich bin nicht irgendeine Höllenbrut von Satyr, erschienen, um das Land unsicher zu machen. Sollen sie sich doch diesen drei Tölpeln mit den baumelnden Rapieren anvertrauen – wahrscheinlich alle noch mit jungfräulicher Klinge, *neh?* Über kurz oder lang werden sie leichte Beute für Banditen und Nachtgesindel sein. Ich brauche keine Reitgefährten mit aufgedunsenen Gesichtern und durchhängenden Hinterteilen. Sie sind nur eine Last, nutzlos, wenn es zum Kampf kommt – Fluch über sie alle! Freunde erweisen sich oft als Verräter. Häufiger noch sterben sie. Wenn ich alleine reiten soll, dann muss es wohl so sein. Auserwählt. Verpflichtet. Das ist Karma. Bin ich nicht der Sohn meines Vaters? Über ihnen allen stehend in der Ordnung der Dinge, Erstgeborener des großen *Daimyo* vom Clan Sadowara, geboren aus dem Mutterleib der sagenumwobenen goldenen Wölfin des nördlichen Eislandes?

Ich bin Sabataké Gonji-noh-Sadowara …

… und ich bin ein *Samurai!*

Er saß eine Zeit lang allein da, spürte, wie die Spannung im Gasthaus zunahm, starrte auf sein verdrossenes Spiegelbild im hellen Wein. Gedämpftes Flüstern wehte durch den muffigen Geruch der modernden Fußbodenbretter zu ihm herüber. Der fette Gastwirt flatterte wie eine aufgeregte Amme um die Engländer herum und redete in einer Mischung aus Französisch und Slowakisch auf sie ein. »*Pan* Goodwin! *Pan* Lancaster! Gestattet mir, Euch für die Nacht aufzunehmen. Wagt Euch nach Sonnenuntergang nicht in die Berge. Es ist nicht *sicher*, werte Sirs!«

Mehr Speichellecken, mehr verlogenes Lächeln. *(Das Klimpern ihrer Münzen war ehrlicher als seins.)* Dann ein Flüstern, kaum zu hören:

»... die Weinenden Schwestern ...«

Ein stechender Schmerz!

Der Krieger war entschlossen und schwungvoll aufgestanden, hatte geräuschvoll einige Münzen auf den Tisch geworfen *(Herzen setzten für einen Schlag aus.)* und war mit stolzer, von seiner adligen Herkunft kündenden Haltung aus dem heruntergekommen Wirtshaus hinausmarschiert.

Er war fertig mit ihnen. Und froh, allein zu sein.

Sie folgten ihrem Weg in die Gebirgsausläufer, der Samurai in Gedanken verloren, das kräftige Tier mit sicherem Schritt selbst im zunehmend stärker zerklüfteten Gelände. Lange Schatten wiesen ihnen den Weg. Kühle Brisen mit dem Geruch von Kiefernharz spülten über sie hinweg, aber die Hitze der untergehenden Sonne klammerte sich beharrlich an ihren Rücken.

Etwa anderthalb Kilometer tief in einem Waldstück, das sich über eine Bergseite erstreckte, zügelte Gonji das Pferd, schwang sich lässig aus dem Sattel und tätschelte Toras bebendes Hinterteil. Erleichtert scharrte das Pferd mit den Hufen und nickte und zupfte am wilden Gras. Gonji nahm die Schwerter ab und zog sich den klammen Kimono mit einer Grimasse des Schmerzes aus. Er streckte und reckte sich ausgiebig und schob die Schwerter wieder in seinen Gürtel.

Er schritt ein paar Meter weit am schräg geneigten Hang entlang und zog schnuppernd die würzig riechende Luft ein. Die um seine dicken *Tabi* geschnürten, robusten Sandalen knarrten laut in der Stille.

Er erstarrte.

Beide Hände zuckten zum Griff des todbringenden Schwerts, während er eine leicht geduckte Abwehrhaltung einnahm. Er fixierte das Ziel. Das Sagami fuhr singend aus der Scheide, streifte kaum das Holz und spaltete das Objekt in der Mitte.

Mit einer zügigen, gleitenden Bewegung, die aus zwei präzise abgezirkelten Aktionen bestand, schob der Samurai die Klinge in die Scheide zurück und ging erneut in die Ausgangsstellung. Das Ganze von vorne. Diesmal ein bisschen daneben. Ein drittes Mal – schneller, genauer. Und abermals – noch besser. Mehrere Wiederholungen – die Zeit geriet in Vergessenheit. Ein letzter, flirrender Schwertstreich ...

Ausgezeichnet!

Ein silberner Tod innerhalb eines Staubkorns von Zeit.

Er vollführte eine Kehrtwende im Sprung, zog blank und schlug zu, während er noch in der Luft war, und ein knurrender *Kiyai* drang tief aus der Brust über seine Lippen und wurde von den Berghängen als vielfaches Echo zurückgeworfen. Er war mit katzenhafter Eleganz und hervorragender Haltung gelandet, den Atem unter Kontrolle, die machtvolle Herausforderung unerwidert.

Tora knabberte weiter und beachtete ihn nicht.

Gonji hob den zusammengefalteten Kimono auf und kehrte heftig atmend zum Pferd zurück, wobei er spürte, wie die Anspannung aus ihm herausfloss und die Sonne das Spiel seiner bestens trainierten Muskeln mit ihren Strahlen wärmte. Ein leichter Wind fächerte über seine feuchten Achselhöhlen, und ein kurzes Aufblühen von Gänsehaut war die Folge. Er wickelte den Kimono um das zweite todbringende Schwert, das an den Sattel geschnallt war, und zupfte ein Stück weißes Tuch frei. Er rieb sich das Gesicht mit einem Hemdsärmel ab.

»Du ignorierst mich schon wieder, hm?«, sagte er und streichelte Tora den Hals. »Was ist aus uns geworden? Es gab mal eine Zeit, da fandest du mich amüsant!«

Tora wieherte und warf den Kopf hin und her, und Gonji lachte in sich hinein, fischte einen Beutel Haferkörner aus einer Gepäcktasche und ließ die letzten paar Hand voll herausrieseln. »Siehst du? Genug für alle, *neh?* Friss, mein stolzer Freund.«

Der düster leuchtende Sonnenball senkte sich auf den westlichen Rand der Welt.

»Weißt du was?«, fragte Gonji mit einem tiefen Seufzen. »Wir kehren schon wieder auf dem Weg zurück, auf dem wir gekommen sind. Ja, das tun wir. Oh, nur diesmal nicht so weit nördlich! Durch das Gebirge. Diesmal suchen wir nach einer – wie hat er das genannt? – ›gemauerten Zuflucht auf hoher Bergesspitze‹. ›Zuflucht‹ war das Wort ... denkst du, sie wird eine Zuflucht für *uns* sein, Tora, hm? Denkst du, dass diese verrückten Ungarn immer noch nach uns suchen? Ah, du denkst überhaupt nicht, oder, du dummes Tier? Dann wärest längst langsamer geworden, damit sie uns einholen, und du stündest wahrscheinlich mittlerweile als Zuchthengst in einem Stall!

Ein seltsames Volk. Sehr seltsam. Schlimm wie die Mongolen. Gib ihnen, was sie für ihre Dienste verlangen, und sie versuchen dich umzubringen. Eine Zeit lang dachte ich, wir hätten dort für eine Weile ein Zuhause gefunden ...« Er blickte wehmütig in die Ferne, das Gesicht eine Maske der Trauer.

»Ich sag dir was«, fuhr er heiter fort, »falls wir uns im nächsten Leben wieder begegnen, lasse *ich* mir das Zaumzeug überziehen und *du* sorgst für das Denken! Wie wäre das? Mal ganz was anderes, nicht wahr? Das würde dir doch gefallen ...«

Gonji machte ein paar hüpfende Schritte rückwärts und imitierte die Körperhaltung des aufgedunsenen Gastwirts. Er watschelte um Tora herum, verneigte sich unterwürfig und fuchtelte in gespielter Beflissenheit mit den Armen.

»Ich besorge jetzt Eure Speisen, *Pan* Tora, *yeh?*«, äffte er den Wirt nach und blies die Backen auf.

Er nahm das weiße Tuch zur Hand und eilte zu einem nahen Dickicht hinüber, an dem er wilde Beeren entdeckt hatte. Er verzehrte einige Hand voll, um seinen knurrenden Magen zu besänftigen, füllte das Tuch mit weiteren Beeren und suchte mit dem Blick die Berghänge voraus ab, um den besten Weg zu einem nahen Fluss zu finden, wo er das Nachtlager aufschlagen konnte. Vielleicht gelänge es ihm auch, ein paar Fische zu fangen.

Ein vages Unbehagen hatte ihm jede Lust genommen, auf die Jagd nach seinem Abendessen zu gehen. Mit den dunkler werdenden Schatten der dunstigen Dämmerung meldeten sich die düsteren und namenlosen Ängste zurück, die ihm seit der ersten Nacht in dieser Gegend vertraut waren. Der Gedanke an ein weiteres Lagerfeuer in Gesellschaft jener Dinge, die raschelten und sich ringelten und ihn von außerhalb des Feuerscheins anstarrten, erzeugte eine Woge der Bitterkeit, die er zu unterdrücken versuchte. Irgendetwas war in diesen Bergen im Gange. Etwas Böses. Und es nahm ihn, den Eindringling, wahr.

Gonjis Blick fiel auf einen herabgestürzten Ast.

War es womöglich *derselbe* gefällte Baum? War er im Kreis gewandert und zur selben unglückseligen Stelle zurückgekehrt …? Nein. Ganz sicher nicht. Sie lag Tage zurück, Kilometer weit weg. An jenem Ort fände man einen eingeschrumpften Leichnam, inzwischen angefressen von den wilden Tieren, die sich von Aas ernährten.

Ein Mann. Ein uralter, verhutzelter Einsiedler. Sterbend. Der Gestank des Todes, eines grässlichen Todes. Der grausige Odem einer quälenden, verzehrenden Krankheit. Der Alte lehnte an einem herabgestürzten Ast, die Arme auf dem Holz ausgebreitet. Dahingestreckt, als wäre er gekreuzigt.

Halte Abstand, geh herum, vorsichtig, die finstere Miene des Abscheus im Gesicht, wie nur ein Krieger ihn beim Anblick eines solchen Pesttoten kennt. Der Alte starrt, die Augen hervor quellend wie faulige Eier. Eine welke Hand löst sich zitternd vom stützenden Ast. Ist es ein Zweig oder ein dünner brauner Finger, der *(auf mich!)* deutet, während die schlaffen Kiefer Worte formen:

»Hier gibt es … *Monster!*«

(Abscheulicher Mistkerl!) Schwert ziehen und den Oger er-

schlagen! Wie kann er es *wagen?* Tritt vorsichtig an ihn heran und zerfetze ihn *(der immer noch auf mich zeigt)* ... *zerfetze* ihn!

Ein langer, rasselnder Seufzer ... Sein letzter. Schon tot. Du warst der Dummkopf! Dummer, ängstlicher, misstrauischer Narr. Noch immer ist der Finger des Alten ausgestreckt, aber er zeigt nicht auf dich, nein, nicht auf dich, sondern auf ...

... die Straße, der du folgst.

Gonjis Blick wurde wieder klar, und er schüttelte ein plötzliches Kältegefühl ab. Er lief zu Tora, schwang sich in den Sattel und ließ seinen Blick in weitem Bogen schweifen.

»Ich bin Sabataké Gonji-noh-Sadowara«, schleuderte er den stummen Bergen entgegen. »Reitet mit mir, wenn ihr wollt, und gegen mich, wenn ihr den Mumm habt!«

Und mit herzlichem Lachen spornte er Tora zum Galopp. Tief in den Wald hinein ging es, und der Wind begleitete in den Bäumen flüsternd und murmelnd ihren Ritt.

Die Nacht brach an.

Das Feuer prasselte auf der baumumstandenen Lichtung, und sein flackernder Schein pulsierte mal stärker, mal schwächer in der Schwärze, teilte den dunklen Vorhang und zog sich dann wieder vor ihm zurück.

Der Samurai saß mit gekreuzten Beinen in der Wärme, die Mundwinkel verdrossen heruntergezogen, die Arme schlaff, die Ellbogen auf den Knien. Er starrte nachdenklich in die flackernden Farbmuster, und die brennenden Zweige verwandelten sich in ersterbende Erinnerungen, die er zu beleben, zu ordnen, zu verstehen suchte.

Immer die Bedrängnis, der nagende Schmerz in Kopf und Herz. Die Bedrängnis und ... die Suche, die Suche in allen Winkeln dieses feindseligen Kontinents ...

Das Sagami lag blankgezogen zu seiner Linken. Zu seiner

Rechten zwei Dinge, die er sich eilig zusammengebastelt hatte: eine Fackel aus trockenem Gras, das um einen kräftigen Ast gewickelt war; und das mystische Werkzeug, das aus seinem *Seppuku*-Schwert und der zusätzlichen todbringenden Klinge bestand. Einen Dolch hatte er sich an den Oberschenkel gebunden. Ansonsten gab es nichts in dieser Nacht, was er als Freund hätte betrachten können. Die Einsamkeit spülte über ihn hinweg wie Brandungswellen, die an einer Küste nagen.

Tora schnaubte mürrisch und stampfte auf den Teppich aus Kiefernnadeln unter seinen Hufen. Obgleich von der Last des Sattels befreit, war er es jedoch nicht gewöhnt, angebunden zu werden. Aber noch etwas anderes trug zu seiner Unruhe bei – etwas, das Pferd und Reiter in den zurückliegenden Nächten einiges an Schlaf gekostet hatte. Gonji konnte nur vermuten, wie sich das Tier fühlte. Er selbst hingegen kam sich vor, als säße er in einer Falle, während die Bestie ihre Beute aus sicherem Versteck belauerte.

Gonji riss ein Stück Rindfleisch von der Stange über dem Feuer. Am Fluss hatte er kein Glück gehabt, und selbst das Feuer hatte nicht viel bewirkt; das Fleisch schmeckte wie Abziehleder. Mürrisch warf er es weg und mampfte lieber die letzten Beeren. Dann lehnte er sich auf die Arme gestützt zurück und blickte zu dem zerfransten Stück Himmel hinauf, das zwischen den Baumkronen zu sehen war.

Ein bleicher gelber Mond kuschelte sich zwischen zwei mit Kiefern bewachsene Bergkuppen. Im Tiefland breitete der Mond ein heiteres Licht über die Landschaft. Hier oben in den hohen Bergen war es anders; schärfer, härter, greller, ungemütlicher. In wenigen Tagen war Vollmond. Im Augenblick wirkte das Gestirn etwa so freundlich wie ein satter, praller Blutegel.

Gonji trank mit tiefen Schlucken aus einem Schlauch frisches Wasser. Er hatte den Weinschlauch im Fluss gekühlt und hätte sich lieber etwas von dem berauschenden Getränk gegönnt. Aber nach einem Schluck davon hatte er entschieden, auf dieses Vergnügen zu verzichten, denn irgendetwas warnte ihn in einem Winkel seines Bewusstseins.

Er streckte sich ausgiebig. Vollführte träge, scheinbar genussvolle Verrenkungen. Er knurrte und fauchte, fletschte gelegentlich seine weißen Zähne wie ein entspannter, sich ausruhender Löwe. *Selbstsicherheit. Stolz. Stelle im Angesicht des Feindes stets deine Überlegenheit zur Schau.*

Er blickte zu dem mit Sternen übersäten Fleck hinauf und fragte sich, ob, wie die Menschen auf diesem Kontinent glaubten, die Toten irgendwo jenseits des Himmels weiterlebten. Falls es zutraf, lebte dann dort jetzt auch seine Mutter – sie, die ihm Segen und Fluch zugleich gewesen war? Wachte sie dort oben über ihn und leitete ihn auf seinen ruhelosen Wanderungen? War sie auf ihren unglaublichen Fahrten weiter herumgekommen? War überhaupt *irgendein* Mensch jemals so weit gereist wie er? Hatte gesehen, was er gesehen hatte? Wenn ja, auch lange genug *gelebt*, um davon zu berichten? Traf zu, wie manche sagten, dass der Himmel eine gewaltige Mauer war, die kein Mensch überwinden konnte, die Sterne lediglich Portale für die Götter, um auf die Torheit der Menschen hinabzublicken?

Kojimura dachte so. Kojimura …

Der Wind stöhnte, als wollte er Aufmerksamkeit auf sich ziehen, während er geschmeidig und betrügerisch über die Berghänge strich. Eine unnatürliche Stille senkte sich auf den Wald.

Ich bin, so kam ihm ein hehrer Gedanke, ein Mann zu Höherem berufen. Warum sonst ist mein Leben ein solch verrückter Strudel aus nacktem Hohn, Tragödien, niederen Beweggründen, lächerlichem Streben geworden? Kann ich mir nicht selbst in den Kopf blicken, das Gute und Richtige darin erkennen, während mir die Gedanken anderer verborgen bleiben? Vielleicht haben sie gar keine. Ist nicht alles Illusion? Falls es hingegen meine *eigene* Illusion ist, warum kann ich sie nicht in meinem Sinn verändern?

Und während Gonji über diese Fragen nachsann, ballten sich

bedrohliche Wolken am Rande seines Bewusstseins zusammen, und er erblickte die Bilder seines eigenen Geistes durch einen trüben Schleier hindurch, ein wallender Bilderteppich aus bitterer Einsamkeit – gegenseitigem Hass – freundlosem Tod – jeglicher Art von Übel aus bodenlosen Höllenschlünden – wo das Gute bestraft wird und das Böse triumphiert – Schwerter in Knochenfäusten drohen – Kinder verhungern – tödliche Seuchen toben – schleichendes Übel dem Tod den Frieden raubt – die Ewigkeit jeden Zweck verliert – Leben keine Pflicht mehr kennt – leere Seelen nichts mehr gemeinsam haben – das Töten kein Ende findet – Blut zu Flüssen anschwillt – *die Weinenden Schwestern* ...

Die Seele des Samurai schrie schmerzgepeinigt auf.

Und die Kinder der Finsternis vernahmen ihren Schrei.

Sie waren um Mitternacht erschienen, hatten seinen Seelenschmerz und seine augenblickliche Verletzlichkeit gespürt. Nie zuvor hatten sie sich ihm so weit nähern können. Die Lichtung wurde zu einer unheiligen Arena, und geduckte und gleitende Schatten drängten begierig vor. Gonji hatte ihre Anwesenheit schon vorher gespürt. Niemals richtig in seinem Blickfeld, immer nur ganz weit am Rand. Die Augen. Die heißen roten Augen, in denen verbotener Hunger brannte; kalte gelbe Schlitze, leidenschaftslos, gebieterisch, lockend ... voller Verheißung ... Lust ...

Geballt drangen sie auf die Lichtung vor.

Gonji hörte, wie Tora in panischer Angst scheute. Im heftigen Wiehern des Tiers lag auch Protest, ein Kampfeswille, der an Wahnsinn grenzte. Tapferes Ross! Die Visionen, die Gonji die Willenskraft geraubt hatten, verschwanden wieder, aber er war ein Narr gewesen. Die Meditation hatte ihn eingelullt, ihnen ermöglicht, seine Abwehr zu durchdringen. Immer noch halb in Trance, konnte er nur ins Feuer starren, das weit heruntergebrannt war.

Sie seufzten und rückten näher.

Gonji kämpfte verzweifelt gegen die Eiseskälte an, die sein Fleisch, seine Sehnen betäubte und bis in den Kern seines Wesens vordrang. Schweiß perlte auf seiner Stirn, rieselte an seinen Armen herab, beschwerte seine Lider, lockte mit Schlaf. Süßem, friedvollem Schlaf – *nein!* Angst, nackte Furcht ...

Sie ist eine Kraft, Gonji-san. Eine Kraft, die man gebrauchen kann wie jede andere. Lerne sie einzusetzen. Das Raubtier, die Bestie, kennt ihre Stärke sehr gut ... Habt Ihr jemals selbst solche Angst erlebt, Meister Oguni?

Noch immer blickte Gonji starr ins Feuer. Er schwankte von der Anstrengung, sich zu bewegen, und Übelkeit stieg in ihm auf. Hinter ihm stampfte und schrie Tora und trat mit den Hinterbeinen aus. Die Glut sank noch weiter herab. Sobald sie ganz erlosch ...

Sobald das erste leise Schluchzen der Schwestern zu ihm drang, schaffte Gonji es, den Kopf zu heben, seinen starren Blick zu konzentrieren. Sie drangen rechts und links vor, zwei von ihnen, in ihrer Nacktheit weiß wie Lotusblüten, geschmeidig und hypnotisch, wie es sonst nur das Meer zu sein vermochte, wenn es jemanden in den nassen Tod geleitete. Zuerst meldete sich das tiefe Verlangen, die sengende Hitze in seinen Lenden. Dann folgten die honigsüßen Stimmen, die seinen schmerzenden Verstand liebkosten. Ihr Weinen galt ihm allein ...

– Sieh nur, wie einsam er ist, der winzige, zerbrechliche Mann!

– Erleichtern wir ihm seine Bürde, Schwester, gewähren wir ihm sanften Trost.

Ein weiterer geisterhafter Schritt, und er roch ihren lieblichen Duft, einen Hauch von Kirschblüte, eine Spur von wohlriechenden begrünten Bergen. Die Provinz Takayama – er träumte von zu Hause ...

– So schlimm, so schlimm ist seine Sehnsucht! Sie verhärtet das Blut in seinen Adern ...

– Das Herz ist ihm schwer vor Todessehnsucht; ich werde ihn befreien ...

Dräuende Schatten atmeten schwer und stöhnten vor Leidenschaft, schwankten in rhythmischem Takt, während die Schwestern auf unbeschmutzten Füßen näher heranschwebten.

Ihr matter Gesang spaltete Gonjis Geist und setzte zwei Kräfte in Bewegung: Die bitteren Bedürfnisse und Sehnsüchte, die an ihm nagten, spürten einen überwältigenden süßen Frieden, wie ihn die Kapitulation verhieß; das Verlangen war intensiv. Darunter jedoch schrie der stets wachsame Warnruf, jener klopfende Puls, der widerwillige Muskeln lockerte, die Flut des Adrenalins.

Als tiefe Atemzüge seine Brust füllten, erblickte Gonji das Gesicht der ihm näheren Schwester endlich klar und deutlich. Sie schenkte ihm ein vertrautes Lächeln.

Reiko. Die süße, sanfte Reiko, ihr zwangloser Zauber, ihr duftendes Haar …

– Gestatte mir, dich anzufassen, Liebster; es ist so lange her, so furchtbar lange …

– Komm, lass uns Liebe machen, müder, hungriger kleiner Mann …

Er kam stolpernd auf die Beine, stürzte beinahe wieder, fand etwas, das ihm Halt bot, stützte sich zögernd darauf. Der Kopf wurde allmählich klar. Er blickte Reiko an. Es war anders, ganz anders – *hai!* Das Blut pulsierte fiebrig in seinem Hirn. Die Augen mühten sich, die nebelhafte Schwärze zu durchdringen, die die näher kommenden weißen Sirenen umhüllte. Die Nacht, die Lichtung, die schwere Süße, unter der er taumelte, alles strebte ihn zu überwältigen und zu zermalmen. Ein Mutterleib. Ein monströser Mutterleib umschloss ihn. Er würde als Totgeburt wieder daraus hervorgehen.

Wenn es geschehen muss, dann soll es doch geschehen …

Reikos Gesicht schwamm auf ihn zu. Kräftig wallendes, seidiges Haar, fein geflochten. Volle, rote Lippen. Der strahlende Schimmer von Elfenbeinzähnen. Liebreizende, auffordernde, leidenschaftliche Augen, die weinten …

– Ich habe so lange auf dich gewartet, Geliebter …

. . . ohne Tränen zu vergießen!

Der Nagel an einem schlanken Finger strich über seinen Hals. *(Weine nicht um mich)* Warme Nässe rann ihm auf die Brust, vermischte sich mit dem klammen Schweiß. *(Eine Illusion.)* Der Mund der Sirene klaffte weit vor Hunger, den sie nicht mehr verbergen konnte ... *(Täuschung!)*

»Cho – lér – aaaa!«

Gonjis gebrüllte Verwünschung entflammte die Nacht. Mit aufbrandender Wut hämmerte er die Faust in das kalte Grau der Brust der Kreatur, sodass sie rückwärts stolperte. Die andere Hand schloss sich um – das Sagami!

Scheußliches Knurren kam aus allen Richtungen, und die Vampirin zischte drohend. Sie verdrehte die vor Wut rotunterlaufenen Augen, und die Lippen wichen fast bis zu den Ohren zurück und legten die grausamen Reißzähne frei.

»Böses, verlogenes Ding!«, brüllte Gonji.

Sein Bein zuckte vorwärts – ein tief angesetzter Ausfall – und blauer Stahl beschrieb singend einen Bogen und erstarrte unmöglich schnell am Ende seiner Bahn. Die nutzlosen Klauenfinger, die das Schwert abzuwehren versucht hatten, fielen zu Boden, noch vor dem dunkelroten Blutschwall und dem schweren Aufprall des Körpers. Und einen kurzen Augenblick lang hielt die nächtliche Welt den Atem an, und nur das Klagen des dahinrollenden Kopfes war zu hören.

Die Erscheinungen, die den Schläfer heimsuchten, hatten die blitzartige Schnelligkeit des meisterlichen Schwertkämpfers erfahren.

Die andere Schwester sprang. Das Sagami wurde Gonjis Griff entrissen. Er grunzte, als der heftige Schmerz durch seinen Arm fuhr. Beide fielen rückwärts aufeinander, und der Samurai riss instinktiv den linken Arm hoch und rammte die Handkante in den Hals der Angreiferin. Er knurrte trotzig, als sie wie eine wilde Bergkatze fauchte. Ihre Kraft war Ehrfurcht gebietend.

Er hielt eine sich windende Klaue auf Distanz, aber die andere packte wie ein Schraubstock seinen Hals und presste einen dünnen Atemzug daraus hervor. Gonji stieß sich mit einem Fuß ab und wälzte sich und die Angreiferin einmal, zweimal über den Boden. Er landete auf ihr und versuchte, sie mit Hilfe seines größeren Gewichts niederzuhalten. Allerdings hatte er sie beide beinahe unter die Hufe des wie irrsinnig austretenden Tora gerollt. Er verlor seine überlegene Position und rutschte zur Seite.

Die Vampirin trommelte mit den Knien auf seinen Leib ein, sodass er sich gezwungen sah, sie aus dem Griff freizugeben und zurückzustolpern. Die Vampirin griff sofort wieder an, und mit einem kurzen Haken traf er sie an der Stirn, bremste sie damit aber kaum. Er gelangte wieder in festen Stand, wehrte ihren tief angesetzten Angriff ab und zwang sie in eine aufrechte Haltung, bis sie sich in einem reinen Kräftemessen ineinander verbissen.

Ihr Götter! Sie war schlank wie eine Gerte!

Ihrer beider Füße scharrten über die harte Erde, und Gonji spürte, wie er langsam zurückwich. Sein Schweiß floss in Strömen. Die raue Handfläche, mit der er das Kinn der Angreiferin zurückdrückte, verlor langsam den festen Halt. Die Vampirin grub ihm die Nägel ins weiche Fleisch des Halses, durchdrang den Widerstand der angespannten Muskeln, drückte ihm die Luft ab.

Der Ring aus springenden und schnatternden Schatten zog sich rings um sie enger. Sobald die Vampirin fertig war, wollten sie über Gonjis Kadaver herfallen ...

In einem erneuten Aufflammen zähneknirschender Wut hämmerte Gonji den Kopf der Dämonin nach hinten. Die gebleckten Fangzähne wiesen gen Himmel, aber die Klauen hielten seine Kehle in gnadenlosem Würgegriff.

»Monster!«, kreischte sie mit brechender Stimme. »Sterblicher Mistkerl!«

Von irgendwo tief in ihm entrang sich dem Samurai ein wütendes Brüllen und löste die Pein ihres mörderischen Griffs. Er griff in ihre Haare und riss sie in tierhaftem Irrsinn nach unten, starrte dem Wesen ins Gesicht, unbeeindruckt von ihrem fauligen Atem.

»Ich bin – kein – MONSTER*!«*

Schluss damit! Er ließ sich zurückfallen und trat der Angreiferin heftig in die Brust. Ein Knacken verriet, dass etwas zertrümmert war. Sie heulte wie verrückt, war benommen.

In dieser kurzen Atempause riss Gonji den Dolch vom Oberschenkel – griff an, machte einen Ausfall, wich zurück. Die Vampirin krallte wie eine Katze in die Luft, jammerte, kroch rückwärts. Mit einem plötzlichen Tritt aus dem Sprung heraus lenkte er sie ab, zog einen Achter mit wirbelndem Stahl und hackte die Hälfte einer untoten Hand ab. Die Vampirin jammerte schrill, wurde schwächer, wich weiter zurück, und etwas schwang in ihrem tierischen Fauchen mit, ähnlich dem, was die Sterblichen Angst nennen.

Gonji spürte mit dem Instinkt des Kriegers, wie das Blatt sich wendete. Ohne nachzudenken, griff er geduckt an und trieb den Dolch tief in ihren Unterleib. Ihr Klagen hallte von den Bergen wider.

Dann setzte Gonjis eigener, rauer Schrei ein. Übertönte ihren. Beschleunigte atemlos seine nächsten Aktionen. Erstickte seine Schmerzen. Der Schrei kündete von schrecklichen Leidenschaften. Nur indem er tötete, konnte er ihn zum Schweigen bringen.

Gonji hastete über die aufgelockerte Erde hinweg und hob das Ding auf, das er aus zusammengebundenen Schwertern hergestellt hatte – ein behelfsmäßiges Kreuz. Er packte die im rechten Winkel zueinander stehenden Griffe, stürmte auf die taumelnde Schwester los und trieb sie zurück. Er rammte sie zu Boden, stieß das todbringende Schwert durch unbeerdigtes Fleisch und Gebein, durch den Teppich aus Kiefernnadeln tief in die feuchte Erde, und einer der Griffe hämmerte die Luft aus ihm heraus, als er selbst mit einem Purzelbaum zu Boden ging, und erstickte so seinen lauten Schrei.

Gonji holte einmal tief Luft, entdeckte das Sagami und krabbelte hinüber. Er richtete sich auf die Knie auf und brachte die schmale Klinge zum Angriff in Stellung.

Die Bestien hielten sich zurück und betrachteten ihn aus funkelnden Augen. Unsicherheit. Der Samurai erkannte, was sich dahinter verbarg.

Ist die Beute mit den Kräften am Ende?

Langsam und sicher stand er auf. Seine durchdringenden Augen bildeten schmale Schlitze des Trotzes und blinzelten, um sich vom brennenden Schweiß zu befreien. Durch schiere Willenskraft unterband er das Zittern seiner beiden Hände um den Schwertgriff. Führte mit Bedacht eine vollständige Drehung aus. Ein Augenblick unwirklicher Zeit. Leicht, elegant, wie ein Balletttänzer. Jede Bewegung war beherrscht und präzise abgezirkelt, während sein gelassener Blick über die bösartigen Betrachter hinwegglitt.

Er hatte sich ein Maß an Respekt erworben, aber er war nicht dumm genug zu glauben, dass er diesen Eindruck lange aufrechterhalten konnte. Er warf einen kurzen Blick auf das Lagerfeuer. Die flammende Gigue von vorhin war zu einem ersterbenden Menuett herabgesunken. Er senkte das Schwert mit gespielter Verachtung für seine Gegner, schritt zuversichtlich zum Feuer, und während er darum betete, er möge genug Zeit haben, wälzte er die Fackel durch die restliche Glut. Sie enttäuschte ihn nicht; das trockene Gras fing sofort Feuer. Die lodernde Fackel entlockte der gespenstischen Versammlung ringsherum ein zischendes Knurren, und sie zog sich zum Rand der Lichtung zurück.

Gonji trat auf die gepfählte Vampirschwester zu und ließ die Fackel auf den Boden fallen. Dann legte er sich den kalten Stahl des Sagami lässig auf die Schulter und wandte sich an die Gespenster der Nacht, wie es von ihm verlangt wurde:

»Ich stehe vor diesem Zeichen des Guten und Mächtigen.« An dieser Stelle deutete er auf das Kreuz aus Schwertern. »Mein

Schwert schlägt zu, erfüllt mit dieser Kraft. Möge jeder, der sich mir entgegenzustellen wagt, vortreten – jetzt!«

Er blähte die Nasenflügel. Er brachte das tötende Schwert in die Ausgangsstellung, aber fast ehe seine abschließenden Worte vom Wind zerstreut wurden, schlichen die dunklen Wesen davon und zerstreuten sich. Gonji stand da wie ein stummer Wächter, bis die Kreaturen der natürlichen Welt wieder aus den Verstecken gekommen waren und zwitscherten und flatterten und der Nacht Frieden schenkten.

Er entspannte sich. Etwas scharrte hinter ihm.

Tora.

Der Hengst rollte panisch mit den Augen und zitterte am ganzen Körper. Eine formlose graue Masse lag erstarrend unter seinen Hinterläufen. Gonji trat sachte vor und redete leise und beruhigend auf Tora ein. Glänzende Flecken bedeckten den Boden neben den Hufen des Pferdes, rote Todesspuren auf zerfetzten grauen Büscheln. Ein Wolf hatte Tora angegriffen – kühne Bestie!

Mit Mühe beruhigte Gonji das nervöse Pferd und wischte es ab. Dann öffnete er den eigenen Haarknoten, schüttelte die struppige Mähne aus und goss sich den gesamten Inhalt des Wasserschlauchs über den Kopf. Er wanderte über die Kiefernnadeln zu dem Fluss in etwa fünfzig Metern Entfernung und füllte den Schlauch neu – das Schwert in der Hand, aber er rechnete nicht mit Gefahr und blieb unbehelligt. Diese Nacht gehörte ihm.

Er tränkte Tora und nahm selbst einen Schluck aus dem Wasserschlauch, aber die angenehme Wärme des Weinschlauchs lockte, und Gonji gönnte sich dankbar auch daraus einen Schluck. Er erschrak dermaßen über das Gegacker, dass ihm Rinnsale der kostbaren Flüssigkeit aus den Mundwinkeln rannen.

Die gepfählte Schwester würgte an ihrem eigenen dicken, nassen Lachen. Sie knurrte etwas Heiseres in einer unheimlich klingenden Sprache. Gonji schürzte unwillkürlich die Lippen, so böse erschien ihm schon der Klang. Dann gab die Schwester von Neuem ein nasses Gackern von sich, und einen Augenblick lang gefror Gonji das Blut in den Adern; ein abgehacktes Kichern drang deutlich zwischen den Zähnen des abgetrennten Kopfes der anderen Schwester hervor.

Erstaunlich! Beide rührten sich noch – erfüllt von jenem Halbleben, dass sie zu ihren nächtlichen Raubzügen befähigte.

Ich sollte sie verbrennen, dachte er, sie in Flammen aufgehen lassen, ehe ihren Stümpfen wieder Klauen entwachsen, ehe sich ein bluttriefender Hals wieder mit dem zuckenden Rumpf vereint ...

Als die in die Erde gepfählte Schwester einen verrückten Refrain anstimmte, der das matte Lied von zuvor in übertriebener Form aufgriff – »Komm, Würmchen, lass mich an deinen Eingeweiden saugen ...« –, sammelte Gonji Äste und Zweige, um das Feuer neu anzufachen. Seltsamerweise ertappte er sich dabei, dass er sich langsam, mit Bedacht bewegte. Hinter ihm wieherte Tora besorgt, als wollte er ihn anspornen, sein Werk zum Abschluss zu bringen.

Aus einem Ranzen holte Gonji die kleine irdene Flasche hervor, die ihm ein Priester gegeben hatte. Er öffnete sie und kostete das Weihwasser mit der Zunge. Warm und geschmacklos. Er spülte sich die frischen Wunden und knirschte unter dem reinigenden Brennen mit den Zähnen, ohne zu schreien – eine Übung, um die Harmonie von Körper und Seele wiederherzustellen.

Die schwärzer werdende Zunge des gepfählten Vampirs plapperte ständig weiter.

»Warum trödelst du, Mann aus dem Osten? Möchtest du mich immer noch? Du kannst mich nach wie vor haben, sogar wie ich jetzt bin! Hi–hiii ...«

Gonji schlenderte gelassen hinüber und blickte auf die schlanke Gestalt hinab, die jetzt von schwarzem Blut eingerahmt war. Er verzog das Gesicht. Vor wenigen Augenblicken hätte ihn diese winzige Kreatur wie ein Monster zerreißen können. Ihr Hals war unnatürlich gebogen, und sie verdrehte die Augen, um dem Anblick des glänzenden Kreuzes auszuweichen.

»Ein Stück weiter«, schnurrte sie, »wirst du unseren Brüdern begegnen. Vielleicht ziehst du ja *ihre* liebevolle Fürsorge vor, ahhh ...« Ihr spöttisches Trillern wurde immer schriller, während Gonji die Lippen zu einem Knurren des Abscheus zurückzog. Ihm wurde klar, dass er ihr schon lange zuhörte. Fühlte er sich wirklich so verlassen, dass er sogar in einer *solchen* Stimme Trost fand?

»Choléra«, sagte er mit leiser Stimme, die jedoch Gift enthielt, und griff damit wieder auf den populären Namen dieser Gegend für eine ziemlich schlimme Krankheit zurück, der zu seinem Lieblingsfluch geworden war.

Er spritzte Weihwasser auf den Vampir. Sie kreischte und zuckte, und rote Striemen bildeten sich auf ihrem Alabasterfleisch.

Gonji ging zum Feuer, setzte die Fackel aufs Neue in Brand. Ohne weitere Überlegung zündete er die brüllende Kreatur an und erhellte die Nacht mit roter Glut. Die Kreatur brannte wie trockener Weizen, und das so schnell, dass Gonji angesengt wurde, während er noch die zusammengebundenen Schwerter aus der Erde zog.

Er wandte sich der kopflosen Vampirleiche zu und zündete auch diese an. Dann betrachtete er den Kopf, der daneben am Boden lag. Die vorquellenden Augäpfel und klickenden Fangzähne stachen immer noch aus Reikos Gesicht hervor, obwohl sich die Züge allmählich verformten. Sie strafften sich, wurden länger, wurden zu ... etwas Vertrautem.

Er zögerte mit der Fackel. Er musste es erfahren!

Die Zähne wurden reglos, die Augen schrumpften. Ein dünnes Lächeln umspielte die weicher werdenden Lippen, das Lächeln, das die Liebe seiner Trägerin unzählige Male zuvor versprochen hatte, wenn Zweifel und Furcht die Erziehung eines jungen

Mischlings-Samurais gefährdeten. Jetzt drohten diese Gefühle aufs Neue.

Dann ertönte die Stimme durch Lippen, die sich nicht bewegten. Es war eine tiefe, widerhallende Männerstimme, kalt und bösartig. Sie ertönte so unvermittelt, so unpassend zu dem geliebten Gesicht, dass Gonji das Herz in der Brust hämmerte. Sie sagte:

»Du – wirst – in – diesem – Land – sterben.«

Gonji schluckte eine Woge aufsteigender Galle herunter und sprach ein einzelnes Wort:

»Karma.«

Er stieß mit der flackernden Fackel zu, und die Stimme der Vampirin meldete sich zurück, heulte schrill einen schmerzlichen Ton, der zwischen den Bergen erstarb.

Dann wurde das Gesicht seiner Mutter wieder einmal in geheiligter Erinnerung zur Ruhe gebettet.

Der rote Feuerschein pulsierte gleichmäßig, warm und beruhigend. Irgendwo im Reich der Adler verbarg ein Wolkenbüschel den Mond. Der Samurai legte sich auf sein Bett aus Kiefernnadeln zurück und dachte über das Zu- und Abnehmen von Sternen nach, und sein Blick wanderte träge von einem zum anderen und verglich ihre jeweilige Helligkeit.

Der Schlaf machte sich bemerkbar. Eine Nachtschwalbe schrie triumphierend und stürzte sich durch die Baumreihe auf irgendeine unglückliche Beute.

Gonji ließ die Gedanken wandern und spürte, wie er sich ein wenig von dem unheiligen Angriff erholte. Keines nächtlichen Unholds Augen glitzerten im Gebüsch; kein Seelenjäger zischte oder stammelte oder schlich sich von hinten heran. Die verkohlten Überreste der Weinenden Schwestern verbreiteten eine widernatürliche Aura ganz speziellen Trosts. Sogar Tora schnaubte zufrieden wie irgendein feuriger Pferdegott, der beschwichtigt worden war.

Der Mond tauchte von Neuem hinter der Wolkendecke auf, und Gonji hob eine Hand und überdeckte ihn damit eine Zeit lang. Er dachte an seine Mutter, jene vom Sturm herbeigeführte Frau aus dem Norden, von der geboren worden zu sein sich für ihn zugleich als Segen und als Fluch erwiesen hatte. Er dachte an sein zurückgewiesenes – und inzwischen sicherlich verlorenes! – Erbe in Japan. Das Land, der Reichtum, die Samurai, die ihr Leben für ihn gegeben hätten. Er musste ein Mann von Bestimmung sein. Wer sonst blickte schon auf ein solches Leben zurück? Wer hatte tausend Todesarten getrotzt und war als Sieger daraus hervorgegangen? Trotzdem lebte er im selbstgewählten Exil auf dem Kontinent, der seine mütterlichen Wurzeln barg. Ein landloser Nomade, ein Krieger, der eine Pflicht sich selbst gegenüber erfüllte; ein Mann mit enormen Errungenschaften in der Kriegsführung, ein Mann flüchtigen Ruhmes, der zahllose Menschen getötet hatte und (dessen war er gewiss) Gegenstand von Balladensängern in weit entfernten Ländern war!

Er lachte freudlos.

Nichts reicht an dieses Europa heran, soweit es das Grauen betrifft, überlegte er. Aber falls das Böse stark ist, muss es auch das Gute sein … irgendwo. Die Sehnsucht, immer die Sehnsucht! Nach Gefährtenschaft. Nach Brüdern des Schwerts. Nach einer Liebe, die nicht vergeht. Nach Freunden – wahren Freunden. Und dann war da noch die Pflicht, die heilige Pflicht – die einzige lohnende Pflicht hier ist die sich selbst gegenüber. Es scheint, dass hier nichts lange als unverletzlich gilt. Alles geht zu Bruch. Aber so ist nun mal Karma, *neh?* Also bin ich hier, armes Opfer des Selbstspotts, gehe meiner albernen Suche nach, inzwischen nur noch dem Namen nach eine Suche – falls sie jemals eine echte Suche war. Wo sind all diese Priester, Buddhisten, Christen, manche, von denen ich nie zuvor gehört hatte, die mich auf meinen Weg geschickt haben, hm? Und welches ist das nächste Ziel auf meiner mühseligen Reise? Vedun. Ah, Vedun! Die sagenumwobene Stadt, die sich auf einen Steilhang in den Bergen schmiegte. Wunderbar. Noch mehr mürrische Gesichter, noch mehr Misstrauen, mehr bedrohlich gezückter, kalter Stahl – *hai*, und meiner ist noch kälter, *neh?*

»Und was sagt ihr dazu, Geister meiner Väter?«, fragte er die gleichgültige Nacht. Ich mache weiter, wie ich es stets tue. Ich suche das, was nicht ist, Ruhm im Augenblick, und verdammt sei das Morgen! Zweifach verdammt das Gestern und dreifach das Übermorgen! Wenn meine Zeit kommt, dann ist das Karma, aber ich bemühe mich, es zu *meinen* Bedingungen zu Ende zu bringen. *Hai*, das ist gut.

Als dann der Schlaf Gonji übermannte, ergab sich sein Verstand dem vergeblichen Bedürfnis, die Dinge vorherzusehen, die ihn auf seinem Weg erwarteten, denn sicherlich war das besser, als sich mit dem derzeitigen Stand seines stoisch ertragenen Elends zu befassen.

Sein letzter wacher Gedanke galt dem Namen. Dem Namen dieses schwer zu fassenden Etwas, dessen Fährte er beharrlich folgte, dem Namen, der seine Vorstellungskraft mit Beschlag belegte und ihn mit seiner schieren Perversität in Bann schlug:

Der Wind des Todes.

ZWEITES KAPITEL

Es war ein einmaliges Spektakel.

Tausend Ritter unter den im Wind knatternden Bannern des habsburgischen Österreichs sprengten über den mit Leichen übersäten Talgrund hinweg, während sie dem geschlagenen Feind nachsetzten. Die aufsteigenden Hitzewogen trugen den Gestank nach Blut und Tod herauf. Gonji beugte sich mit wachem Interesse vor, und eine besorgte Hand massierte den Griff des Sagami. Tora scharrte am Rand der Böschung nervös mit den Hufen, als ihn sein Herr näher heranlenkte, um eine bessere Aussicht zu erhalten.

Der Puls des Samurai raste. Er wischte sich ungeduldig den Schweiß von der Stirn und fuhr mit der Zunge kurz über die Schweißperlen auf den Lippen. Die Halswunden schmerzten, aber er scherte sich nicht darum. Blutgieriges Heulen und das Klirren nackten Stahls drangen vom Schlachtfeld herauf. Silbern glitzernde Pfeile und Armbrustbolzen erfüllten die Luft. Gelegentliches Gewehrfeuer krachte Gonji in den Ohren, und Pulverdampf wallte in dicken Wolken empor, ehe der Widerhall der Salven durch das Tal rollte.

Mit Augen wie lebende Kohlen, den salzig brennenden Hals vorgereckt, um besser zu sehen, verschaffte Gonji sich einen Überblick über die Lage. Die Schlacht musste fast seit der Morgendämmerung toben. Das Söldnerheer hatte schwere Verluste hinnehmen müssen. Am fernen Ende des Tals hatten die Priester, die den Rittern Weisung gaben, bereits schon ein großes Kommandozelt errichtet, über dem eine imposante Fahne mit dem christlichen Kreuz flatterte.

Am fernen Talende, im Osten, eilten die fliehenden Söldner

die unzähligen Pfade hinauf, die zurück in die Berge führten. Anstürmende Ritter spießten die Nachzügler auf, streckten sie mit Bögen und Musketen nieder oder köpften sie, während sie sie niederritten. Umzingelte Söldnergruppen kämpften an verschiedenen Stellen auf dem Schlachtfeld heftig gegen die Übermacht der österreichischen Truppen. Die Vordersten der flüchtenden Söldner waren schon zwischen den grasbewachsenen Anhöhen und dichten Wäldern im Osten verschwunden, und weit vor ihnen – vielleicht einige Kilometer entfernt – konnte Gonji durch den schimmernden Dunst eine dicht gestaffelte Formation erkennen, die wie eine geschmeidige, gefleckte Schlange in den Wald eindrang.

Seltsam – eine solche Gliederung einer zurückweichenden Truppe war ungewöhnlich. Und Söldner legten selten solche Hingabe an den Tag, um einen Rückzug so vehement zu sichern. Gonjis Gedanken wurden unterbrochen. Irgendwo über dem Horizont ragte einen Augenblick lang eine große dunkle Gestalt über der Kette der Berggipfel auf und sank dann wieder außer Sicht.

»Was, zum ...! Was war *das*, Tora, hm?«

Die angreifende Streitmacht war inzwischen an ihm vorbeigestürmt, und Gonji riss Tora herum und folgte den Rittern entlang der Klippenkante. Nach mehreren hundert Metern reichte der Wald bis an die Kante heran, und Gonji wurde gezwungen, sich für fast einen Kilometer durch einen Kiefernbestand zu kämpfen, sodass er das Tal aus dem Blick verlor. Er fluchte verdrossen, als das dichte Unterholz Tora bremste. Gonjis Gedanken rotierten; das hier war der erste bewaffnete Zusammenstoß, den er seit Wochen miterlebte, und er weckte seine Kriegerinstinkte.

Er spornte Tora an, lenkte ihn wie bei einem Spießrutenlauf durch eine Gasse aus peitschenden Kiefernästen und verfilztem Gestrüpp, um schließlich auf eine in der Sonnenhitze brütende Lichtung vorzustoßen. Die Felskante lag hier wieder frei und gestattete für wenige hundert Meter den Ausblick auf die Berge.

Dahinter sank sie sachte zum Ostrand des Tals hin ab, wo die Klippen abbrachen und den Abstieg ermöglichten.

Gonji trabte zum Rand des Steilhangs und zügelte Tora. Unter ihm hatte die Hauptmacht der Ritter die Verfolgung eingestellt und zog sich zum Kommandozelt zurück; nur hier und dort lösten sich Gruppen aus den Kolonnen, um dabei zu helfen, verstreute Söldner niederzumachen. Befehle, Schmerzensschreie und Hufgetrappel hatten den Schlachtenlärm abgelöst. Es war vorbei. Gonji schlug sich auf den Oberschenkel, fluchte und schüttelte den Kopf. Er war zu spät gekommen. Kampfeslust prickelte tief in ihm, während er sich überlegte, was er tun sollte.

Da krachte ein Pistolenschuss irgendwo unter ihm, dann ein zweiter. Heisere Rufe drangen an der Klippe herauf, durchsetzt von einzelnen Schmerzensschreien. Gonji sprang von Tora und beugte sich über die Felskante, um die Lage dort unten besser zu erkennen. Hundert Meter weiter östlich saß eine Schar Söldner in der Falle, in einer flachen, staubigen Schlucht eingeschlossen von einer gemischten Truppe aus österreichischer Kavallerie und Infanterie. Eine einzelne Reihe leicht gepanzerter Reiter blokkierte den Ausgang der Schlucht, die Schilde gehoben, um Pfeile und Pistolenkugeln abzuwehren. Hinter ihnen jagten Langbögen und Armbrüste eine Salve nach der anderen auf die umzingelte Schar, die hinter Pferden, Felsen und Gebüsch Deckung suchte. Ihr Abwehrfeuer diente nur dazu, die Agonie in die Länge zu ziehen.

Pferde stürzten strampelnd und unter schrillem Wiehern im stetigen Feuer der Österreicher. Hier und dort geriet ein Mann in Panik und hastete sinnlos die brüchige Schieferwand des natürlichen Gefängnisses hinauf, nur um von Pfeilen gespickt zu werden und anschließend auszusehen wie eine Klette. Jeden Treffer bejubelten die Österreicher wie ein Haufen begeisterter Jäger, die unerwartet in den Genuss einer Stegreif-Fasanenjagd gekommen waren.

Eine kleine Gruppe Infanteristen, einige davon mit Armbrüsten bewaffnet, war auf dem Hang unterhalb Gonjis in die Flanke der Söldner gelangt – und versperrte ihnen damit den einzigen möglichen Fluchtweg. Die Infanteristen näherten sich der hoffnungslosen Position der teilweise zerriebenen Einheit, wobei sie vorsichtig genug waren, nicht ins gelegentliche Pistolenfeuer der Eingeschlossenen zu geraten. Die letzten Fäden des Spinnennetzes lähmten die Beute und präparierten sie für den Todesstoß.

Gonji summte geistesabwesend ein Schlachtenlied, das er einmal gehört hatte, und verfolgte weiterhin zähneknirschend die Ereignisse. Die Hitze der Kampfbereitschaft loderte in ihm auf und trieb ihn vorwärts.

»Zeit, sich den Lebensunterhalt zu verdienen, Tora.«

Er sprang auf das Ross, brachte die Schwerter in eine bequeme Position und blickte die Klippe entlang, um den schnellsten Weg zu erkunden.

»Für welche Partei entscheiden wir uns diesmal, hm? Hüahh!« Sie galoppierten los, und die Frage blieb in der feuchten Luft hängen, für das Pferd so unverständlich, wie die Antwort für den Mann offenkundig war.

Hier gab es keine Wahl. Gonji war zuvor schon mit habsburgischer Macht zusammengestoßen. Für die Österreicher war er ein Ungläubiger, ein heidnischer Wilder. Sie wollten ihn genauso wenig in ihre Reihen aufnehmen, wie sie einer Seuche Einlass in ihr Lager gewähren würden.

Söldnerheere hingegen hießen stets jeden geübten Streiter willkommen, und es gab immer genug geraubtes Gold, um damit den unerschrockenen Schwertkämpfer zu entlohnen. Gonji hatte gelernt, mit den Schuldgefühlen zu leben, dem Abscheu des Samurai vor dem primitiven Söldnerleben, denn nur, indem er sein kriegerisches Können anbot, hatte er während dieser langen Jahre im barbarischen Europa überleben können. Aber das Leben hatte ihn zu einem *Ronin* gemacht – zu einem herrenlosen Samurai. Erführe sein Vater von diesem unaussprechlichen Skandal, würde er sich, wie Gonji wohl wusste, aus Schmach das Leben nehmen. Tatsächlich hätte Gonji selbst schon vor langer Zeit *Seppuku* verüben müssen, den rituellen Selbstmord!

Die Sonne stieg am strahlenden Himmel in den Zenit, während Gonji diese Gedankenfolge zu unterbrechen versuchte. Er konzentrierte sich, suchte nach einem Plan, einer Kampftaktik.

Ein dünner Schweißfilm glänzte auf Toras Fell, während er seitwärts den steilen Hang hinabgaloppierte, denn er spürte, wie eilig es sein Herr hatte. Die sengende Mittagshitze wallte über Gonji hinweg. Als er sich von hinten der Position der flankierenden Fußsoldaten näherte, wurde der Baumbestand dünner. Nur noch wenig Deckung bestand hier, aber er musste näher heran.

Leicht schwang er sich aus dem Sattel und machte Bogen und Köcher los. Er spannte den Bogen mit einer einzigen fließenden Bewegung, ließ den Hengst an einer Stelle zurück, wo er relativ sicher war, und rannte zum Waldrand hinab, wo er nur noch fünfzig Meter vom nächsten der vorwärts schleichenden Fußsoldaten entfernt war.

Gonjis Augen blitzten hell, und er kniff sie zum Schutz vor dem grellen Sonnenlicht zusammen. Der Söldnerführer brüllte los, aber das Ende des Fluchs wurde vom scharfen Krachen seiner Pistole übertönt. Das Pferd eines Ritters schrie auf und brach auf dem Grund der Schlucht zusammen, sodass der Reiter schwer auf den Boden krachte. Zwei weitere Pistolenschüsse krachten. Ein Bogenschütze am Schluchteingang fasste sich an die Brust und stürzte. Ein Pfeilhagel fuhr sirrend in die Schlucht. Warnrufe ertönten. Ein Söldner schrie in tödlichem Schmerz auf, wand sich und zerrte am hölzernen Tod, der in seiner Brust steckte.

Gonji heftete den Blick auf die Lücke, die das in der Schlucht gefallene Pferd in die Reihe der Ritter gerissen hatte. Prüfend blickte er auf die Einheit Fußsoldaten unterhalb seiner Position; sie hatten ihn nicht entdeckt. Er machte zwei tiefe Atemzüge, legte einen Pfeil auf die Kerbe und spannte kräftig die Sehne, wobei er seine linke Flanke an einem kräftigen Lärchenstamm abstützte.

Luft holen. Anhalten. *Den richtigen Moment spüren.* Schießen.

Ein schwieriger Schuss – er befand sich fast auf gleicher Höhe mit der Kavallerie. Der Schaft flog einen eleganten Bogen, durchbohrte den Arm eines Ritters und grub sich in seinen Brustkorb. Der erschrockene Reiter gab seinem Pferd die Sporen und wurde nach hinten geschleudert; mit dem Fuß blieb er im Steigbügel hängen, als das Tier aus der Formation ausbrach und seinen Reiter in seiner durchbohrten Rüstung durch die Schlucht schleifte.

»Du kannst es noch immer, hm, Gonji-san?« Gonji hatte die Kiefer im Kampfesfieber zusammengepresst. Er blickte über das Schlachtfeld; nach wie vor hatte man ihn nicht bemerkt. Gut. Er widmete seine Aufmerksamkeit den Fußsoldaten weiter unten am Hang. Vielleicht ein Dutzend. Aber wie viele Schützen?

Wie zur Antwort darauf erhoben sich gleichzeitig vier Männer und feuerten ihre schnalzenden Armbrüste auf einen Söldner ab, der an der gegenüber liegenden Felswand hinaufkletterte. Zwei Bolzen zertrümmerten Fleisch und Knochen. Ein ungenau gezielter Pistolenschuss aus den Reihen der Söldner schlug zwischen den Fußsoldaten und Gonji in die festgestampfte Erde. Der Samurai duckte sich.

Er verzog ungehalten das Gesicht. *Verdammte Dummköpfe! Ich versuche euch zu helfen!*

Der österreichische Befehlshaber lenkte sein Pferd vor die Reihe der Kavallerie, hob das Schwert und schrie Befehle. Die Fußsoldaten hinter den Reitern drängten sich zum Angriff zusammen. Dann traf eine Pistolenkugel das Pferd des Befehlshabers und warf ihn aus dem Sattel. Verwirrung brach aus.

Zeit, den Weg freizumachen.

Gonji leerte den Köcher und legte sich die Pfeile zum raschen Abschießen zurecht. Er sank auf ein Knie, legte einen Pfeil in die Kerbe, zielte, schoss. Ein Armbrustschütze der Flankeneinheit wurde siebzig Meter weit hangabwärts von hinten durchbohrt. Die anderen erstarrten und glotzten.

Ehe sie reagieren konnten, wand sich ein weiterer Mann zappelnd am Boden; ein purpurroter Pfeilschaft ragte aus seiner Brust. Zehn Schaller fuhren herum, und ihre Träger blickten panisch um sich. Ein dritter Mann wurde glatt von den Beinen gerissen, als ihm ein mächtiger, einen Meter langer Schaft durch Wappenrock und Brustpanzer fuhr.

Gonji feuerte auf den letzten Armbrustschützen und verfehlte ihn, und ein Armbrustbolzen hämmerte in die Lärche und verstreute Rinde in alle Richtungen. Gonji duckte sich hinter den schmalen Stamm und legte einen weiteren Pfeil ein, während sich die Fußsoldaten geduckt den Hang heraufkämpften und Flüche hervorstießen.

Dann entdeckte Gonji Tora, keine zwanzig Meter weit hangaufwärts, der sich ihm vorsichtigen Schrittes neugierig näherte.

»*Verschwinde* von hier, dummes Tier!«, schrie Gonji und fuchtelte mit der Hand, um das Pferd zu vertreiben. »Möchtest du vielleicht getötet werden?«

Der Samurai wagte sich aus seiner Deckung hinaus und sprang herausfordernd hoch, um das Feuer der Armbrustschützen auf sich zu lenken. Er schoss selbst einen Pfeil ab, der ein Schienbein spaltete, und der Soldat fuchtelte vor Wut und Schmerz wild mit dem Streitkolben herum. Gonji rollte sich wieder hinter den Baum.

»Tora – *weg hier!*«

Ein Bolzen bohrte sich vor Toras Hufen in den Boden, und Steine und Erdbrocken spritzten hoch. Tora begriff endlich und lief träge und mürrisch wieder den Berg hinauf.

Die Fußsoldaten hatten Gonji fast erreicht. Noch ein Schuss, und er würde die Deckung des Baums aufgeben müssen. Er legte einen Pfeil ein, spannte die Sehne, holte tief Luft.

Er trat auf der anderen Seite des Stamms aus der Deckung, blickte dem Armbrustschützen in die Augen, forderte ihn heraus. Dreißig Meter oder weniger trennten die beiden Schützen. Ein Dolch zischte an Gonjis linkem Bein vorbei; er achtete nicht darauf, blendete die Verwünschungen der wütenden Schwertkämpfer aus.

Der Armbrustschütze zielte mit Bedacht – mit zu viel Bedacht. Gonjis Pfeil durchbohrte seinen Brustpanzer und grub sich mit halber Länge in Fleisch und Knochen, warf den Mann zurück und ließ seinen Armbrustbolzen harmlos in den Himmel steigen.

Gonji warf den Langbogen weg und zog die Schwerter, und ein finsterer Ausdruck des Trotzes legte sich über seine Züge, während er wie ein lauerndes Raubtier die sieben schwer atmenden Fußsoldaten musterte. Sie wurden langsamer, redeten in einem deutschen Dialekt, der ihm unbekannt war, aufeinander ein und verteilten sich dann und versuchten ihn einzukreisen.

Die drei Schwertkämpfer im Zentrum griffen an. Gonji sprang nach rechts und huschte seitlich am Hang entlang, um ihre Absicht zu vereiteln und sich nur das Ende der Reihe herauszupicken. Er hatte den Vorteil auf seiner Seite, solange er sie dazu verleiten konnte sich aufzufächern, während er selbst von oben angriff.

Dann zischte ein Hagel aus pfeifenden Spitzen vom Himmel herab. Gonji warf sich flach zu Boden und bekam den Mund voll Erde, während die Pfeile in den harten Boden einschlugen, einer davon nur eine Handbreit von seinem Ohr entfernt. Der ihm nächststehende Soldat schrie auf und stürzte, von einem verirrten Pfeil seiner eigenen Leute durch den Hals getroffen.

Noch sechs.

Die Einheit Bogenschützen weiter unten bereitete die nächste Salve hangaufwärts vor, aber ehe sie feuern konnte, rappelte sich

Gonji auf und stürzte sich auf seine Feinde, schlug den ersten nieder und stellte den zweiten innerhalb desselben atemlosen Augenblicks mit den beiden gekrümmten Klingen.

Silbrig-gelbes Glitzern – blaue Funken und das Krachen von Stahl auf Stahl – ein Augenblinzeln, ein entweichender Atemzug ...

Der Schwertkämpfer schlug zu und spaltete leere Luft, als Gonji dem Hieb auswich. Der Österreicher holte erneut aus, und der Samurai sprang vor, fing die Klinge seines Gegners im Schwung mit dem Kurzschwert ab und stieß ihm das Sagami mitten durch das weiße Kreuz, das seinen Wappenrock zierte.

Der erschreckende Augenblick des Todes. Tot, ehe der Atem der Verzweiflung durch das kleine »o« der Lippen entwich. Ehe die rote Fontäne auf die Erde spritzte.

Gonji war da schon zurückgesprungen und umkreiste die Gegner aufs Neue. Seine Augen funkelten vor kalter Berechnung, und seine hypnotisch fließenden Bewegungen hielten die Feinde in Schach.

Die vier verbliebenen Soldaten gingen wütend knurrend auf respektvolle Distanz und verteilten sich weiter. Da ihr Befehlshaber tot war, übernahm jetzt einer von ihnen das Kommando und befahl seinen Kameraden vorsichtig, den Samurai zu umzingeln. Leises, nervöses Reden. Auf ein Kommando hin öffneten die vier ihre Waffengürtel und ließen sie mitsamt den Dolchen klirrend zu Boden fallen. Gleichzeitig schnallten sie die Schilde an ihre Unterarme und richteten massiven Stahl auf Gonji, der sie in geduckter Haltung erwartete. Hier sahen sie sich mit einem seltsam erschreckenden neuen Feind konfrontiert, völlig anders sowohl körperlich als auch im Fechtstil. Er war ein Tier mit zwei Fangzähnen, ganz Gebiss und Klauen und primitive Schnelligkeit und Kraft.

Jeder der Schwertkämpfer schluckte den Kupfergeschmack der Angst herunter und trat zögernd einen Schritt vor.

Gonji brauchte ihre Sprache nicht zu kennen, um die Bedeutung der von den Österreichern ausgestoßenen Flüche und Verwünschungen zu verstehen. Sie fürchteten sich, fürchteten sich zu sterben, jetzt, wo alles, was sie waren, was sie je zu sein gehofft hatten, sie zu diesem Augenblick geführt hatte. Und so stießen sie ihre Flüche aus und spuckten ihre Wut hervor und glaubten, ihm das Blut in den Adern gefrieren zu lassen, wo doch ihr eigenes von eisiger Kälte erfasst wurde.

Er war vorsichtig. Vier Schwertkämpfer müssten einen einzelnen Mann mit Leichtigkeit fällen können und schafften es gewöhnlich auch; aber in einer Schlacht konnte man sich niemals auf einen sicher geglaubten Sieg verlassen. Und eine falsch geführte Streitmacht, in der sich jeder Mann auf die Kraft eines anderen verlässt und die eigene vernachlässigt, erweist sich stets als schwach.

Die Krieger rückten Gonji näher. Keiner von ihnen achtete auf den Lärm auf dem Schlachtfeld in der Tiefe.

Die Sinne sind schneller als die Muskeln, hatte Oguni immer gesagt. *Lass beide Hand in Hand arbeiten. Spüre die Bewegung mit den Füßen. Wittere den Mut des Feindes – oder seinen Mangel daran! – und seinen Schweiß. Das Metall des Schwerts kann man schon in der Luft schmecken, ehe es sein Ziel erreicht . . .*

Gonji drehte sich langsam. Ein Panorama ängstlicher Augen, sich auf und ab bewegender Schwerter und Schilde. Die fortwährende schlangenhafte Bewegung von Gonjis schmalen Schwertern ließ keine Stelle ungedeckt. Er befreite sich von allen Gedanken und überließ sich ganz den Reflexen. Die schweren Schwerter des Gegners kamen einen weiteren Schritt näher, und die Arme zitterten unter der Last. Dieses Gewicht verriet viel, diktierte Technik und Strategie. Wütende Beschimpfungen wurden Gonji aus vor Hitze nassen Gesichtern entgegengeschleudert. Gonji vertrieb blinzelnd das salzige Brennen aus seinen Augen.

Irgendwo donnerten hundert Musketen los. Nerven flatterten. Ein Soldat brüllte heiser.

Und sprang vor.

Auf dem Talgrunde brüllte Francisco Navarez verzweifelt auf seine restlichen Männer ein. Die Söldnertruppe war zu Geierfraß niedergehauen worden, und die Hand voll Überlebende schrie wie irre gegen den sicheren Tod an. Eine letzte Pistolensalve harkte durch die Kavalleriereihe vor ihnen und stürzte die Ritter in Unordnung. Der entscheidende Augenblick!

Die Hälfte der österreichischen Truppen verfolgte das Drama von der Bergflanke aus und ignorierte kurz den zum Untergang verdammten Haufen in der Klamm. Navarez feuerte die Pistole ab und schleuderte sie weg, trat schwankend hinter dem Kadaver seines Pferdes hervor und kämpfte sich auf den Rücken eines weiteren schreienden Tieres. Mit einer Handbewegung gab er allen, die noch am Leben waren, zu verstehen, dass sie ihm in einer panischen Hatz um ihr Leben den staubigen Hang hinauf folgen sollten.

Ein Schwarm Pfeile streckte rechts und links von ihm Männer nieder, während er die Zähne zusammenpresste und die Augen zukniff, sich dicht über den Hals des Pferdes beugte und einen Fluch ausstieß. Er spornte das schäumende Tier an, hangaufwärts zu stolpern. Sein letzter Eindruck vom Tal war der Schrecken erregende Anblick einer Musketenkompanie, die im Laufschritt anrückte. Er konnte nicht feststellen, ob ihm irgendwelche Überlebenden folgten, so tief beugte er sich über die Kruppe des bebenden Pferdes, das durch aufgewühlten Schiefer trampelte wie durch einen Traumnebel. Lautes Gebrüll ging der ersten Salve von Musketenschüssen voraus.

Dann platzte mit mattem *Tock!* Fleisch auf, gefolgt vom Aufschrei des Schocks und des Schmerzes. Das Pferd brach unter ihm zusammen. Navarez wurde mit dem Kopf voran über die Mähne des Tieres geschleudert und brach sich auf dem festgebackenen Schiefer das Kinn, dass es ihm fast die Sinne raubte. Er kroch ein kurzes Stück weiter und richtete sich auf Hände und Knie auf. Ein sengender Schmerz zuckte ihm durchs Bein. Zwei Reiter stürmten an ihm vorbei, als er zusammenbrach. Dann noch einer. Schenkten seiner matten Bitte um Hilfe keine Beachtung.

Verzweifelt. Schier atemlos angesichts des sicheren Todes.

Sein Blick wurde wieder klar, und hundert Meter weit rechts erblickte er durch einen Schleier aus Staub und Hitze einen Akt der Zauberei: Ein Ring aus Schwertkämpfern, deren Klingen gen Himmel geschleudert wurden; die Männer starben innerhalb eines Atemzuges unter einem Blitz silberner Hexerei.

Das erschreckende Donnern der Musketen kostete Gonji beinahe das Leben.

Seine Parade erfolgte langsam und ungenau, und der gefährliche Hieb nach seinen Rippen raubte ihm den Vorteil seiner Position. Dann jedoch aktivierte die Not die eingeübten Reflexe. Er zuckte nur mit dem linken Handgelenk und rammte dem Angreifer das *Seppuku*-Schwert voll ins Gesicht, sodass der Mann davonwirbelte und vor Schmerzen jammerte.

Gonji drehte sich und ging in die Hocke, wich so dem Hieb aus, der über seinen Kopf hinwegpfiff, und fing ihn mit dem Griff des tötenden Schwerts ab, sodass er den zweiten Angreifer allein mit der Kraft der Beine zurückstoßen konnte. Ein tiefer, drehender Paradehieb, tief in einen dritte Attacke von oben gesetzt, riss dem Angreifer den Bauch auf. Der Mann stolperte grausig stöhnend nach vorn und hielt sich den Unterleib, während die beiden Schwerter des Samurai an ausgestreckten Armen zur Seite zuckten und zwei feindliche Schwerter zurückschlugen; der überkreuz erfolgende Gegenschlag erwischte die beiden Männer in den Flanken. Ein Feind riss im Todesschmerz Schwert und Schild in die Luft, aber das Kettenhemd des zweiten Manns widerstand dem Schnitt des Kurzschwerts. Der Österreicher stolperte einen Schritt weit, fing sich und griff mit wütendem Geheul an. Gonji sprang aus der Bahn des zustoßenden Schwertes und landete nur fünfzehn Zentimeter weit vom Stoß des Anführers entfernt, dessen linke Gesichtshälfte jetzt ein hässlicher roter Striemen zierte.

Einen erstarrten Augenblick lang war der Samurai ein toter Mann. Scharfer Stahl war in Position, um ihm durch Rücken und Bauch zu fahren. Aber nur ein Dummkopf hätte es darauf ankommen lassen.

Gonji stoppte seine Bewegung keine Sekunde lang und führte einen unberechenbaren, drehenden Schlag aus. Der erste Schnitt des pfeifenden Sagami sang glatt durch die Klinge des Striemenmanns, und das abgetrennte Stück flog hoch. Die Rückhand des Kurzschwerts wehrte den Angriff von hinten ab, und wie bei einem Fächertanz zog Gonji das längere *Katana* herum und schnitt durch Kettenrüstung und Fleisch. Ein blinder Stoß unter der Achselhöhle hindurch – und der Anführer riss hinter ihm weit den Mund auf.

Der Mann hielt immer noch das geborstene Schwert, als er genau dort starb, wo er stand.

Und Gonji lief bereits; das Stöhnen eines niedergestreckten Kriegers verklang hinter ihm. Er gab den verstreuten Söldnern mit einer ausholenden Geste zu verstehen, dass sie den Berg hinaufflüchten sollten, und rief ihnen zu, sich in den Sätteln festzuhalten.

Eine weitere Salve Musketenkugeln. Gonji warf sich auf den Boden, machte sich so platt wie möglich, während die Kugeln wie Hagelkörner ringsherum niederprasselten. Er spürte keinerlei sengenden Schmerz, der auf einen Treffer hätte schließen lassen, rappelte sich auf und stürmte zur Deckung des Waldes weiter oben. Irgendwo in der Nähe musste Tora auf ihn warten. Nach wie vor hielt Gonji die Schwerter in verdreckten Fäusten.

Aus den Augenwinkeln erhaschte er einen kurzen Eindruck von schmutzigen Farben, die über den tückischen Schiefer krochen. Ein Söldner. Verletzt. Mit einem kurzen Blick hinter sich schätzte Gonji die Chancen ab, dem Mann zu helfen und trotzdem zu entkommen. Nicht gut. Lanzenbewehrte Ritter zu Pferd hatten sich an den mühsamen Aufstieg gemacht, gefolgt von Fußsoldaten, deren lange Reihe von Piken und Schwertspitzen markiert wurde. Ein Feld aus hellen Wappenschilden sprenkelte den Fuß des Berges.

Ach, verdammt . . .

Gonji stieß mit jedem Schritt ein Knurren aus, während er mit langen Sätzen über den Hang lief. Pfeile sprossen auf einmal wie magisch gesätes Getreide aus Boden und Bäumen. Zwei Söldner schrien auf und stürzten aus den Sätteln. Ein Pferd purzelte an ihm vorbei in die Klamm hinab, strampelte und schrie dabei. Die drückende Hitze verlangte allmählich ihren Tribut, und Gonji fühlte sich, als steckte er im Körper eines schwereren Mannes.

Er erreichte den Kriechenden, schob das *Seppuku*-Schwert in die Scheide und packte den Mann an der Schulter. Mit einem wilden Schrei warf sich der Söldner auf den Rücken, und Gonji fand sich von den drei Punkten seiner harten schwarzen Augen und einer Dolchspitze gebannt. Er hob schützend die Hand und hielt das *Katana* abwehrbereit.

»Heh – *alto! Alto!* Ich möchte helfen!«, versuchte Gonji sein Glück auf Spanisch. Er hatte richtig vermutet.

Der Spanier knirschte vor Schmerzen mit den perlweißen Zähnen, und wässrige Augen funkelten den Samurai fiebrig an. Das dunkle Gesicht war dreckverschmiert, und ein blutrotes Rinnsal sickerte unter einem zerfledderten Stofftuch hervor, das an ein Halstuch erinnerte. Dicke rote Nässe tränkte einen Oberschenkel und quoll aus einer Furche heraus, die ihm eine Musketenkugel dort hineingegraben hatte. Er zitterte. Dann entspannte er die geschürzten Lippen und holte mühsam Luft.

»Also dann *hilf* – Idiot!«, brüllte er unter geblähten Nasenflügeln hervor.

Gonji steckte das Schwert ein und bückte sich, um Navarez aufzuhelfen. Die Musketen donnerten erneut, und ein Hagelschauer aus Bleikugeln grub sich in die Bergflanke, während sich Gonji und Navarez wieder hinwarfen.

Gonji fluchte durch geschürzte Lippen. »Das bringt es auf drei, *Amigo*. Zu viel Glück für mich. Jetzt steigen wir lieber hinauf, oder die nächste Salve streckt uns beide nieder, *neh?*«

Der Spanier stöhnte vor Anstrengung, als er sich aufzurappeln versuchte. Gonji packte ihn am Arm und riss ihn hoch, stützte ihn mit der Schulter, so gut es ging, und kämpfte sich bergauf.

Aber sie hatten viel zu viel Zeit verloren. Alles war vorbei; nur noch das Krachen einer Kugel oder die Ankunft der Kavallerie fehlte, die Gonji hinter sich herandonnern hörte; Rufe ertönten von dort, sie möchten gefälligst stehen bleiben.

Ein Pferd wieherte unmittelbar hinter ihnen. Gonji schleuderte Navarez mit aller Kraft nach vorn, und der Söldner schlug fluchend auf der Erde auf. Der Samurai zog das Schwert zu einem verzweifelten Kampf.

Er sah sich der Vorhut der Reiterei gegenüber. Der vorderste Ritter stürmte grimmig auf ihn los und zielte mit der Lanze nach Gonjis Brust. Der Samurai riss den Dolch aus dem Halteriemen am Oberschenkel, stimmte sich auf die unbeholfene Bewegung des Pferdes ein und warf ...

Das Messer traf in einem ungünstigen Winkel auf das Kettenhemd und zerbrach. Die Wucht des Aufpralls jedoch und das Zusammenzucken des Reiters kostete diesen den Halt im Sattel. Er kippte vom Pferd, prallte klirrend auf und rollte unter die Hufe seiner Kameraden.

Dann prasselten kurz Schüsse. Nicht die Musketen; dieses

Feuer kam von weiter oben. Die Überlebenden aus Navarez' Truppe gaben den Fliehenden Deckung.

Die Ritter hielten an und blickten forschend zum Waldrand hinauf. Eine weitere Salve. Ein Ritter krümmte sich im Sattel und stürzte schwer vom Pferd. Zwei oder drei Pferde in der Nähe stolperten rückwärts und warfen die Reiter ab. Warnrufe und metallisches Klingen ...

Gonji vergeudete keine Zeit. Er hastete bergan zu der Stelle, zu der sich Navarez inzwischen geschleppt hatte, und halb schob Gonji den Mann, halb zog er ihn dort hinüber, wo Tora schnaubte und mit den Hufen auf dem moosbewachsenen Feldgestein scharrte. Gonji wuchtete Navarez in den Sattel und führte Tora zu Fuß den Rest des Weges auf die Höhe, und die ganze Zeit lang schalt er das Tier dafür, dass es ihm törichterweise den Hang hinab gefolgt war.

»Was ist los mit dir, hm, Dummkopf?«, rief er auf Japanisch über die Schulter. »Hast du es so eilig umzukommen? Ist es das? Dummes Tier! Hättest du gern, dass ich zu Fuß durch dieses gottverlassene Land ziehen muss, ja?«

Tora war, für seinen Teil, zu sehr an diese Ausbrüche gewöhnt, um sich etwas daraus zu machen. Er sagte nichts.

Auf der Bergkuppe angekommen, hielt Gonji an und blickte forschend in die Tiefe. Die Rufe der Kavallerie waren nach wie vor zu hören, aber er sah nichts. Die Hetzjagd schien abgeblasen.

Beruhigt holte Gonji mehrere Male tief Luft, um sich zu fassen und wieder klar denken zu können. Dann wischte er sich mit dem Ärmel des Kimonos den Schmutz vom Gesicht, rückte die Schwerter in der dicken Schärpe in die perfekte Position und streckte sich auf die einsachtzig, die er mit dicken Sandalensohlen beinahe erreichte. Dann ging er zu dem Spanier hinüber.

Er wirkte ungefähr so präsentabel, wie es einem unrasierten Samurai mit struppigen Haaren und abgetragenem Kimono nur möglich war.

Navarez, der sich gerade das verletzte Bein verband, blickte nicht mal auf, als Gonji auf ihn zutrat und sich förmlich verneigte.

»Ich bin Gonji Sabataké, und du …«

In diesem Augenblick galoppierten zwei Reiter aus der Deckung des Kiefernwaldes hervor und auf sie zu. Gonji packte den Griff des Sagami, entspannte sich aber fast sofort wieder. Der vordere Reiter riss am Zügel, stoppte das Pferd und zeigte Navarez ein breites Grinsen, während seine großen dunklen Augen zwischen dem Spanier und Gonji hin und her sprangen. Er führte ein Pferd am Zügel.

Spanische Piraten, dachte Gonji.

Ein kurzer Blick auf diese beiden reichte, um lebhafte Erinnerungen an die seefahrenden Schurken der Karibik wachzurufen. Sowohl Navarez als auch der vordere Reiter schmückten sich mit der überladenen Geschmacklosigkeit ihres dekadenten Berufs – von den grellbunten Halstüchern über die opulenten goldenen Ohrringe bis zu den prachtvollen Reitstiefeln aus Leder, zweifellos von den gepflegten Füßen ermordeter Personen von Stand gerissen.

Aber was im Namen der Sieben Teufel suchten sie so fern von zu Hause? So tief im Binnenland? Und im Kampf gegen die Heilige Mutter Kirche, auf deren Seite sie sich in diesem Land lieber schlagen sollten, falls sie mit Magyaren oder Türken aneinandergerieten?

Der zweite Reiter hielt neben dem herausgeputzten Spanier an und trug noch mehr zu Gonjis Verwirrung bei. Denn hier sah er einen hochgewachsenen, hageren nordeuropäischen Banditen vor sich, dessen ausgefranster Schlapphut kaum die erkennbar hellen Gesichtszüge verbergen konnte: das klassische Porträt eines nördlichen Straßenräubers. Er wirkte so unpassend zwischen diesen Seeräubern wie ein Wolf zwischen Haien.

Ein Blick auf Navarez zeigte Gonji den dunklen Schatten, der das Gesicht des Spaniers zeichnete. Eine angespannte Atmosphäre prickelte wie mit dünnen Nadeln, und dem zweiten Piraten verging das Grinsen. Ohne Gruß wirbelte er unvermittelt herum und deutete nach Norden, und beide Neuankömmlinge galoppierten den Weg zurück, den sie gekommen waren, wobei sie das Ersatzpferd zurückließen.

»Julio-o-o-ooo!«

Navarez' Ruf blieb ohne Antwort, und eine hässliche Grimasse breitete sich auf seinem von Kämpfen zernarbten Gesicht aus. Er griff nach dem breiten Ledergürtel, ertastete jedoch nur leere Luft, wo er einmal das Entermesser getragen hatte, das ihm bei der Schlacht im Tal verloren gegangen war. Er nickte ernst, als hätte er einen Entschluss gefasst.

Gonji räusperte sich und meldete sich erneut zu Wort.

»Ich sagte, *Amigo*, dass ich Gonji Sabataké bin, und ich denke, wir ...«

»*Agua*«, brummte der Spanier. »Ich sehe, dass du welches dabei hast.« Er schnappte sich den Wasserschlauch von Gonjis Sattel, legte den Kopf in den Nacken und goss sich das Nass in die Kehle. Dann wusch er sich großzügig das Gesicht, bis ihm das Kinn wie das Maul eines an die Oberfläche auftauchenden Meeresungeheuers tropfte.

»*Agua*«, murrte Gonji leise. »Bediene dich.« Sachte nahm er Navarez den Wasserschlauch aus der Hand, und ehe er selbst einen Schluck trank, sagte er: »Du kannst dich später bedanken.«

Der Spanier starrte ihn einen Augenblick lang an und brach schließlich in ein breites Grinsen aus. Erst gluckste er vor sich hin und stieß dann ein langes raues Lachen aus, das andauerte, bis sich die brennenden Schmerzen der Beinwunde aufs Neue quälend bemerkbar machten. Er massierte die Umgebung der Blessur. Dann gab er Gonji mit einem Wink zu verstehen, er möge sich auf Tora setzen, und hievte sich selbst auf das andere Pferd, wobei sich seiner Brust ein Stöhnen entrang.

Sie blickten den Berg hinab zurück. Von dort unten drangen aus der Ferne körperlose Schreie und Hufgetrappel und vereinzelte Schüsse herauf.

»*Vamos!*«, sagte Navarez. »Brechen wir auf.«

Sie folgten einem Waldweg, der kaum mehr war als ein vom Regen zerfurchten Trampelpfad. Aromatischer Kiefernduft durchsetzte die Hitze des Spätnachmittags. Stechmücken, von der Feuchtigkeit bis zur Raserei aufgestachelt, stürzten sich in dichten Schwärmen auf die großen, dahintrabenden Gebilde aus Mensch und Tier, die durch ihr Gebiet trampelten.

Als es tiefer in den Wald hineinging, stieg der Pfad an. Eine Wasserscheide. Eine barmherzige feuchtkühle Brise erfrischte die Reiter unter ihrer schweißnassen Kleidung. Hier und dort brach ein vereinzelter goldener Sonnenstrahl durch den Kiefernbaldachin und überspülte sie ab und an mit dumpfer Hitze. Hin und wieder suchten sich die Pferde unsicher den Weg über knotige Wurzelfinger und durch verfilztes Gestrüpp oder rutschten auf tückischen, glatten Steinen aus, die mit grau-grünem pelzigen Moos überwachsen waren.

Lange Zeit ritten die Männer schweigend dahin. Dann lenkte der Spanier sein Ross neben Gonjis.

»Francisco Navarez«, knurrte er, als hätte schon die ganze Zeit offenkundig sein müssen, dass er so hieß. »Wohin reitest du, *Barbaro?*«

Die Beleidigung wurmte Gonji. Nur wenige Dinge schmerzten ihn so sehr, wie auf diesem üblen Kontinent als Barbar bezeichnet zu werden. Er dachte über eine besonders erlesene spanische Gehässigkeit nach.

»Man hat mir erzählt, dass ...«

»Ich weiß, ich weiß ... Du bist Gon-shii Sa-ba-ta-kee, *cierto?* Richtig?«, unterbrach ihn Navarez.

»Das stimmt, *Amigo*. Jetzt sage mir – was sucht ein so feiner Seeräuber wie du so weit von den beutereichen Schifffahrtswegen? Und was muss man in dieser Gegend anstellen, damit eine komplette papistische Armee hinter einem herhechelt? Vor allem so tief in einem Gebiet, das eigentlich magyarisch oder türkisch sein muss?«

»In dieser Armee«, brüllte der Spanier, »gerät man oft in ungewöhnliche Situationen! Die meisten davon erfordern eine gewisse Kunstfertigkeit mit dem Schwert. *Besitzt* du vielleicht eine solche Fertigkeit?«

Gonji lächelte leise und hielt den Blick auf den Weg voraus gerichtet. Er sagte nichts.

»Ah, aber natürlich besitzt du sie, *si*. Ich habe mir das doch sicher nicht eingebildet, nicht wahr, wie alle diese Gestalten auf der Bergflanke umgefallen sind, als hätte sie der Blitz getroffen, nicht? Schnick, schnick ...« Navarez führte ein paar rasche Hiebe mit einem imaginären Schwert aus. *»Bravo, barbaro, muy bueno!* Sehr gut! Keine Pistolen, keine Rüstung, und doch stürzt du dich mitten ins Kampfgetümmel. Das gefällt mir.«

»Ich mag keine Feuerwaffen. Keine sehr ehrenvollen Waffen, hm?«, entgegnete Gonji achselzuckend. »Rüstung? Manchmal. Nur besitze ich derzeit zufällig keine. Jedenfalls kommt es darauf an, dass man gar nicht erst getroffen wird, *neh?*«

Navarez lachte herzlich. »Du suchst sicher nach Gelegenheiten, deine Fertigkeit zu verkaufen?«

»Das kommt darauf an.«

»Lass dich nicht vom Mangel an hübschen Uniformen täuschen, *Barbaro*. Wir sind eine organisierte Armee, egal wie wir aussehen.« Ihm schwoll die Brust wie für eine heraldische Bekanntmachung. »Ich bin Hauptmann der Dritten Freien Kompanie in der Königstreuen Armee der Insel Akryllon.«

Gonji blinzelte.

Hauptmann?, dachte er. *Königstreue Armee?* Was versucht mir diese räudige Hund weiszumachen? Fantastisch! Mal wieder ein mieser Haufen Abtrünniger, die sich für einen Aufstand zusammengerottet haben und mit einem Titel für jeden einzelnen aufwarten, bis hinab zum dritten Hinterteilfloh der letzten nachzockelnden Schindmähre.

Gonji sank der Mut, und er seufzte resigniert. »Wer, sagtest du, war noch mal euer König? Kein Magyar, nicht wahr?«

»Sagte ich das? Ich denke, nicht.« Eine wohlüberlegte Pause. »Wir streiten für König Klann den Unbezwingbaren, Sohn des abgesetzten Königs von Akryllon. Wir ziehen kämpfend durch die Lande, verstärken unsere Reihen, wo es nur geht, und bestreiten unseren Unterhalt durch Plündern. Manchmal zur See, manchmal an Land. Eines Tages werden wir ihm helfen, sein Recht zu erlangen, und werden alle reichen Lohn empfangen. Bis dahin sorgt er gut für uns.« Er brach ab, und ein abwesender, wehmütiger Ausdruck lief über sein Gesicht. »Er hat mich aus dem Bauch eines Schiffs voll zur Verbannung verurteilter Sträflinge gerettet. Zur See bin ich sein zweiter Stellvertreter.«

Gonji kramte nach einer Erinnerung. Einer Legende, einer Erzählung am Lagerfeuer. Irgendetwas.

»Sobald wir Akryllon gefunden haben, entreißen wir es den Teufeln, die darüber herrschen. Dann ...«

»Sobald ihr es *gefunden* habt?«

»Si«, antwortete Navarez. »Diese Insel findet man nie zweimal an derselben Stelle. Sie ist verwunschen. Beherrscht von Zauberern.«

Gonji wurde zornig, während der Weg leicht aufsteigend einen Schwenk nach Osten ausführte und eine launische Brise an ihnen zerrte. Der Abend stand kurz bevor. Vorbei war es mit der zuvor guten Laune des Samurai, während er sich vergeblich den Kopf darüber zerbrach, wo er eine solche Geschichte schon einmal gehört hatte. Ein wandernder König, eine verwunschene Insel ...

Natürlich war Gonji nicht dumm genug, um ohne Beweise an so eine romantische Erzählung zu glauben. Zaubereien, die man nachweisen konnte, gab es wenige. Gräuel, ja. Dinge, die den Ahnungslosen anfielen, Gestalten, die Schlafende heimsuchten – davon fand man reichlich. Das bestätigte die Erfahrung. Die Magie hingegen lag im Sterben. Während sich die Menschen in stetig größeren Städten versammelten, ging immer mehr von dem verloren, was der Seele eigen war. Es wurde verschmäht, gleichgültig abgetan. Und Zauberei war inzwischen eine vergessene Kunst, von der man flüsternd sprach, ohne daran zu glauben.

Und aus diesem Grund umso tödlicher, wenn man einmal darauf stieß. Und etwas an dieser Geschichte …

»Womit hat euer König die österreichischen Priester so aufgebracht, dass sie euch den Krieg erklärt haben?«

»Wir … haben ihre Schatzkammer geplündert. In Bratislava.«

Gonji stieß einen scharfen Pfiff aus. »Das würde sie wütend genug machen«, sagte er amüsiert. »Und was plant König Klann als Nächstes?«

Gonji sah, wie Navarez die Halsmuskeln anspannte, als kämpfte er mit etwas.

»Wir ziehen dorthinauf«, sagte er schließlich und deutete auf die zerklüfteten, schneebedeckten Berge im Osten. »Die Südkarpaten. Um dort zu überwintern und uns zahlenmäßig zu verstärken. Und um uns auf die Rückkehr zum Meer vorzubereiten.«

Gonji dachte darüber nach. Es war Spätsommer. Absurd, zu einem so frühen Zeitpunkt ans Winterlager zu denken. Und in jenen Bergen? Wahnsinn! Der Mann musste lügen. Es sei denn natürlich, man fand dort etwas, das Klann begehrte.

Vedun?

»Nach allem, was man so hört«, äußerte Gonji seine Überlegungen laut, »markieren diese Berge eine Schlüsselregion, die von drei Großmächten umkämpft ist. Warum sollte sich ein fremder König mit einer kleinen Armee mitten in …«

»Heh, *Barbaro*«, unterbrach ihn Navarez scharf in einem Tonfall, der zur Vorsicht mit solch müßigen Spekulationen mahnte,

»falls der König sagt, dass wir dorthinaufziehen, um zu *sterben*, dann ist es genau das, was wir *tun*.«

Höchst ungewöhnlich, dachte Gonji. Pflichtgefühl, Hingabe – an etwas anderes als nur Gold?

Gonji war fasziniert. Außerdem hatte er eine wunde Stelle gefunden – das gefiel ihm. Er stocherte erneut darin herum.

»Kein Goldbetrag wird Söldner dazu bringen, freudig in den Tod zu gehen. Wie sichert sich Klann die Treue dieser freien Gesellen? Welche Macht nutzt er?«

»Es gibt Güter, die über schlichten Reichtum hinausgehen, *Barbaro*, Kräfte, aus denen Menschen Mut schöpfen können«, antwortete Navarez geheimnisvoll.

Gonji dachte kurz darüber nach und merkte es sich.

Sie ritten eine Zeit lang weiter, ohne zu reden. Vögel huschten zwischen den hoch aufragenden Kiefernspitzen herum, und zuzeiten sprang ein Hase oder Hirsch davon, aufgeschreckt von den vorbeiziehenden Reitern. Und unter einer einsamen griesgrämigen Weide, der vor einem Gericht aus unversöhnlichen Kiefern der Prozess gemacht zu werden schien, erblickte Gonji einmal etwas Schwarzes und Geschmeidiges, das durchs dichte Unkraut glitt.

Navarez deutete auf die Schwerter, die Gonji mitführte.

»Was bist du, ein Schwerthändler?«

»Schwerthändler«, wiederholte Gonji. »Hat einen hübschen Klang. Nein, ich bevorzuge einfach die Art Schwert, mit der ich aufgewachsen bin, also habe ich ein Ersatzstück dabei. Das Prunkschwert ist ein Geschenk meiner Mutter, und ich vermute, ich sollte es lieber verstecken, ehe es ... verloren geht, *neh?*«

Navarez grinste spöttisch. Gonji konnte nicht umhin zu glotzen. Wenn der Spanier grinste, ähnelte sein hängender Schnurrbart mit dem verkohlten schwarzen Büschel unter der Nase einer Tarantel.

In diesem Augenblick dröhnte ein Donnerschlag durchs Gebirge, untermalt von den gegabelten Blitzen eines Hitzegewitters, die den Himmel zerrissen und seltsam lange flackerten. Es schien, als könnte der rötlicher werdende Himmel rissig werden und in Scherben herabregnen, und die gezackten Umrisse weckten in Gonjis Vorstellungskraft das Bild einer bösen, hungrigen Gestalt. Eine bedrohliche Gewitterwolke war über die nördlichen Gipfel geklettert.

Ein Reiter galoppierte auf einer nachtschwarzen Stute mit weißen Flecken auf sie zu. Als er sein Pferd zügelte und Navarez mit rauem Lachen begrüßte, fiel Gonji auf, dass nicht weniger pferdegesichtig war als ihr Herr.

Ein weiterer reißerisch herausgeputzter Spanier – und inzwischen musste sich Tora ganz wie zu Hause fühlen, denn Gonji hatte dieses Ross in Spanien erworben –, dessen hervorstechendes Merkmal das aufdringlichste gespreizte Pferdegebiss war, das Gonji je bei einem Menschen gesehen hatte. Das Resultat bestand in einem fortwährenden Grinsen; einen Kontrapunkt dazu bildete die klaffende Lücke, die vom Fehlen eines Backenzahns herrührte – ein Anblick, bei dem man es sich kaum verkneifen konnte, mit der Zunge prüfend über die eigenen Zähne zu fahren. Die übrigen Züge des langen Gesichts mit dem spatenförmigen Unterkiefer schienen nur als schwache Ausrede dafür zu dienen, dass man überhaupt von einem Gesicht sprechen konnte. Ein Auge war permanent halb geschlossen und blinzelte niemals, die Folge einer entzündeten Narbe, und der Mann hielt ein fleckiges Halstuch in einer Hand und wischte sich damit wiederholt den Schweiß von der Stirn.

»Das ist Señor Sabataké, Esteban«, sagte Navarez. In seinem Ton schwang ein lässiger Sarkasmus mit, wie ihn ein abgebrühter Anführer sich im Kreis der eigenen Leute zu eigen macht. »Er hat mich dort hinten aus dem Feuer gezogen. Er verfügt über einen guten Schwertarm, den er vielleicht auf unserer Seite einsetzen möchte, nicht wahr, *Barbaro?*«

Esteban lachte auf eine Art und Weise in sich hinein, die Gonji nicht gefiel. Aber er sagte nichts, ließ sie warten.

Navarez kniff die Augen zusammen und beugte sich im Sattel vor. »Diese Armee König Klanns reitet unter dem Schutz eines *Zauberers, comprende?* Verstehst du? Kannst du dieser Macht Vertrauen schenken und dein Leben der Sache des Königs verpflichten?«

Gonji wölbte eine Augenbraue und war für den Augenblick sprachlos. Seine Gedanken rasten, ein Chaos von Veränderlichen in einer Gleichung, die gar keinen Sinn machte.

»*Schwarze* Magie?«

»Wer weiß schon, welche *Farbe* Magie hat, eh?«, wetterte der Pirat. »Zauberei bedeutet Macht, und Macht ist alles, worauf es in dieser Welt ankommt. Vergiss alles, was du zu glauben denkst, und mache dich bereit, an das Unmögliche zu glauben. Falls dir das gelingt, kannst du mit uns reiten. *Adios!*«

Ein abschließendes, hartes Lachen Estebans. Dann rissen die beiden Piraten die Pferde herum und galoppierten in den Wald.

Nun, was jetzt?, fragte sich Gonji. Das klang nach einer tödlichen Kombination – Banditen wie diese, die eine Ader zauberischer Macht angezapft hatten. Dahinter musste etwas stecken. Menschen gingen nicht grundlos so unverfroren offenherzig mit dem Übernatürlichen um.

Aber ihr Zauberer hatte ihnen ja nun wirklich toll genützt: Für Gonji sah es ganz danach aus, als hätten die österreichischen Truppen Klanns Armee ordentlich fertiggemacht. Und doch war ihm die Stadt, die Klanns Leute angegriffen hatten – der Bistumssitz, ein langer Ritt zurück –, als stark befestigt erschienen, die Schatzkammer unzugänglich für jeden, der keine ausgewachsene Belagerungsarmee mitbrachte. Klann hatte sie gestürmt und sich offensichtlich mit allerhand Raubgut davonmachen können. Zauberei hin, Zauberei her, die Hauptmacht dieses wandernden Heeres musste ansehnlich stark sein. Aber was führten sie jetzt im

Schilde, hier oben in den Bergen? Waren die Vampire, die Gonji angegriffen hatten, finstere Agenten dieses Zauberers gewesen? Falls ja, dann war man auf ihrer Seite sicherlich besser dran als auf der Gegenseite.

Im Bunde mit Vampiren. *Iühr Götter, was für ein Irrsinn!*

Welche Wendung nehmen deine Fahrten als Nächstes, Gonji-san? Bei allen Geistern, die das Leben der Menschen heimsuchen, ich gäbe einen Arm für den Rat auch nur eines einzigen guten Freundes!

Gonji war jedoch viel zu fasziniert, um der Regung seiner Instinkte zu folgen und diese seltsame Armee sich selbst zu überlassen. Er war bemitleidenswert knapp an Geld, menschlicher Gesellschaft und *raisons d'être*, und so entschied er sich mit einem fröhlichen Lachen und einem herzhaften Ruf für seinen Weg. Er tätschelte das Sagami in einer Geste des Vertrauens zu dem *Kami*, welcher auch immer die Klinge anleitete, und gab Tora die Sporen, um den Spaniern zu folgen.

Selbst die abstoßendsten Gefährten und tödlichsten Eskapaden waren, wie es schien, Verlockung genug für einen Mann, der langsam an innerer Leere starb.

KAPITEL DREI

Navarez wälzte sich vom Pferd und ging steif auf einen dicht geschlossenen Kreis von Männern zu, die unter einer hohen Tanne saßen oder knieten. Ihr vielsprachiges Geplapper und ihre lautstarke Fröhlichkeit legten sich, als sie sahen, wie ihr Hauptmann die Zähne zusammenpresste.

Navarez ging schneller, sobald er hinter dem Mann war, der Julio hieß. Dieser drehte sich um, als er ihn näher kommen hörte, aber nicht schnell genug, um einer heftigen Ohrfeige auszuweichen. Julio schlug schwer am Boden auf und schrie mehr vor Wut als vor Schmerzen, und der Inhalt seines Metkruges schwappte über ihn und die nächsten Männer.

Angespannte Stille breitete sich im Lager aus.

»Du dummer, schäbiger Mistkerl! Du hast mich im Stich gelassen, damit ich verrecke, nicht wahr?«

Julio rieb sich das rot anlaufende Gesicht und erwiderte Navarez' finsteren Blick. Aller Augen wandten sich ihm zu. »Ich dachte, du *wärst* tot, Franco! Woher, zum Teufel, sollte ich es genau wissen?«

»Ich habe nach dir gerufen, du Trottel, habe die Hand gehoben! Du bist direkt an mir vorbeigeritten, ganz der Feigling, der du ja bist.«

»Ich habe dich überhaupt nicht gesehen!«, rief Julio flehentlich und hob die Hände. »Ich habe mich dicht über den Sattel gebeugt. Überall flogen die Musketenkugeln.«

»Jetzt behauptest du, du hättest mich nicht gesehen. Falls du mich nicht *gesehen* hast, dummes Arschloch, was hat dich dann auf die Idee gebracht, ich wäre schon tot?« Navarez zeigte mit dem Finger auf ihn. »Wenn du dir nächstes Mal in der Schlacht die Hosen voll machst, Feigling, jage ich dir eine Pistolenkugel mitten zwischen die Augen, *me comprende usted?*«

Julio nickte verdrossen. Er lächelte nervös, zuckte verlegen die Achseln, als er aufstand, und schien sich mit unbeholfenen Gesten zu bemühen, wieder Navarez' Gunst zu erlangen.

Der Hauptmann drehte sich jedoch schon um, denn er sah, wie die Blicke der übrigen Männer auf eine Stelle hinter ihm gerichtet waren.

Gonji saß steif im Sattel und schaute aus feindselig blickenden Augen über den auf und ab steigenden Horizont. Ein kühler Wind peitschte die Waldlichtung und ließ lose Kleidungsstücke und Haare seufzend über dem Drama der wortlosen Erwartung flattern. Tora wieherte und scharrte mit den Hufen.

»Ah, Señor Sabataké«, sagte Navarez lächelnd und trat auf ihn zu. »Das ist der Mann, der mich rettete, als dieser Hund mich zum Sterben zurückließ. Also, *Barbaro*, du hast dich doch entschlossen, mit uns zu reiten. *Bueno!* Mache es dir im Lager bequem, eh? Jocko!«

»Ich komm ja, ich komm ja, verdammich!«

Ein fetter, grauhaariger alter Kerl trottete mit finsterer Miene herbei und brummte vor sich hin. Seine Haare bildeten ein verfilztes graues Gestrüpp, und ein Saum aus struppigem Bart schien eher aus dem Gesicht herausexplodiert als gewachsen zu sein.

»Wer brüllt nach Jocko, und was iss diesmal los? Niemand kommt hier ohne Jocko klar. Jocko, tu dies, Jocko, tu ...«

»*Callese usted!* Sei still, du alter Bussard!«, fuhr Navarez ihn an, nicht ohne einen Unterton widerwilliger Zuneigung. »Nimm unseren neuen Mann hier mit und sorge dafür, dass er bekommt, was er wünscht.« An Gonji gewandt: »Ich spreche später mit dir.« Damit humpelte er zu einem anderen Teil des Lagers davon.

»*Si*, er soll sich wie zu Hause fühlen«, knurrte Esteban überflüssigerweise und lief seinem Hauptmann nach.

Jocko knurrte dem sich entfernenden Quälgeist nach. »Gottverdammtes Wiesel!«

Er blickte zu Gonji hinauf und schirmte die Augen mit der Hand ab, obwohl die Sonne inzwischen tief in den Wald gesunken war. Unter einer gekräuselten Oberlippe, über der ein ausgefranster Schnurrbart herabhing, erblickte Gonji eine ranzige Ansammlung braun-gelb gefleckter Zähne.

»Na, dann komm mit, Pilger.« Mit diesen Worten zuckte Jocko leicht die Achseln und trabte zu einer Ansammlung von Wagen und Packtieren neben den abgesattelten Pferden der Kompanie hinüber. Gonji stieg ab und führte Tora langsam hinterher, wobei er dem müden Tier das Maul streichelte.

Während er so tat, als redete er mit Tora, blickte sich Gonji im Lager um und nahm alles auf. Er war schon oft in solchen Söldnerlagern gewesen und entdeckte hier nur wenige Unterschiede zu dem, was er schon kannte. Schroffe, unwirsche Stimmen blafften in einem halben Dutzend Sprachen, während sich Männer schubsten und miteinander scherzten, einander unanständige Geschichten erzählten und zu spielerischen Zweikämpfen herausforderten. Decken und andere Ausrüstung waren hier und dort aufgehäuft, und Männer lehnten daran und tranken aus Weinschläuchen oder gossen sich Bier und Met aus ramponierten Kelchen in die Kehlen. Überall summten Insekten, angelockt von den schweißsauren Gerüchen, die sich mit dem appetitanregenden Aroma eines knackenden und knisternden Hirschkadavers vermischten, der über einem hell lodernden Feuer im Zentrum des Lagers aufgespießt war. Einige Nachtvögel reagierten auf die länger werdenden Schatten und stießen in den Baumwipfeln ihre Rufe aus.

Ungefähr dreißig Männer hielten sich im Lager auf. Eine Hand voll davon versorgten diverse Verwundungen. Einer schien in besonders schlechter Verfassung zu sein. Er lag auf einer Behelfspritsche aus Decken und Ästen, und eine seiner Hände ruhte auf dem armseligen Verband, den man seiner grässlichen Bauchwunde angelegt hatte. Der Stoff war schon rot durchtränkt. Der Mann hatte die glasigen Augen zum Himmel gedreht, während er krampfhaft atmete, und aus einem Weinschlauch in seiner schlaffen Hand tropfte eine blassgoldene Flüssigkeit. Die Männer, die an ihm vorbeigingen, taten dies mit ernsten Mienen, da sie wieder einmal durch diesen Anblick an ihre eigene Sterblichkeit erinnert wurden. Morgen konnte es jedem von ihnen so gehen. Und morgen würde dieser Krieger hier tot sein.

Was die übrigen Männer im Lager anging, so zeigten die meisten von ihnen die typische Arroganz des Söldners, schepperten mit einem kunterbunten Arsenal ihrer Lieblingsklingen und gestohlenen Rüstungsteile herum, schwenkten ein paar Pistolen, schauten mürrisch drein und grölten Prahlereien wie Kaufleute, die auf dem Markt Waren verhökerten. Hier bestand das Ziel jedoch nicht darin, Waren zu verkaufen, sondern einzuschüchtern. Privatsphäre war heilig: Ein missverstandener Blick konnte zu einem Kampf führen; ein Kampf konnte mit dem Tod enden.

Vorsicht. Vorsicht und Takt. Aber *niemals* Verzagtheit!

Während Gonjis Blick über die internationale Versammlung von Kämpfern mit ihrer chaotischen Ansammlung von Säbeln und Breitschwertern, Helmen und breitkrempigen Hüten, Wämsern und Harnischen, Leder und Fell wanderte, wurde ihm eindringlich bewusst, dass er, wie nicht anders zu erwarten, im Zentrum der Aufmerksamkeit stand.

Der Fremde in der Stadt. Jetzt begann die vorsichtige Aufnahme in die Gruppe. Das war in Ordnung; er kannte dieses Spiel schon von vielen früheren Gelegenheiten. Keine Magyaren hier. Keine Umzingelung durch streitlustige Gruppen. Und als ihm gerade der Gedanke kam, dass seine exotische Einzigartigkeit die erste Prüfung bestanden hatte, fing er den heißen Glimmer von zwei Paaren Obsidianaugen auf.

Zwei Mongolen, die Kleidung mit Fellbordüren versehen,

durchbohrten ihn mit Blicken, die wie Lanzen aus purem Hass waren. Zwischen ihren Völker herrschte keine Liebe.

Gonji führte Tora an einem abgespannten Fuhrwerk vorbei, wobei es sich um den Verpflegungswagen handeln musste. Rings um dessen Pritsche verstreut fand man schmutzige Zinnteller und Essbestecke sowie diverse Fässer. Jocko machte sich an einem kleinen Feuer zu schaffen, über dem ein blubbernder Kessel hing. Ein unappetitlich aussehender, schimmelfarbiger Mulch kochte darin. Gonji vermutete, dass er es hier mit Eintopf zu tun hatte, obwohl ihn das Ganze an den rauchenden Kegel des Berges Fuji erinnerte.

Der alte Tolpatsch drehte sich zu dem Samurai und seinem Pferd um, als sie an ihm vorbeigingen. »Hübsches Tier«, sagte Jocko, schlurfte die paar Schritte heran und streichelte Tora das Maul. Der Hengst wieherte zufrieden. »Wir sorgen gut für dich, Bursche. Wie heißt er?«

»Tora.«

»Tora – ein guter Name. Richtig hübscher Name.« Dann kehrte der ergraute alte Mann so plötzlich, wie er hergekommen war, wieder zu seinem üblen Gebräu zurück.

Gonji lächelte, führte Tora zu der Gruppe mit den Hufen scharrender Pferde hinüber und sattelte ihn ab. Er war stolz auf das edle Ross, einen starken, schnellen, zuverlässigen Hengst, der es irgendwie geschafft hatte, eine bizarre Folge von Abenteuern zu überleben.

Man hatte ihn schon früher zum Namen des Pferdes beglückwünscht. Als er ihn kaufte, fanden die Händler auch, dass Tora ein schöner Name war, aber in Japan hätte Gonji das Pferd auch nicht eher Tora genannt, als ein Engländer sein Reittier einen »Tiger« genannt hätte. In Europa hatte der Name jedoch einen prachtvollen Klang.

Tora. Ein Pferdegott der Wildheit.

Der wohlklingende Sirenengesang eines schimmernden, kristallklaren Bächleins lockte Gonji. Schön sah das Gewässer im orangefarbenen Schein des hereinsickernden Sonnenuntergangs aus, jetzt, wo die bedrohlichen Sturmwolken weit nach Osten geweht worden waren. Ein paar Fässer standen zur Kühlung im funkelnden Strom. Gonji zog Kimono und Hemd aus. Er öffnete den Haarknoten und badete den Oberkörper im erfrischenden Nass.

Nach dieser Übung in Sauberkeit fühlte sich Gonji besser und kehrte schwungvolleren Schrittes ins Lager zurück. Er blieb vor seinem Sattel stehen und stellte erleichtert fest, dass das Zeremonialschwert seiner Mutter nach wie vor daran festgeschnallt war. Dumm, so etwas zu vergessen! Er wickelte das Schwert ein und versteckte es in einer tiefen Satteltasche, aus der er dann ein Wurfmesser hervorzog, um den im Tal verlorenen Dolch zu ersetzen. Er befestigte es unter dem Kimono und schlenderte gemütlich zum Verpflegungswagen. Der Hunger knurrte in der leeren Kammer seines Magens.

»Wie ist dieses Wildbret?«

»Hab jetzt keine Zeit nich', Pilger – außem Weg!« Jocko hatte den zischenden Kessel vom Feuer gehoben und schwankte damit herum, und er stieß Gonji beinahe um, als er wie ein Affe mit Leistenbruch an ihm vorbeiwatschelte. Er hatte bislang nur Spanisch gesprochen, die in der Kompanie am häufigsten gesprochene Sprache. Jetzt hatte ihn seine Eile jedoch in seine italienische Muttersprache verfallen lassen.

Gonji lachte leise. »Beeile dich, ich habe Hunger!«, rief er ihm in brauchbarem Italienisch nach.

Der Graubart drehte sich stolpernd zu ihm um. Ihm zitterten die Arme vor lauter Anstrengung, den dampfenden Kessel auf Abstand zum fülligen Bauch zu halten, und er runzelte ungläubig die Stirn.

»Ich bin Sizilianer«, erklärte ihm Gonji mit unbewegter Miene.

Jocko stieß ein raues Lachen hervor, das an Lautstärke und

Heiterkeit noch zunahm, bis es Echos über die Lichtung warf und etliche Männer lautstark nach Ruhe verlangten. Jocko mühte sich mit durchgebogenen Beinen zum bratenden Hirschen und setzte den Kessel mit einem dumpfen Laut und einem zischenden *Platsch!* ab. Dann nahm er ein langes gefurchtes Schnitzmesser zur Hand und begann damit, den Hirsch zu zerlegen. Er hackte eine Scheibe Wildbret ab und klatschte sie auf einen Silberteller.

»In Ordnung, ihr sattelwundes Ungeziefer mit Blasen am Hintern!«, rief er auf Italienisch, während sein Blick und sein Lachen weiterhin Gonji galten. »Kommt schon her und stopft euch die Schweineschnauzen voll, hi–hiii!« Es freute ihn ganz offenkundig, dass er ein Publikum hatte.

»Sieh nur, wiese kommen!«

Gonji lächelte, kratzte sich den stoppeligen Unterkiefer, streckte sich ausgiebig und beugte sich vor, bis er den Erdboden mit den Handflächen erreichte. Er setzte sich auf ein Fass und lehnte sich auf einen Oberschenkel, während der andere lässig auf einem Schwertgriff ruhte.

Keine Eile. Es wäre nicht richtig gewesen, sich schnell in die Schlange vor der Essensausgabe einzureihen, jedenfalls nicht für einen Neuling. Es gab ja reichlich zu essen.

Der Hirschbraten roch aufreizend köstlich. Wenn er ihn betrachtete, fühlte sich Gonji wie ein vom Winter ausgehungerter Wolf vor einem schneeblinden Lamm. Komisch. Es hatte lange gedauert, bis er an Tierfleisch Geschmack fand, aber sobald das einmal geschehen war, nahm sein Appetit darauf ständig zu.

Er fühlte sich ziemlich gut. Immer noch ein Außenseiter, aber kurz davor dazuzugehören. Ein warmes menschliches Empfinden durchdrang das graue Dämmerlicht und die Abendkühle, die erste Lagergemeinschaft, die er seit – wie langer Zeit – kennen lernte? War ganz schön lange her. Nicht ein Monster oder Zauberer in Sicht, sagte er sich leise lachend. Und noch besser – er hatte das seltene Vergnügen genossen, mit einem anderen menschlichen Wesen gemeinsam zu lachen. Ein aufrichtiges Lachen gemeinsamen Verständnisses. Das war gut, *hai*, sehr gut. Manchmal erwuchs echte Freundschaft daraus. Und mit ein bisschen Glück lebte ein Freund vielleicht sogar lange genug, um sich an ihn zu erinnern.

»Heh, *Barbaro!*«

Gonji war wütend über diese unerfreuliche Störung seines Tagtraums. Er blickte zum stämmigen Navarez hinauf, der grinsend dastand, die Daumen in den breiten Gürtel gehakt, und das allgegenwärtige Eselsgebiss Estebans schwebte über seiner Schulter auf.

»Du hast dich entschieden zu bleiben«, stellte der Hauptmann fest, »und wir müssen deine ... Verpflichtung diskutieren, nicht wahr?«

Gonji spitzte die Lippen und starrte zunächst nur ausdruckslos. Sein Blick fuhr rasch über Navarez: frisches Hemd, neue Gabardine-Pantalons – am rechten Schenkel ein wenig aufgeplustert, wo ein schwerer Verband die Musketenwunde umfassen musste. Gonji betrachtete das Entermesser in der kunstvoll mit Goldfiligran geschmückten Scheide; die schlanke Pistole mit dem silbernen Fleur-de-lis-Griff. Dekadente Eleganz unter einem schräg sitzenden Hut.

»Da ist noch über die Bezahlung zu reden«, sagte Gonji. »Ein kleiner Vorschuss würde reichen, denke ich.«

Navarez lächelte schief. »Der Señor hat mir nun mal das Leben gerettet. Ich denke, da können wir ihm den Sold eines Monats im Voraus zahlen.« Er führte mit wedelnden Fingern eine auffordernde Geste aus, und Esteban zückte widerstrebend einen Fellbeutel. Der Hauptmann zählte zehn goldene Münzen ab, warf sie klimpernd in den Beutel, verschloss diesen mit dem Zugband und warf ihn Gonji zu.

Der Samurai fing ihn auf, nickte und platzierte ihn auf dem Fass nebenan.

»In Ordnung. Jetzt ...«, sagte er, stand auf und stellte einen Fuß auf das Fass, »... zu dieser Verpflichtung, von der du gesprochen hast.«

»Es ist im Grunde ganz einfach«, sagte Navarez. »Oder vielleicht doch nicht *ganz* so einfach. Es hängt von jedem Einzelnen ab. Wir haben da ein Ritual, das wir jeden Monat zur dunkelsten Stunde des Vollmonds ausführen. Gemeinsam singen wir eine Anrufung, eine Art Gebet des Glaubens an den Zauberer Mort. Er ist es, der uns Schutz spendet, uns große Magie gegen unsere Feinde verleiht.«

»Sein Schutz schien dorthinten nicht besonders wirkungsvoll gewesen zu sein«, sagte Gonji so harmlos, wie er nur konnte, und deutete mit dem Kopf nach Westen.

»Es waren *Dummköpfe, Barbaro!*«, erklärte Esteban hitzig und legte den Kopf schief, sodass das Auge mit dem hängenden Lid auf Gonji gerichtet war. »Ihr Glaube war schwach. Rede nicht, ehe du begreifst.«

Gonji kniff die Augen zusammen.

»Sprich nicht schlecht von den Kräften des Zauberers«, warnte ihn Navarez. »Wessen Glaube sich als stark erwies, der ist hier und kann davon berichten.«

»Sei kein Narr wie diese anderen«, plapperte der Speichelle-cker Esteban nach.

Der Ärger nagte an Gonjis Nerven, aber er sprach gelassen. »Was umfasst dieses Ritual?«

Esteban zog ein zusammengefaltetes Stück Pergament aus einer Westentasche, öffnete es und hielt es dem Samurai hin. Darauf standen drei Zeilen in einer krakeligen Schrift.

»Soll ich es dir vorlesen?«

»Ich kann selbst lesen!«, fauchte Gonji und riss Esteban das Pergament aus der Hand.

Er blickte forschend auf die Schrift:

Hemeska shob daktra sessem ib Mort
Akt'nessai im Mort, vookt-mirh, yod-mirh
Sha'nai, Sha'nai.

Was sollte er *jetzt* bloß tun?

Ein kalter Schauer lief Gonji über den Rücken, als er die Worte ein zweites Mal las. Er hatte die Anrufung nie zuvor gelesen, da war er sicher; trotzdem wusste er genug von diesen Dingen, um die Worte nicht mal lautlos nachzusprechen, während er sie las. Erwartete man von den Angehörigen dieser Armee, dass sie ihre Seelen verkauften, oder was?

»Und was geschieht, wenn diese Anrufung erklingt?«, fragte er.

»Es ist, wie ich sagte«, antwortete der Hauptmann. »Die Soldaten empfangen die schützende Macht Morts im Austausch für das Vertrauen in diese Macht. Aus diesem Vertrauen wiederum zieht der Zauberer selbst Macht. Ist das nicht in allen Religionen so, hm? Am wichtigsten überhaupt ist, dass du dem Zauberer absoluten Glauben schenkst. Halte es mit ihm so wie mit irgendwelchen heidnischen Göttern, die du vielleicht verehrst, nur ... erwarte diesmal Resultate.«

Navarez deutete auf den Text der Anrufung und unterstrich seine Worte, indem er die Brauen hochzog. »Das ist wahre Macht auf Erden.« Sein Ton war zu einem ehrfürchtigen Flüstern herabgesunken.

Gonji war beunruhigt, wusste nicht recht, was er sagen sollte. Seine schlimmste Befürchtung bestätigte sich mit Estebans nächsten Worten:

»Warum probierst du nicht, die Worte jetzt zu sprechen?«

»Sobald die Zeit gekommen ist, werde ich sie gelernt haben«, entgegnete Gonji.

»Sorge nur dafür, dass du sie gut beherrschst«, riet ihm Navarez, wandte sich ab und ging davon.

Gonji faltete das Pergament zusammen und steckte es zusammen mit den Goldmünzen in eine in den Kimono eingenähte Tasche. Derweil näherte er sich der Schlange, die fürs Essen anstand, und seine Gedanken überschlugen sich. Er kam nur zwei Schritte weit, da hielt Esteban ihn auf.

»Ich brauche noch Informationen – wie heißt du?«, fragte der Spanier aufdringlich.

Gonji blickte finster, während Esteban das vernarbte Auge auf ihn richtete und sich beiläufig mit einem Halstuch das Gesicht abwischte.

»Gon-ji Sa-ba-ta-ké«, antwortete er und sprach mit Bedacht in herablassendem Ton. »Jetzt sieh mal, ich bin hungrig …«

»Buchstabiere das.«

Unglaublich! Er tat wie geheißen.

»Besondere Qualifikationen?«

Gonji spürte die auf ihm ruhenden Augen, ohne dass er zu den Gruppen der Söldner hinüberblicken musste, die diese Darbietung zu ihrer Mahlzeit genossen. In seiner Nähe saßen die Mongolen; in ihrer Gesellschaft Julio und ein paar seiner Spießgesellen, und sie kicherten allesamt.

Gonji reckte sich hoch und breit und ging, die Hand auf dem Schwertgriff, arroganten Schrittes auf Esteban zu, in dessen Augen sich jetzt schleichende Besorgnis spiegelte. Der Samurai hielt sein Gesicht eine Handbreit vor den verlockend vorstehenden Kiefer das Spaniers, warf sich in die Brust und sagte laut und prahlerisch genug, damit es alle hörten:

»*Amigo, alles*, was ich tue, ist besonders.«

Damit wandte er sich langsam ab – erst den Körper, zuletzt den Kopf – und schlenderte lässig zu den Überresten des Abendessens.

»Den Rest besorge ich mir später!«, rief ihm Esteban matt nach, versuchte damit, einen Rest von Stolz zu retten. Gonji beschäftigte sich jedoch schon damit, sich aus dem Stapel mit Ungeziefer verschmierter Zinnteller, der auf einem Baumstumpf stand, den saubersten auszusuchen.

»Braggadocio«, brummte Esteban vor sich hin und trug dieses Wort in das Feld für »besondere Qualifikationen« ein.

Gonjis Ärger verflog, während er das Speisenaroma tief einatmete. Jocko gackerte und polterte vor der Warteschlange und schrie denen Verwünschungen ins Gesicht, die seinen Eintopf ablehnten. Dieser brodelte inzwischen nicht mehr und erinnerte einfach nur noch an einen trüben Sumpf. Ein paar gutgelaunte Beleidigungen gingen an Jocko zurück.

Das Hirschfleisch lag in schlaffen Scheiben auf zwei schmierigen Serviertellern und hing über die Ränder. Während Gonji einen Stapel Fleisch nach dem richtigen Stück durchsuchte, spürte er flüchtig, wie sich jemand direkt neben seiner Schulter aufbaute. Er scherte sich nicht darum. Er entschied sich für ein besonders saftiges Stück Wildbret und stocherte danach, um es vom Teller zu heben, da fuhr ein Krummdolch an seiner Hand vorbei und spießte das Bratenstück auf.

Er riss den Kopf herum und blickte von der Seite her in die wässrigen Augen eines anzüglich grinsenden Mongolen.

Das Lager verstummte. Hielt die Luft an.

»Will niemand was von diesem gesunden Eintopf?«, schrie Jocko über ihre Köpfe hinweg. Niemand hörte ihm zu.

Der Mongole redete drauflos, sprach einen langen Satz in affektiertem Ton aus. Das unterstrich den nasalen Singsangcharakter seiner Sprache noch. Gonji verstand kaum Chinesisch, hörte jedoch einen Begriff heraus: »Kotgesicht.« Der Stachel saß tief. Es war komisch, wie schnell man sich den weniger zustimmungswürdigen Wortschatz einer Fremdsprache aneignete und wie lange man ihn im Gedächtnis behielt.

Gonji griff auf seine Reserven an innerer Festigkeit zurück und bemühte sich, die prickelnde Anspannung zu besänftigen, die seinen Körper durchdrang. Er atmete gleichmäßig und tief, versuchte das Herzklopfen zu verlangsamen. Er merkte nichts von der drückenden Stille, die sich ausgebreitet hatte: Niemand kaute oder mampfte oder rülpste; nicht ein Flüstern war zu vernehmen außer dem zischenden Strom gepressten, schweren Atmens. Ein schmales Lächeln dehnte Gonjis Mundwinkel, während er den Dolch mit dem krummen Griff betrachtete, die dunkelgelbe Hand darum und die sandigen schwarzen Fingernägel.

»Netter Stoß«, sagte Gonji auf Spanisch. Enttäuschtes »Ohh!« und heiseres Gelächter brach aus, als so der Zweikampf abgelehnt wurde.

Gonji ging zu dem Teller, von dem sich schon mehr Leute bedient hatten, und blickte Jocko an, der ihm mit zusammengekniffenen Augen eine Warnung übermittelte. Und als der Samurai erneut Fleischstücke durchsuchte, kam es für niemanden überraschend, als der raue Mongole die Hälfte des umgestülpten Stapels durchbohrte. Diesmal hatte Gonji das Manöver jedoch abgepasst und spießte geschickt ein dickes Stück Fleisch auf, während die Messerspitze des Gegners feststeckte.

Gonji entfernte sich mit verschmitztem Grinsen.

Der Mongole trat von hinten dicht an ihn heran und schnatterte eine Folge schneidender Beleidigungen – schon vom Tonfall her unüberhörbar. Gonji verstand etwas, das vielleicht »Hurensohn« bedeutete, und siedender Zorn wühlte in seinen Eingeweiden. Er sah sich den Kumpanen des Mongolen gegenüber, die jedoch etwa ein Dutzend Schritte von ihm entfernt standen. Der zweite höhnisch grinsende Chinese funkelte ihn unter einem Helm mit Pelzbesatz hervor böse an. Er hatte sich auf ein Knie erhoben und zog immer wieder, begleitet von rhythmischem *schnick schnick*, drohend das Schwert ein Stück weit aus der Scheide, nur um es wieder hineinzurammen.

Zornige Stimmen erfüllten Gonjis Gedanken, während er nach dem besten Weg suchte, mit dieser Konfrontation umzugehen – und zugleich seine Reflexe entspannt und frei hielt. Einen Augenblick lang rechnete er sich seine Chancen aus. Er spürte den bedrohlich auf seinen Rücken gezielten Dolch, hörte den Mongolen eine Herausforderung rufen.

Dann probierte er es mit dem Unerwarteten.

»*Por favor*, einen Becher Wein, *Amigo!*«, rief er mit lauter, freundlicher Stimme Jocko zu. Der alte Mann ging zu einem Fass und füllte einen Becher zur Hälfte mit der rubinroten Flüssigkeit, während er Gonji die ganze Zeit lang fragend musterte.

Nun begann Gonji, in gespreizter, theatralischer Manier herumzustolzieren, kunstvolle Gesten auszuführen und herausfordernd den Kopf zu recken. Aus drohendem Grinsen wurde verwirrtes Stirnrunzeln, so als würde ein Wandbehang ausgebreitet, während der Samurai Teller und Dolch schwenkte und mit kräftiger, tiefer Stimme einen Monolog hielt – auf Japanisch:

»Wisst ihr was? Vor langer Zeit lehrte mich mein Vater, der große *Daimyo* Sabataké Todohiro, zu verstehen, dass kein Mann einen anderen beleidigen kann, wie ihr es hier mit mir getan habt, ohne dafür zum Kampf gefordert zu werden. *Hai*, so ist es. Nach allem Recht müsste ich euch töten – euch *alle!*«

Er nahm den Weinkelch zur Hand, nickte dabei Jocko lächelnd zu, trank einen Schluck und stellte den Kelch wieder weg. Packte erneut den Dolch und deutete damit unvermittelt in die Richtung des knienden Mongolen und seiner sitzenden Kumpane. Alle gafften ihn verwirrt und mit offenem Mund an.

»Aber ich tue es nicht. Nein. Ihr habt großes Glück, und wisst ihr auch, warum?«

Noch immer den Teller mit dem Hirschbraten in der Hand, schlenderte Gonji auf sein verdutztes Publikum zu, das Gesicht zum majestätischen Himmel erhoben.

»Seht ihr, als er mir das erklärte, bezog er sich damit auf intelligente, zivilisierte Menschen. Das seid ihr offenkundig nicht, *neh?*« Er deutete mit dem Dolch auf einen der sitzenden Männer, der überrascht zurückprallte, mit großen Augen verlegen lächelte und matt nickte.

»Richtig, absolut richtig. Das dachte ich mir schon! Sehr gut. Seht ihr, an euren fetten, aufgeblasenen Gesichtern …«

Geschickt schnitt er ein Stück vom Braten ab und spießte es auf.

»… erkenne ich, dass ihr *Schweine* seid, keine Menschen. Und als Schweine verfügt ihr zweifellos auch nur über Schweinegehirne. Das ist richtig, *du* und *du* und *du* – dieser Jammerlappen da hinten …«

Er war abrupt stehen geblieben und deutete auf diverse Söldner; zum Schluss richtete er die Dolchspitze wieder auf den schäumenden Mongolen. Er bedachten den Briganten mit verächtlichem Blick, schob sich den Happen Fleisch in den Mund und kaute in der aufgeladenen Stille geräuschvoll darauf.

»Mein Vater hatte Recht, wisst ihr, aber nur soweit es das Land der Götter betrifft. Ich bin zu der Überzeugung gelangt, dass man in einem Land des Abschaums Zugeständnisse aufgrund der dort herrschenden Unwissenheit machen muss. *Hai*, das muss man wirklich. So was mutet die Welt einem zu!«, seufzte er resigniert. »Kompromisse. Immer sieht man altehrwürdige Prinzipien verfallen …

Aber das ist sehr gut für euch, ihr hässlichen Kröten, denn ich brauche euch nicht zu töten!« Mit weitläufiger Geste schloss er die ganze Versammlung ein. Ein nächtlicher Wind wälzte sich auf die Lichtung und tat sich mit Gonjis Adrenalinstoß zusammen, um ihn in eine seltsame Euphorie zu versetzen.

»Und da ich euch eine Schonfrist gewährt habe, wendet euch nun unbedingt wieder eurem geistlosen Geschwätz zu. Aber zunächst … solltet ihr dafür Sorge tragen, euren Göttern zu danken, nicht wahr?«

Gebannt flüsterten die Söldner und lachten vorsichtig in sich hinein, während der Samurai lebhaften Schrittes zu den Fässern zurückkehrte, um seinen Wein wieder an sich zu nehmen.

Aber der dolchschwingende Mongole stürmte heran und packte Gonji am Arm, den er nach dem Kelch ausstreckte. Gonji erstarrte. Zischende Laute verlangten ringsherum Ruhe.

Er hatte sich verspekuliert.

Gonji blickte dem Mongolen offen ins Gesicht, hielt dabei den Teller vor sich und den Dolch locker an der Seite. Ihre steinernen Blicke tauchten ineinander. Der Wind spielte mit dem Fellbesatz am Spitzhelm des Mongolen, und die hängenden Ranken seines Schnurrbarts wackelten, als er etwas eindeutig Giftiges hervorjammerte.

Gonji sagte ernst auf Spanisch: »Sieh mal – warum lässt du es nicht einfach gut sein, du dummer Wilder?« Inzwischen war es Gonji fast schon egal; in Japan wäre es eine unerträgliche Beleidigung gewesen, einen anderen aus Bosheit zu packen.

Der Mongole räusperte sich und spuckte ihm auf den Teller.

Gonji holte tief Luft, und sein Herz hämmerte. Er hörte, wie Männer hinter ihm aufstanden und Stahl leise aus Scheiden glitt. In seiner Vorstellung: die kalte schwarze Tür des Endes. Flüchtig gingen ihm die Worte eines alten Lehrers durch den Sinn:

Die Mächtigen schützen ihre Gesichter
Während sich die Geringeren mit ihren Zehen davonmachen.

Er hörte Navarez' Schrei, aber er kam zu spät.

Gonji warf den Dolch zur Seite. Der Mongole folgte instinktiv dem harmlosen Kurs der Waffe. In diesem Augenblick knallte Gonji ihm den Teller ins Gesicht.

Der Mongole schrie auf und stieß unbeholfen mit dem Dolch zu. Gonji schlug ihm die Waffe mit heftigem Schlag aus der Hand, schleuderte dabei den angreifenden Arm zur Seite, zog das Sagami und rammte dessen Griff in den Bauch des Gegners. Dieser stürzte mit einem dumpfen Laut auf die Knie und stöhnte und atmete schwer, während Gonji geduckt in eine Angriffsstellung ging.

Einzelne Schreie ertönten, während ringsherum Männer aufsprangen und Stahl blankzogen. Gonji starrte auf einen Ring aus Schwertern. In die Mündungen von Pistolen mit gespanntem Hahn.

So endet es ...

Navarez brüllte herum und hielt die Freunde des Mongolen einen scheinbar endlosen Augenblick lang im Zaum. Dann geschah etwas anderes.

Ein großer, hagerer Straßenräuber in dunkler Kleidung und einem mottenzerfressenen Schlapphut baute sich neben Gonji auf. Aus den Augen des Asiaten flammte eine Drohung, aber der andere wandte sich ab und dem gegnerischen Kontingent zu. Er zog eine Pistole und zielte damit auf den Kopf des zweiten Mongolen. Unbehagliche Blicke kündeten von schwindender Entschlossenheit.

Navarez und Esteban witterten die Gelegenheit, sich zwischen die beiden ungleichen Parteien dieser Konfrontation zu stellen, und tiefe Erleichterung breitete sich in Gonji aus.

Ein Aufschub. Wieder mal. Die hartnäckigen Reste der *Bushido*-Ausbildung bäumten sich dagegen auf, waren nicht ganz beschwichtigt.

Gonji stieß das Schwert in die Scheide und verneigte sich vor seinem unerwarteten Wohltäter, wobei er leicht, aber dankbar lächelte. Man verhielt sich angemessen zurückhaltend und respektvoll, nie schmeichlerisch. Der Große wischte sich die Stirn mit dem schiefergrauen Schlapphut ab, spitzte die Lippen und nickte in stiller Zufriedenheit.

Navarez war damit beschäftigt, Männer wegzuschubsen, sie zu beruhigen, und der Speichellecker Esteban hing ihm dabei an den Fersen. Der Hauptmann verkündete mit knurriger Arroganz, dass, sollte Blut in diesem Lager vergossen werden, *er* es sein würde, der das tat. Gonji warf ihm einen verächtlichen Blick zu und schlenderte zurück zur Essensausgabe, um sich den Teller neu zu füllen.

»Wie wär's mit etwas Eintopf für diesen Burschen – das bringt'n wieder in Form!«, rief Jocko den beiden Männern zu, die dem verletzten Mongolen auf die Beine halfen. Sie schenkten Jocko keinerlei Beachtung, und das heisere Gelächter des Maultierpackers stieg zum Himmel. Er sprang herum und klatschte in die Hände wie ein betrunkener Gnom und trat vor lauter Übermut gegen die Fässer.

Gonji fand ein stilles Plätzchen unter den Kiefern, die das Lager säumten, und setzte sich, um zu essen. Während des Zwischenfalls war die Nacht hereingebrochen, eine Schicht der Dunkelheit nach der nächsten, und Gonji fand die sich vertiefende Dunkelheit am Rand des Lagers tröstlicher als die Umgebung des mächtigen Lagerfeuers, das die meisten der Männer anlockte. Er war froh über Jockos derben Humor, der immer wieder die unheimlichen, gedämpften Unterhaltungen am Lagerfeuer übertönte.

Gonji wusste, dass man über ihn redete.

Der große Mann, der sich auf Gonjis Seite gestellt hatte, saß allein unter den Bäumen auf der anderen Seite der Lichtung und wandte dem Lager den Rücken zu, während er sein Ale trank. Dem Samurai war dieser Krieger vorher gar nicht aufgefallen, aber das war keine Überraschung für ihn: Einzelgänger, die ihren Weg in ein Söldnerlager fanden, hielten sich im Allgemeinen zurück. Man wahrte Distanz zu ihnen, aus Respekt vor dem, was immer sie an persönlichem Unglück erlitten hatten. Und wiewohl sich Gonji nach angenehmer Konversation sehnte, überließ er den anderen seiner Einsamkeit.

Gonji wandte sich auch vom Anblick des unglücklichen Opfers mit der Bauchwunde ab, das inzwischen mitleiderregend stöhnte. Der Samurai hing melancholischen Gedanken nach, und seine Stimmung war auf dem Tiefpunkt.

Wieder mal ein Kompromiss. Wieder mal durfte jemand lebend davonspazieren, nachdem er mir eine Beleidigung ins Gesicht geschleudert hatte. *Hai*, aber er geht nicht gerade festen Schrittes, soweit ich sehe! Er wird jedes Mal an mich denken, wenn er in den nächsten paar Tagen seinen Bauch spürt, so viel ist mal sicher. Ich hätte diesem Dummkopf den Kopf abschlagen sollen. Ihm und seinen stammelnden Affenfreunden. Ich wünschte, sie würden gleich jetzt irgendwas anfangen ... Kommt schon, ihr Mistkerle, ich strecke euch nieder wie ... Nein, Dummkopf, du wirst gar nichts tun. Wie zuvor, genau wie in Spanien und Frankreich. Du duldest, dass sie sich auf deine Ehre hocken, und stolzierst selbst mit einer großartigen Demonstration von Mannhaftigkeit davon, weil es die Sache nicht wert ist, dafür zu sterben; drücken sie es hierzulande nicht so aus? Ehre bedeutet nichts, oder? *Bushido* ist für dich ein Witz, *neh*, Samurai? *Neh?* Samurai – ha! Du bist nichts. Nichts als ein kotfressender *Ronin*, ein Insekt ohne Land, ein ehrloses Tier, das nicht mal die Pflicht sich selbst gegenüber erfüllen kann, sodass er für jeden Abschaum, der ihm einen schmutzigen Beutel voll Gold zuwirft, den Pflichtbewussten spielt. Mein Geist wurde vom Karma zermalmt. Was wird aus mir werden? Ich bin genau wie der Rest des Abschaums auf diesem verkommenen Kontinent, ein schmutziger Barbar – wieso, wieso, wieso? Ich predige *Bushido* und tue so, als lebte ich danach, aber es ist nur eine Lüge, alles nur eine Lüge. Ich bin nichts weiter als ein Mischlings-*Ronin*, in dem die hässliche Seite völlig die Oberhand gewonnen hat. Mutter, hast du mich dafür zur Welt gebracht? Warum? Ich hasse mein Erbe hier und jetzt ... Und doch ist es alles, was mir verblieben ist, nicht wahr? Komisch. Ich töte einen Mann, den ich für meine Ehre glaubte töten zu müssen (*ihr Schwert stieg empor)*, und es war damals nur richtig und angemessen, und – ihr Götter! – es hat mein Leben zerstört (ich blute), mein Leben in dem Land, das ich liebe (*sie holt erneut mit dem Schwert aus)*, und dann bin ich in dieses Land hier gereist, dieses Land der Pestilenz und der Monster und des Hungers und (*sie ist Samurai)* des Todes, wo die Menschen der perversen Überzeugung anhängen, das Leben jedes verlausten Bettlers wäre wertvoll (*sie weint*), und ich nehme hin, dass ein Mann mir ins Essen spuckt und lebend davonspaziert (*sie bewacht seine Leiche*), weil es Folgen hätte, falls ich ihn tötete – welche Ehre findet man in diesem Land? Welches Los erwartet mich hier? Ich verschmähe das, was mir etwas bedeuten sollte, und suche Bedeutung im Bedeutungslosen (*sie hasst mich jetzt, hasst mich*). Oh, du bist schon ein toller Samurai, wirklich, Gonji-san! Alter Todo, falls du tot bist, bete ich darum, dein unruhiger Geist möge anderswo umherwandern! Oder falls du als Viper wiedergeboren wurdest, wie deine Feinde schworen, dass du es tun würdest, werde ich heute Abend mit Gift anschwellen! Ich bin genau wie sie, wie sie alle. Die Guten sind tot, und ich lebe weiter, sodass ich zu den Schlechten gehören muss, *neh?* Wunderbar, toll – der majestätische Dichterkrieger aus dem schimmernden Paradies ist gekommen, um dich vor dir selbst zu retten, oh Europa! Sobald die Leute genug von meiner Schwertkunst gesehen haben, ernennen sie mich zweifellos zum Oberbefehlshaber dieses großartigen Heeres. Ich kann wahrscheinlich von Glück sagen, dass diese Mongolenbastarde hier sind; zumindest haben die anderen in diesem Lager auf diese Weise schon Asiaten gesehen. Oh ja, es hat mir die Aufnahme hier richtig leicht gemacht, nicht wahr? Noch mehr Feinde und mehr koterfüllte Pflicht und – ahhh! Wer macht sich noch etwas daraus? Karma, *neh?* Karma und Karma und Karma, alles ist Karma. Ich lebe für mich, und falls ich mich ausreichend bemühe, lerne ich noch, es zu akzeptieren. Da. Schluss. *Cholérapocken* über all das! Navarez, du Mistkerl, ich biete dir meine wertlosen Dienste an; oh König Klann, mein Lehnsherr, ich hebe meinen inzwischen leeren Kelch – der bald wieder voll sein wird, nur keine Sorge! – auf Eure idiotischen Pläne; und Euch, oh Mort, Höchsterhabener Zauberer, verpflichte ich meinen blasenübersäten Hintern. Möge Eurer so schmerzen wie meiner.

Gonji spuckte geräuschvoll aus. Er rappelte sich auf und

streckte sich lässig erst zur einen, dann zur anderen Seite. Als er zu den Weinfässern hinüberschlenderte, war er dankbar für die samtene Dunkelheit und das grelle Licht des Lagerfeuers, da beide die mürrischen Blicke auf ihn verbargen, während er sich den Becher nachfüllte. Als er den leuchtenden Ring des zunehmenden Mondes am Himmel erblickte, schätzte er, dass wohl mit Regen zu rechnen war; er hoffte es, wenngleich er keinen besonderen Grund dafür hatte.

Gonji ging zu seinem Sattel hinüber und bemerkte, dass der hoch aufgeschossene Mann jetzt in der Nähe der gebündelten Habseligkeiten ruhte. Das munterte den Samurai ein wenig auf. Sicherlich schuldete er dem Mann zumindest ein Wort des Dankes; ohne dessen kühnes Einschreiten hätte Gonji inzwischen ohne weiteres ein kleines bisschen schwerer sein können vom Gewicht der Pistolenkugeln in seinem Kadaver.

Er nickte ihm grüßend zu, und der schlaksige Straßenräuber lüpfte zur Antwort den Hut. Gonji machte es sich bequem, trank eine Zeit lang vom dunklen Wein und betrachtete die zornigen Sterne, die finster auf ein sich sanft wiegendes Kiefernballett hinabblickten.

Gonji wurde es wehmütig ums Herz. Er dachte an Saké und Kirschblüten, an seine edlen Eltern und sein Lieblingspferd in der Provinz, an Freunde, deren Gesichter vergessen waren, an Reiko ...

»Bist du schon lange bei diesem Haufen?«, fragte Gonji unvermittelt, ohne nachzudenken oder den großen Mann anzusehen. Er hatte gehofft, dass der andere zuerst etwas sagte, und hatte das unbestimmte Gefühl, dass er, indem er das Schweigen brach, eine Partie verloren hatte. Eine ganze Weile lang war ihm gar nicht bewusst, dass er auf Japanisch geredet hatte.

Er probierte es auf Spanisch erneut. Keine Antwort.

Er war ein wenig pikiert und blickte zu dem hageren Krieger hinüber. Der Mann schob die Krempe des Schlapphuts mit einem

Finger hoch, und etwas – Trauer, dachte Gonji – machte seinen Blick weich. Der Mann hatte geistesabwesend an einem kleinen Holzkruzifix gezupft, das er an einem Lederband um den Hals trug. Er stopfte es unters Hemd.

»Kein Español.«

Gonji überlegte etwas, schnaubte dann jedoch und schüttelte den Kopf, als ihm einfiel, welch schlechte Manieren er hier zeigte.

»Gonji Sabataké«, sagte er und deutete mit dem Daumen auf sich.

»Hawkes«, antwortete der Mann.

»Hawkes.« Gonji grinste. Ein Engländer. Natürlich. Er sah so aus und war so gekleidet. Gonji probierte es mit seinem scheußlichen Französisch. Hawkes schüttelte den Kopf. Der Samurai probierte es mit Latein, mit Hochdeutsch. Kein Glück. Ratlos und enttäuscht forderte er Hawkes mit einer Handbewegung auf, selber etwas zu sagen.

»*English*«, kam es darauf.

Ah–oh.

Gonji verlor die Lust und sank resigniert auf sein Bettzeug. Die wenigen englischen Wörter, die er kannte, waren zumeist von einer Art, die man nicht an einen Freund richtete.

Hawkes unternahm einen weiteren halbherzigen Versuch in einer fremden Sprache – Gonji vermutete aufgrund des Klanges, dass es Niederländisch war. Der Samurai seufzte und schüttelte den Kopf. Hawkes machte es sich bequem und zog sich die Hutkrempe über die Augen.

Ein Ziegenmelker stieß einen schrillen Schrei aus, und irgendwo heulte ein Wolf lange und klagend. Gonji leerte den Weinkelch mit einem Schluck und spürte, wie die sich ausbreitende Wärme allmählich seinen Blick trübte.

Er brauchte lange, um den Mut und die Aufrichtigkeit zusammenzuraffen, aber endlich fand er die, wie er glaubte, richtigen englischen Wörter und holte tief Luft.

»*Thank . . . you*«, sagte er stockend und stemmte sich dabei auf einen Ellbogen hoch. Hawkes schlief jedoch schon. Und die eben gesprochenen Worte hallten spöttisch in Gonjis Ohren wider und vermischten sich mit dem Schnarchen des Engländers.

Der Samurai brauchte lange, um in einen unruhigen Schlaf zu sinken.

KAPITEL VIER

Pistolen entfachten auf dem Gebirgspass einen Kugelhagel, dessen Geknatter von den Felswänden vielfach widerhallte.

Soldaten und Pferde, durch den Einschlag der Geschosse auseinandergetrieben, erzeugten in der restlichen Truppe ein wildes Chaos. Der Kommandeur löste sich aus dem Durcheinander, brüllte Befehle und ordnete seine überrumpelten Leute neu, während sich die brüllende Reihe der Banditen auf sie stürzte. Die Linie der Briganten war dünn, verstärkte sich jedoch an beiden Enden, um dem Gegner jeden Rückzug abzuschneiden. Der Hinterhalt war perfekt vorbereitet worden.

Derart in der Gebirgsspalte eingeschlossen und außerdem in der Unterzahl, blieb den Soldaten nichts weiter übrig, als die Stellung zu halten. Der Kommandeur rief ihnen Mut zu. Er sah, dass nur zwei Männer unter dem Pistolenfeuer gefallen waren, und traf schnell eine Entscheidung. Er stieß den Kampfschrei seiner Truppe aus und zog blanken Stahl, winkte seinen tapferen Männern zu und stürmte auf die dicht gestaffelten Gegner am südlichen Ausgang des Passes zu.

Diese Teufel würden am Ende erkennen, dass ein Sieg nicht kampflos zu erringen war.

Navarez beendete den Angriff der Desperados mit einem lauten Ruf und befahl seinen Männern am nördlichen Ende, den in heilloser Flucht davonrennenden Soldaten nachzusetzen.

Die Söldner johlten und grölten vor Blutgier und ließen die Schwerter über den Köpfen kreisen. Navarez ritt zähneknirschend dorthin, und als er sich den Soldaten von hinten näherte, betrachtete er sie genauer: leichte Halbrüstung, graue Wappenröcke und Hosen; und sie trugen eindeutig die Farben, vor denen er gewarnt worden war.

Keine Gnade für sie – so gefiel es Navarez am besten.

Am südlichen Passausgang saß der japanische Barbar auf seinem Pferd, die Hand auf dem Schwertgriff, ein Bild grenzenlosen Selbstvertrauens. Flankiert wurde er von einem halben Dutzend Männer, die seit seiner Ankunft kein Hehl aus ihrer Bewunderung für ihn machten. Sie hatten sich in einer V–Formation aufgestellt, mit dem tapferen Japaner an der Spitze. Er nahm bereits eine Kommandoposition für sich in Anspruch. Das war schlecht; dem Hauptmann gefiel es gar nicht, irgend jemandem sein Leben verdanken zu müssen, erst recht nicht einem eingebildeten Mistkerl wie diesem Barbaren.

Aber in diesem Augenblick ging der Fahnenwächter der Soldaten vorne im Zentrum zum Angriff über und zielte mit der Lanze auf den Samurai.

Seine arrogante Aktion würde ihn am Ende sein Leben kosten, durchbohrt von den Spießen des Gegners. Und das war gut.

Navarez und seine Bande von fünfundzwanzig Mann blieb den langsamer werdenden, drängelnden Soldaten dicht auf den Fersen. Die rückwärtige Hälfte ihrer aufgelösten Marschkolonne warf sich herum, um sich dem Angriff zu stellen. Grimmige Verzweiflung grub sich in die staubverschmierten Gesichter; Schwerter wurden mutig gezückt.

Navarez erhaschte noch einen kurzen Blick von dem Lanzenreiter, der auf den Japaner zudonnerte, sah Gonjis Pferd einen unmöglichen Ausfallschritt vollführen, um dem Ansturm auszuweichen, und verfolgte, wie der Samurai den Soldaten vom Pferd riss.

Dann krachte Navarez' Entermesser auf einen angehobenen Schild, und er stellte fest, dass er hauend und parierend ums nackte Leben kämpfen musste.

Der Soldat, dem er sich gegenüber sah, war stark und ein disziplinierter Reiter. Er führte das schwerere Schwert, und Navarez' Klinge prallte mehrmals wirkungslos ab. Kräftemäßig im Nachteil, fiel es dem Söldnerhauptmann schwer, den hämmernden Stahl des Gegners abzuwehren, während dessen Schild seine eigenen Attacken abgleiten ließ.

Zwei seiner freien Gefährten fielen ganz in der Nähe, wobei sie schmerzerfüllt brüllten und nach ihren Wunden griffen. Pferde bissen und traten aus, gerieten in Panik und gingen inmitten des klirrenden, schreienden Getümmels durch, und vier Männer und Pferde kippten hinter Navarez wie Dominosteine um.

Der Hauptmann blockte einen tödlichen Hieb ab und zuckte dann zusammen, als eine Pistole neben seinem linken Ohr krachte. Sein Ross taumelte und wieherte, sodass er den Kontakt zum Gegner verlor. Der Einschlag der Pistolenkugel schleuderte einen Soldaten zu Boden, wo er zertrampelt wurde.

Navarez brüllte, beruhigte das Pferd und trieb es mit den Sporen aufs Neue nach vorn. Ein weiterer Söldner fiel dem formidablen Gegner des Hauptmanns genau in dem Augenblick in die Flanke, als ein verirrter Hieb des Soldaten den Schädel von Navarez' Pferd spaltete. Navarez kam schwer zu Fall, kroch von den strampelnden Hufen weg und humpelte zum Wegesrand.

Als er sich wieder so weit gefangen hatte, dass er sich einen Überblick über den Stand der Schlacht verschaffen konnte, war alles vorbei.

Das Durcheinander aus Fleisch und Stahl ordnete sich allmählich. Siegesschreie stiegen von der Freien Kompanie auf, deren Streiter die Waffen hoben, einander auf die Schultern klopften und sich gegenseitig ihre blutigen Klingen zeigten.

Julio stolzierte mit boshaftem Grinsen auf Navarez zu. Der Hauptmanns durchbohrte ihn mit finsteren Blicken und rechnete mit einer sarkastischen Bemerkung, die jedoch ausblieb. Wie schade. Navarez hegte nach wie vor einen tiefen Groll gegen diesen Briganten und hätte nur zu gern einen Grund gefunden, um ihn zu erledigen, ganz gleich, wie klein ihre Truppe auch war.

»Besorge mir ein Pferd, Idiot!«, kommandierte Navarez. Julio trabte leise lachend davon, aber der Hauptmann hatte ihn schon vergessen. Er verfolgte, wie Gonjis Pferd vorsichtig über die herumliegenden Leichen hinweg stieg und sich einer Gruppe auf der anderen Seite des Weges näherte. Der siegreiche Barbar! Navarez klopfte sich den Staub ab und spuckte durch trockene Lippen aus.

Dieses ehrgeizige Schlitzauge würde sich noch zum Problem entwickeln.

Gonji betrachtete prüfend die Gruppe wiehernd lachender Söldner, die sich rings um den am Boden sitzenden Soldaten versammelt hatten. Der Mann schüttelte benommen den Kopf, hatte Schmerzen. Der linke Arm war zerhackt. Der Helm, der in der Schlacht verloren gegangen war, hatte immerhin den Schädel vor einem Hieb gerettet, doch aus einer hässlichen Platzwunde auf seinem Kopf strömte reichlich Blut. Es wäre für den Mann wahrscheinlich besser gewesen, wenn der Schlag ihn voll getroffen hätte. Er saß hilflos im sich rot färbenden Staub und bat matt um Gnade. Aber er bettelte nicht. Er schloss einfach die Augen und murmelte ein Gebet, als ihn einer der Banditen durchbohrte. Ein Geräusch ertönte wie von einer Melone, die gespalten wurde, und in einer dicken Fontäne spritzten Blut und Erbrochenes hervor. Der Bandit feierte seinen feigen Triumph über den toten Ritter mit lautem Gebrüll.

Tora trabte hinter den Henkern heran, und Gonji hielt das Pferd nicht zurück, bis die Männer erschrocken auseinanderliefen und der Mörder im Gedränge zu Fall kam und im Dreck landete. Er sprang wieder auf, hob drohend das Schwert und schleuderte Gonji einen Fluch entgegen.

»Das ist nicht die Art, wie ein Mann sterben sollte«, sagte Gonji grimmig.

Der Bandit sah den Ausdruck in Gonjis Augen und wich zurück. Der Samurai verabscheute solch unehrenhaftes Sterben, und er hatte in Europa viel zu viel davon gesehen. Einem geschlagenen Mann, dazu gezwungen, sich zu ergeben, sollte man zumindest die Ehre erweisen und ihm Gelegenheit geben, sich selbst das Leben zu nehmen. Natürlich war das hierzulande nicht die Gepflogenheit. Würde zählte hier herzlich wenig.

Verdrossen lenkte Gonji Tora über die blutige Walstatt. Die grau gekleidete Patrouille hatte gut gekämpft. Disziplinierte, tapfere Männer, überwältigt durch die schiere zahlenmäßige Übermacht. Vierzehn Soldaten waren gefallen, die beiden mitgezählt, die weiter oben auf dem Weg von den verdammten Pistolen niedergestreckt worden waren. Eine etwa gleich hohe Zahl aus den schrumpfenden Reihen der Freien Kompanie leistete ihnen im Jenseits Gesellschaft. Unter ihnen ... Hawkes. Gonji verneigte sich vor der Leiche des Engländers. Das Holzkreuz lag unter seinem offenen Mund.

Gonji hörte raues Gelächter, drehte sich um und erblickte die beiden Mongolen, die ihn bösartig angrinsten, während sie ihre Schwerter abwischten. Gonji hielt seine Wut im Zaum und entfernte sich mit einem Kloß im Hals.

Er hatte begonnen, in der Gesellschaft des stillen Mannes Trost zu finden, ungeachtet der Sprachbarriere zwischen ihnen. Und Hawkes war der einzige unter der kleinen Hand voll Männer, die sich von seiner draufgängerischen Art hatten beeinflussen lassen, dem Gonji Vertrauen geschenkt hatte. Die anderen, entschied er, waren wahrscheinlich von Navarez angestachelt worden.

Aus einem plötzlichen Impuls heraus kehrte er zu Hawkes' Leiche zurück und stieg vom Pferd. Dann nahm er Hawkes' Kruzifix an sich und steckte es sich als Andenken in die Tasche.

Er blickte auf einen der toten Ritter und betrachtete eingehend dessen Wappen, das er nie zuvor gesehen hatte: ein grünes und rotes Feld, horizontal unterteilt, mit einem ruhenden Löwen in der oberen Hälfte und einem goldenen Kreuz in der unteren. Er fragte sich, ob einer der Söldner es ihm erklären, ihm seine Entstehung erläutern konnte. Diese Symbole verrieten alles über ihren Träger. In diesem Fall lautete das Motto: *In Vita Sicut in Morte* – »im Leben wie im Tod«.

Navarez und Esteban setzten sich zu Pferd an die Spitze der Kompanie, und der Hauptmann brüllte den Befehl, im Galopp Kurs auf die unebene Südspur des Gebirgspasses zu nehmen, über aufgerissene und zertrampelte Erde hinweg, die sich allmählich zu einer von Felsen übersäten Fläche hinabsenkte, wo deutliche Spuren einer kürzlichen Schlammlawine zu sehen waren. Dort öffnete sich der schmale Hohlweg zu einem breiten Pfad entlang eines riesigen Waldgebiets, das wie ein stilles, grünes Meer erschien, gesäumt von der zerklüfteten Küste der mächtigen Karpaten.

Ein kurzes Stück weiter unten an dieser Straße waren die Versorgungswagen und die beiden klapprigen, skelettartigen Fuhrwerke versteckt, die es bis hierhin ins schroffe Gebirge geschafft hatten.

Jocko grüßte die Kameraden von der zerfurchten Böschung aus, und Navarez ließ die Kompanie anhalten und beriet sich eine Zeit lang mit ihm. Dann ließen Jocko und die übrigen Fahrer die Peitschen knallen und setzten die matten Gespanne wieder in Gang. Die Versorgungswagen rumpelten knarrend, *klapper-die-klapp*, auf die Straße zurück, und das abgenutzte Holz bog sich unter der Last wie geschmeidige Raupen.

Nachdem er Jocko Anweisungen erteilt hatte, führte Navarez die Kompanie erneut in vollem Galopp die sich endlos dahinschlängelnde Straße entlang. Sie ritten zu einem Kampf, davon war Gonji überzeugt, und die angespannte Erwartung des bevorstehenden Gefechts verdrängte die vorherige Ausgelassenheit dieses Haufens.

Gonji zählte jetzt eindrucksvolle achtzehn Berittene und konnte nicht umhin, sich zu fragen, was sie derzeit irgendjemandem nützen konnten. Er war jedoch schon in schlimmerer Gesellschaft geritten ...

So hatte er einer berüchtigten Söldnerarmee angehört, die man aufgestellt hatte, um den Schwarzwald von seinem letzten Drachen zu befreien. Die Männer hielten das Unternehmen für einen herrlichen Spaß und entschieden, dass sie am besten stockbesoffen und in den Sätteln schwankend angreifen sollten. Gonji gehörte zu den wenigen Überlebenden, und soweit er wusste, erfreute sich der Drache bis heute bester, Feuer speiender Gesundheit.

Die Dritte Freie Kompanie war inzwischen kaum mehr als ein Haufen Straßenräuber von durchschnittlichem Kampfgeschick, ungeachtet all des Lärms, den sie veranstaltete, und war sicher unterwegs, um sich der Hauptmacht ihres Heeres anzuschließen. Je früher, desto besser, soweit es Gonji betraf. Er hatte von diesem Abschaum die Nase voll und war begierig, mehr über diesen König Klann und seine Absichten zu erfahren.

Es konnte kaum noch ein Zweifel daran bestehen, dass sie unterwegs nach Vedun waren, der sagenumwobenen antiken Stadt hoch auf ihrem Karpatenhorst, die ohnehin Gonjis Ziel war. Vielleicht war ihm das Schicksal letztlich doch wohl gesinnt. Die Stadt als Eroberer zu betreten, bescherte ihm womöglich den nötigen Einfluss, um finden zu können, was er suchte. Fragen plagten seinen Verstand, und die berechtigte Aussicht auf Antworten lockte verhalten: Klann, Mort, die Anrufung, die dunkle Gestalt am Himmel ... der *Wind des Todes*.

Die trübe Luft umschwappte sie, während sie dahinritten, und der Himmel hing tief und bedeckt wie ein nasser Mantel über ihnen. Die trübe weiße Kugel der Sonne funkelte zornig, vermochte aber trotzdem nicht das durchscheinende Grau zu durchdringen. Jeder Regen wäre eine willkommene Abwechslung zu dieser kribbelnden Feuchte gewesen, aber bislang blieb seine Ankündigung ein leeres Versprechen. Seit etlichen Tagen spielten die Wolken ein taktisches Spiel mit dem Himmel, ohne einen einzigen Tropfen abzugeben.

Gonji zog die Nase hoch und räusperte sich, so rau fühlte sich sein Hals an. Die drückende Schwüle machte ihm inzwischen nichts mehr aus; und auch die gehässigen, knurrenden Mongolen bereiteten ihm seit etwa einem Tag keine Probleme mehr. Der Engländer Hawkes war tot, aber das war nun mal Karma. Derzeit plagte Gonji etwas ganz anderes: ein schlimmer Fall von Schüttelfrost.

Gestern war es ihm gut gegangen. Als das Nachtlager aufgeschlagen wurde, hatte Gonji sich sogar für den Wachtdienst gemeldet und den ersten Ausblick auf die Kiefernwälder der Südkarpaten genossen.

Dann brach der kristallfrische Morgen an mit seiner durchdringenden, taufeuchten Kälte, und Gonji war zu doppelter Ungemach erwacht: Der Schakal Esteban brüllte in mehreren Sprachen Befehle, und Gonji wurde vom Schniefen und Husten des Schüttelfrosts gepeinigt. Er hätte das Gold eines Monats für etwas Tee hergegeben, eine Ware, an die er zurzeit nur noch schwer herankam. Er hatte sich mit einer scharfen, trüben Brühe begnügt, die ihm Jocko kichernd reichte. Sie hatte geschmeckt, wie klatschnasse Baumrinde aussah, und als Gonji sich nach den Zutaten erkundigte, hatte er seine Frage sofort bereut.

Am Vormittag war ein Reiter auf schäumendem Ross ins Lager galoppiert. Sogleich war Gonjis Interesse geweckt. Während der Soldat mit Navarez sprach, hatte Gonji sich ihnen genähert und den Neuankömmling eingehend gemustert. Er trug eine rissige Brigantine mit Plattenpanzerstücken an Oberschenkeln, Schultern und Armen und dazu hohe schwarze Stiefel. Das schmutzige

Gesicht lag im dunklen Schatten einer Sturmhaube, die schon einige Schlachten erlebt hatte. An der Taille trug der Reiter ein langes, gerades Schwert mit geflügeltem Handschutz.

Als interessantestes Objekt erwies sich jedoch das Wappen auf dem Wappenrock: Diagonal von der linken unteren Ecke bis zur oberen rechten unterteilt zeigte es auf der linken Seite einen missgestalteten, goldenen, geflügelten Drachen mit einem zweiten, reißzahnbewehrten Kopf am Schwanz; rechts und unterhalb war eine simple Apparatur aus sieben ineinander greifenden schwarzen Kreisen abgebildet, zwei davon ausgefüllt mit violetten Feldern, die sich scharf vom silbrigen Untergrund abhoben. Das Motto an der Unterseite konnte Gonji nicht entziffern, weil er zu weit entfernt war.

Zum ersten Mal an diesem Tag hatte er sich gewünscht, er hätte einen Freund, der ihm solche heraldischen Darstellungen erklären entziffern konnte.

»Ein Llormdragoner«, hatte Jocko gesagt.

»Ein was?«

»Die *Llorm* – sie sind die regulären Soldaten dieses Heeres.«

Der Dragoner war auf einem frischen Pferd wieder davongeritten, und nur wenig später trafen zwei weitere Reiter – Söldner – ein und unterhielten sich mit dem spanischen Hauptmann, der von ihren Neuigkeiten ziemlich beunruhigt schien. Nach einer heftigen Diskussion über einer zerfledderten Landkarte ritten auch diese beiden Männer wieder davon. Das Lager war in hektischer Eile abgebrochen worden, und die Kompanie war in die Berge galoppiert.

Gonji hatte stoisch die Atemnot und die bohrenden Schmerzen des Schüttelfrosts ertragen, während die Truppe über die Pässe jagte, und er tupfte sich die wunde Nase immer wieder mit einem Lappen ab, den Jocko ihm zugeworfen hatte. Dann folgte der Hinterhalt, und Gonji vergaß, wie unwohl er sich fühlte. Bis jetzt.

Karma.

Pater Dobret war tief in Gedanken versunken, als er den einsamen Reiter entdeckte, der fast auf der Mähne seines Pferdes lag.

Der Priester durchquerte gerade den gut gepflegten Obstgarten an der Ostmauer des Klosters. Er hatte das Nachmittagsgebet in friedlicher Einsamkeit am idyllischen Fluss absolviert, der den von kundiger Hand gestalteten Hang hinabschäumte, um das Gebirgstal zu bewässern.

Sein Lieblingsplatz für diese ruhige Stunde war eine duftende Wiese zwischen zwei Wache stehenden Eichen. Dort vermischte sich der frische, saubere Geruch von Quellwasser mit den berauschenden Aromen reifender Äpfel, Kirschen und Aprikosen sowie dem würzigen Duft von Tokaierbeeren. Dobret war froh, dass er als Besucher nicht an die Ordensregeln gebunden war, die zur Liturgie die Anwesenheit in der Kapelle verlangten. Ihm war zu solchen Zeiten die Schönheit im Freien um einiges lieber als die Modrigkeit in den heiligen Hallen.

Pater Dobret strich sich die langen weißen Locken nach hinten und starrte zum grauen Himmelsgewölbe hinauf, während er schlurfend dem gewundenen Weg zwischen Eichen und Buchen folgte, die sich an der Talflanke hinauf zogen. Ihm war schwer ums Herz. Heute Abend war Vollmond – immer eine schwierige Zeit, besonders jedoch in diesem alten Gebirge, wo es seit undenklichen Zeiten spukte. Das Böse war hier zugegen, gierig und hungrig auf Beute lauernd, und reckte das Haupt zu irgendeinem neuen und grauenhafte Vorhaben.

Alle Mönche wussten es, obwohl niemand offen darüber sprach. Schlimme Ereignisse und böse Vorzeichen waren beobachtet worden: Tiere, die einfach tot umfielen; Getreide, das über Nacht in Flecken verrottete und Muster bildete, die unangenehm vertraut waren; die Landbevölkerung aus den Dörfern der anderen Talseite berichtete von Menschen, die sich nachts im Wald verirrten und dann wieder zum Vorschein kamen und nie wieder ein Lächeln zeigten; die Natur war verdorben, und harmlose Kreaturen wurden zu Raubtieren.

Diesmal würde der Vollmond ... anders sein, und zwar auf eine Furcht erregende Art und Weise. Und Pater Dobret fragte sich unbehaglich, was in der kommenden Nacht aus dem anderen werden würde, dem armen Teufel.

In diesem Augenblick kam das Pferd in gemächlichem Gang zum Haupttor, den verwundeten Mann auf dem Rücken, und die Befürchtungen des Priesters wurden von drängender Sorge verdrängt, während er seine Schritte beschleunigte. Etliche Brüder waren dem Reiter bereits zur Hilfe geeilt.

Dann – etwas anderes: Argwohn. Nichts stimmte mehr. In den Wäldern, die das Tal umschlossen, herrschte tödliche Stille. Die wilden Tiere waren stumme Zeugen – es war eine List.

Mehrere Fußsoldaten brachen aus ihren Verstecken hervor, überrannten die niedrige Außenmauer und stürmten das offene Tor. Alarmrufe ertönten, als erschrockene Mönche zurück auf den Innenhof gedrängt wurden. Mit entsetzlichem Gebrüll brach eine Reihe Berittener aus dem Wald hervor und sprengte durchs Tor, die Schwerter erhoben. Der Reiter, der sich verstellt hatte, lachte heiser, gab seinem Ross die Sporen und ritt eine Gruppe Brüder nieder.

Warum, in Gottes Namen?

Pater Dobret flüsterte panisch ein Gebet und rannte los. Als er die Südostecke der Außenmauer erreicht hatte, näherten sich ihm von hinten donnernde Hufe. Er unterdrückte die Angst vor einem plötzlichen Hieb und lief noch schneller. Laute Stimmen befahlen ihm stehen zu bleiben, und er gehorchte gegen seinen Willen.

Ich benehme mich wie ein verängstigtes Kind! Habe ich denn keinen Glauben?

Der Priester drehte sich langsam und mit klopfendem Herzen um. Er bemühte sich, das Zittern zu beherrschen, und schämte sich seiner Angst. So erregt war er, dass er alles nur verschwommen wahrnahm; er konnte nicht einmal die Gesichter der Reiter schärfer ins Auge fassen. Zwei Männer mit grimmigen, verschwitzten Mienen. Gezückte Schwerter und schnaubende Pferde. Sie drängten heran. Er hörte aus dem Innenhof Schreie und das Klirren von Stahl. Er fragte sich allmählich, warum ...

»Garba! Sangini!« Es war eine nasale Stimme.

Die beiden Männer zügelten die Pferde, als sie die Stimme hörten. Sie drehten sich um, sahen, wie der dritte Bandit eine Handbewegung machte, und stürmten höhnisch lachend an dem Priester vorbei. Einer von ihnen lenkte sein Pferd dabei so dicht an Pater Dobret heran, dass dieser zurück an die Mauer stolpern musste, um nicht niedergetrampelt zu werden. Verzagt blickte er zu dem Reiter hinauf, der sich ihm jetzt in leichtem Galopp näherte, die Hand auf dem Griff des in der Scheide steckenden Schwerts.

Dobret war verblüfft. Dieser Gebirgsräuber war höchst ungewöhnlich. Ein Asiate, hochgewachsen und dunkel und doch mit den hohen Wangenknochen des Europäers ausgestattet, was ihm aristokratische Züge verlieh. Er war ungewaschen, unrasiert und abgerissen, saß aber in der stolzen Haltung eines Mannes von edler Geburt auf dem Pferd. Eine scharfe Intelligenz blitzte aus seinen dunklen, schmalen Augen. Und etwas anderes. Vielleicht Traurigkeit. Und das heiße Flackern von Fieber.

Der Bandit sagte: »Ich habe nicht den Wunsch, dich zu verletzen. Du dich ergeben.«

Dobret zog die Brauen hoch. Das war *Latein!* Ungeschickter Satzbau, zerhackt von Schüttelfrost, aber unmissverständlich Latein.

Der Priester richtete sich auf und strich dabei geistesabwesend über das Kruzifix, das an seinem Hanfgürtel hing. Die Blicke beider Männer begegneten sich für einen langen Augenblick müden Mitgefühls.

»Ich wünsche dir auch nichts Schlechtes«, sagte Dobret leise.

Jetzt war es an dem Asiaten, überrascht die Brauen zu wölben. Er wollte etwas sagen, das jedoch im Husten erstickte, und Dobret fuhr fort: »Welche Absicht verfolgst du?«

Der Reiter schüttelte nur traurig den Kopf und deutete aufs Tor. Dobret reckte auf einmal den Hals, und das Blut pochte in seinem Schädel.

Pistolenschüsse. Die Schreie Sterbender. Und das Knistern von Feuer.

»Die haben noch Glück gehabt.«

Navarez deutete auf die verstreuten Leichen jener Mönche, die sich mit Stöcken, Äxten und Messern gegen die Eindringlinge gewehrt hatten.

»Schafe, denen Klauen gewachsen sind – sie können sich glücklich schätzen.«

Er hatte wahrscheinlich recht, überlegte Gonji und verfolgte, wie flehende Mönche, einer Viehherde gleich, in eine Ecke des Innenhofs getrieben wurden. Tora reagierte angespannt und scharrte mit den Hufen. Gonji saß benommen im Sattel. Zum Teil rührte das vom Fieber her, von den verschleimten Nasenhöhlen, den tränenden Augen, dem schmerzenden Körper; zum Teil lag es an seinem Unbehagen über das Schicksal der Mönche. Priester gehörten einer anderen Kaste an als Krieger und hatten Verschonung vom Krieg verdient, besonders hier in Europa, wo sie jedoch zu oft von feiger Hand starben. Gonjis dumpfer Zorn galt zum einen den Söldnern wegen ihres Umgangs mit den Priestern und zum anderen den Priestern, weil sie die Würde verschmähten, kämpfend zu sterben. Wenigstens hatten es einige von ihnen versucht. Aber diese hier ...?

Dumm! Wie Schafe ließen sie sich mühelos überwältigen, und wie Schafe würden sie sterben. Aber dieser Gedanke tröstete ihn nicht.

Zwei Banditen stürmten schreiend aus dem Eingang des Bergfrieds, verfolgt von Flammen und schwarzem Qualm. Eine spätnachmittägliche Brise peitschte die gekräuselten Feuerzungen auf, die jetzt an den Eichentüren Nahrung fanden. Eine Hand voll Mönche hatte Zuflucht im Bergfried gesucht und sich in einem der oberen Stockwerke verbarrikadiert, aber Navarez hatte Vorratsräume und Schlafräume anzünden lassen, und orangefarbene Zungen leckten jetzt über die Fenstergitter des Erdgeschosses.

Ein Gesicht tauchte in einem der oberen Stockwerke auf, die Augen im Erkennen seines drohenden Schicksals weit aufgerissen.

Gonji fragte sich, welchem Zweck das alles diente, diese törichte Vergeudung von Menschenleben und Zeit. Wollte Klann die schweren Verluste rächen, die ihm die Armee der Kirche zugefügt hatte? Wie närrisch und sinnlos! Besaßen diese Priester etwas, das er haben wollte? Höchst unwahrscheinlich. Ganz gewiss fand man hier kein Gold; die Mönche führten ein asketisches Leben und ernährten sich vom Ertrag der eigenen Landwirtschaft.

Navarez näherte sich ihm, den unvermeidlichen Esteban im Schlepptau, und Gonji bemühte sich gar nicht, seinen Abscheu zu verbergen.

»Das gefällt dir nicht, wie?«, fragte Navarez.

Gonji verfolgte, wie mehrere Stricke zu Schlingen geknüpft wurden. Die Bastarde wollten die Mönche hängen.

»Nein.«

»Na ja, falls du nicht den Mumm dazu hast, wärst du vielleicht bei einer anderen Armee besser aufgehoben, nicht wahr?«

Esteban zeigte ihm sein Eselsgrinsen und sagte: »Ich denke, er hat vielleicht Angst, dass ihre Gespenster ihn in der Nacht heimsuchen, hm?«

Gonji sagte nichts, sondern sah nur zu, wie einige der Priester mit brüchigen Stimmen ein gemeinsames Gebet anstimmten, während der gebückte alte Abt und der große, weißhaarige Priester, den Gonji draußen vor den Mauern gesehen hatte, ihre Peiniger zur Vernunft zu bringen versuchten. Einige fingen an zu schluchzen.

Navarez wies mit der Hand die Richtung. »Sie sollen im Obstgarten anfangen. Mit den kleinen Bäumen am Rand.« Esteban trabte davon und rief Befehle. Der Hauptmann beugte sich näher an Gonji hinüber.

»Glaubst du vielleicht, dass ich gerne Priester umbringe? Glaubst du, es gefällt mir ...«

»Ich gebe einen Dreck darauf, was dir gefällt!«, fauchte Gonji.

»Ich befolge nur Befehle!«, brüllte der Hauptmann. Dann fuhr er flüsternd fort: »Und du wärst gut beraten, das Gleiche zu tun, ohne Fragen zu stellen, ohne an deine ... heidnischen Gebräuche zu denken, wie immer die aussehen mögen. Klann ist mein Lehnsherr, der Herr und König aller, die mit unserer Kompanie reiten. Denke stets daran, und vergiss deine Gefühle ...« Er richtete sich im Sattel auf. »... oder reite davon. Jetzt sofort.«

Sie funkelten einander an. Gonji fiel in seinem verwirrten und formlosen Zorn darüber, dass er sich mit diesem Abschaum eingelassen hatte, keine Entgegnung ein. Der Mann hatte Recht – Pflicht war Pflicht. Aber hier in diesem verfluchten Land waren Gonji sogar Zweifel an *solchen* hehren Prinzipien gekommen.

»Ich mag dich nicht«, sagte Navarez mit einem Ausdruck von Unsicherheit; er bedauerte seine Worte und war zugleich froh, sie ausgesprochen zu haben. »Ich mag deine Überzeugungen nicht, und ich mag *dich* nicht. Und ich möchte nicht, dass du denkst, ich würde dir irgendetwas schulden für das, was dorthinten geschehen ist. Verstehen wir einander?«

Gonji nickte und lächelte knapp. Er war ziemlich überrascht über diese Offenheit, nahm sie jedoch gleichzeitig erfreut zur Kenntnis.

»Heute Nacht singen wir die Anrufung des Zauberers. Zur

dunkelsten Stunde. Bis dahin bist du entweder einer von uns oder ... vielleicht bist du auch tot.«

Navarez riss sein Pferd herum und stürmte davon, wobei er Gonji noch mit einem Wink zu verstehen gab, er solle sich der berittenen Gruppe im Obstgarten anschließen. Nach kurzer Pause trabte das Pferd des Samurai zum Wäldchen, und seine Neugier wurde geweckt, als die ersten paar Mönche an der Mauer hochgehoben und dort nicht erhängt, sondern fest angebunden wurden. Dicker tintenschwarzer Rauch drang aus dem Bergfried hervor, und die bleichen, mit offenen Mündern durch die Fenstergitter des oberen Stockwerks starrenden Mönche bettelten um Gnade. Ihre verzweifelten Gebete stiegen himmelwärts.

Gonji schloss sich einer Gruppe an, zu der Julio und die beiden Mongolen gehörten und die gerade damit beschäftigt war, die Obstbäume und nahen Eichen so weit von Ästen und Zweigen zu befreien, wie ihre Schwerter reichten. Einige Männer stopften sich sowohl die Satteltaschen als auch die Münder mit dem saftigen Obst voll. Dann wurden mehrere Mönche zu dem Wäldchen geführt, während Donner in den Bergen krachte. Da Gonji nichts dagegen zu tun vermochte, half er dabei, die Priester in einer primitiven Form von Massenkreuzigung an die Bäume zu binden.

Eine Stunde später saß Gonji mit dem Rest der Truppe am Rand des Tals und konnte nicht umhin, sich nach dem Zweck all dessen zu fragen. Das abgelegene Karpatenkloster, dessen zentraler Bergfried nur noch eine Wolke aus zerfasernden Flammen war, hatte sich in eine bizarre Perversion religiöser Hingabe verwandelt. Priester hingen an Bäumen und Toren, waren an Laibungen und Wandleuchter gebunden, hingen teilweise an Stützbalken; an einer Stelle der südlichen Außenmauer erinnerte eine Reihe von vier Mönchen an Puppen, die man an Händen und Füßen befestigt hatte. Einige beteten lautlos. Andere wimmerten; manche riefen laut, Gott möge Seine Existenz beweisen und sie verschonen, oder sie schrien nach Erlösung um jeden Preis, nur um von anderen deswegen scharf getadelt zu werden.

Es würde lange dauern, bis sie starben.

»*Vamos!*«, rief Navarez schließlich. »Wir müssen weit von hier sein, wenn die Nacht anbricht.«

Auf seinen Befehl hin ließ die Truppe diese schauerliche Szenerie hinter sich und jagten in die Berge hinauf, aber nicht, ehe Gonji Zeuge eines grauenvollen Geschehens wurde, das seine Träume noch für viele Nächte heimsuchen würde: Die vor Angst offenbar wahnsinnig gewordenen Mönche im oberen Stockwerk des flammenden Bergfrieds hatten es irgendwie geschafft, ein Fenstergitter herauszureißen, und sprangen in die Tiefe, wobei ihre Leiber brannten wie menschliche Pechfackeln.

KAPITEL FÜNF

Die Kompanie erklomm aufs Neue die gewundenen Gebirgspässe, kam zwischen zwei schneebedeckten Gipfeln hervor und stolperte mit halsbrecherischer Geschwindigkeit einen steilen Pfad hinab. Dieser führte sie zurück auf die Hauptstraße, der sie schon zuvor gefolgt war, und die Söldner verfielen in vollen Galopp. Hinter ihnen war die Sonne schon mit einem bleiernen Horizont verschmolzen, und das gewaltige Meer spitzer Kiefernwipfel zur Rechten wogte unter dem Ansturm eines aufziehenden Unwetters.

Die Abenteurer wirkten allesamt konzentrierter denn je, und ihr ganzes Handeln wurde von Hast bestimmt. Ein wahrlich dem Wahnsinn verfallener Haufen.

Ein oder zwei Male glaubte Gonji klagende Schreie in den Bergen zu hören, schrille Kreischlaute, die von keinem ihm bekannten Vogel stammen konnten. Sein Gesicht war erhitzt und die Augen glasig von ansteigendem Fieber, aber die kommende Nacht bereitete ihm größere Sorgen. Wohin waren sie unterwegs? Wie sollte er sich bei der Anrufung verhalten? Würden sie mit dem geheimnisvollen Klann und seinen Zauberer zusammentreffen?

Einer Sache war er gewiss: Er hatte praktisch die Nase voll von diesem Abschaum aus der Gosse und den sinnlosen Säuberungen und Vergeltungsaktionen, in denen sie offenbar ihre einzige Aufgabe sahen.

Fast eine Stunde lang sprengten sie nach Osten, verfolgt vom heraufziehenden Sturm. Blitze zuckten durch die einbrechende Dunkelheit; Donner krachte, als ob die Götter die winzige Welt der Menschen mit ihrem Gebrüll vernichten wollten. Die Söldner kamen an einem Wagenzug einheimischer Nomaden in grellbunter Kleidung vorbei, deren feindselige Blicke der Kompanie die Straße entlang folgten. Sie waren hier mitten im ungarischen Grenzland, und jede größere Gruppe war ein potenzieller Feind. Die Kompanie begegnete jedoch keinen militärischen Verbänden, und als gerade die ersten schweren Regentropfen fielen, trabten die stolzen Überreste der Dritten Freien Kompanie durch einen felsigen Einschnitt aufwärts und zwängte sich anschließend durch eine Klamm aus Schiefer und Dornengestrüpp hinab, die sie in ein weiteres bewaldetes und nebelverhangenes Tal führte.

Hinter den eichenbestandenen Flanken des Tals ragte auf flachem Stück Land ein dichter Kiefernwald auf, der an den dicken Teppich eines Riesenkönigs erinnerte. Ein unnatürliches Licht übergoss die Baumwipfel. Eine Zeit lang konnte Gonji im windgepeitschten Regen und durch das Auf und Ab des Reitens die Quelle des seltsamen Lichts nicht erkennen. Er blinzelte, um die Augen vom Regen zu befreien, und betrachtete forschend den Himmel. Dort lugte die unglaublich riesige Scheibe des Vollmonds verstohlen hinter einem blauen Berggipfel hervor und schickte ihren schmutzig gelben Lichtschein irgendwie pulsierend durch die dichten Gewitterwolken, als wollte sie zur Erde hinabsteigen. Darunter duckte sich in der Ferne, durch Risse im Nebel gelegentlich zu erkennen, ein Flickenteppich kultivierten Landes. Eine Kleinstadt oder ein Dorf.

Gonji kam eine ungebetene Erinnerung in den Sinn. Es war eine Geschichte, die ihm ein einbeiniger Bogenmacher in Österreich erzählt hatte. In seiner Jugend hatte der Mann einer Horde Banditen angehört, die diese Berge unsicher machten. Kühn waren sie und furchtlos. Die Geschichte handelte von einem geheimen Tal, wo eine uralte Rasse von Erscheinungen hauste, die nicht ganz Menschen waren. Reisende, die über diese mysteriöse Feste stolperten, wurden auf eine unheimliche Art und Weise versklavt, die sich kein menschlicher Aufseher hätte ausdenken können. Kaum jemand glaubte an diese Legende. Der Bogenmacher erinnerte sich jedoch, wie er mit seiner Schar in ein nebelverhangenes Tal geritten war und später alleine auf einem schweißbedeckten Pferd wieder daraus hervorstolperte, ohne jede Erinnerung an das Tal oder das Schicksal seiner Gefährten. Auch wusste er nicht mehr, warum er jetzt mit einem sehr sauber kauterisierten Beinstumpf auf dem Pferd saß ...

Gonji erschauerte und hustete feucht.

Die Truppe hielt an einem tückischen Aussichtspunkt so abrupt an, dass das Wasser unter den Hufen spritzte, und Navarez deutete auf ihr Ziel. In der Tiefe markierten Punkte aus Laternenlicht ein Bauerndorf. Hinter den Feldern breiteten sich kilometerweit niedrige, sanft gewellte Hügel und dichter Wald aus, der allmählich, an einer Stelle direkt östlich, ins Gebirge aufstieg. Die vom Mondlicht übergossenen bläulich weißen Gipfel dort erschienen unpassierbar. Dieses Tal sah aus wie eine große Schüssel, die aus den Südkarpaten herausgeschürft worden war.

»Wir besetzen die Ortschaft«, gab der Hauptmann bekannt, »und halten sie, bis wir weitere Befehle bekommen, *Amigos*. Dann können wir heute Abend zu Ehren des Königs ein Festmahl veranstalten, wie?«

Ein an- und abschwellendes Lachen lief durch die Reihen der Kompanie.

»Bestimmt findet man Frauen im Dorf – wir sind schon lange unterwegs«, sagte jemand, und ein lebhafter Chor beifälliger Stimmen in zahlreichen Sprachen antwortete ihm.

»Und Speisen – *gute* Speisen!«

»Und Wein – vielleicht Tokaier!«

»*Callese usted!* Haltet die Klappe, ehe wir die Dorfbewohner noch alarmieren, wie?«, mahnte Navarez zur Vorsicht. »Dämpft alle Ausrüstungsteile, die klirren könnten. Wir lassen die Pferde da unten im Wald zurück und gehen zu Fuß weiter. Kein Gerede, kein Lärm. Keine Gnade für irgendjemanden, der Widerstand leistet. Und vor allem: *Niemand* darf aus dem Dorf entkommen, *comprende?* In Ordnung, brechen wir auf – leise!«

Gonji hielt sich die Hand vor den Mund und versuchte den Hustenreiz zu unterdrücken, der ihm die Brust zu sprengen drohte. Navarez musterte ihn nachdenklich, aber Gonji wich seinem Blick aus, reckte die Schultern, schniefte schwarzen Schleim und hustete und spuckte einmal aus. Er spürte den Blick, der auf ihm ruhte, also zeigte er eine zu allem bereite Bulldoggenmiene und legte erwartungsvolle Begeisterung an den Tag.

Immer die Männlichkeit herauskehren, neh?

Die Kompanie war für einen Abstieg im Dunkeln viel zu dicht gedrängt, und die Männer rempelten einander gefährlich auf dem Steilhang an. Dann rutschte ein Pferd im Schlamm aus, warf seinen Reiter ab und rollte wie ein Fass die Klamm hinab, wobei es lauthals wieherte. Navarez bedachte den gestürzten Söldner, der unverletzt geblieben war, mit Flüchen. Das Pferd hatte sich jedoch ein Bein gebrochen, und seine Schmerzenslaute erfüllten die Söldner mit Angst vor Entdeckung, bis endlich ein Mann hinab sprang, das Schwert in der Hand, und das Tier von den Schmerzen erlöste.

Die Männer stiegen am Waldrand aus den Sätteln und kletterten zu Fuß einen Hang hinauf. Der Regen wurde stärker, trug jedoch zur Tarnung der Truppe bei, während diese eine lange, ungleichmäßige Reihe bildete. Der Mond sank hinter die Bäume, und bei dieser Dunkelheit und dem ständigen Rauschen des Regens im dichten Laub konnte man nur blind darauf vertrauen, dass einem der gedrungene Schatten nebenan nichts Böses wollte. Eine hervorragende Gelegenheit für einen Mord.

Bis dahin bist du entweder einer von uns oder . . . vielleicht bist du auch tot.

Gonjis Sandalen und *Tabi*, die dicken Socken, waren schwer von Nässe und voller klebriger Nadeln und Schlamm. Mehrfach unterdrückte der Samurai Niesanfälle. Der Untergrund war von

Jahrhunderten verfaulter Kiefernnadeln weich wie ein Schwamm. Über ihm beschwerte sich eine Eule lautstark, entrüstet entweder über die vorbeiziehenden Söldner oder das eigene regennasse Gefieder.

Sie tauchten aus dem Wald auf und duckten sich in das matschige Gras einer Lichtung, die in Sichtweite des Dorfs lag. Mattes Laternenlicht verteilte sich weich im Nebel, und ein Hund bellte irgendwo außer Sicht auf einer Straße. Die Schatten zwischen den Hütten waren reglos. Hier und dort glitt eine Klinge aus der Scheide, gezogen von ungeduldiger Faust.

Inzwischen war Gonji über jedes Mitleid mit dem Unglück dieser Dörfler hinaus. Zwischen den abstumpfenden Ereignissen der zurückliegenden Tage und der grässlichen Erkältung hatten sich alle verbliebenen Gefühle bereitwillig den Verlockungen des Selbstmitleids gefügt. *Choléra*, wäre ich nicht so verdammt schlapp, empfände ich wahrscheinlich Neugier auf das, was die Hauptmacht derzeit tut! Sie müssen etwas Großes im Schilde führen. Dieser Angriff auf ein Dorf kann nur einen einzigen militärischen Sinn haben: zu verhindern, dass der leitende Mann dieses Gebiets vorgewarnt wird. Wir müssen dicht an seiner Burg sein, und weitere Söldnerkompanien müssen überall in diesem Gebirge ähnliche Einsätze ausführen. Große *Kami*, ich würde zu gern jetzt eine massive Angriffsreihe befehligen! Karma. Jedenfalls ist das töricht. Ich bin krank wie ein Hund und brauche Ruhe. Diese Sache hier müsste leicht genug zu erledigen sein …

Und das wäre sie auch gewesen, hätte sich nicht Gonjis eigensinniges Naturell Bahn gebrochen.

Über das Feld hinweg rückten sie lautlos vor und dämpften das Klirren ihrer Waffen. Gonji erblickte neben sich Julio, der Schritt zu halten versuchte. Die Neigung Gonjis, sich mit anderen zu vergleichen, bewog ihn, ungeachtet seines geschwächten Zustands schneller durch den Matsch zu laufen. Er tat dies geduckt, mit einem Grinsen im Gesicht, die Hand auf dem Schwertgriff, und gewann allmählich einen Vorsprung vor dem schnaufenden und keuchenden Spanier.

Gonji lief am Dorfrand um eine Ecke, und zwei Hunde kläfften los, als sie die Eindringlinge witterten, und vertrieben die so sorgfältig gewahrte Stille. Rufe ertönten aus den Hütten. Erschrockene Gesichter spähten durch Ritzen und Fenster.

Ein Dutzend der freien Gefährten, in denen das Adrenalin heftig pulsierte, rutschten auf der regen- und windgepeitschten Straße aus und landeten auf Bäuchen und Hinterteilen, und sie brüllten dem Dorf ihre Herausforderung entgegen, um der Peinlichkeit zu entrinnen; jedoch leistete niemand Widerstand. Navarez stand mitten auf der Straße und schrie, der Magistrat möge hervortreten … und probierte es gerade mit der dritten Sprache, als ein knurrender Hund ihn von hinten ansprang und sich ein Maul voll Hose und Gesäß schnappte. Der humpelnde Hauptmann ging wütend schreiend unter dem Angriff zu Boden.

Die Absurdität all dessen überwältigte Gonji, und er lehnte sich an einen Zaunpfahl und lachte unwillkürlich.

Unvermittelt brach der Irrsinn im Dorf aus; Füße patschten durch den Regen, und Dörfler schrien. Menschen strömten aus ihren Heimen und liefen in ihrer Verwirrung kreuz und quer über die Hauptstraße. Manche hielten primitive Waffen. Viele erstarrten im Lauf, als sie die gezückten Pistolen und Schwerter erblickten. Zwei Pistolen krachten, und ein axtschwingender Verteidiger drehte sich im Kreis und stürzte in den Schlamm. Schreie und Rufe stiegen aus der Schlacht im Regen auf.

Die Tür der Hütte, die das Ende der Straße markierte, wurde links von Gonji aufgerissen, und der Samurai zog das Sagami und richtete es auf den Anführer. Ein stämmiger Bauer mit Hass in den Augen und einem Stab in den Fäusten. Hinter ihm duckten sich die Ehefrau und sein kleiner Sohn; ein bisschen weiter vorn ein älterer Sohn, die gedrungene Kopie seines Vaters.

»Zurück!«, warnte Gonji. »Zurück ins Haus, und euch geschieht nichts.«

Der Mann hielt einen Augenblick lang die Stellung und betrachtete das Schwert in Gonjis regentriefendem, beidhändigem Griff. Er verstand die Bedeutung, wenn auch nicht die Sprache.

Ohne Vorwarnung tauchte Julio auf, umlief Gonji und ging den Dörfler von rechts an, wobei er das Entermesser langsam kreisen ließ. Grinsend verriet er seine mörderische Absicht.

»Das ist ein Stab, keine Pistole, du Dummkopf«, sagte Gonji leise und drohend. »Du wirst hier nicht gebraucht.«

Julio brauste auf. »Dann zeige mir mal, wie du ihn dir vornimmst, du *Meister* von einem Schwertkämpfer!«

»Verschwinde. Führe dein lächerliches Schauspiel an Härte anderswo auf.«

»Ich bring dich *um*, du Barbarenschwein!« Damit trabte der dunkelhäutige Brigant davon und heulte noch ein Schimpfwort.

Gonji schluckte seine aufkeimende Wut hinunter und gab der Dörflerfamilie mit einem Wink zu verstehen, sie sollte sich in ihr Haus zurückziehen. Der ältere Sohn, der eine Axt schwang und so tat, als wäre er begierig auf einen Kampf, brummte etwas in seiner eigenen Sprache. Tränen der Verzweiflung glitzerten in seinen Augenwinkeln. Gonji schüttelte warnend den Kopf. Der Vater hob resolut den Arm, hielt seinen Sohn zurück und drängte die Familie ins Haus zurück, wobei er noch einen neugierigen Blick auf den Samurai warf.

Gonji nickte mitfühlend. Dann wandte er sich ab und lief zu dem Chaos in der Mitte des Dorfs.

Raue Befehle ertönten. Dörfler klammerten sich aneinander. Angespannt. Entsetzt. Wimmerndes Schluchzen hier und dort. Wiederholte Gebete und Kreuzzeichen. Verstörte Tiere schrien und wieherten, gackerten und schnaubten.

Gonji traf gerade rechtzeitig auf dem Platz ein, um zu sehen, wie ein Mongole einem brüllenden Bauern den Arm abhackte, dessen Hand noch einen Knüppel umklammert hielt. Entsetzensschreie. Gonjis Miene verdüsterte sich. Das wäre nicht nötig gewesen; es war vorbei.

Er hatte genug gesehen. Er wischte sich den Regen und den Fieberschweiß aus dem Gesicht, wandte sich ab und ging auf dem Weg zurück, den er gekommen war, und er schwenkte das Schwert drohend, wann immer ein Dörfler aus einer Ritze starrte oder sich vor eine Hütte kauerte.

Er kam am Kadaver des Hundes vorbei, der Navarez angegriffen hatte und jetzt ausgeweidet in einer tintigen, mondbeschienenen Pfütze lag; da hörte Gonji hinter einigen wackligen Scheunen und Ställen ein Kind plärren. Der erstickte Schrei einer Frau und das Klirren von Metall auf Metall folgten.

Gonji sprintete los und nahm eine Abkürzung quer durch den Scheunenhof. Brennende Regentropfen peitschten sein Gesicht, als er über einen Holzzaun sprang und in einem Pferch voller grunzender Schweine landete, die auseinander liefen. Auf der anderen Seite ging es vorbei an Hühnerställen, in denen wild gegackert wurde, und einem Mietstall. Um eine Ecke in eine pechschwarze Gasse. Rufe näherten sich ihm von hinten in der Dunkelheit. Er schlitterte um eine Ecke und erreichte einen morastigen Weg vor einem durchhängenden Zeltdach …

Er starrte aus weit aufgerissenen Augen. Atmete tief und bebend ein. Seine Gedanken überstürzten sich, eine fiebrige Mondscheinfantasie: Schwertkampf – Entsetzensschreie – der Bandit – ein überforderter Dörfler – die zitternde Frau – zwei – drei? – schluchzende Kinder …

Ein Augenblick Zeit, um zu handeln …

»Juliooo!«

Gonjis wilder Schrei erschreckte den Banditen, reichte aber nicht aus, um dessen Entermesser aufzuhalten. Es grub sich tief in den panisch zum Schutz gehobenen Arm des Gegners. Der Mann jammerte vor Schmerzen, das Gesicht grotesk verzerrt.

Julio blickte trotzig durch den Regen und verfluchte Gonji. Der Dörfler hob matt das kurze, schartige Schwert, mit dem er seine Familie zu schützen versuchte. Nach der Vielzahl an Schnittwunden zu urteilen, musste Julio mit ihm gespielt haben, sich daran ergötzt haben, den Mann vor seiner Frau und seinen Kindern verbluten zu lassen. Die Frau jammerte und drückte die beiden kleineren Kinder an sich, schüttelte wie irr den Kopf, barg die Gesichter der Kleinen an ihrer Brust, damit sie das Geschehen nicht verfolgen konnten.

Ein hustendes Schluchzen blieb Gonji im Hals stecken. Alles holte ihn ein – zu viel, zu schnell: die Agonie, die Beleidigungen, die Krankheit, die von innen an ihm nagte, seine Harmonie zerstörte …

Die westliche Hälfte – dieser verdammte westliche Teil in mir …

Übelkeit stieg in ihm auf, als er Rufe hinter den Tierpferchen hörte. Der Dörfler taumelte vor Blutverlust. Kinder wimmerten. Die Frau winselte hysterisch. Regen. Fieber. Gonji stürzte beinahe, als die Wut sein Gehirn überspülte. Die Gedanken flohen; der Impuls regierte. Julios Augen glühten wie ein Vulkanschlot. Die Augen einer Katze. Eines Teufels.

Der Kriegsschrei des Samurai zerriss die Nacht:

»Sadowaraaa!«

Julio stolperte drei Schritte weit rückwärts, erschrocken über den heftigen Angriff mit erhobenem Schwert. Einen Augenblick lang meldete sich sein Abwehrreflex. Im nächsten Augenblick war er tot.

Schritte trommelten durch die Gasse. Alarmrufe.

Gonji stürmte auf den verletzten Dörfler zu, das Sagami mit beiden Händen in eine tief angesetzte Abwehrhaltung gebracht. Die Frau des Mannes stieß jammernd etwas hervor, und der Mann stellte sich zwischen seine Familie und den drohenden Banditen. Seine Grimasse drückte Schmerz und Verwirrung aus. Er reckte das zitternde Schwert vor, aber Gonji schlug es kraftvoll zur Seite.

»Flieht!« Gonji probierte es mit hämmerndem Herzen auf Hochdeutsch.

Tränen liefen dem Dörfler übers Gesicht. Er holte zum Schlag aus.

»*Verschwindet* von hier!« Blut pochte in Gonjis Schläfen. Die Frau schrie etwas. *Bei allem, was heilig ist!*

»Bitte!« Der Samurai hatte irgendwie das ungarische Wort gefunden.

Aber der Dörfler schlug zu, sein letzter Blick die hohle Fratze eines Menschen, nach dem der Tod griff.

Konditionierte Reflexe reagierten.

Pistolen krachten hinter Gonji. Klagende Schreie ertönten sowohl in Gonjis Schädel als auch außerhalb, als der Dörfler wie eine Stoffpuppe zerfetzt wurde.

Aber Gonjis Schwert hatte ihn zuerst getroffen.

Kalter, windgepeitschter Regen. Schlammpfützen wurden dickflüssig und dunkel vom sich ausbreitenden Dunkelrot. Gonji konnte sich nicht bewegen. Sein erster Gedanke, sobald sich der Verstand zurückgemeldet hatte, war, dass er tot war. Er hatte keinerlei Gefühl unterhalb des Halses, und der Kopf fühlte sich unermesslich aufgebläht, in der Luft schwebend, körperlos an. Er stützte sich auf das Sagami, dessen Spitze im Matsch steckte – etwas, das er niemals aus freien Stücken getan hätte. Er bemühte sich, gleichmäßig zu atmen, die Gesichtsmuskeln zu beherrschen. Es wäre unziemlich gewesen, hätten andere die erstarrte Maske des Grauens in den Zügen eines Samurai erblickt. Er wollte kotzen.

Jemand grunzte. Die Familie des Dörflers hatte sich mit einem Mitleid erregenden Klagen auf seine reglose Gestalt geworfen. Gonji konnte sie nicht ansehen.

Warum hat mich der Dummkopf angegriffen?

Navarez baute sich vor Gonji auf, und der Samurai erlangte die nötige Gewalt über seinen Körper zurück, um eine aufrechte Haltung anzunehmen, obwohl er bezweifelte, dass er auch nur einen

Schritt weit hätte gehen können, ohne zusammenzubrechen. Die Anspannung presste ihn zusammen, wo immer die Nerven wieder ein Gefühl vermittelten.

In diesem Augenblick wusste er, dass er erledigt war. Karma. Die Ehre war sein. Er legte die Finger um den Griff des *Seppuku*-Schwerts.

Ein vorsichtiger Blick über die Schulter zeigte ihm den höhnisch grinsenden Esteban und zwei weitere Männer, deren Pistolen noch rauchten. Ein Mann schlug jedoch zornig die feuchte Ladung von der Pulverpfanne. Der Regen forderte seinen Tribut.

»Dieser Bauer war sehr gut mit dem Schwert, wie?«, fragte Navarez erheitert. »Zwei – *zwei* Männer unserer Kompanie waren nötig, um ihn zu töten. Das ist nicht sehr schmeichelhaft für uns, was?« Er gluckste, und die anderen fielen ein.

Die Zwangslage des Augenblicks vertrieb Gonjis Übelkeit. Nerven und Muskeln erwachten, aber ein quälender Schauer lief durch seinen Körper.

»Aber, *Amigos*, einer von ihnen war ohnehin nur ein Feigling, wie?« Er trat gegen Julios schlammbeschmutzte Leiche. *»Vaya con Diablo*, du verseuchter Abschaum!«

Navarez schritt platschend durch den Morast zur ausgestreckten Leiche des Dörflers. Dessen Familie hatte sich schluchzend auf ihn geworfen und deckte ihn zu.

»Ein sehr guter Hieb. Sauber ausgeführt.«

Gonji knirschte angewidert mit den Zähnen. Der Spanier betrachtete jetzt das rostige Schwert des Gefallenen und stieß vorsichtig mit einer Fußspitze dagegen. Er warf einen Seitenblick auf Gonji. Keinerlei Blut klebte an der Klinge, und sie beide wussten, dass es nicht am Regen lag, der sie womöglich gesäubert hätte.

Gonji spannte sich an und kniff die Augen zusammen.

»Es ist geschehen«, erklärte Navarez abschätzig, »und ich bin von einem Ärgernis befreit. Jetzt friere ich und habe Hunger, und Jocko müsste bald mit den Wagen eintreffen. Heute Abend schmausen wir und entspannen uns, ehe wir uns zur Anrufung erheben. Der Zauberer wird unsere Hilfe brauchen. Sehen wir inzwischen mal, welche Gastfreundschaft man hier antrifft, *mi amigos*.«

Esteban lachte wiehernd. »Ich denke, ich habe ein oder zwei Gasthäuser gesehen, die ich gern ausprobieren würde, Franco!«

Die Bande lachte und kehrte durch die Gasse zur Hauptstraße zurück. Dann fragte Navarez, als er seinen Männer folgte, mit leiser, wütender Stimme: »Riemann, was ist dort geschehen?« Er meinte damit den großen, schmalen Nordeuropäer, der ein Freund Julios gewesen war und zur Clique der Mongolen gehörte.

»Nasses Pulver, *mi capitan*«, hörte Gonji Riemann sagen.

Navarez grunzte. »Dumm von dir, das zuzulassen, nicht?«

»Si, mi capitan.«

»Ahh, wir werden damit zu kämpfen haben, bis sich der Sturm ausgetobt hat ...«

Die Stimmen wurden leiser, bis sie vollständig hinter dem ächzenden Wind und dem Prasseln und Klatschen der Regentropfen verklangen. Und Gonji blieb allein vor dem traurig durchhängenden Zeltdach des Grobschmieds zurück. Allein mit der bebenden, trauernden Familie des Mannes, den er gerade eben umgebracht hatte.

Und ihm ging ein Gedanke durch den Kopf: Was bedeutete es schon, dass eine der Pistolen versagt hatte?

Es sei denn natürlich, dass die Kugel für ihn bestimmt gewesen war.

KAPITEL SECHS

Schmerzen sind gut. Ja, das sind sie wirklich.

Sie sind Karma. Sie sind die beste Reinigung von Giften und eine Kräftigung des Fleisches, die der Krieger zu ertragen lernen muss. Sie gerben das Fell; sie schmieden harten Stahl. Eine Disziplinierung. Eine nötige Unbequemlichkeit. Der Abwärtszyklus in den Launen des Lebens, die zwischen Freude und Schmerz pendeln. Der Körper kann enorm starke Schmerzen ertragen, ehe er unter einem Übermaß zerbricht, und solange man fähig ist, mit den Zähnen zu knirschen und zu sagen, wieder mal ein neues Maß, und noch eines, solange ist man Meister der Schmerzen.

Na ja, dachte Gonji und schüttelte den Kopf über dieses Flötenspiel des philosophierenden Fauns, was könnte ich sonst schon tun?

Der Wind peitschte den Regen schräg durch sein Blickfeld. Der Samurai lag zitternd da, eingewickelt in Pferdedecken neben einem prasselnden Feuer unter dem Baldachin der Schmiede. Wie üblich hatten ihn Eigensinn und Überzeugung um ihrer selbst willen davon abgehalten, die relative Behaglichkeit einer Bauernhütte zu suchen; er weigerte sich, ungebeten in einem fremden Heim zu logieren. Schlimmer noch, die Schmach dieser Krankheit lastete schwer auf ihm. Sie war ihm viel zu peinlich, um zu dulden, dass diese Taugenichtse ihn mit erheitertem Blick in dieser Verfassung erlebten.

So wickelte er sich zum Schutz vor den Elementen angesichts des flammenden Fiebers in Decken und lag auf der abgelegenen Dorfgasse, ausgeliefert wie eine Schildkröte vor einer Stampede. Er wechselte ausdruckslose Blicke mit der zerbröckelnden, niedrigen Mauer rings um das Dorf, die nur noch stellenweise stand.

»Torheit!«

Diese derbe Einschätzung kam von Jocko, dessen nervtötende Gegenwart sich gerade vom Mietstall zurückmeldete. Die Pferde der Söldner standen jetzt neben denen der Dörfler in den langen, niedrigen Ställen mit den durchhängenden Dächern, und der alte Nervtöter Jocko hatte sich darum gekümmert, dass sie gefüttert und gestriegelt wurden. Er knurrte Gonji an, während er an ihm vorbeiging, und betrat die Schmiede. Ein weiteres Feuer prasselte darin.

»*Richtig* töricht!«, brüllte er, während er sich unter dem Türbogen halb umdrehte. Gonji schloss die Augen und wünschte sich, Jocko möge zu Stein werden.

Der modrige Geruch von feuchtem Heu attackierte Gonjis Nase, als er tief Luft holte. Die Nasengänge setzten sich sofort aufs Neue zu. Vielleicht war das nur gut so. Er sehnte sich nach der reinigenden Wirkung, die eintrat, wenn man sich richtig erbrach. Seine Seele stöhnte. In diesem Augenblick hielt er sich für den verlassensten aller Menschen. Was habe ich wohl in einem früheren Leben angestellt, um solches Karma auf mich zu laden? Was würde der alte Todo sagen, falls er mich so erblickte? Oh, vergiss das! Es schaudert mich, nur daran zu denken. Und Kojimura – treuer Freund! Was tut er im Augenblick? Reitet wahrscheinlich an der Spitze irgendeines mächtigen Regiments. Ich sähe jetzt gern sein breites Grinsen, hörte gern wenigstens ein kluges Gedicht, einen unanständigen Scherz. Großer und wahrer Freund …

»Ich hab noch nie so was Verrücktes gehört«, sagte Jocko und fiel im nassen Heu auf beide Knie. Gonji presste die Lider gerade noch rechtzeitig vor den Spritzern zusammen. »Hier, trink das. Runter mit den Decken, und mach dort mal das Hemd auf.«

Jocko stellte einen Becher mit einer dampfenden braunen Flüssigkeit ab und machte sich daran, Gonji die Decken herunterzuziehen.

»Was ist das?«, fragte der Samurai matt.

»Das möchteste gar nich' wissen. Trink es einfach. Es bringt dir die verdammte Kraft zurück – du wirst es noch brauchen, könnt' ich mir denken.«

Gonji stemmte sich mit einem Ellbogen hoch und nahm zögernd einen Schluck. Er hustete und spuckte das Gebräu aus, und die Augen quollen ihm hervor.

»Was ...!«

»Aufem Boden nützt es dir nichts, Pilger – so, jetzt *trink* davon!«, kommandierte Jocko und hielt ihm den Becher wieder an die Lippen. Gonji zuckte zusammen und schluckte das Zeug herunter, und wehrte sich dabei gegen die Angst, dass Navarez vielleicht Jocko befohlen hatte, ihn zu vergiften. Der schlechte Zeitpunkt, den der Alte wählte, um zufrieden zu glucksen, ließ diesen Gedanken etwas weniger undenkbar erscheinen.

Weiter entfernt an der schmalen Gasse fiel Feuerschein aus den Fenstern, und hier und dort huschten Schatten über die scharfkantigen Scherben auf der Erde. Der schrille Schrei einer Frau drang aus einer offenen Tür an der Hauptstraße, und schroffes Gelächter übertönte sie. Ein Hund knurrte und bellte eine stichelnde Stimme an. Trunkene, unanständige Lieder stiegen über die Hausdächer auf. Klatschende Schritte und metallisches Klirren drangen von der Hauptstraße herüber. Aus der Hütte des toten Schmieds: das leise Wimmern eines Kindes.

Gonji knurrte enttäuscht und packte unvermittelt Jockos Hand, mit der er gerade seinen Hals abtastete.

»Sachte, sachte, *Signor*, ich möchte nur was von dem Zeug hier drauf ... *mama mia!* Hat jemand versucht, dich aufzuhängen, Pilger?«

Gonji fasste sich instinktiv seitlich an den Hals, als könnte er mit den Fingerspitzen sehen. Ja, es war immer noch empfindlich. Er konnte sich die blauen Flecken vorstellen und spüren, wie raue Haut über die Kratzer wuchs. Ein unwillkürlicher Schauder begleitete die Erinnerung an den Griff der Vampirin.

»Nein«, sagte er geistesabwesend.

»Na ja, sie hätten aber bessere Arbeit leisten sollen«, knurrte Jocko. Gonji starrte ihn aus glasigen Augen an. »*Si*, *amigo*, du wärst vermutlich besser dran. Weißte, was die Leute sagen? Sie sagen, du hättest Julio umgebracht. Haste?« Er brach ab und musterte Gonji forschend. »Na, haste?«

»Nein.« Keine Spur von Überzeugungskraft.

»Hah! Du hastes, alles klar. Weißte, du bist wirklich dumm für nen Sizilianer!«

Gonji lächelte matt und schüttelte den schmerzenden Kopf. Jocko öffnete den Kimono und machte sich daran, Gonji ein klebriges Präparat auf Brust und Schultern zu reiben. Das beißende Aroma der Salbe war nicht ganz unangenehm, also legte sich Gonji zurück und gestattete den knorrigen Fingern, ihre heilende Magie auszuüben; dabei fragte er sich vage, warum sich der Alte um ihn sorgte. Das Präparat erzeugte eine lockernde Hitze in der Brust des Samurai, und die Wärme des übel riechenden Gebräus wirkte Wunder in seinen Innereien. Langsam atmete er wieder tief und gleichmäßig. Der ergraute alte Kerl stank, und die stinkende, klatschnasse Kleidung klebte an ihm wie eine verfaulende äußere Hautschicht. Jocko trug einen breiten Schlapphut, von dem Regentropfen herabfielen, während er arbeitete.

»Heh!«, rief Jocko. »Das iss aber eine mächtig schöne kleine Tätowierung.« Er hatte die scheußliche Schulternarbe gefunden, deren dünne weiße Lippen beständig finster zusammengepresst waren. Jocko richtete sich auf, riss das Wams auf und zog das lange weiße Hemd seitlich aus der Hose. »Wenn du aber denkst, *das* wär was Besonders – dann sieh mal her!« Eine gezackte schwarze Narbe zog sich über die Rippen des Alten, eine schlecht versorgte alte

Verletzung, die, mit zwiespältigen Gefühlen zu betrachten Gonji nicht umhin konnte.

»Ganz nett, was? Ich hatte *selbst* einen Anteil an Schlachten, wirklich. *Si*, das iss mal die Wahrheit.« Er gackerte lauthals. Dann verging ihm das Lächeln, und seine Stimme wurde ernst. »Hör mal, iss nicht gut, wenn du dir hier Feinde machst, nicht bei diesem Haufen. Iss wohl zu spät, dir das jetzt zu sagen, aber falls ich du wäre, würde ich mir überlegen, von hier zu verschwinden. Schnell. Einige von den Jungs haben dich wirklich aufem Kieker. Derzeit hältse nur auf, dasse zu besoffen sind, um zu merken, was für ein kranker Hund du bist. Und weil der Regen das Schießpulver nass macht. Schätze mal, niemand möchte es mit dem Schwert bei dir probieren. Ich hab nie gesehen, wie du deine benutzt hast, aber sie reden richtig respektvoll drüber, das tunse wirklich. Und ich schätze mal, Navarez denkt sich, er schuldet dir was, weil du seine *Cojones* in jenem Tal gerettet hast. Er wird aber schnell drüber wegkommen – er kann ein richtiger Schweinehund sein, glaub mir. Na, wenn er derzeit nicht zu wenige Reiter hätte ...«

Jocko schüttelte ernst den Kopf und zog die Hand ruckartig an der Kehle entlang. Er seufzte und stand auf, stopfte sich das Hemd in die Hose zurück und richtete den breiten Gürtel um die korpulente Taille. Dann schlurfte er in die Schmiede.

Der Regen ließ etwas nach, ging in ein feines Nieseln über, aber der kalte Wind peitschte mit verstärkter Wucht vorbei. Der alte Trottel kehrte mit einem kleinen Schemel und einer tiefen Schüssel zurück, darin das gleiche Gebräu, mit dem er Gonji gefüttert hatte. Dieses schlürfte er zwischen kräftigen Bissen in einen dunklen Keil, wobei es sich vielleicht um Trockenfleisch handelte – oder nasse Baumrinde, wenn man die raue Oberfläche betrachtete.

Gonji tastete nach dem *Katana* an seiner Seite und dem *Seppuku*-Schwert unter der zusammengerollten Decke, die er als Kopfkissen benutzte. Er zog sich die Decken wieder bis zum Hals hoch und legte den pochenden Schädel sachte zurück; er wünschte sich, Jocko möge endlich verschwinden und ihn seinen eigenen Gedanken überlassen. Trotzdem wirkte es irgendwie tröstlich auf Gonji, dass ihm der Alte Gesellschaft leistete, und vielleicht konnte Jocko auch ein paar quälende Fragen beantworten.

»Also, was planen sie?«, fragte Gonji und blickte zum tropfenden Zeltdach hinauf.

»Mit dir?«

»*Si.*«

Jocko grunzte. »Sie sind gerade sturzbesoffen. Was könntense da schon für Pläne schmieden? Zu sehr damit beschäftigt, sich über die Frauen hier herzumachen. Aber sie werden schon bald an dich denken, Jüngchen. Diese bepelzten Chinaleute maulen schon über dich, seit du ins Lager geritten kamst. Es waren Freunde von Julio, weißte? Glück für dich, dass Navarez es nich' war.«

Donner krachte in den Bergen und warf Echos, während ein blendender Speer von Blitz den Himmel zwischen den Höhen spaltete und das Dorf in helles Licht tauchte. Erschrockene Pferde wieherten in den Ställen und trampelten herum, und unregelmäßige Schläge erschütterten die Wand des Mietstalls.

»Jesus, Allmächt'ger!« Jocko lief mit seiner watschelnden Gangart zu den Ställen hinüber. Einen Augenblick später kehrte er zurück und führte dabei ein übellauniges Maultier am Zügel.

»Komm schon, Angelo, ich muss über diesen sterbenden Mann hier wachen.«

Er führte das Tier durch den Türbogen in die Schmiede und band es dort an. »Das iss Angelo. Er iss sozusagen – na ja, ein bisschen nervös bei Gewitter. Hatte ich vergessen. Aber er macht keine Probleme, nich' wahr, Ange?« Das Maultier klappte die Ohren zueinander. »So, dieser Mann hier iss ein Fremder. Er versteht keine Zeichensprache nich'. Sag ihm, dasste keine Schwierigkeiten machst, du verdammtes ...«

Das Maultier brüllte wie eine ganze Kompanie von Herolden, und ein breites Grinsen spaltete Jockos verwittertes Gesicht.

»Da, siehste?«

Gonji verdrehte die Augen und wischte sich den Schweiß von der Stirn. Manche Kirchenleute sprachen von einem Ort, den sie Fegefeuer nannten ...

Jocko streichelte das Maultier liebevoll und setzte den ramponierten Hut ab. Verfilztes graues Haar klebte an seinem Schädel und vermittelte zusammen mit dem dreckigen Bart den Eindruck eines Mannes, der den Kopf gerade durch ein Loch in einem weggeworfenen Teppich steckte.

»Also, welches sind *deine* Pläne?«, fragte Jocko brüsk.

Gonji überlegte einen Augenblick lang und räusperte sich, um den Schleim aus der Kehle zu bekommen. »Ich reite weiter nach Vedun. Das war ohnehin mein Ziel. Jetzt dürfte es interessanter werden. *Dorthin* ist auch Klann unterwegs, nicht wahr?«

»Möglich. Kann ich nich' genau sagen. Irgendne große, ummauerte Stadt in diesen Bergen, im Schutz einer Burg, von der se sagen, so was hätte man noch nich' gesehen.«

»Burg Lenska. Das muss es also sein«, überlegte Gonji. »Glaubt Klann, dass er sie gewaltsam einnehmen kann?«

Jocko zuckte die Achseln. »Schätze schon.«

»Dann muss er eine große und gut ausgerüstete Armee anführen.«

Jocko schnaubte und zog seinen Schemel näher heran. »Oh, sicher doch, die iss schon ganz schön groß. Müssen vier-, fünfhundert Mann sein.« Seine Augen funkelten fröhlich.

»Que?«, fragte Gonji ungläubig.

»Ha-hah, iss schon richtig, Jüngchen. Mächtig groß, was? Man schaudert, wenn man nur dran denkt, nich' wahr?«

»Wie konnten sie nur diese Kirchenschatzkammer in Bratislava erstürmen mit nur ...«

»Ich weiß nich'«, sagte der alte Pferdeknecht. »Ich war nich' dabei. Aber ich weiß, was ich gehört hab ... und was ich nachher gesehen hab.«

Wieder krachte der Donner, und Gonji wickelte sich fester in die Decken, als ihn erneut der Schüttelfrost packte. Jocko stand auf und füllte für sich und Gonji am Verpflegungswagen je einen Krug Wein, suchte sich in der Schmiede ein kräftiges Stück Feuerholz und setzte sich ans Feuer, um zu schnitzen. Weit entfernt an der Straße flog eine Haustür auf, und eine Frau jammerte kläglich, ehe sie von einer Männerstimme übertönt wurde. Die Tür fiel wieder krachend zu.

Durch all diesen Lärm und durch den kräftiger prasselnden Regen hindurch sagte der ergraute Brigant:

»Der Zauberer war's. *Si, amigo*, das kannste glauben oder nich', wie du möchtest. Aber so wird's erzählt. Sie betreten Bratislava inner Nacht. Sie warten. Mort tritt vor – das iss der Zauberer, weißte – Mort. Er tritt vor, kriegt so 'ne Art ... magischen Anfall, spricht'n paar von seinen verrückten Worten – und *wamm!* Da kommt dieser Riesenoger außem Nirgendwo, *reißt* die Tür des Doms raus – reißt sie richtig aussen Angeln! Ritter kommen herausgelaufen, sind noch ganz schläfrig ...«

»Warte mal eine Minute!«, unterbrach ihn Gonji. »Ein *Oger?* Was für eine Art ...«

»Ich hab doch schon *gesagt*, dass ich nich' dabei war. Das iss, was ich *gehört* hab. Sie kommen also rausgelaufen, und dieses Viech stampftse nieder, beißtse tot und spucktse wieder aus, und das schneller, als man fürs Erzählen braucht. Und Klann und die Jungs sind drin und schon wieder draußen, und die Priester schrein rum, und es heißt, lebwohl, Gold, wie? Hi–hii! Na ja, das waren nur die großen Nummern, du weißt schon, die pissgesichtigen Aristokraten – Klann und Mort und die Llorm und die ...« Er legte atemlos eine Pause ein. »... und die Erste Königliche Freie Kompanie. Hölle, die Pest über sie alle! Erste Freie Kompanie – das iss nix weiter als ein Haufen Banditen wie der Abschaum hier, nur noch brutaler.« Abscheu brannte in seinen Augen.

»Nun«, fuhr er fort, »sie machen sich mit dem Schatz davon, und die Priester und die Ritter – sie bleiben zurück und denken erst mal nach. Dann rufense den Allmächt'gen Gott an, schätze ich mal, und jagen hinterher. Und ich hab noch nie einen wütenderen Hornissenschwarm gesehen. Also, unsere Kompanie hier und ein paar andere, sie sollen die Flucht absichern, und Morts Macht iss angeblich mit ihnen. Also johlense und heulense und sind voller Schneid, und schon bald holense der Erzbischof und seine ganze verdammte Armee und – verdammt, soweit ich sagen kann – alle Seelen der verstorbenen Gläubigen ein. Na, sie holense in dem Tal ein, wo du dazugekommen bist.

Zuerst denk ich, Morts Macht funktioniert richtig gut, denn ich dreh mich um und guck runter zum flachen Ende des Tals und – *mama mia!* – eine ganze Kompanie Ritter, vielleicht hundert Mann ... und ihre Pferde, die *sterben* einfach unter ihnen!«

Gonjis Weinkrug stockte auf halbem Weg zu den Lippen.

»Sterben?«, echote er. »Wie? Durch Schüsse?«

Jocko schnaubte. »Was – aus nem paar Dutzend Pistolen, die sowieso außer Reichweite waren? Hölle, nein, sie sind einfach umgekippt, mehr nich'. Sind einfach unter ihren Reitern umgekippt. So was, wo man glatt sofort zu seinem Schöpfer betet, so was war das.« Ihn schauderte, und er blickte hohl zu Boden.

»Das hat sie aber nicht aufgehalten, oder?«, fragte Gonji.

»Nein, Pilger, ich schätze, das hattes nich'. Oh, eine Zeit lang schon. Dann entschieden Navarez und die anderen Hauptleute, denen mal zu zeigen, was für harte Burschen sie sind. Großer Fehler! Es sind immer mehr von den Rittern gekommen und ...« Er zuckte die Achseln und spreizte die Hände.

»Die Macht des Zauberers endete?«

»Navarez behauptet, die Jungs hätten nicht fest genug geglaubt. Na, das iss aber zu schade – *Glaube!* Man muss an diesen

Scharlatan *glauben*, ehe seine Kräfte was bewirken? Hah! Was soll das für 'ne Magie sein? Glauben. Ich? Ich glaube an *mich!* Das iss gut so, *si?*«

Gonji erinnerte sich an das zerknüllte Papier in seiner Tasche.

»Was ist mit dieser Anrufung, die wir angeblich aufsagen sollen?«

»Ach, das iss nur unsinniges Gesabbel. Affengerede. Achte nur drauf, es richtig laut zu sagen, wenn sie es von dir verlangen!«, knirschte Jocko und zeigte mit dem geschnitzten Stock auf Gonji. »Wenn du's nich' sagst, wird dieser Zauberer dich aufspüren und inne Eidechse verwandeln.«

Beide Männer tranken eine Zeit lang nachdenklich ihren Wein, und Angelo stocherte mit dem Maul im Heu vor seinen Hufen herum.

»Sag mal, Jüngchen«, fragte Jocko schließlich, »du hast doch nich' vor, da oben deine Nase inne Sachen des Königs zu stecken, oder?«

Gonji wandte sich dem Alten unter Schmerzen zu und stützte den Kopf mit einem Arm.

»Ich war ohnehin schon dorthin unterwegs, wie ich bereits sagte. Nur ...« Ein lausbübisches Lächeln zuckte in einem Mundwinkel. »... ziehe ich dort jetzt vielleicht als Eroberer ein, *neh?*«

Jocko platzte heraus, fiel mit vorquellenden Augen einem Lachanfall zum Opfer, der Angelo erschreckte. Das Muli machte die Ohren steif.

»Pilger, du hast echt Mumm! Und ich sag dir, der sorgt nur dafür, dasste letztlich richtig tot bist. Hältst dich wohl für so ne Art Held, was? Möchtest direkt auf Klann zureiten und ihm sagen: ›Hier bin ich, Milord König, Euer neuer Held!‹ Was denkste eigentlich – dasse da oben mit offenen Armen auf dich warten? Möchteste ihnen sagen, was du hier für'n Schlamassel angerichtet hast? Sicher doch, erzähl ihnen nur, dasste die Dritte Freie Kompanie leid bist, sodasste'n paar davon umgebracht und dann entschieden hast, die Erfolgsleiter raufzuklettern.

Ich will dir mal was erklären, Jüngchen. Du solltest hier lieber nich' auf tolle Gedanken kommen! Ehrgeiz ist der größte Mörder von jungen Hitzköpfen in unserer Armee – vergiss das nich'. Ich hab ne Menge gesehen, hab ich. Komm ja nich' diesem Navarez in die Quere; das issen brutaler Mistkerl. Und der Feldkommandeur der freien Kompanien, na ja, ich hab noch nie so 'nen Rohling gesehen. Er würde dich packen und verdrehen, bis dir die Innereien rausplatzen, das würde er wirklich. Das iss mal ne Tatsache. Ben-Draba, so heißter. Ben-Draba. Großer, arroganter Mistkerl. Macht sich gern nen rauen Spaß mit neuen Rekruten, so richtig wie'n Spiel. So verspielt, dasse manchmal nich' wieder aufstehen. *Si*, du würdest ihm gefallen, auf jeden Fall! Und dann iss da noch Julian – *Hauptmann* Julian Kel'Tekeli, Kommandant der Ersten ...«

Gonji lauschte dem knackenden und prasselnden Feuer, das Jockos Worte untermalte. Er fühlte sich etwas besser, jetzt, da die sich ausbreitende Wärme vom Wein, das Gebräu und die pulsierenden Flammen das quälende Fieber linderten. Und die Tirade des Alten, die ihn überreden sollte, sich nicht tiefer in die seltsame Armee von Akryllon zu verwickeln, hatte exakt den gegenteiligen Effekt. Gonjis Interesse war stärker denn je.

»... dieser angeberische Hurensohn! Ich habe gehört, dasste gut bist, Sohn, aber kreuz die Schwerter lieber nich' mit *diesem* Teufel!«

Diese Art von Vergleich, ehe etwas erwiesen war, dieses Prahlen mit Reputation – was Gonji inzwischen als »Penisfechten«, bezeichnete –, das gehörte alles zu einem europäischen Spiel, das er schon oft gespielt hatte und das er schon lange leid war. Es lockte ihn heute nicht mehr, sich in die Spielerlisten einzutragen, weckte aber nach wie vor sein Konkurrenzdenken, was ihn häufig in Schwierigkeiten brachte und ihn, davon war er überzeugt, eines Tages das Leben kosten würde. Aber Schwierigkeiten brachten

Aufmerksamkeit, und der wilde, westliche, kindhafte Teil von ihm, den er gewöhnlich zwar beherrschen, jedoch nicht ganz überwinden konnte, lechzte nach Aufmerksamkeit.

»Hör mal, Sohn«, sagte Jocko, »wonach suchste hier eigentlich?«

Die Frage überraschte Gonji. Er trank nachdenklich von dem Weißwein. Wehmütige Trauer zeigte sich in seiner Miene, und er entblößte die Seele vor dem Alten.

»Ehrenvolle Pflicht. Vielleicht einen guten Freund, der mir hilft, die Zeit zu vertreiben. Und einen Namen, etwas, was ... Was ist denn so verdammt komisch?«

Schon bei den ersten Worten war Jocko in schrilles Gelächter ausgebrochen, und zum Ende von Gonjis Antwort war seine Heiterkeit zu schenkelklopfender Wucht angestiegen.

»Ehrenvolle Pflicht!«, spottete der Pferdeknecht, und seine ganze Jovialität war schlagartig verschwunden. »Wem machste da was vor? Die einzige ehrenvolle Pflicht in diesem Land, Jüngchen, ist die Pflicht, die einem ehrenvoll die *Taschen* füllt. Niemand findet hier Freunde, und *du* hast ganz bestimmt ne komische Art, es zu probieren!«

Wut krampfte Gonjis Magen zu einem harten Knoten zusammen, als er genau den Zynismus ausgesprochen hörte, der ihm seit Jahren an der Seele nagte. Niemand braucht mir das zu sagen!, dachte er. Der unruhige Geist der geselligen Mutter aus dem Nordland zieht mich in die eine Richtung; die Disziplin eines kalt würdevollen, ach so vornehmen Vaters erwürgt in mir alles Spontane – wer *bin* ich also? Ich hocke in einer Ödnis inmitten einer Welt, wo sich niemand mir nähern kann oder es überhaupt möchte. Nein, so ist es nicht! Ich hatte Freunde. Es gibt Menschen, aus denen ich mir etwas mache. Es ist schwierig, *hai*, aber das ist nun mal Karma. Ich versuche es vielleicht zu angestrengt. Ich versuche es einfach – zu – angestrengt. Ich kenne die Gefälligkeiten, die man spricht und die man tut, ich plane mein Handeln, und dann begegne ich jemandem, und es ist, als hörte und sähe ich einen anderen, der durch mich handelt. Drei Herzschläge später blitzen die Schwerter auf …

»Was haste sonst noch gesagt?«, fragte Jocko gerade.

»Wie bitte?«

»Du wolltest erzählen, wonach du suchst, nach – ah, Pflicht und Freunden«, sagte das alte Wrack geziert.

Ah! *Hai*, das andere. Jenes, was ihn verhöhnte und ihn heimsuchte.

»Hast du jemals vom *Wind des Todes* gehört?«, fragte Gonji gelassen und betrachtete Jocko forschend über den Deckel des Krugs hinweg.

Jocko kratzte sich am Kopf. »Hmm. Was issen das, so ne Art Seuche?«

Gonji lachte laut.

»Ihr Götter!«, rief er hustend und keuchend. »Ich hoffe von ganzem Herzen, dass es nicht so etwas ist! Ich hätte es besser wissen müssen, als … Wie steht es um den Namen Grejkill, ein Mensch, der … kein Mensch ist, jedenfalls nicht ganz, oder sonst etwas, und der oder das durch die nördlichen Lande pirscht? Vielleicht ist es dasselbe.«

»Grejkill, wie? Ich weiß nich'. Vielleicht, vielleicht … aber hast *du* jemals von dem zweiköpfigen Riesenlöwen gehört, der …«

Das Stakkato des Regens prasselte seinen Rhythmus auf das Zeltdach und leckte und strömte über dessen Rand und von den Dächern der Dorfhütten, während Gonji wieder in seiner Melancholie versank. *Alles Streben der Menschen ist nutzlos und töricht.* Und ich muss der Prügelknabe der Götter sein, *neh?* Es hätte anders kommen können …

»… und er wollte uns nicht vorbeilassen, bis wir ihm ein Geschenk machten, weißte, so ne Art Opfer. Na ja, wir waren kühne Burschen, also zogen wir unsere Schwerter – hier, ich muss dir den alten Königsmörder zeigen. Ich hab ihn gleich hier …«

– Ich hätte es vielleicht durchstehen können, bis sich der Rauch verzogen hat. Dann wäre ich nach dem Tode des Alten Todo Lehnsherr aller Kenjo geworden. Verdammt, er wird nie sterben! Und sowieso bin ich nicht geeignet, an seiner Stelle zu herrschen. Er ist der größte *Daimyo* Japans, und die anderen hatten recht: Nur reinblütige Japaner können einen Clan regieren. Es liegt an der Herkunft, das muss es sein. Ich ehre mit ganzer Seele den Geist meiner Mutter, aber ... Und ich könnte Reiko auch weiterhin nicht haben, sowieso. Reiko ... Bei all den ehrfurchtgebietenden Mysterien kann ich mich kaum noch an ihr Gesicht erinnern ...

»... und so wurden wir fertiggemacht, Pilger. Ich weiß nich', *wann* ich jemals so erschöpft war, so verletzt und durch die Mangel gedreht wie damals. Na ja, verdammt, dieses Mädel war ohnehin nur ne Nervensäge gewesen, also gaben wir nach. Wir schubsten sie zu dem Viech rüber, und es fing damit an ...«

– Ich stehe dieses elende Fieber durch. Dann versuche ich es auf ein Neues mit dem Leben, einer bedeutsamen Existenz auf diesem gottverlassenen Kontinent. Dann – dann ...

»Heh, Jüngchen, hörste mir überhaupt zu? Gottverdammt! Sollen wir uns nun Geschichten erzählen, oder möchteste einfach nur rumsitzen und träumen und diesen guten Wein überall verschütten?«

Gonji richtete den fast leeren Krug auf, während er sich unter Schmerzen auf einen Ellbogen hochstemmte. Er hatte sich jedoch zu unvermittelt bewegt; sein Schädel pochte los, und er musste die Augen zusammenkneifen.

»Tut mir leid, sehr leid ... anhh ...« Er richtete sich weiter auf, bis er mit gekreuzten Beinen saß, und wickelte sich in eine Decke. »Ich möchte dich noch etwas fragen – was König Klann angeht. Reitest du schon lange mit ihm?«

Jocko grunzte und rülpste, spuckte ein Stück Fleisch aus und deutete mit dem rostigen Entermesser, das er Königsmörder nannte, darauf.

»Taugt nich' mal für'n Sattel. Klar, ich zieh seit Jahren immer wieder mal mit ihm rum.«

»Immer wieder mal?«

»Ich mag das Meer nich', Jüngchen. Bin kein beschissener Seemann. Wenn sie'n Schiff nehmen und nach dieser magischen Insel suchen, dann winken ich und Angelo einfach hinterher, sagen *bona fortuna* und warten ab, bis wir hören, dasse wieder da sind – den Schwanz eingezogen, wie immer. Außerdem wird's Angelo auf hoher See schlecht ...«

»Dann stimmt die Geschichte von Klanns Inselkönigreich?«

»Schätze schon«, antwortete Jocko achselzuckend. »*Er* iss jedenfalls der Meinung. Macht diese ganzen Piraten unanständig reich, wenn er erst mal sein Reich gefunden hat – falls dann noch jemand lebt! Es heißt, er hät's schon mal gefunden. Das war ne schlimme Zeit, Pilger, ne schlimme Zeit. Ich habse gesehen, als die Schiffe wieder anlegten – das, was von ihnen übrig war. Auf dieser Insel soll's von Zauberern und Magiern und Gott weiß was für ner Höllenbrut nur so wimmeln. Als unsere Leute zurückkamen, sahense aus wie ...« Ihn schauderte, und er starrte in die platschenden Regenpfützen. »Ne schlimme Zeit. Sie erzählten, Männer wären von Viechern abgeschlachtet worden, die direkt aus nem Albtraum stammten, wären einfach, wo se gingen und standen, verbrannt und verkohlt wie Zweige ... ugh! Also hat Klann lange gebraucht, um ne neue Söldnerarmee aufzubauen, nachdem sich das erst mal rumgesprochen hatte. Nur die Llorm hielten weiter zu ihm. Schätze, das tunse schon länger, als irgendjemand zurückdenken kann ... Glaubst du an irgendwas von dem, was ich dir erzähle, Sohn?«

Gonji zuckte die Achseln. »Nein, ich schätze nicht.«

»Gut. Das iss richtig clever von dir. Macht sich nich' bezahlt, zu viel drüber nachzudenken. Man schläft dann nur schlecht, kann ich dir erzählen.«

»Aber du folgst ihm schon die ganze Zeit, du und diese anderen hier auch?«

»*Ich* schon, klar doch«, sagte Jocko, »aber die meisten anderen Gauner hier sind ziemlich neu. Was ich vonner Insel erzählt hab, verdammt, das iss jetzt schon lange her! Aber die Zeit vergeht, und schon bald hat Klann wieder genug Gold, um mehr Glücksritter anzuwerben – gibt hierzulande ne Menge davon. Leute von *deinem* Schlag, nich' wahr? Junge Burschen, die mit ihren hübschen Schwertern ordentlich Geld machen wollen, was?«

Gonji wurde böse und warf ihm einen verächtlichen Blick zu, aber er hatte keinesfalls sofort ein Argument zur Hand, um auf diese Feststellung etwas zu entgegnen.

»Also reitenwer immer wieder mal in so ne Stadt, plündernse, bezahlen die Jungs, schieben's den örtlichen Banditen inne Schuhe. Greifen die nächste Stadt an, rauben das Gold, schicken die Leute *dort* auf ne Gespensterjagd – immer wieder, und bauen dabei die Armee auf. Die Jungs sind glücklich, der Sold iss gut, und für gewöhnlich sammelt Klann ne richtig treue Gefolgschaft um sich, bis er's wieder mal für anner Zeit hält, in See zu stechen. Alles für'n größeren Ruhm des Königs, nich' wahr?« Er salutierte mit dem Krug.

»Seltsam«, bemerkte Gonji. »Alles sehr seltsam. Das ist doch kein Leben für einen klapprigen alten Mann, der er inzwischen sein muss. Man sollte eigentlich denken, dass er sich eine dieser kleinen Provinzen unter den Nagel gerissen und ...«

»Ideen werden nich' alt, Jüngchen«, sagte Jocko mit einem merkwürdigen Unterton. Er schien Gonji für irgendeine kühne Behauptung abzuschätzen.

Gonji trank von seinem Wein und wartete. »Was meinst du denn damit?«

»Ich meine«, erfolgte die geflüsterte Antwort, zu der sich der Alte auf das Entermesser stützte und vorbeugte, »dass ich'n seit *Jahren* nich' gesehen hab. Ich denke nich', dassen irgendjemand hier *jemals* gesehen hat – außer vielleicht Navarez.«

Gonji runzelte die Stirn. »Und doch bleibt diese Armee zusammen. Sie zieht durch die Lande, schlägt sich mit jedem Gegner, auf den sie stößt, erleidet grausame Verluste, plündert hemmungslos und sammelt sich hinter einem geheimnisvollen Anführer, der niemals sein Gesicht zeigt?« Er schüttelte ernst den Kopf. »Oh ah, das ergibt überhaupt keinen Sinn!«

»Die Llorm und die Hauptleute der freien Kompanien sorgen dafür, dass alles richtig glatt läuft. Man stellt hier keine Fragen. Aber ich werd dir was erzählen. Na ja, ich hab echt keine Ahnung, wie ich meine Seele retten soll –, aber ich sag's dir trotzdem. Und du behältst es auch für dich, verstehste?« Gonji nickte und beugte sich vor.

»Als ich'n zuletzt gesehen hab«, flüsterte Jocko, »wobei ich nich' mehr weiß, wie viele Jahre das her iss, aber es war noch vor Navarez, da denke ich nich', dass ich's hätte sollen, verstehste? Ich hab einfach die Nase in Sachen gesteckt, die mich nix angingen, und hab den König gesehen. Zumindest habensen behandelt, als wär er der König, wer immer das war, denn *es war nich' derselbe König, den ich früher mal gesehen hatte!* Die ganze Armee lagerte vor diesem Landhaus da unten in Italien, und die Leute ham geschmaust und sich ne Pause gegönnt, ehe sie weiterzogen. Dann wurde rumerzählt, etwas wär mittem König passiert, und danach hat ihn niemand vonnen freien Kompanien je wieder gesehen, außer mal kurz von Ferne. Aber *ich* hab'n gesehen, und ich sage dir, es war nich' Klann, jedenfalls nich' der Klann, den ich kannte.«

Er lehnte sich zurück und kippte den Wein in sich hinein, bis der Krug leer war. Dann ging er los und füllte ihn nach.

Gonji schwenkte den eigenen Krug herum und starrte tief in die im Kreis wirbelnde Flüssigkeit, während er über diese Dinge nachsann. Angelo scharrte mit den Hufen, nervös gemacht von erneutem Donnerkrachen. Das Feuer zischte, als der Wind umsprang, und ein feiner Sprühregen spritzte in die leckenden Flammen. Jocko setzte sich wieder und klackte besorgt mit den schartigen, braunen Zähnen.

»Also ist euer König nur«, begann Gonji und improvisierte, während er sprach, »nur jemandes Vorstellung von einem König. Eine Galionsfigur. Eine verrückte Idee, weitergeführt von dem Zauberer und den Befehlshabern. Jemandes Traum von einem Reich, der so lange Bestand haben wird, wie Gold vorhanden ist, das ihn nährt.«

Jocko schnaubte. »Denkste das? Manche behaupten, es wär so. Manche sagen, er wär ne Idee, genau wie du gesagt hast. Eine Idee, die Menschen zum Töten und Erobern treibt. Aber da sind auch Leute, die sagen, der König wär ne *Menge* Leute ... oder'n Mensch, der verändern kann, wasser iss.«

Gonji war blitzartig hellwach. »Was ...?«

»Jemals die Legende vonnem König gehört, der dazu verdammt iss, auf ewig durch die Welt zu wandern, ein König, der nie stirbt, der einfach durch die Gegend streift, gefolgt von einer Armee nacher andern, ner Armee, die Kinder kriegt, um ihm vonner Generation zur nächsten zu folgen?«

Schweigen. Gonji saß da, massierte sich nachdenklich das Kinn und dachte erneut an die kaum erinnerte Erzählung.

»*Hai*«, sagte er. »Ich habe davon gehört.« Er warf Jocko einen skeptischen Seitenblick zu.

Jocko produzierte eine Feile und machte sich daran, den Grünspan vom Griff des Entermessers zu schaben, der jedoch weniger reparaturbedürftig war als die schartige und zerfurchte Klinge. Der Alte ignorierte den Samurai eine Zeit lang; dann brach er seine Arbeit ab.

»Na ja, guck mich nich' so an! Denkst du vielleicht, ich würd mich zum Narren machen und dir sagen, Klann wäre dieser König? Ich bin doch keine alte Bauersfrau!« Er fuhr fort zu feilen. Dann: »Er könnte ja von Glück sagen, wie? Niemals sterben? Hätte mehr Glück als wir, was, Jüngchen? Was sagste dazu?«

»Nein«, entgegnete Gonji kurz angebunden. »Könnte er nicht.«

»Hah! Bist schlauer, als du aussiehst!«, brüllte Jocko, und eine finstere Miene des Abscheus grub sich in seine Züge. »Er wär so ziemlich der bedauernswerteste Mistkerl, den's je gegeben hat, behaupte ich mal.«

Gonji lächelte ganz leise, und unvermittelt regte sich in ihm Respekt vor der schroffen Lebensweisheit des vielgereisten Maultierpackers. Der Samurai legte sich auf die Seite und atmete schwer durch die verstopfte Nase.

»Also der Traum von einem Königreich – und ein stetiger Strom geraubten Goldes – treibt diese Armee an, *neh?* Außerdem die Kräfte eines unberechenbaren Zauberers. Falls der tun kann, was du sagst, dann, denke ich, müsste dieser Klann inzwischen *irgendein* Königreich erobert haben, sogar mit dieser mickrigen Armee.«

»Gehört sich nich', so über diesen Zauberer zu reden, Pilger. Er iss ziemlich neu hier. Hat schon zu viel Einfluss auf unsere Armee, da wette ich. Dinge passieren, die vorher nie passiert sind. Kann nicht erkennen, dasses uns was nützt.« Er blickte unbehaglich zum schwarzen, nieselnden Himmel hinauf. »Manchmal reitest du deines Wegs, und man erzählt dir, lieber nich' zum Himmel raufzublicken – wenn du nich' möchtest, dass dir die Seele außem Körper gerupft wird. Dann stürmt irgendwas Großes über deinen Kopf weg – und du könntest nicht mal raufgucken, wenn du's wolltest.«

Gonji bekam kurz eine Gänsehaut, als er an die dunkle Gestalt am Horizont dachte, die sich während der Schlacht im Tal gezeigt hatte. Er wollte schon danach fragen, aber etwas, das auf der anderen Seite der kultivierten Felder geschah, weckte jetzt die Aufmerksamkeit beider. Zwei Reiter galoppierten die Straße entlang, die dort einen Bogen ins Dorf schlug.

Gonji blickte den sich nähernden Reitern forschend entgegen. Er wurde starr; etwas erschien ihm vertraut an ihnen, aber was?

»Reiter von Klann, schätze ich«, sagte Jocko und zeigte mit dem Daumen auf sie.

Sie verfolgten den Ritt der beiden, bis sie außer Sicht waren, und dann fragte Jocko: »Sag mal, Jüngchen, warst du früher verheiratet?«

Gonji war erstaunt. Er schüttelte den Kopf. »Warum fragst du?«

»Oh nix, nix ... Ich war es mal. Bin's wohl immer noch«, sagte Jocko leise lachend. »Die meisten der Kotfresser hier sind es, schätze ich mal. Das iss ein guter Grund, warumse aufer Flucht sind.«

»Jockooo!«

Der Chor der Rufe kam von der Straße. Jocko sprang auf und patschte dort hinüber.

»Ich komme ja, ich komme ja, verdammt!«

Während der Sohn des *Daimyo* Sabataké Todohiro hinter dem Alten herblickte, überfiel ihn tiefe Niedergeschlagenheit und durchdrang sogar die Sinnesglut des Fiebers. Und mit ihr meldete sich die Einsamkeit. Sein Geist hing schwer, trister als der düster tropfende Nachthimmel. Wie eindringlich, wie vielschichtig die Gefühle doch waren, die Jockos Worte hervorgerufen hatten! Wie die anderen, von denen Jocko gesprochen hatte, war auch Gonji auf der Flucht vor einer Frau. Allerdings nicht vor irgendeiner Schreckschraube von Ehegattin, sondern vor einer Frau, die er sowohl liebte als auch achtete. Die Frau, von der die Ehre verlangte, dass sie ihn tötete.

Allein unter Gefährten zu sein ist die furchtbarste Form der Einsamkeit ...

Jocko kehrte wenig später zurück, zwei Pferde am Zügel – ein Rotschimmel, das andere ... Gonji stieß einen lautlosen Fluch aus, als er das Ross betrachtete, über das der Pferdeknecht bewundernd gluckte.

Ein weißer Araber. Goodwins Pferd. Des Engländers aus der Gaststätte vor wenigen Tagen. Gonji starrte es an; seine zornige Vorhersage des Unheils hatte sich erfüllt. War er die Ursache, weil er es gewünscht hatte? Hatten diese Männer ihr Schicksal erlitten durch den Makel, mit ihm in Kontakt getreten zu sein, mit dem schicksalhaften Menschen, der durchs schiere Vorbeiziehen so vielen den Tod gebracht hatte?

»*Muy bello*, was, Pilger?«, fragte Jocko und wischte das stolze Tier ab. »Schätze mal, wir bleiben ne Zeit lang hier, wenn ich bedenke, was diese Sendboten gesagt haben. Die Provinz kontrollieren. Mal wieder mitten im Nirgendwo festsitzen. Verdammt noch mal! Was *sind* wir eigentlich?«

– Nein, das ist Torheit! Ich bin nicht verflucht. Es sind nur dieses dumme Land und diese dummen Menschen und ihre gottverfluchte Doppelzüngigkeit. Erst predigen sie, welchen Wert das Leben jedes belanglosen Bauern hat, und wenn sie dich dann überzeugt haben, legen sie damit los, sich gegenseitig hingebungsvoll umzubringen. Für ein mieses Paar Stiefel. Oder ein Pferd. Barbaren! Könnten sie sich doch nur aus zivilisierten Augen selbst betrachten! Die Seele jedes Totengräbers so wertvoll wie die jedes Priesters ...

»... kommt'n Reiter Klanns und sagt, nehmt dieses Dorf als Außenposten ein. Kommt'n Reiter von Mort und sagt, brennt dieses Kloster nieder und hängt die Priester auf. Der König sagt: tut das; der Zauberer sagt: tut jenes ... Was, zum Teufel, sind wir, ne Wetterfahne? Wir tun aber beides, kriegen das gleiche Geld, nich' wahr? Pflicht, wie?«, fragte Jocko sarkastisch.

– *Pflicht*. Welche Pflicht hat jemand in diesem Land? Besonders jemand, der nicht mal treu zu sich selbst stehen kann ...

»... sieht für mich so aus, als hätten wir hier zu viele Häuptlinge. Jeder iss ein Boss. Möchteste auch einer sein, Pilger? Jeder iss hier'n großer Häuptling, und alle habense Titel, weißte: Klann der Unbezwingbare. Mort der Zauberer. Und ich?« Jocko setzte den Hut ab und nahm eine theatralische Pose ein. »Ich bin Giacomo Battaglia, hinfort anzureden mit dem Titel... *König* Jocko der Unmögliche! *Bona, bona, si?* Haste auch nen Titel, Sohn?«

Gonjis letzte morbide Gedanken verflüchtigten sich, und ein trauriges Lächeln umspielte sein Lippen. »*Hai* ... Rotes Schwert.«

»*Que?*«

»Das Rote Schwert des Ostens wurde ich genannt«, sagte Gonji. »Ich habe manchmal ...«

Jocko lachte herzhaft. »*Mama mia!* Dann bist *du* es also, nach dem'n paar Burschen suchen, Pilger!«

Gonji fuhr ruckartig hoch, auch wenn es wehtat. »Wer? Wo?«

»Hinter uns, im Westen. Während ihr Jungs am Kloster wart. Magyaren, schätz ich. Brutal aussehende Mistkerle.«

»Großer, grauhaariger Häuptling mit hängendem Schnurrbart und ...«

»Klar, klar, das warer. Jesus Allmächt'ger, womit hastese so wütend gemacht?«

Gonji seufzte. »Was tue ich denn jemals? Es war ein Familienzwist. Clanstreitigkeiten. Sie haben mich angeworben, um sie beizulegen, und nachdem die Arbeit getan war, entschieden sie, sie hätten einen Fehler gemacht. Also wer hat Schuld, hm? Heh, du hast doch nichts gesagt ...?«

»Du bist hier unter Freunden, nich' wahr?«

Ihre Augen gruben sich funkelnd ineinander, und beide lachten ironisch. Gonji konnte einfach nicht anders: Er mochte diesen rauen alten Sack.

Jocko bemerkte, wie pfeifend Gonjis Atem ging, und holte eine weitere Schale Gebräu aus der Schmiede. Während er dort beschäftigt war, plauderten sie scherzend. Gonjis Lider hingen schwer vor Müdigkeit und Fieber, und die Augen brannten im beißenden Rauch des ersterbenden Feuers. Jocko servierte das Gebräu und fachte das Feuer erneut an, während ihm der Samurai von seiner Jugend in Japan erzählte. Gonji sehnte sich nach Schlaf und hoffte, dass die Müdigkeit in seinem Ton die Botschaft übermittelte.

»Noch'n Königssohn!«, sagte Jocko fröhlich und plumpste mit einem Krug Wein in der Hand auf den Schemel. »Na, da kann'n alter Mann ja von Glück sagen, so viel königlichem Blut zu begegnen! Das iss das Tolle am Leben. Ein Stück Königreich für jedermann. Ich warte aber noch auf meins. Kann ich vielleicht dein – ah, Gefolgsmann oder Ratgeber oder so was sein, Sohn? Wie wär's mit Hofzuchthengst? Ich wär'n fantastischer Hofzuchthengst!«

Gonji lachte tonlos. Er wäre gern böse gewesen, brachte es aber nicht über sich. »Na ja, du hast nach meiner Vergangenheit gefragt, du räudiger Hund.«

Angelos Ohren zitterten, als Donner krachend durchs Tal rollte. Im Dorf war es still geworden; die meisten Soldaten waren wohl eingeschlafen. Das gleichmäßige Prasseln des Regens klang trügerisch friedvoll.

»Was Klann angeht«, sagte Gonji, der einfach nicht die Fragen zurückstellen konnte, die ihn sonst im Schlaf verfolgt hätten. »Denkst *du*, dass er noch lebt?«

Jocko wirkte auf einmal besorgt. »*Si*, *amigo*, ich glaube, dass er lebt.«

»Und die Geschichten, die man von ihm erzählt?«

»Da – denk ich nich' gern drüber nach.«

Gonji ließ sich diese Antwort einen Augenblick lang durch den Kopf gehen, aber ehe er etwas sagen konnte, fuhr Jocko fort:

»Eins iss aber mal sicher; nach allem, was ich mitgekriegt hab, sieht es nich' gut aus für diese Stadt da oben.« Er deutete mit dem Kopf auf die Berge, und eine weltmüde Melancholie schlich sich in seinen Tonfall. »Die Leute möchten so tun, als gäb's diese Gräuel gar nich', nich' wahr? Man hat mir erzählt, die ganzen Gelehrten und Bücherschreiber innen großen Städten, na ja, die notieren sich nur solche Sachen, von denen die Menschen was erfahren möchten. Sie schreiben nix über die Sachen, die einem den Schlaf rauben, selbst wenn man beide Augen zumacht. All das, was ich gesehen hab – Menschen, die so zerfetzt wurden, dass manse nich' mal als Menschen wiedererkannt hat –, das iss wohl alles nur Schrott. Unser ganzes Leben – nur Abfall, wie?«

»Niemand möchte an üble Dinge zurückdenken«, pflichtete ihm Gonji heiser flüsternd bei. »Irgendwann, vielleicht in der nächsten Generation, wird all das Grauen, mit dem Menschen heute leben ... nur noch Legende sein. Kaum erinnert. Flüsternd am Lagerfeuer erzählt. So ist es von jeher. Neue Ängste, neue Schrecknisse ersetzen die von gestern.« Ein krächzendes Seufzen. »Lass mich etwas schlafen, du alter Ziegenbock.«

»Gute Idee. Navarez wird sich ohnehin melden, ehe man sich's versieht, und alle für diesen Singsang aufscheuchen. Ich werd *versuchen*, dich da rauszuhalten – für mich hörst du dich gar nich' gut an.«

»*Gracias.*«

Jocko trug den Schemel in die Schmiede und stellte ihn vor ein Fenster gegenüber, von wo aus er die regennasse Straße im Blick behalten konnte. Er setzte sich und legte den Kopf auf eine Hand, den Ellbogen auf den Fenstersims gestützt.

»Pilger?«

»*Hai?*«

Eine lange Pause; dann: »Hoffentlich findeste dein Königreich, Sohn.«

Gonji blinzelte und lächelte matt. Er sah die zerfledderte Kopfsilhouette des alten Kerls vor dem Fenster, bildete ein lautloses *domo arigato* mit den Lippen und zog sich die Decken fest über den zitternden, fiebergeschüttelten Körper. Er hustete einmal heftig, und ehe ihn unruhiger Schlaf übermannte, verfolgte er lange aus halb geschlossenen Augen, wie Jocko immer wieder besorgt den Kopf drehte. Von Gonji zur Straße und wieder zurück.

KAPITEL SIEBEN

Das Geschrei des Maultiers war es, was Gonji das Leben rettete.

Sobald er in unruhigem Schlaf versunken war, hatte sich vor seinem inneren Auge ein Kaleidoskop aus Albtraumbildern geöffnet. Angreifende Pferde stürzten sich auf ihn, groß wie Kriegsschiffe, mit den Köpfen knurrender Menschen und mit Schwertern zwischen den Zähnen – während er sich abmühte, durch eine schmutzige Traumlandschaft zu entkommen. Er stürzte, stürzte immer wieder, und der Feind rückte stetig näher. Dunkle Gestalten ragten neben ihm auf und liebkosten ihn Übelkeit erregend. Die Schwerter verwandelten sich in Schlangen, die zischende Geschosse ausspien. Das ihm nächste Gesicht, hässlich und eckig, dehnte sich in die Breite: Es begann mit dem Mund, und eine riesige rote Zunge flatterte auf Gonji zu, während das klaffende, verzerrte Gesicht einen ohrenzerreißenden Schrei ausstieß, der die Bande des Schlafs durchtrennte.

Und Gonji fand sich im Kampf um sein Leben wieder.

Der erste Mongole stürzte sich schwer auf ihn, drückte ihm mit einer Hand den Hals ab und stieß mit einem glitzernden Dolch in der anderen Hand zu. Gonji würgte und reagierte in schlaftrunkener Benommenheit gerade schnell genug, um den ersten Dolchstoß mit einer Hand voll Decke abzuwehren.

Er strampelte mit den Beinen, aber der Mongole drückte ihn mit seinem schieren Körpergewicht zu Boden, und Gonjis Beine verhedderten sich in der Decke. Er war nach wie vor desorientiert und schnappte nach Luft, aber er schlug mit den Fäusten zu. Der Dolch fand jedoch eine Lücke, während der wilde Chinese Gonji vor Anstrengung ins Gesicht sabberte.

Das Messer drang einen halben Zoll tief in die Schulter des Samurai, und er brüllte vor Schreck und Schmerz und Wut. Krampfartig sprang er auf und schleuderte den Mongolen von sich, der am Rand des Feuers stürzte.

Schwankend rappelte dieser sich wieder auf, stolperte aber halb ins Feuer und kreischte, als er die Hand in die Flammen tauchte und mit einer Heftigkeit wieder herausriss, die an den Schuss einer Steinschleuder erinnerte.

Gonji tastete nach seinen Waffen, da griff ihn der zweite Mongole aus der Seitengasse heraus an.

Angelo trompetete weiter und weckte schließlich Jocko, der am Fenstersims eingeschlafen war. Der Pferdeknecht stürzte noch rechtzeitig aus der Schmiede, um zu sehen, wie Gonji ein Stück Feuerholz nach dem angreifenden Mongolen warf. Dieser blieb abrupt stehen und zuckte zusammen, als ihn das Holzstück heftig in der Seite traf.

Da stürzte sich der erste Mongole von hinten auf Gonji und stach mit dem Messer zu. Gonji trat rasch einen Schritt vor, als wollte er loslaufen, und warf einen Blick über die Schulter. Dabei riss er das Knie hoch und führte einen Tritt nach hinten aus, mit dem er den Dolchschwinger glatt von den Füßen riss.

Jocko schrie eine Warnung, und ein schmales chinesisches Schwert durchschlug die Stelle, wo einen Augenblick zuvor noch Gonjis Kopf gewesen war.

Aber jetzt hielt er das Sagami in der Hand.

Das *Katana* fuhr singend durch den Nebel, prallte klirrend auf die Waffe des Mongolen und schlug sie diesem beinahe aus der Hand. Gonji sprang vor und fintierte einmal, zweimal. Der Mongole stolperte rückwärts, verlor die Fassung und öffnete weit seine zentrale Abwehr. Das Sagami zischte wie eine Sichel im beidhändigen Griff abwärts. Der Rumpf des Mongolen wurde diagonal gespalten, und eine rote Kaskade spritzte aus der klaffenden Wunde.

Der andere Mongole rappelte sich benommen auf und hielt sich den schmerzenden Unterleib. Er blickte auf, und der Schmerz in seinem Gesicht verwandelte sich in hilfloses Entsetzen. Er blickte Gonji in die Augen. Und er wusste, dass der Augenblick des Todes gekommen war.

Einen Augenblick später hüpfte der Kopf mit dem Mandarin-Schnurrbart durch die schlammige Gasse.

Rufe kamen von der Straße. Laufschritte platschten. Gonji hob das *Seppuku*-Schwert auf und lief los, steckte dabei das Sagami in die Scheide und schob beide Schwerter in die Gürtelschärpe, während er in den Stall stürmte.

»*Lauf*, Pilger – du musst jetzt alleine klarkommen!«

Banditen rannten verwirrt überall im Dorf herum und brüllten, und ein paar führten zischende Fackeln mit. Gejammer drang aus den Hütten, als das Grauen der Dorfbewohner von Neuem erwachte. Gonji schob sich zwischen den erschrockenen Pferden hindurch und suchte fluchend nach Tora. Er wusste, dass er es nicht schaffen konnte. Nur die Reflexe trugen ihn jetzt weiter. Der Überlebensinstinkt.

Zwei Männer drückten die Stalltür an der Straße auf, gerade als Gonji Tora fand – vollständig gesattelt! Die Götter waren entschlossen, das Spektakel in die Länge zu ziehen.

Er wälzte sich auf das schnaubende Pferd und spornte es in Richtung Tür an. Die anderen Tiere rempelten einander an oder liefen auseinander, um sich vor diesem Sturmlauf in Sicherheit zu bringen, und Gonji stieß angesichts der beiden Söldner einen heiseren Kriegsschrei aus. Beide sprangen zur Seite und wichen dem wütenden Ansturm und dem kreisenden Schwert aus.

Dann galoppierte Gonji schon durch den tückischen Morast der Straße und ging direkt auf eine kleine Gruppe Männer los, die die Mündung zur Hauptstraße sperrten.

Jemand, an dem er vorbeikam, warf eine Fackel. Tora wieherte und wich aus, rutschte dabei im Schlamm aus und brachte sie beide beinahe zu Fall. Gonji half ihm, wieder das Gleichgewicht zu finden, und sah, dass aus der Meute vor ihm eine Pistole auf ihn gerichtet wurde.

»Choléra!«, schrie er, zügelte Tora und duckte sich im Sattel, riss das Pferd dann in die Richtung herum, aus der sie gekommen waren. *Die Felder! Fliehe über die Felder!* Der Schuss krachte hinter ihm, und die Kugel pfiff vorbei.

Aber die beiden Männer aus dem Stall waren auf ungesattelte Pferde gestiegen und versperrten ihm den Weg. Einer schwenkte eine Fackel; der andere – es war vielleicht eine Pistole. Gonji konnte es nicht deutlich erkennen. Zwei Fußsoldaten tauchten neben den Reitern auf und schwenkten Schwerter, und Gonji traf unvermittelt eine Entscheidung. Eine schlechte.

Er lenkte Tora zwischen die Hütten und eine Gasse hinunter, und inzwischen schwankte er im Sattel vor Fieber, der blutenden Schulterwunde, dem donnernden Pochen im Schädel. Kaum erblickte er in der Dunkelheit vor sich die Mauer, da wusste er, dass er einen Fehler gemacht hatte. Auf dieser Seite des Dorfs war die Umfassungsmauer in besserem Zustand und ragte höher auf. Unmöglich für Tora, sie im Sprung zu nehmen.

Sie bogen nach links auf die hintere Seitengasse ab und nahmen erneut Kurs auf die Felder, aber die Mauer war bis zur Südostecke des Dorfs durchgängig intakt, und Gonji wusste, dass er auf die Hauptstraße zurückkehren musste. Sie jagten an den hohen Kornspeichern vorbei und griffen an, und die Gesichter von Reiter und Pferd brannten vor lebendigem Feuer.

Rufe und Schritte, das Scharren von Metall überall ringsherum.

Sie platzten auf die Straße hinaus, und Gonji wappnete sich in Erwartung einer sengenden Pistolenkugel. Er entdeckte einen Torbogen, der zu seiner Rechten auf die Felder hinausführte. *Fast geschafft!* Sie waren schon kurz davor, ehe Gonji die Stricke erblickte, die fest über den Tordurchgang gespannt waren. Er riss heftig am Zügel, und Tora wieherte schrill und stieg auf die Hinterbeine, warf Gonji ab und stürzte beinahe auf ihn. Das Pferd fand das Gleichgewicht wieder, und der Samurai stieß sich aus dem Matsch hoch und zog die Schwerter.

Einen Augenblick lang sah er nichts weiter als verschwommenes grelles Licht und Farben, ein Feld aus prasselnden weißen Flecken. Dann stellten sich die Augen scharf.

Schwer atmende Männer hatten ihn umstellt, Schwerter in zitterndem Griff. Gespannte Pistolen waren auf ihn gerichtet. Niemand sagte etwas. Manche blickten sich verwirrt um, wussten nicht recht, was hier geschah. Fahles Mondlicht durchdrang die Wolken und hob die Gesichter gespenstisch hervor, die Gonji mit hervorquellenden Augen und aufgerissenen Mündern zugewandt waren. Der Regen war zu einem brodelnden Nebel geschrumpft.

Gonji atmete schwer und drehte sich mit der tödlichen, schwankenden Bewegung einer zusammengerollten Viper im Kreis, und er stoppte, als er Navarez erblickte. Das höhnische Pferdegesicht Estebans ragte über der Schulter des Hauptmanns auf. Gemeinsam sahen sie aus wie dunkle siamesische Zwillinge. Gonjis Augen wurden schmal, und er glaubte Navarez zusammenzucken zu sehen, als sich das Sagami auf seinen Hals ausrichtete.

Dann stürmte Riemann von hinten heran und schrie unzusammenhängende Wörter. Er drängte sich an Navarez vorbei und richtete die Radschlosspistole auf Gonji.

»Er hat sie umgebracht!«, rief der Deutsche mit bebender Stimme. »Ling und Hu San, beide tot! *Er* hat sie umgebracht. *Er hat Ling den Kopf abgeschlagen!* Du verdammter Mistkerl.«

Gonji erstarrte, als der tobende Abenteurer den Abzug betätigte. Navarez brüllte den Mann noch an, er solle nicht schießen.

Zu spät.

Jede Faser in Gonjis Körper spannte sich an. Aber die Pistole klackte, stotterte, erlitt eine Fehlzündung.

Die ganze Versammlung glotzte ausdruckslos und holte dann

gemeinsam Luft, während Gonji aufheulte und auf den verwirrten Riemann losging. Die Männer, die ihn flankierten, wichen zurück, eingeschüchtert durch die Wildheit von Gonjis Angriff. Riemann stolperte und griff nach dem Rapier, das Grauen im Gesicht.

»Halt ein!«

Wie eine massige Kröte war Jocko zwischen die beiden Männer gesprungen und wurde von Gonjis kreisender Klinge beinahe niedergestreckt. Der Hieb stoppte, nur noch wenige Zoll vom ergrauten Haupt entfernt. Gonji funkelte den Alten unsicher an, sprang einen Schritt zurück und musterte die feuchten Hände seiner Gegner um ihre Schwertgriffe sowie die zwei oder drei Pistolen, die ihren Besitzern auf einmal weniger Trost spendeten.

Navarez fand die Sprache wieder. »Was ist hier überhaupt los? Was denkst du eigentlich, was du hier aufführst, *Barbaro?* Wolltest du uns alle im Schlaf ermorden?« Er deutete mit dem Entermesser auf Gonji. *»Für wen arbeitest du?«*

»Er hatse wirklich umgebracht, Franco!«, brüllte Jocko. »Ich hab alles gesehen. Sie sind zuerst auf ihn los, und er hatse in Stücke gehauen, das stimmt. Aber das isses nich', worüber du dir Sorgen machen solltest.«

Navarez neigte Jocko ein neugieriges Ohr zu, aber sein Blick blieb auf dem Samurai ruhen. Gonji musterte den alten Narren finster, und seine Gedanken überschlugen sich. Die anderen Männer flüsterten und scharrten nervös mit den Füßen, und die Waffen juckten ihnen in den Fäusten. Jocko trottete auf Gonji zu.

Ihre hitzigen Blicke begegneten sich.

»Dachteste, du könntest nen alten Fahrensmann reinlegen, wie?«, knurrte Jocko. »Jemand hat dich aufzuhängen versucht, aber nich' ganz geschafft, *si?* Wem machste hier was vor, Sohn? Sieh her!« Er streckte Königsmörder nach Gonjis Hals aus, aber der Samurai schlug die Klinge mit dem eigenen Schwert heftig zur Seite und spürte dabei einen schmerzhaften Stich in der verletzten Schulter.

Was tut der alte Trottel da?

Ein Murmeln lief durch die Reihen der Banditen, während sie die Szene verfolgten. Regen und Schweiß glänzten auf allen Gesichtern. Jeder hier hoffte, dass nicht er es sein würde, der dem tödlichen Schwert gegenüberstand, wenn der Befehl erging.

Jocko schnaubte vor Abscheu. »Na ja, ich brauch's euch nich' zu zeigen. Ich hab's selbst gesehen, und das reicht. Er hat dicke dunkelrote Male rings um'n Hals! Und wie viele Leute kennt ihr, die lebend davonspaziert sind, nachdem manse aufgehängt hatte? Er wurde nich' *gehängt!* Und ihr alle wisst, wo wir solche Male schon gesehen haben. Er hatse wahrscheinlich am ganzen Leib, nich' wahr, Pilger? Sagt, er wär oben im *Norden* gewesen.«

Er sprach das Wort *Norden* aus, als wäre es eine Offenbarung, und ein paar Männer schluckten vielsagend und blickten sich gegenseitig an. Gonji glotzte nur verdutzt, das Schwert in Bereitschaft. Der Schweiß brannte in der Wunde wie ein Brandeisen. Er fragte sich flüchtig, wie viel Blut er wohl verloren hatte.

Jocko spazierte langsam herum, redete dabei weiter und unterstrich seine Worte mit dem Entermesser.

»Seht mal, wie er zittert. Sein Kopf iss so heiß wie'n Kanonenlauf nach'm Schuss. Meckert schon die ganze Zeit über Bauchschmerzen, sagt, deshalb würde er sich komisch benehmen.«

Es wurde still. Jocko wandte sich an Navarez.

»Weißte, was ich denke, Franco? Dieser Mistkerl hat die *Pest!*«

Mehrere Männer senkten die Waffen und brummelten ängstlich. Gonji spürte, wie ihm bei den Worten des Alten die Galle hochstieg. Dann ordneten sich seine chaotischen Gedanken. Hier bot sich ihm womöglich ein Ausweg, wenn er seine Karten richtig ausspielte.

Als wäre diese Idee ein übersinnliches Signal gewesen, sagte Jocko zu Navarez: »Ich weiß nich', wie's dir geht – und du bist der

Boss, Franco –, aber *ich* möchte auf keinen Fall mein Schwert an diesem verseuchten Kadaver schmutzig machen! *Ich* begrabe keinen Pestabschaum! Jagen wir ihn weg. Ihn und diesen wurmzerfressenen Klepper. Werfen wir sie raus!«

Der Hauptmann musterte Gonji nachdenklich, und ein verhalten brennender Zorn flackerte in seinen Augenwinkeln.

»Du hast mir aus deinem Wasserschlauch zu trinken gegeben!« Er trat drohend einen Schritt vor. Gonji stand reglos, hielt die Luft an.

»Nein, nein, er wusstes wohl nich'«, mischte sich Jocko ein. »Dieser verdammte Affenmann hat keine Ahnung, was'n erwischt hat. Kann ihm nich' die Schuld für Dummheit geben, wie?« Er gackerte eisig, trabte dann zu Tora hinüber, packte den Zügel und führte das Pferd in den Kreis. »Hier, soller verschwinden. Sollen die Geier irgendwoanders an ihm rumpicken. Ich begrabe keine verseuchte Leiche.« Der Alte ließ traurig die Schultern hängen, und sein Tonfall wurde flach. »Haben hier sowieso genug zu begraben ...«

Niemand rührte sich oder sagte etwas. Gonji verfolgte, wie Navarez unentschlossen den Blick senkte. Dann zog sich der Samurai ganz vorsichtig in den Sattel. Jocko warf ihm mit arrogantem Ruck den Zügel zu, und Gonji ertappte sich dabei, wie er sich ein Lächeln verkniff. In diesem Augenblick wurde ihm nämlich alles klar, als er das fröhliche leichte Funkeln entdeckte, das unter Jockos Brauen hervorblitzte. Der Alte hatte ein Schauspiel aufgeführt – wer sonst hätte Tora schon satteln und bereithalten können?

Gonji zitterte und ließ mühsam die Luft heraus. Schlimm, so die Selbstbeherrschung zu verlieren, ihnen zu zeigen, wie die Schmerzen ihm zu schaffen machten. Also blickte er sich im Kreis um, sah nirgendwo eine Drohung und lenkte Tora zum Torbogen und über die jetzt schlaffen Seile hinweg, die ihm noch Augenblicke zuvor den Durchgang verwehrt hatten.

»*Barbaro!*«

Gonji hielt an und drehte sich langsam um. Er begegnete Navarez' Blick mit müder Nachsichtigkeit. Der Hauptmann trat vor, und seine Krieger drängten sich hinter ihm.

Navarez streckte eine regennasse Handfläche aus. »Du hast noch mein *Gold!*«

Gonjis Hand fuhr reflexhaft zur Kimonotasche. Der Beutel Dublonen klimperte an seinen Rippen. Ohne den Blick von der feindseligen Gruppe zu wenden, holte er ihn hervor und öffnete das Zugband. Er stellte den Beutel vor dem Unterleib ab und holte zwei Münzen hervor – sein grob überschlagener Sold für die bisher geleistete Arbeit. Er steckte sie in die Tasche zurück, hob den Beutel am Zugband an und entdeckte dabei die Blutflecken, die durch die Tasche daraufgesickert waren.

Der Beutel schlug platschend im Schlamm zu Navarez' Füßen auf.

Der Hauptmann knirschte mit den Zähnen, und Esteban schlich an seine Seite und sah ganz danach aus, als wollte er etwas sagen. Er überlegte es sich aber noch mal, als niemand sonst ihm an Navarez' Seite folgte. Navarez deutete auf den Beutel, und Esteban bückte sich danach.

»Heh!«

Esteban erstarrte. Alle Köpfe drehten sich, als Jocko herbeitrampelte und den Speichellecker Esteban am Arm packte.

»Möchteste das aufheben, nachdem er drei Tage lang draufgelegen hat?« Jockos Miene verzerrte sich vor Abscheu, die Art von Gesicht, die sich als ansteckend erweist und sich von einem Betrachter zum nächsten ausbreitet. Esteban wich einen Schritt weit zurück.

Gonji schluckte ein Kichern herunter, ehe es seine Lippen erreichte. Er rang sich ein hasserfülltes Stirnrunzeln ab und fixierte so den Alten.

»Kommt, *Muchachos*«, sagte Navarez endlich. »Wir haben

noch etwas zu erledigen.« Auf der Suche nach weiteren Worten, die ihm halfen, sein Gesicht zu wahren, setzte er hinzu: »Kriech davon und stirb irgendwo anders, ja? Sollten sich unsere Wege noch mal kreuzen, *Barbaro*, hängen wir dich auf, nachdem wir dir die eigenen Schwerter in den Hintern gesteckt haben, *comprende?*«

Gonji wölbte verächtlich eine Braue und lächelte süffisant, während er Tora zu den Abzugskanälen wendete, die sich durch die Getreidefelder zogen. Im gemächlichen Galopp ließen sie das Dorf hinter sich. Der letzte Eindruck von dort: ein flüchtiger Blick auf den stämmigen Bauern, dem Gonji zuvor gegenübergestanden hatte und der durch die Fensterläden an der Rückwand seiner Hütte spähte.

Müde nahm der Samurai eine Bestandsaufnahme seiner Schmerzen vor, die beträchtlich waren. Das Fieber tobte aufs Neue. Die Messerwunde in der Schulter brannte, und er spürte die klebrige Feuchtigkeit von Blut bis hinab zur Taille.

Er ließ Tora langsamer gehen und öffnete den Kimono, dessen dicker Stoff nur entlang der Innenfalte links ein dünnes Rinnsal Blut aufgesaugt hatte. Das graue Hemd jedoch glänzte stark im fahlen Licht des Vollmonds. Er tupfte die Wunde mit einem Tuch ab, dankbar dafür, dass sie nur flach war und ihm weiter ermöglichte, den linken Arm zu gebrauchen.

Jocko gluckste leise vor sich hin, während er verfolgte, wie der Reiter im diesigen Regen und dem sich langsam dahinwälzenden grauen Nebel verschwand. Über die Schulter warf er einen Blick auf die davonschlurfende Gesellschaft, und er ballte die Fäuste und zog die Schultern hoch vor innerem Jubel über den Erfolg seiner hübschen List. Mit einem knappen Nicken in Gonjis Richtung bückte er sich, hob den Beutel Dublonen auf und stopfte ihn sich unters Hemd.

Eine Mulde im Windschatten einer Felswand bot Gonji Schutz vor Kälte und Regen. Er saß mit dem Rücken am kalten Gestein und zitterte unter einer Decke. Jeder einzelne Muskel protestierte; jedes Mal, wenn er schluckte, brannte ihm die Kehle. Er hatte weder Feuerstein noch Zunder, um damit ein Feuer anzufachen. Er zählte die schmerzenden Stellen im Leib, nieste mit der Wucht einer Sturmbö, und Augen und Nase liefen hemmungslos. Der Schädel pochte erbarmungslos. Zum ersten Mal regte sich in ihm die Überzeugung, dass er womöglich in diesem Land starb, wie es die Weinenden Schwestern angekündigt hatten. Hatten sie nicht auch von ... Brüdern gesprochen? Musste er damit rechnen, dass ihn in dieser Nacht eine Horde hungriger Vampire zum Festschmaus machte?

Falls ja, dann mussten sie halt von einer Leiche trinken. Er betastete das Sagami, das horizontal zwischen den angezogenen Knien steckte. Zwei Schwerter hatte er zu einem Kreuz zusammengebunden, das vor ihm in der Erde steckte. Während Gonji dort saß, wechselte der Wind allmählich die Richtung, peitschte um die Felswand herum und rüttelte ihn durch.

Er war zuvor durch den Gebirgsspalt geritten, durch den Jocko im Tal eingetroffen war, und ohne besonderen Grund war Gonji der Straße, die er und die Söldner gestern genommen hatten, in Gegenrichtung gefolgt – in einem traumartigen, fast unbewussten Zustand. Von seinem Aussichtspunkt überblickte er die kiefernbestandenen Hänge, die unterhalb von ihm vor sich hintropften.

Sehr dumm, dachte er benommen. Ich nähere mich wieder dem Gebiet der Magyaren. Wenn ich aufwache, sehe ich wahrscheinlich, wie sie sich über mir zusammendrängen und ihre Schwerter wetzen.

Er kratzte sich den Bart, und das Geräusch schien ein Echo im Schädel zu werfen, ein Echo von irgendwo weit weg. Die Dumpfheit der gepeinigten Sinne erwies sich in dieser Nacht als Segen.

Der Wind trug ein bösartiges Heulen mit sich. Irgendwo starben Menschen. Oder schlimmer. Der Sturm hatte eine atemberaubende elementare Kraft und Schönheit an sich, aber darunter schlich sich eine entsetzliche, unheimliche Absicht in die hungrige Schwärze der Nacht. In dieser Nacht allein zu sein bedeutete, dass man ein Gejagter war. Wie der *Kami* Seine Erhabenheit der Mann-Der-Einläd, wenn er von der Hässlichen Frau des Landes der Nacht gejagt wird.

Nur bin ich ein Mensch, kein *Kami*, überlegte Gonji.

Ihm blieb nichts anderes übrig, als sich dem Schlaf zu ergeben. Während er einnickte, vernahm Gonji erneut im Kopf den unheimlichen Singsang der Soldaten, der zuvor schon zu ihm heraufgeweht war, als er das Tal hinter sich ließ. Die Anrufung. Zumindest brauchte er sich damit nicht auseinanderzusetzen. Aber durch sein Zusammentreffen mit der Dritten Freien Kompanie der Königstreuen Streitkräfte der Insel Akryllon fühlte er sich unrein. Er hatte das überwältigende Gefühl, als liefe er vor einer unvollendeten Aufgabe davon.

Er holte bebend Luft, als ihn der Schlummer überfiel, und er hatte noch ein halb erinnertes Gebet um den Schutz eines guten *Kami* auf den Lippen. Die Worte klangen hohl und sinnlos, während sie vorbeihuschten. Und dann kam ihm der Gedanke: Vielleicht hat der Alte Recht.

Vielleicht habe ich mir den *Wind des Todes* eingefangen.

KAPITEL ACHT

Gonji fuhr mit einem Ruck hoch, war sich auf einmal der Wärme bewusst. Er holte tief Luft und griff nach dem Sagami. Er blinzelte, im grellen Licht ohne Orientierung. Blinzelte erneut.

»Tora!«, rief er heiser.

Der Fuchs trappelte herbei und blickte ihn um die Felsvorsprünge herum an. Gonji lächelte und entspannte sich ein wenig. Unsicher kam er auf die Beine und nutzte die Wiederkehr aller Sinne für eine Bestandsaufnahme: Alle Teile schienen intakt. Scheußliche Schmerzen in der Schulter. Dumpfe Schmerzen. Weiche Knie …

Lebendig! Ich bin am Leben!

Euphorie überfiel ihn, und er streckte sich auf den Zehenspitzen und saugte tief den Odem des Lebens ein, wobei er beinahe rückwärts stolperte. Er schleppte sich ins Freie und nahm die Umgebung in Augenschein. Silberweiße Wolken klebten an der Unterseite des Himmels. Die grelle Sonnenscheibe leuchtete tief im Osten durch den Dunstschleier und wirkte wie ein blendender Abfluss, der das Licht aus dem Himmel saugte. Für Gonji war es ein wundervoller Anblick des Sonnenballs, der Leben und Wärme und Gesundheit symbolisierte. Der Samurai stand auf einer Felskante und ließ den Blick über die wogende Landschaft unter ihm schweifen. Unter dampfendem Nebel breitete sich das gewaltige Kiefernmeer aus. Dahinter ragten grasbedeckte Vorberge auf, wo Schafherden zufrieden grasten – auf diese Distanz nur Büschel flauschigen Nebels. Am Horizont stiegen die kühlen blauen Gipfel der Karpaten empor, wo sie in einem mächtigen Hufeisen zurück nach Westen schwenkten.

Tora schnaubte zur Rechten Gonjis. Das Tier hatte besser schmeckendes Futter ein Stück weiter an der Felskante gefunden, die zur Straße hin abfiel. Eine Woge von Übelkeit stieg in dem Samurai auf, der daran erinnert wurde, wie ausgehungert er war. Er seufzte. Derzeit wünschte er sich inbrünstig, Speisen möchten zu *ihm* kommen. Während er zu Tora hinüberging, zog er sich den Kimono aus. Es versprach ein schwüler Tag zu werden. Gut. Vielleicht vertrieb das die Steifheit, die vom Fieber zurückgeblieben war. Das Fieber hatte sich gelegt, und mit ihm verschwand ein Teil der abscheulichen Muskelschmerzen.

Gonji trank aus dem Wasserschlauch, bis er genug hatte, und goss sich die Hälfte dessen, was übrig war, über den Kopf. Behutsam versuchte er, sich vom blutfleckigen Hemd zu befreien, aber der Stoff klebte im Blut fest, und ihn abzureißen hätte die Wunde wieder offen gelegt. Sie zu waschen und neu zu verbinden, das musste warten, bis er die nächstgelegene Wasserquelle fand.

Dann fiel ihm ein, dass der Schlauch eigentlich fast leer hätte sein müssen; das heißt, gestern Nachmittag *war* er es auch gewesen. Ihm fiel ein prall gefüllter Beutel auf, der links hinter dem Sattel hing und nicht ihm gehörte. Rasch öffnete er die Riemen und griff hinein – Obst! Aprikosen, Äpfel, Trauben ... und ein Stück Trockenfleisch – dasselbe ledrige Rindfleisch, an dem Jocko gestern Abend genagt hatte. Guter alter Jocko! Gonji lächelte und schüttelte den Kopf über die Kapriolen des schroffen alten Relikts. Er ging gleich auf einen der Äpfel los und wurde dann erneut auf das verblasste Stück Leinen aufmerksam, in dem das Fleisch eingewickelt gewesen war. Es war beschriftet. Er entrollte den Stoff und las in schlampiger Kohlenschrift: »Sizilianischer Fasan.«

Er gluckste laut.

Nachdem er seine Mahlzeit beendet hatte, spendierte er Tora einen der Äpfel, sammelte seine Habseligkeiten ein und führte das Pferd den schmalen Pfad zur Straße hinab. Eine warme Brise fuhr beschwingt über die Landschaft und vertrieb einen Teil der dichten Wolkendecke. Im Süden hatten sich schon blaue Inseln im Grau gebildet. Vögel zwitscherten im Gestrüpp, und das muntere Lied einer Lerche brach aus den Baumwipfeln hervor, als Gonji und Tora durch eine Furche auf die festgetretene Erde der Straße stiegen.

Gonji lenkte Tora eine Zeit lang in westlicher Richtung die Straße entlang, verzichtete bewusst darauf, unmittelbar irgendeinen Plan zu schmieden, und spürte, wie sein Wohlgefühl allmählich dahinschwand. Illusion. Das ganze Leben ist eine Illusion. *Was* ist jetzt zu tun?

Das kühle metallische Plätschern eines Wasserlaufs klang aus dem Wald, und sie verließen die Straße und schlenderten zur Quelle des Geräuschs, einem sprudelnden Bach, der in Stufen, die an ein Reisfeld erinnerten, herablief und sich in einem hüfthohen Teich sammelte, an dem gerade ein Hirschrudel trank. Die Tiere stürmten davon, brachten sich vor dem Eindringling in Sicherheit, und Gonji gestattete es Tora, sich satt zu trinken. Dann füllte der Samurai zwei Schläuche und machte sich an die schmerzhafte Arbeit, die Stichwunde zu säubern. Er verband sich die Schulter mit Fetzen aus dem Hemd. Dann schrubbte er den verschmutzten Kimono und breitete ihn zum Trocknen auf den Steinen aus. Sobald er damit fertig war, leerte er seine volle Blase und ruhte sich eine Zeit lang aus.

Die Lichtung war ein hübscher und duftender Platz, eine üppige Mischung aus wunderschönen wilden Blumen und dichtem Grün, erfüllt vom berauschenden Duft der Blüten und Früchte und der reichen, feuchten, Leben spendenden Erde. Gonji saugte die Schönheit all dessen in sich auf und freute sich des Lebens. Er brachte den Wundern der Natur die Wertschätzung des Dichters entgegen und ihren Mysterien die Ehrfurcht des Buddhisten.

Das Leben ist gut, ungeachtet aller Kümmernisse – bei diesem Gedanken ertappte er sich, als seine Stimmung wieder ins Bessere umschwang.

Eine Zeit lang später war er wieder nach Westen unterwegs. Und zum ersten Mal gestand er sich den Grund für diesen beiläufigen Umweg ein: Er kehrte zum Kloster zurück.

Ich muss verrückt sein, überlegte er und schüttelte ungläubig den Kopf. Warum tue ich das? Inwieweit habe ich überhaupt noch Gründe für mein Handeln? Erst leiste ich die Arbeit, dann mache ich sie ungeschehen. Ich wurde bezahlt, um mit diesen Schurken zu reiten und ihnen bei der Kreuzigung der Priester zu helfen; jetzt kehre ich zurück, um zu sehen, ob noch welche von ihnen leben, ja? Verdammt, das liegt jetzt wie lange zurück – fünfzehn, achtzehn Stunden? Wahrscheinlich sind inzwischen alle tot.

Gonji begegnete unterwegs niemandem, und als er den Engpass erreichte, der ins Tal des Klosters führte, wünschte er sich, *irgendetwas* wäre geschehen und hätte ihn von seinem morbiden Kurs abgebracht.

Über den zerklüfteten Gipfeln kräuselte sich schwarzer Rauch und wurde von den schwülen Luftströmungen dünn verteilt. Der Himmel klärte sich, und die Sonnenstrahlen durchstießen die sich verstreuenden grauen Scherben.

Der Gestank des Todes drang in Wellen herauf und überwand sogar Gonjis verstopfte Nase, als dieser den felsigen Einschnitt erstieg. Und dann fiel sein Blick auf eine grässliche Vignette, angesichts derer sich ein Spannungsknoten im Bauch bildete und eine Woge von Gefühlen auslöste.

Verbrannt, bis zur Unkenntlichkeit verbrannt ...

Nein, nicht alle – sogar aus der Ferne erkannte er, dass der Obstgarten nicht qualmte. Ob vielleicht einige noch ... *ihr Götter!*

Näher heran. Wie im Traum näher herantreiben und wie ein Kind gebannt starren ...

Versengt wie ausgeweidete Tiere – neineineineinein! *Geschmolzen!* Diese Mistkerle, sie haben ... sie haben ...

Näher heranreiten. Die Hufe des nervösen Pferds klapperten. Hitze, drückende Hitze. Beißende Rauchschwaden, aber nicht so scharf wie der Gestank knusprigen Fleisches und verstreuter Eingeweide ...

Choléra ...

Gonji zügelte das Pferd etwa fünfzig Schritte vor der Außenmauer und atmete keuchend. Er glaubte, sich übergeben zu müssen. Die Priester waren tot, alle tot. Verbrannt, geschmolzen von Hitze oder Flammen oder ... Aber nein, das, was sie gefoltert hatte, war kein von Menschen entzündetes Feuer gewesen.

Der Bergfried hatte das von Navarez' Männern entfachte Inferno nicht entweichen lassen. Gonji sah die verkohlten Glieder und geschwärzten Schädel aus den Fenstern des zweiten Obergeschosses ragen, wie ein gebranntes Relief mit einer Seite der Fenstergitter verschmolzen. Kein Feuer hatte jedoch den Innenhof übersprungen und die Außenmauer erreicht. Etwas noch Übleres hatte sein Werk an den gekreuzigten Mönchen verrichtet, etwas, das ihr Fleisch verzehrte und Knochen und Organe freilegte. Die Macht des Kreuzes und ihrer Zaubereien hatte die Mönche im Stich gelassen.

Gonji schnitt eine Grimasse. Seine Lippen zitterten. Er knirschte mit den Zähnen und führte Tora in den Obstgarten. Die Bäume waren an einzelnen Stellen verbrannt, verdorrt und verfärbt, als hätte man sie ungleichmäßig mit Säure übergossen. Ganz ähnlich der Auswirkung von Griechischem Feuer. Mehrere Leichen waren zu Boden gefallen, nachdem die Hanfstricke durchgebrannt waren. Sie lagen im vergilbten Gras und bildeten dort Pfützen aus geschmolzenem Fleisch, das wie Talg zerlaufen war. Hirn sickerte heraus, Gliedmaßen zerflossen wie Schleim, auf teuflische Art und Weise zur Konsistenz von Melasse reduziert.

Was im Namen aller kostbaren Götter ...?

Dem Samurai drehte es den Magen um. Um der Wut über diesen Anblick ein Ventil zu geben, packte Gonji den Griff des tötenden Schwerts. Das Sagami sang klagend, als er es aus der Scheide zog.

Wie zur Antwort drang ein Mitleid erregendes Stöhnen an seine Ohren.

Ein Schauer lief ihm den Rücken hinab. Ein Mönch, der noch immer an der Außenmauer hing, weinte geistlos in seiner Agonie, als er wieder zu gepeinigtem Bewusstsein erwachte. Gonji atmete in gemessenen Zügen, während er Tora zu dem Sterbenden lenkte und gegen den Drang ankämpfte, den Blick von seinem Anblick abzuwenden.

»Buße!«, rief der Priester über geschwollene, blasenbedeckte Lippen. *»Culpa! Mea culpa, mea culpa, mea culpa . . .«*

Der Samurai stockte und starrte unter den buschigen Augenbrauen hervor auf dieses Opfer unirdischer Brutalität. Das wunde und teilweise gehäutete Gesicht des Priester zuckte krampfhaft hin und her.

»Mea culpa, mea culpa, mea maxima culpa . . . ooohhh!«

Gonji ertrug es nicht mehr.

Du hast es selbst getan!

Er stieg ab und näherte sich der Mitleid erregenden Seele, das Schwert zum tödlichen Stoß erhoben, der das Leiden rasch beenden sollte.

»Mein Gott, mein Gott – welche Sünde habe ich begangen . . .?«

Du und die Tiere, mit denen du geritten bist.

Gonjis Magen rebellierte, als er das Sagami hob.

»Nein!«, kam eine Bitte von weiter links.

Gonji hielt inne, blickte hinüber und spürte, wie ihm das Blut aus den Wangen wich. Denn ihn bannte das einzelne Auge in dem, was vom Gesicht des Priesters mit der weißen Mähne übrig war, mit dem er an genau dieser Stelle geredet hatte. *War es erst gestern gewesen?*

Ein entsetzlicher Gedanke machte ihn frieren: Vielleicht waren diese Priester durch eine grauenhafte Magie wieder zum Leben erweckt worden, um Vergeltung zu üben. Der Ausdruck in dem blassblauen Auge schien jedoch weicher zu werden, als es sich auf den Samurai richtete, und Gonjis aus Schuld gespeiste Angst wich einem seltsamen Trost, während er verfolgte, wie sich der gequälte Mund ein Lächeln abzuringen versuchte.

»Seid Ihr«, begann der Priester in Latein, es klang mühsam, »ein Mann des Mitgefühls? Das Töten ... ist nicht unser Weg. Er wird bald ... Frieden finden. Für Euch ...« Ein nasses, heftiges Husten würgte ihn ab.

Gonji senkte das Schwert. »Was ...«, fragte er stockend, »was hat Euch dies angetan, Priester?«

Der Mann schüttelte nur den Kopf, als wollte er sagen, dass diese Frage nicht von Belang war. »Ich habe«, fuhr der Priester fort, »eine Aufgabe für Euch. Würdet Ihr meine Befürchtungen zerstreuen, dass es ... es ... ich ...« Er keuchte, und unter einer neuen Woge von Schmerzen wurde sein Blick glasig. Die Anstrengung forderte ihren Tribut. Gonji verspürte das Kribbeln einer vagen Befürchtung. Etwas Seltsames war zwischen ihnen ausgetauscht worden, als sie sich gestern zuerst begegnet waren, etwas Mystisches wie ein stillschweigendes Band zwischen müden Reisenden, die in der Nacht aneinander vorbeikamen.

Das Gesicht des Priesters entspannte sich allmählich. Er schien durch Gonji hindurchzublicken und das Ende seiner Prüfung näher kommen zu sehen.

»Es ist ... eine Kleinigkeit, worum ich Euch bitte ... Freund. In ... Vedun ... in Vedun sucht die Dame ... Tralayn auf. Sie muss Simon Sardonis sagen ... Simon Sar-donis ... dass ...« Ein langer, pfeifender Atemzug. »Dass er ... allein weitermachen muss. Aber nicht ... ganz allein – sondern mit Gott. Immer ... mit Gott. Diese Sache ... sollte sein. Das Böse ... das hereingebrochen ist ... wird vorübergehen. *Vergeltung* – Vergeltung ist von Übel. Tralayn muss ihm sagen ... diese Sache ... war vorherbestimmt ... von Gott. Simon ... darf ... nicht ...«

Der Priester erschauerte und hustete Blut hervor. Sein Atem stockte, und als die Luft ihm schließlich entwich, geschah dies tief und seufzend, und die Brust sank so tief zusammen, dass Gonji ihn schon für tot hielt.

Verwirrt dachte Gonji über das nach, was der Mann gesagt hatte. Wirklich eine sehr üble Geschichte. Der Auftrag eines Sterbenden – besonders eines Priesters – durfte nicht auf die leichte Schulter genommen werden. War es nicht das Drängen eines sterbenden Priesters gewesen, was Gonjis Weg für diese zehn bitteren Jahre festgelegt hatte?

Nach einer Zeitspanne, die Gonji lang erschien, kehrte der Atem des Priesters in einer Folge flacher Züge zurück, und der Kopf rollte schlaff hin und her, sodass der Samurai das Muster aus geschmolzenem Fleisch an der Unterseite des Halses erblickte; es sah aus wie von einer tropfenden Kerze hervorgerufen. Gonji zuckte zusammen, gewann aber seine stoische Selbstbeherrschung schnell zurück.

»Werdet ... Ihr ... mir helfen?«

Und mit diesen Worten starb der Priester. Sein Auge ruhte blicklos weiter auf Gonji, der mit dem Kiefer arbeitete, um Worte hervorzubringen, die niemals ertönten.

Es wurde still im Tal, abgesehen vom mächtigen Rauschen des Windes, der an den Bergen herab fuhr und die Bäume trauernd schwanken ließ, während er mit ihrem Laub ein Grablied sang.

Und Gonji war so verzehrt von Gefühlen, so tief in Gedanken, dass er nichts hörte, nichts sah und keinerlei Gefahr spürte, als die gewaltige geflügelte Gestalt in einem Bogen über ihn hinweg zog.

Gonji zog impulsiv die Schultern hoch und zuckte zusammen, als der gewaltige Schatten über ihm dahinsegelte. Dann wurde er beinahe geröstet. Er drückte sich flach an die Außenmauer und verfluchte die eigene Achtlosigkeit, als eine dicke nasse Masse kaum zwei Schritte von ihm entfernt auf die Erde platschte.

Tora wieherte schrill und bäumte sich auf, entwich mit knapper Not der stinkenden Substanz, die vom Himmel regnete.

Gonji blickte wütend. Eine kränklich grüne Jauche blubberte und schäumte auf dem Rasen und verbrannte das Gras in einem sich rasch vergrößernden Kreis brauner und gelber Verwüstung.

Exkremente!, dachte er entsetzt. *Das verdammte Ding hat über mir seine Eingeweide entleert!*

Mit weit aufgerissenen Augen betrachtete er den Himmel. Die große fliegende Kreatur verschwand klagend über der Baumreihe, dort, wo der Obstgarten in den Wald überging. Sie flog tief und streifte die Baumwipfel, sodass Gonji nur einen kurzen Eindruck von der mächtigen Flügelspannweite erhaschte, dem grauschwarzen Ungezieferpelz, der wellenförmigen Bewegung des stachelbewehrten Schwanzes, dem ausladenden Geweih ähnlich dem eines Elchs.

Die Kreatur flog einen Kreis, kehrte zurück. Gonjis Nackenhaare richteten sich auf.

Schnell – ihr Götter, war das Ding schnell ...!

Gonji fluchte und lief zu Tora. Er konnte keinen anderen Gedanken fassen als den, von hier zu fliehen, ohne einen Blick zurück in den Wald zu stürmen, ehe das Untier zurückkehrte. Er wurde von dem panischen Pferd beinahe niedergetrampelt, als er mit dem Zügel kämpfte. Er sprang auf Toras Rücken und brüllte dem Ross ins Ohr, gab ihm die Sporen und peitschte auf es ein, trieb es in den Obstgarten und heftig auf den besseren Schutz der hohen Kiefern zu. Primitive Panik packte ihn, wenn er daran dachte, womöglich das gleiche Schicksal wie der Mönch zu erleiden.

Das Rauschen gewaltiger Fledermausschwingen und eine Bewegung in den Bäumen – das Untier kreuzte den Weg von Gonjis panischer Flucht und spuckte Nasses. Die Bäume prasselten über Gonji, als die ätzende Flüssigkeit einen Pfad durch die sich gelb verfärbenden Äste nahm.

»Choléra!«, schrie Gonji, packte in blinder Wut das Sagami und klammerte sich an den Hals des dahingaloppierenden Pferdes. Er jagte einen Hang hinauf und strebte nach der dichtesten Deckung, die er sah. Der klagende, herausfordernde Schrei der Kreatur warf Echos im Tal. Sie zog erneut ihre Bahn über den Himmel, und zwanzig Meter hinter dem Samurai zischte das Laub.

Gonji und Tora schauderten gleichzeitig. Beide atmeten schwer, während sie sich ins Dickicht kauerten. »Bei allen Göttern, was im Namen der Hölle ist *das* denn? Es ist eine Obszönität. Nichts Natürliches hat *das* je hervorgebracht.«

Das Untier schwang sich wieder über die Berge und dann noch einmal, und jedes Mal weitete es seinen Radius aus. Schließlich verschwanden seine durchdringenden Rufe und der rauschende Flügelschlag in der Ferne, und ein abschließendes höhnisches Lachen, das sich beinahe nach einem Menschen anhörte, verklang zu einem Echo in der Erinnerung.

Gonji saß eine halbe Stunde lang auf Tora, und wütende und empörte Gedanken drangen auf ihn ein. Er schämte sich seiner panischen Flucht zutiefst. Dass niemand da gewesen war, der es gesehen hätte, tröstete kaum; es war trotzdem geschehen. Er war wie ein erschrockener Hase vor einer Herausforderung geflohen. Er tätschelte das schnaubende Streitross und bemühte sich, seinem aufgebrachten *Wa*, seiner geistigen Harmonie, wieder Frieden zu bringen.

Kein Langbogen, sagte er sich. Hätte ich meinen Bogen nicht in jenem verdammten Tal zurückgelassen, hinge dieses Monster jetzt in den Bäumen. *Hai*, genau – verdammt noch mal! Was geschieht nur in diesem Land? Ich habe noch nie so etwas gesehen. Ein derartiges Monster hat in der Welt der Menschen nichts verloren. Jemand hat es von unheiligen Orten herbeigerufen. *Und* jemand sollte es lieber dorthin zurückschicken. Ich? Hah! *Hai*, du bist ja einer von der ganz tapferen Sorte, schon klar! Welch ein Glück, dass du dir auf deiner wilden Flucht nicht das Genick gebrochen hast! Aber das liegt jetzt zurück. Ich war überrascht, *neh?* Nächstes Mal wird es anders.

Nächstes Mal, verdammt ... Es wäre nur gut, darum zu beten, dass du dieses Ding nie wieder erblickst.

Er blieb tief in Gedanken versunken, denn zum ersten Mal war seine Zuversicht in den gewählten Weg erschüttert; so ritt Gonji langsam über den Pass zurück, über den er das Tal zuvor erreicht hatte. Er hielt ein Auge aufwärts gerichtet, erblickte aber keinen Hinweis auf das üble Untier mehr. Ohne besondere Eile trabte er die Hauptstraße Richtung Vedun entlang. Er begegnete einer Gruppe Bauern, die frische Ernte auf zwei klapprigen Karren beförderten, und überlegte, sie nach dem fliegenden Untier und nach Vedun zu fragen, aber als er ihnen näher kam, wichen sie ihm weiträumig aus und warfen ihm so furchtsame Blicke zu, dass er darauf verzichtete, sie anzusprechen, und seufzend weiterritt.

Auf einer weitläufigen Ebene südlich der Straße entdeckte er ein Romalager, und ein Stück weit dahinter am matten Horizont glaubte er, die disziplinierten Reihen von Kavallerie zu sehen. Ob es sich dabei um Türken oder Magyaren oder Klanns Armee handelte, konnte er nicht erkennen.

Schließlich traf Gonji aufs Neue vor dem Hohlweg zu dem unglücklichen Dorf ein, wo sich seine Wege von denen der Dritten Freien Kompanie getrennt hatten. Auf einem Felsbrocken am Gipfelpunkt des Passes in wenigen hundert Metern Entfernung saß einer der Soldaten Navarez'.

Gonji bemühte sich, den Wachtposten genauer zu erkennen. *Der Dummkopf nimmt mich ins Visier!*

Der Samurai lachte, drehte sich mit seinem üblichen Aplomb im Sattel voll zur Seite und breitete die Arme weit aus.

»Hier bin ich, Schwachkopf!«, rief er auf Spanisch.

Die Kugel erreichte ihn nicht annähernd, und das Donnern des Schusses drang in dem Augenblick an Gonjis Ohren, als er dem Wachtposten eine obszöne Geste zeigte. Er lachte weiter und verneigte sich überschwänglich.

Der Söldner probierte es als Nächstes mit dem Bogen, und

Gonji reckte sich auf volle Körpergröße und gab ihm mit einem Wink zu verstehen, er möge nur schießen. Er zog das Ersatzkatana und wackelte damit hinter dem Rücken, um einen Fasanenschweif zu imitieren. Als Gonji aus dem Schussfeld des Mannes heraus war, war dessen Köcher leer und die Straße mit verstreuten Pfeilen dekoriert.

»Netter Versuch, Aaarschloch!«, schrie Gonji durch zum Trichter geformte Hände, und sein Gelächter über diesen Spaß brauchte lange, bis es an Kraft verlor. Er fühlte sich besser, und seine Besorgnisse ruhten eine Zeit lang.

Wenig später tauchte der schroffe Gipfel in seinem Blickfeld auf, nach dem Ausschau zu halten man ihn angewiesen hatte: eine gewaltige Granitformation, die wie eine gebückte Krähe über der Straße aufragte. Er hielt an und bestaunte dieses Wunder der Natur eine Zeit lang. Die Wärme der Sonne strömte in schimmernden Wellen über seinen Rücken, während sich der Nachmittag dem Ende zuneigte. Vögel schwangen sich träge von ihren Nistplätzen auf dem Krähenschnabel empor. Gonji wehrte gedankenverloren die stechenden Insekten ab, die ihn in hitzebedingtem Wahnsinn angriffen.

Endlich lenkte der Samurai sein Pferd im Trab unter dem überhängenden Schnabel hindurch. Dahinter gabelte sich die Straße, und die linke Abzweigung führte nach Norden. Er hielt an. Die Aussicht war atemberaubend. Ein Ozean aus üppigem, nebelverhangenem Grün breitete sich unterhalb von ihm aus: das gewaltige Gebiet von Transsilvanien, das den geschwungenen Bogen der Karpaten ausfüllte. Prachtvoll! Er konnte es jedoch nicht mehr in der Zeit durchqueren, die von diesem Tag blieb, das war mal sicher.

Er blickte die Straße voraus entlang, die sich ins schattige Unterholz schlängelte und dort aus seinem Blickfeld verschwand. Der Gedanke an eine weitere Nacht allein in diesem spukerfüllten Gebiet wirkte mehr als nur ein bisschen bedrohlich auf ihn. Dann übernahm jedoch der Krieger in ihm das Kommando und entrüstete sich über die vagen Ängste und die Unentschlossenheit.

Ich bin ein Samurai!

Mit kühnem *Hüa!* lenkte Gonji sein Ross im Handgalopp ins Tal hinab und wurde dort bald von einem smaragdgrünen Meer verschlungen.

Morgen. Die Nacht war ohne Zwischenfall vergangen, wofür der Samurai nur allzu dankbar war. Als sich der Dunst verzog, fiel sein Blick auf die schmale Linie der ummauerten Stadt Vedun, wie sie unmissverständlich am Rand der Hochebene vor einem Hintergrund aus schneebedeckten Gipfeln aufragte. Dieses aus dem Gebirge vorspringende Plateau sah aus wie eine Treppenstufe in den Karpaten, angelegt für ein vergessenes Volk von Riesen.

Gonji fühlte sich belebt. Das Tal strahlte eine lebensbejahende Aura aus, die er mit jedem Atemzug förmlich einsaugte. Es war eine schöne Landschaft, in der selbst die Nachtluft wie ein gutes Getränk duftete. Wie fremd wirkte hier die Vorstellung, das Böse könnte in eine solche Trutzburg des unbefleckten Guten vordringen, dachte Gonji. Und doch fand das Böse stets einen Weg, um sich an die Fersen der Menschen zu heften. Vielleicht an den Stätten des Guten am ehesten …

Er folgte der Spur von tausend Huf- und Fußabdrücken und tief eingeschnittenen Wagenradfurchen, denen selbst die schweren Regenfälle nichts hatten anhaben können. Unmöglich, die Größe von Klanns Streitmacht abzuschätzen, auf die diese Spuren sicherlich zurückgingen.

Er kratzte sich nachdenklich, während er dahinritt. Jocko hatte gesagt, die Dritte Freie Kompanie würde zunächst unbefristet in dem Dorf festsitzen. Ob wohl irgendjemand davon Gelegenheit erhielt, nach Vedun hineinzureiten? Das könnte Schwierigkeiten bedeuten. Aber das war nun mal Karma. Gonjis Weg war bestimmt worden, lange ehe er das Pech hatte, an diesen Haufen zu geraten. Er spornte Tora eine Zeit lang zum Galopp, denn er hatte es eilig, die Stadt zu erreichen.

Die allmähliche Steigung wurde für Tora schnell schwieriger, und Gonji hatte gerade beschlossen, dem Pferd Ruhe zu gönnen, als er von irgendwo westlich der Straße einen schwachen Schrei hörte. Er band den Hengst an einer Stelle an, wo er reichlich zu fressen hatte, und machte sich zu Fuß auf, dem Geräusch nachzugehen.

Er war etwa zweihundert Meter weit von der Straße weggegangen, wobei er sich vorsichtig umsah, als der Baumbestand am Ostende einer kleinen Lichtung dünner wurde. Am gegenüberliegenden Rand drängten sich vier Gestalten um eine kleine, schlaffe Gestalt, die an einen Baum gebunden war. Der größte der vier war ganz ähnlich wie der Llorm-Reiter gekleidet, den Gonji vor ein paar Tagen gesehen hatte, abgesehen von der losen Matrosenmütze, die zu Boden fiel, als der Mann einen heftigen Schlag ausführte, wobei dem Opfer der Kopf in den Nacken flog.

Schon jetzt gefiel Gonji nicht, was er sah. Ihn wurmte noch immer die schändliche Flucht vor dem geflügelten Monster, und so prüfte er jetzt die Position der Schwerter im Gürtel und verschob den Dolch, den er unter dem Kimono an den Oberschenkel gebunden trug. Während er sich nervös den Bart kratzte, schlich er an den Waldrand.

Der große Mann bückte sich und riss dem zusammengesackten Opfer – für Gonji inzwischen als Kind von zwölf oder dreizehn Jahren erkennbar – ein Objekt vom Hals. Die anderen lachten über etwas, was der Große sagte, als er geschmeidig auf sein Pferd sprang und davontrabte, wobei er eine Richtung einschlug, die ihn ein Stück von der Stelle entfernt, wo Gonji angehalten hatte, auf die Straße führen würde.

Gonji betrachtete das Gesicht des stämmigen Soldaten, als dieser davonritt, und schätzte dann dessen drei Spießgesellen ab, die sich unter einen Baum setzten, während ihre Pferde in der Nähe grasten. Wieder mal Söldnerabschaum, daran bestand kein Zweifel. Ihre Kleidung war bunt gemischt, die Zusammenstellung ihrer Waffen unpassend. Ein primitiver Unterstand zwischen den Bäumen gab Hinweis darauf, dass sie wahrscheinlich hier einen Vorposten bemannten.

Gonji entdeckte keine Pistolen und fürchtete nur eines: einen Bogen und Köcher, die an einem Baum lehnten. Sein Hass auf Schlägertypen und ihre besondere Art von Aggression umriss jedoch unmissverständlich sein weiteres Vorgehen.

Der zahnlose Brigant, der in der Mitte saß, entdeckte als Erster die seltsame Gestalt, die auf ihn und seine Kameraden zustolzierte. Er gab einem der anderen einen Klaps und deutete auf Gonji. Der knochige Mann zu seiner Rechten kniff die Augen angesichts dieser Erscheinung zusammen, wälzte sich dann herum und packte den Bogen.

»Soll ich ihn umnieten, Zito?«

»Nee«, entgegnete Zito. »Ich möchte mir das mal aus der Nähe angucken.« Er spuckte zwischen verfaulten Zahnfleischreihen aus und wischte sich schwungvoll den Mund ab. Dann standen alle drei auf und zogen die Schwerter.

Gonji musterte sie sorgfältig, während die Distanz zu ihnen schrumpfte. Kein weiterer Bogen, keine Pistolen. Zwei Rapiere und ein Breitschwert ...

»Braucht ihr Hilfe?«, rief Gonji auf Spanisch. »Ich könnte etwas zu essen gebrauchen.« Lässig legte er die linke Hand auf den Griff des tötenden Schwerts, als die drei Schurken vier Schritte vor ihm stehen blieben.

»Sieh sich das mal einer an«, sagte Zito auf Hochdeutsch. »Ein Waldelf in den Klamotten eines Priesters!« Die anderen lachten kalt. »Und er redet Spanisch. Das heißt, ich *denke*, dass er es tut. Guckt euch mal die Augen an! Wo haste die denn her, Elfie? *Sprichst du Deutsch, Dummkopf?*«

»Ich spreche es«, sagte Gonji verächtlich, und sein Lächeln vertiefte sich zu einem sardonischen Grinsen. »Und ihr Jungs kommt mir nicht sehr freundlich vor.«

»Wirklich nicht?«, fragte Zito affektiert. Er richtete das Rapier auf Gonjis Brust und warf kurze Blicke auf die Kameraden, die sich langsam von ihm trennten, um den reglosen Samurai einzukreisen. Der hagere Mann stand jetzt hinter Gonji und war somit außer Sicht, während der Dritte, eine korpulente Kanaille mit spöttischem Grinsen, auf Gonjis linke Seite schlich.

»Aber«, fuhr Zito gönnerhaft fort, »ich denke, du hast dich geirrt. Ich denke, wir könnten glatt freundlich genug sein, um gerecht zu teilen, was immer ein Elf vielleicht an Beute mitführt. Komm schon, was haste dabei?«

»Jetzt wartet mal«, sagte Gonji und hob eine Hand. »Ich habe ein Geschenk für euch, und wohlverdient ist es außerdem.«

»Was ist es?«, fragte Zito argwöhnisch.

»Der Tod.«

Der hagere Mann hinter Gonji griff an. Gonji wirbelte herum, fiel auf ein Knie und hackte dem Mann am Unterschenkel das Bein ab. Der Dicke stürmte heran und schlug von oben zu, und Gonjis Kurzschwert führte schwirrend eine Parade mit der Linken aus. Das tötende Schwert zog einen kalt blitzenden Bogen und verstreute die Eingeweide des Dicken auf der Erde. Zitos Gesicht war zu einer Maske des Grauens erstarrt, als Gonji das *Seppuku*-Schwert gelassen wegsteckte. Der zahnlose Bandit wich zwei Schritte zurück und wandte sich zur Flucht. Gonji sprang ihm nach und öffnete mit einem beidhändigen Hieb das Rückgrat des Briganten. Zito drehte sich mit hervorquellenden Augen halb um und plumpste wie ein Sack zu Boden.

Der Samurai erstarrte an Ort und Stelle, musterte die tödlich verwundeten Angreifer und entspannte sich. Er hatte sich nur minimal, aber wirkungsvoll bewegt; der Teil von ihm, der seines Vaters Sohn war, zeigte sich zufrieden. Er holte tief Luft, um den

Atem zu beruhigen, und entfernte sich von den bibbernden Resten des Gemetzels.

Während er zu dem zusammengesunkenen Jungen hinüberging, schlenkerte er mit einer abrupten Drehung des Handgelenks das Blut vom Sagami. Er hob ein schwarzes Seidentuch auf, das neben einem Weinschlauch lag, und brachte die Arbeit richtig zu Ende. Die verletzte Schulter blutete wieder. Er tupfte die Wunde ab und richtete den Verband. Dann wischte er sich die Stirn ab, kniete sich hin und untersuchte das Opfer der Briganten.

Tot. Welche Verschwendung! Ein schöner, starker junger Mann, und sie hatten ihn verstümmelt. Gonji hatte schon genug solcher Gräueltaten miterlebt, um sie zu verabscheuen. Die Jugend barg Hoffnung, falls in diesem elenden Land überhaupt Hoffnung existierte. Jetzt blieb nichts weiter zu tun, als dafür Sorge zu tragen, dass der Leichnam der Familie übergeben wurde.

Aber woher stammte der Junge? Vedun? Einem anderen Dorf? Was, zum Teufel, hatte er hier draußen bei einer Invasionsarmee gesucht, die das Land verwüstete?

Gonji band die Leiche des Jungen auf eines der Pferde der Banditen und führte das Tier über die Lichtung. Auf eine Eingebung hin trabte er zurück, nahm Bogen und Köcher an sich und band sie an Toras Sattel. Diese Zusatzbewaffnung besserte seine Stimmung, als er jetzt seine Reise fortsetzte.

Ohne weitere Begegnung oder sonst einen Zwischenfall folgte er der Straße, die sich am Westhang der Hochebene hinaufzog. Die Welt wurde wenig später wieder eben, und die Pferde schnaubten beifällig. Auf diesem Plateau mündete die aus dem südlichen Tal heraufführende Straße in eine breitere Straße, die in Ost-West-Richtung verlief und streckenweise gepflastert war, die Hinterlassenschaft ehrgeiziger Erbauer.

Gonji folgte der Straße in östlicher Richtung zur Stadt und kam unterwegs an einem Pfad vorbei, der sich in stattliche Vorberge hinaufschlängelte. Durch Lücken zwischen den Bäumen schimmerten auf einem Gipfel im Norden mächtige Burgtürme und Zinnen in der Hitze, durch die schiere Distanz aufs Zwergenhafte geschrumpft: Burg Lenska. Dahinter erhoben sich die imponierenden Berge der Karpaten, unsterblich gemacht durch die Balladen der Spielmänner und die geflüsterten Erzählungen der Landbevölkerung. Zur Rechten Gonjis wurde der Felshang steiler. Als der Samurai der Stadt näher kam, dämmerte ihm flüchtig die Erkenntnis: Dies war nicht der richtige Ort, um in der Falle zu sitzen.

Dann tauchten die Mauern Veduns auf.

Riesig. Prachtvoll. In jeder Hinsicht so eindrucksvoll, wie er erwartet hatte. Unvermittelt stieg Erregung in ihm auf angesichts des schieren Alters dieser Anlage, denn diese Stadt war nicht erst in jüngerer Vergangenheit entstanden. Nach dem Stil der Architektur zu urteilen, schien sie, soweit Gonji sich damit auskannte, eher ... wo zu Hause? Im Heimatland der Türken?

Die dicken, zinnenbewehrten Mauern aus weißem Stein, Mörtel und Holz ragten sieben Meter oder noch höher auf und schützten die Stadt vor Invasoren. Wehranlagen mit Schießscharten reckten sich an strategischen Stellen gen Himmel, lautlose Wachtposten in Bereitschaft, einen Regen des Todes auf Belagerungsheere zu schleudern. Trotzdem lag eine erschreckend fatalistische Stimmung über der Stadt. Wer hatte diese Zitadelle eines Wahnsinnigen errichtet, direkt am siebzig Meter tiefen, jäh abfallenden Hang der Hochebene? Gonji hatte Geschichten vernommen. Verzauberung an Lagerfeuern war schon aus den Legenden gewebt worden, die Vedun umrankten: das alte Volk, das die Stadt gebaut hatte, und die Ehrfurcht gebietenden Belagerungen, denen sie schon widerstanden hatte. Belagerungen durch Menschen und Dinge, die keine Menschen waren. Manche erzählten, eine dieser unglaublichen Schlachten hätte den Steilhang des Plateaus *geschaffen*, an dem die Stadt heute aufragte.

Derzeit war jedoch keine Spur einer Belagerung zu erkennen. Keinerlei Heerscharen waren vor den Mauern versammelt; keine Maschinen der Zerstörung durchbrachen die Wälle; kein Hagel aus Pfeilen oder Steinen, geschmolzenem Blei oder Griechischem Feuer regnete herab. Alles war ruhig.

Hatte Klann Vedun so mühelos eingenommen? Waren die Straßen mit Leichen übersät? Nein, das wäre sinnlos gewesen und sowieso nicht ganz einfach zu erreichen, über welche Macht auch immer Klann gebot. Vielleicht bereitete er den Angriff erst noch vor.

Klann.

Wer – oder was – war er? Ein Verrückter? Ein Magier? Ein unsterblicher, wandernder König? Ein Räuberhauptmann? Oder nur eine Legende, ein Gespenst, das die Eroberungsträume von Menschen entfachte?

»Bald, Tora, bald erhalten wir alle Antworten, *neh?*«

Gonji erblickte niemanden, während er sich den Schatten der mächtigen Mauern näherte. Die Straße verlief durch ein Torhaus, flankiert von niedrigen Türmen mit Flachdächern. Leer. Die Tore standen weit offen.

Alles falsch.

Er zügelte das Pferd und kratzte sich nachdenklich, und er kam sich ganz klein und nackt vor. Blickte mit zusammengekniffenen Augen in die Nachmittagssonne. Er bewegte die verletzte Schulter, um die Steifheit zu lockern. Es tat weh, aber nicht stark genug, um seine Neugier zu bremsen. Einen kurzen Bogenschuss weit rechts von ihm verschwand die Stadtmauer entlang der Klippe und begrenzte die Stadt verdammt dicht am Absturz. Im Norden beschrieb die Stadtmauer einen trägen Bogen von etwa anderthalb Kilometern und verlor sich in kleinen Hügeln und bebauten Feldern. Ein Graben folgte dem nördlichen Abschnitt der Mauer und endete unweit des Westtors vor Gonji. Abwässer. Hüfthohe hölzerne Schleusentore, aufgehängt wie Pendel und von innen durch Kurbeln bedient, waren hier und dort in die Mauer eingefügt. Gonjis Nase zuckte, als er sich an die offene Kanalisation in anderen Städten erinnerte, ähnlich dem hiesigen System.

Er glaubte, in der Ferne Stimmen zu hören. Er stieg aus dem Sattel und verfluchte die eigene Sorglosigkeit. Er wickelte sich in eine Decke und tarnte sich damit, so gut es ging. Dann dachte er sich eine Geschichte aus, wie er die Leiche entdeckt hatte, ließ dabei den Kampf sorgsam aus und probte die alberne Lüge zweimal, wobei er viel Wert auf die richtige Mimik legte.

Eine Sturmglocke ertönte irgendwo im Nordviertel. Ein Alarm oder ein Signal zum Sammeln.

Ah, dachte er, sie machen sich bereit, mich zu empfangen. Sogar das Tor haben sie für mich aufgerissen. Was für eine Gastfreundschaft!

Und damit lachte er unbehaglich und führte die Pferde in die Stadt.

ZWEITER TEIL

O *TEMPORA*, O *MORES*!

KAPITEL NEUN

»Ich überbringe euch Grüße König Klanns des Unbezwingbaren, Fürst und Beschützer der Provinz und Meister ihres Schicksals!«, dröhnte die Stimme des riesigen Befehlshabers. Sein Streitross hing förmlich durch unter der wohlproportionierten Masse des Reiters, und das Gemurmel der Menschenmenge sank zu einem Flüstern herab.

Stilles, ängstliches Grauen hatte seit der Vollmondnacht vor zwei Tagen von der Stadt Besitz ergriffen. In jener Nacht war es in der Burg Baron Rorkas in den nördlichen Bergen zu Gewalttaten gekommen. Die Nachtluft trug die Schreie von Menschen und das Klirren von Waffen heran, und während Vedun in gemeinschaftlichem Entsetzen den Hals reckte, erschien ein böses Omen am Himmel über den Bergen.

Manche sagten, Satan persönlich hätte mit hungrigen roten Augen finster auf sie herabgeblickt.

Die Prophetin Tralayn hatte ganz allein dem Gespenst getrotzt, während sie durch die Reihen von Rorkas Stadtwache ging und einen Soldaten nach dem anderen aus dem Dienst entließ. Keinen von ihnen hatte man seither wieder gesehen. Der folgende Tag verging mit furchtsamen Überlegungen. Kein Reiter kam von der Burg, um Nachricht vom Baron und seinen Truppen zu überbringen. Und niemand wagte es, die Stadt zu verlassen. Weder die Bauern noch die Hirten noch irgendein Kaufmann.

Dann hatten sich am heutigen Vormittag einige tapfere Seelen wieder ihren Aufgaben zugewandt. Bauern, die sich mit ihrem Werkzeug und ihren Tieren hinauswagten. Der Hirte Strom, der sich für kaum mehr interessierte als seine Arbeit und seine Herde.

Jäger und Fischer und reisende Kaufleute, die sich mehr vor dem Gespenst neuer Steuern fürchteten als vor den Schatten des Bösen.

Dann war am frühen Nachmittag die Doppelreihe Soldaten an der Ausfallpforte eingetroffen. Sie war auf der gewundenen Straße, die an üppigem Weideland und dem kultivierten Tiefland vorbeiführte, von der Burg herabgekommen.

Diese etwa sechzig Mann starke Truppe, schwer bewaffnet und zumeist aus Söldnern zusammengesetzt, begleitete eine bedrohlich wirkende schwarze Kutsche mit Goldverzierungen. Die Flaggenträger führten ein irgendwie beunruhigendes Wappen mit sich, das auch auf den Wappenröcken und Rüstungen der regulären Soldaten zu sehen war: eine Art tobendes Monster, das über die Schulter auf ein Gebilde aus sieben ineinander greifenden Ringen blickte. Die Truppe stoppte vor dem geschlossenen Haupttor.

Der alte Gort – der Torwächter – kahlköpfig wie Marmor, der Kopf schief von einem am Hals wuchernden, scheußlichen Tumor, betrachtete die Truppe abschätzend von seinem Platz auf dem Trommelturm aus. Auf den Befehl der Soldaten hin – und da ihm kein gegenteiliger Befehl des Stadtrats vorlag – senkte er die Zugbrücke über den Stadtgraben und öffnete Fallgatter und Tor.

Die Truppe klapperte über das Kopfsteinpflaster. Schwerter und Lanzen glänzten im grellen Sonnenlicht. Die Soldaten hielten auf dem Marktplatz an. Arbeiter gingen mürrisch an ihnen vorbei, und nur wenige wagten aufzublicken. Einer der Soldaten erhielt den Auftrag, die Bürger mit Hilfe der großen Sturmglocke im Turm am Marktplatz zusammenzurufen.

Die Bevölkerung versammelte sich langsam, und ein Leichentuch schien über den Köpfen zu hängen. Trauernde auf dem eigenen Begräbnis. Pferde scharrten mit den Hufen auf den heißen Pflastersteinen und schnaubten gereizt. Tausend Köpfe wogten auf und ab und murmelten gedämpft, während die Menschen darin wetteiferten, Plätze möglichst weit hinten in der Menge zu finden und so den einschüchternden Blicken der Reiter zu entgehen. Es war sengend heiß. Tiergerüche sanken wie ein beißender Nebel herab.

»Und jetzt«, sagte der Befehlshaber, »möchte ich euch zu der Tapferkeit beglückwünschen, mit der ihr eure Stadt verteidigt habt.«

Schallendes Gelächter brach unter den Soldaten aus. Er gab ihnen mit einem Wink zu verstehen, dass sie damit aufhören sollten, und grinste breit.

Drei Gestalten tauchten vorne aus der Menge auf: Flavio, der bärtige Ratsälteste mit der beginnenden Glatze; Michael Benedetto, ein gut aussehender junger Neapolitaner, der zurzeit ausgebildet wurde, um irgendwann Flavios Nachfolge anzutreten; und Milorad, der dickbäuchige Protokollmeister mit wallendem, reifgrauem Haar und Bart, ehemaliger Ratgeber eines einst mächtigen Königs. Ein vierter Mann, der schwarzbärtige und stämmige Schmied Garth Gundersen, stand ein paar Schritte hinter ihnen und blickte forschend unter einer gerunzelten Stirn hervor.

Flavio meldete sich mit angenehmer, kultivierter Stimme zu Wort. »Die Stadt Vedun heißt Euch willkommen, aber ich muss gestehen, dass wir ein wenig verwirrt sind. Ihr seid ...?« Flavio lächelte und deutete auf den riesenhaften Krieger.

»Ben-Draba, Feldkommandeur der Königstreuen Streitkräfte Lord Klanns. Und *Euer* Name lautet wie, alter Mann?«

»Ich bin Flavio, Ältester im Stadtrat von Vedun. Dies hier sind Michael, mein Schützling, und Milorad, unser örtlicher diplomatischer Vertreter. Erneut jedoch muss ich zugeben, dass ich einigermaßen verwirrt bin. Was ist aus Baron Rorka geworden?«

Sie sprachen Rumänisch, was alle versammelten Führer verstanden. Viele in der Menge übersetzten gedämpft für diejenigen, die die Sprache nicht beherrschten. Alle reagierten wie vom

Donner gerührt, als eine tiefe, widerhallende Stimme hinter den Vorhängen der Kutsche hervordröhnte:

»Ernst Christophe Rorka«, brüllte der unsichtbare Sprecher, »wird hiermit zum Verbrecher erklärt und soll tot oder lebendig zu König Klann gebracht werden!«

Die Kutschentür flog unvermittelt auf, und der Menge verschlug es den Atem. Eine hochgewachsene Gestalt stieg aus, bekleidet mit einem schwarzen Kapuzenmantel. Die Arme verschwanden vollständig in den weiten Ärmeln des Mantels und waren vor der Brust verschränkt, während der Mann auf Flavio zuging. Das Gesicht blieb hinter einer aus Gold gefertigten und mit Filigranarbeiten verzierten Maske verborgen.

Stille legte sich auf Vedun.

»Ich bin Mort, Hochmagier und Ratgeber von Seiner Majestät Klann dem Unbezwingbaren. Ich stehe hier an seiner statt.« Mort betrachtete ernst die erschrockenen Gesichter der Zuschauer. »Und ihr erweist mir keinerlei Ehrerbietung?«, fragte er vorwurfsvoll.

Flavio blickte vorsichtig seine beiden Gefährten an. Die drei verneigten sich leicht. Milorad verharrte am längsten in gebeugter Haltung und sagte: »Wir tun dies im Namen aller, verehrter Ratgeber.«

»Und *kniet* ihr nicht auch vor dem Hochmagier eines Königs nieder?«, wollte Mort wissen, und sein Ton wurde schriller.

»Keine Autorität hat jemals befohlen ...«, sprudelte Michael hitzig hervor, aber er wurde von Flavio mit einer Handbewegung unterbrochen.

»Wir sind zum großen Teil eine christliche Gemeinde, und nach unserem Glauben und unseren Bräuchen ...«, begann Flavio, aber Mort trat bedrohlich einen Schritt vor.

»Ich *kenne* euren Glauben und eure Bräuche!«, fauchte der Zauberer. »Und ich kenne die Bedeutung dieser Stadt zweifellos besser als ihr.«

»Ihr wart schon einmal hier?«, fragte Flavio.

»Das war ich, und kaum etwas hat sich verändert. Aber es *wird* sich verändern – und zwar schnell.« Mort drehte sich um und bellte ein Kommando in die angespannte Stille. »Entfernt dieses banale Abbild. Es stört mich!«

Ben-Draba rief die Namen zweier Soldaten, und sie trotteten zu dem großen Kruzifix hinüber, das hinter der Tribüne und dem sprudelnden Brunnen mit seinen aus Stein gemeißelten Cherubim aufragte. Ungeachtet einer Flut von Protestschreien rissen die beiden Soldaten das Kreuz mit Stricken um. Ein Meer empörter Gesichter wogte vor, aber Flavio drehte sich um und stoppte die Leute mit einer herrischen Geste. Auf einen Befehl Ben-Drabas hin löste sich ein kleiner Trupp Reiter aus der Formation und trieb die Leute mit erhobenen Schwertern zurück.

Ben-Draba fluchte vor sich hin, während er den Helm absetzte. Dummer Mistkerl von einem Magier! Weshalb, zum Teufel, provozierte er diese abergläubischen Menschen derart? Sobald man ihre Religion beleidigt, hat man Schwierigkeiten. Ich weiß das. Waren es nicht ach so hilflose Stadtleute wie diese hier gewesen, die in Italien meinen Bruder umgebracht haben? Christen, wie? Sogar Schafe haben Zähne. Man braucht ihnen nur den Rücken zuzuwenden, und schon blecken sie sie. Man hat andere Möglichkeiten, sie im Griff zu behalten, sie zu behandeln, wie sie es verdient haben. Ich habe ein paar davon entdeckt. Und ich bin noch nicht fertig, Melah. Noch viel mehr mickrige kleine Bastarde werden bezahlen, ehe ich die Rechnung für dich beglichen habe.

So versunken war Ben-Draba in seinen zornigen Gedanken, dass er nicht den Blick bemerkte, mit dem ihn Garth der Schmied bedachte und der den Rangabzeichen des Befehlshabers galt. Und dem Wappenrock mit den sieben ineinander greifenden Ringen – zwei davon um ein schwarzes Feld ...

»Warum habt Ihr das getan?«, wollte Flavio von Mort wissen. »Vedun ist eine unabhängige Stadt. Die Menschen genießen hier

Glaubensfreiheit. Und ohnehin ist das Kruzifix unser Eigentum.«

Mort streckte eine Hand aus und deutete mit einem juwelenbesetzten Handschuh auf Flavio. Kein Stück freie Haut war von dem Zauberer zu sehen. »Ihr mögt jede Freiheit genießen, die euch Lord Klann gewährt«, sagte er drohend. Dann senkte er die Stimme. »Vorläufig sei euch gesagt, dass jede offene Anbetung dieses toten Gottes in dem Maße verboten ist, wie es unvereinbar wäre mit euren Pflichten dem König gegenüber oder dem Einsatz seiner Streitkräfte hier. Ihr werdet ohnehin wenig Zeit für religiöse Riten finden, denke ich. Ihr müsst einen Überschuss an Waren für die wachsende Armee Seiner Lordschaft erzeugen. Und mit der Zeit ...«, setzte er in gespielter Unschuld hinzu, »... lernt ihr eine neue Art der Anbetung.«

»Was meinst du damit, Hexenmeister?«, hakte Michael zornig nach.

»Michael!«, mahnte Flavio ihn zur Vorsicht.

Milorad lenkte Mort von Michaels Ausbruch ab. »Wird eine Delegation des Rats Gelegenheit erhalten, persönlich mit Seiner Majestät zu sprechen?«

»Es besteht kein Bedarf an einer solchen Begegnung. Eure Verantwortung ist klar.«

Der ehemalige Diplomat wirkte ein wenig gekränkt. »Natürlich führen wir mit König Klann die gleiche Beziehung auf Gegenseitigkeit fort, wie wir sie mit Baron Rorka unterhielten: unsere wirtschaftliche Produktion im Gegenzug für Schutz. Wie ist es jedoch zu diesem Umsturz gekommen?«

»Das ist eine politische Angelegenheit, die euch nichts angeht. Wisst lediglich, dass Rorka ein Gesetzloser ist, und ihm oder irgendeinem seiner Männer Unterschlupf zu gewähren wird mit dem Tode bestraft. Wo stecken seine Stadtwachen?«

»Alle scheinen geflohen«, antwortete Flavio und zuckte die Achseln. »Der Lärm der Schlacht war nicht zu überhören. Gestern war keiner der Wachleute mehr auf seinem Posten, und wir gingen davon aus, dass sie sich zur Burg begeben oder furchtsam die Flucht ergriffen haben.«

»Wir werden nach ihnen suchen, und ich mache euch für das verantwortlich, was wir finden.« Der Zauberer legte eine Pause ein und fuhr dann mit erkennbarem Genuss fort: »Ah ja, da ist noch etwas.« Er wurde lauter, damit ihn alle hörten. »Lord Klann benötigt Diener, die seine Wünsche erfüllen. Meldet sich irgendjemand freiwillig?«

Niemand rührte sich, und Mort fuhr schadenfroh fort: »Da, seht ihr? Wir lassen euch die Wahl, und ihr schlagt sie aus. Deshalb müssen wir die Entscheidung für euch treffen – Befehlshaber!«

Ben-Draba starrte ihn einen Augenblick lang nur an und gab dann widerstrebend ein Zeichen. Eine Hand voll Soldaten stiegen ab und machten sich daran, Menschen aus der Menge auszusuchen und sie in Klanns Dienste zu pressen. Zornige Rufe stiegen von den gedrängt stehenden Bürgern auf, und manche derer, die ausgesucht wurden, wehrten sich. Man schlug sie mit Schwertgriffen bewusstlos und umringte sie mit Soldaten, während die Umstehenden schrien.

Drei junge Frauen wurden von Soldaten fortgeschleppt, die begeistert brüllten, weil die Frauen sich dagegen wehrten, begrapscht zu werden. Einem Entführer lief der Vater der Frau nach, ein Holzfäller, und schlug ihm den Axtgriff über den Schädel. Die Reaktion war heftig. Zwei Reiter griffen den Holzfäller durch die Menge hindurch an, die ihn zu schützen versuchte. Menschen wurden von den anstürmenden Pferden zur Seite geschleudert. Der Holzfäller steckte in der Falle. Entsetzensschreie ertönten, als die berittenen Söldner mit wuchtigen Schwerthieben sein Gehirn verspritzten. Mehrere unbewaffnete Männer wollten ihm zur Seite springen, wurden aber von einem Trupp Lanzenreiter zurückgedrängt, während die schreiende Menge die Flucht vom Marktplatz ergriff und in alle Richtungen auseinanderstob.

Aufrührer mit Stöcken und eilig beschafften Knüppeln rissen zwei Reiter von den Pferden, aber ehe sie sie richtig verletzen konnten, zerstreute eine Angriffsreihe regulärer Soldaten die Rebellen. Ein Stadtbewohner ging neben seinem abgehackten Arm zu Boden, und ein dunkelroter Sturzbach ergoss sich auf die Pflastersteine.

Der Zwischenfall fand ein rasches Ende, und die Verletzten wurden in ihre Häuser getragen. Klagendes Schluchzen und Stöhnen trieb durch die sengend heiße Luft. Flavio stand noch immer dort neben der Tribüne und flehte darum, Vernunft walten zu lassen. Michaels Braut Lydia, eine schlanke und liebreizende Frau mit Haaren, die wie gefiederter Sonnenschein wirkten, hatte sich auf dem Schlachtfeld zu ihm gesellt. Die Truppen versammelten sich erneut. Die zwangsverpflichteten Diener wurden zusammengetrieben und ließen verzweifelt die Köpfe hängen. Ben-Draba befahl drei Männern, einen Wagen zu beschaffen. Mort stieg in seine Kutsche und näherte sich Flavio ohne Eile.

Die Oberen der Stadt blickten sich um, und ihre Augen spiegelten ihren Schrecken wider. Nie in ihrem Leben hatte Vedun solche Gewalttätigkeit erlebt.

Während des Handgemenges hatte niemand den seltsamen Reiter bemerkt, der sich, ein weiteres Pferd am Zügel, durch eine Gasse dem Marktplatz genähert hatte, wo er Zeuge des gewalttätigen Dramas wurde.

Verdammt, dachte er, also *sind* sie hergekommen!

Panische Stadtbewohner stürmten vorbei, und die Pferde wurden nervös. Der Reiter betrachtete forschend die berittenen Soldaten. Eine Hand voll waren Llorm in ihrer leichten Kavallerierüstung und ihren Sturmhauben. Sie bewegten sich fließend und gewandt. Gestählte, disziplinierte Soldaten. Der Rest bestand aus der buntesten Versammlung bewaffneter Schurken, die man jemals zusammengetrommelt hatte. Rapiere, Breitschwerter, Säbel, Entermesser, Piken – eine Vielzahl an individuellen Lieblingswaffen baumelte an den Hüften und auf den Rücken von Männern aus allen Winkeln zweier Kontinente. Dunkelhäutige Piraten, Hochländer in Kettenhemden, ein paar weitere schweineschwänzige Mongolen und sogar ein oder zwei Krieger, deren Herkunft Gonji nicht bestimmen konnte – sie schlugen derzeit einen Aufstand, der zur falschen Zeit und ohne richtige Führung ausgebrochen war, auf dem Marktplatz nieder.

Jetzt wurde Gonji auf den Anführer aufmerksam. Der Mann wischte sich gerade die Stirn ab, ehe er sich die von einem Kamm gekrönte Sturmhaube wieder aufsetzte, aber es war unmissverständlich der brutale Mistkerl, der den tödlichen Schlag gegen den Jungen geführt hatte, dessen Leiche der Samurai mitbrachte.

Ein schlechter Zeitpunkt.

Dann fiel Gonji ein, dass er ja den Bogen eines der Männer mitführte, die er umgebracht hatte, und er betrachtete ihn rasch und hielt dabei Ausschau nach Zeichen, die ihn zu identifizieren vermochten. Tatsächlich wies der Köcher eine einzigartige Verzierung auf. Gonji hatte günstigerweise alle nötigen Beweise dabei, die für seine Verhaftung und Hinrichtung benötigt wurden.

Er wendete die Pferde und kehrte zu dem Mietstall zurück, an dem er unweit des Westtors vorbeigekommen war. Seine Nachforschungen zu dem toten Jungen mussten warten.

Gonji stieg ab, sobald er in der Nähe des Mietstalls, einer Schmiedewerkstatt und eines großen Pferches eintraf, der voll war mit von unter der Hitze leidenden Pferden. Niemand hielt sich hier auf, und so ergriff er die Gelegenheit beim Schopf. Er nahm Bogen und Köcher vom Sattel und versteckte beides hinter Stapeln von Pferdedecken neben dem Stall.

Als er wieder zwischen den Gebäuden hervorkam und sich zufrieden den Staub von den Händen klopfte, entdeckte er eine

Gruppe von Jungen, die ihn von einer Tür her anblickten. Er ging auf sie zu und lächelte freundlich.

»Hallo, ihr!«, rief er auf Deutsch.

Die Jungen lachten. Er probierte es auf Italienisch und erhielt Antwort vom Kühnsten aus der Bande, der heranstolzierte und dabei Gonjis stolze Gehweise imitierte. Gonji konnte das Kind jetzt schon gut leiden.

»Hallo«, sagte der Junge. »Du siehst aber komisch aus!« Neues Lachen ertönte hinter ihm.

Gonjis Augen funkelten angesichts der unschuldigen Aufrichtigkeit. »Danke. Wie heißt du?«

»Eduardo«, lautete die Antwort. »Warum trägst du dein Haar so?«

»In dem Land, wo ich geboren wurde, tragen alle Soldaten ihr Haar auf diese Weise – um zu zeigen, dass sie sich von anderen Männern unterscheiden. Könnt ihr mir sagen, wo ich den Schmied finde?«

»Er ist gegangen, als er die Glocke vom Marktplatz hörte. Du redest komisch!« Weiteres unsicheres Kichern von Seiten der anderen Jungen.

Gonji lächelte. »Das tätest du in meinem Land auch. Sag mal: ›doitashimashite‹.«

Eduardo probierte es mit vorhersehbarem Erfolg, und sie alle mussten herzlich lachen.

»Was heißt das?«, fragte der Junge.

»Es heißt: gern geschehen.« Gonji zauste dem Jungen die widerspenstige Mähne und kehrte zu den Pferden zurück, wobei ihm Eduardo folgte.

»Kannst du mir zeigen, wie man mit dem Schwert umgeht?«, fragte Eduardo.

»Ich weiß nicht. Das müssen wir mit deinem Vater besprechen.«

Gonji sprang auf Toras Rücken und ergriff wieder die Zügel des Banditenpferdes mit seiner schaurigen Last. Er wendete und ritt davon, ehe der Junge auf die Idee kam, sich nach dem Inhalt des fest gezurrten Bündels zu erkundigen.

»Wie heißt du?«, rief Eduardo ihm nach.

»Gonji.« Er winkte den Jungen noch einmal zu und trabte davon.

KAPITEL ZEHN

Flavio, Garth, Michael und Lydia starrten auf den Schlüssel, und jeder von ihnen hoffte, dass ihre Gesichter nicht den Schrecken über den gewalttätigen Zwischenfall verrieten, der nur Augenblicke zurücklag, aber beinahe schon vergessen war. Michaels Atem ging in kurzen, hitzigen Stößen, und das Blut hämmerte in seinen Schläfen, während er um Selbstbeherrschung rang. Der Hauch einer Berührung durch Lydias Hand mahnte ihn eindringlich zur Vorsicht.

»Erkennt ihr ihn wieder?«, fragte Ben-Draba gerade, warf den Schlüssel lässig hoch und drehte ihn anschließend in der Hand.

»Nein«, log Flavio. »Ich habe ihn noch nie gesehen. Woher habt Ihr ihn?«

»Ich habe ihn im Tal gefunden. Der Magier denkt, dass darin eine Art Energie gebunden ist. Er ist allerdings auch ganz schön groß, wie?«

Mort starrte sie aus der Kutsche heraus an, und seine goldene Maske leuchtete förmlich vor feindseliger Energie, während sie die vor ihm Versammelten in amorphen Mustern widerspiegelte. »Ich finde schon heraus, wozu er dient, verlasst euch darauf«, sagte er selbstgefällig.

Der Wagen traf ein, und die Niedergeschlagenen zum Waffendienst gepressten wurden hineingetrieben. Ben-Draba rief einen üppig herausgeputzten Hauptmann namens Julian Kel'Tekeli – einen stolzen und gut aussehenden Soldaten – herüber, der in gockelhafter Haltung herüberkam. Sie unterhielten sich eine Zeit lang in einer unbekannten Sprache.

Die vier Stadtbewohner sahen wortlos zu und dachten über die schicksalhaften Ereignisse des Tages nach, während sie stumm verfolgten, wie Rorkas Standarten auf den Mauern eingeholt und durch Klanns bedrohliche Wappen ersetzt wurden.

»Was ist mit den Dienern auf der Burg und den Familien der Männer Baron Rorkas geschehen?«, erkundigte sich Flavio, und seine schmerzliche Miene drückte Sorge um das Wohlergehen seiner Leute aus.

»Sie haben sich töricht verhalten«, antwortete Mort. »Sie entschieden sich dafür, ihrem alten Herrn die Treue zu halten.«

»Es waren Menschen!«, sagte Michael mit zitternder Stimme und glasigen Augen. »... Frauen und Kinder ...«

»Es waren Rebellen«, entgegnete Mort knapp.

»Und ihr seid die Kinder des Bösen!«

Alle Köpfe wandten sich der Sprecherin zu, deren Ausruf wie der Hall einer Himmelstrompete in der Luft hing. Niemand hatte die Prophetin Tralayn zuvor gesehen, wie sie dort allein auf dem staubigen Marktplatz stand, während ihr grünes Gewand in der heißen Brise flatterte und dünne Strähnen ihres wallenden schwarzen Haares über den Schultern tanzten.

»Wer wagt es, die Streitkräfte König Klanns auf diese Art und Weise anzusprechen?«, wollte Mort wissen.

»Ist das so wichtig?«, lautete Tralayns Entgegnung, und ihre smaragdgrünen Augen loderten. »Wisse, Zauberer – du hast Kindern des Herrn in schlimmer Weise mitgespielt, und Sein Zorn wird über dich kommen!«

»Maßt du dir an, uns zu drohen?«

»Ich gebe nur weiter, was mir offenbart wurde.«

Ein ganze Weile lang wechselten Mort und Tralayn Blicke klirrenden Hasses. Endlich brach Mort das angespannte Schweigen:

»Zurück zur Burg! Befehlshaber, überlassen wir diese Kruzifixanbeter der Trauer um ihre Toten. Ihr Gestank beleidigt mich.« Dann an Flavio gewandt: »Heute Abend erfahrt ihr, was *Furcht* ist. Heute Abend wird der Himmel Kot in eure Gesichter schleudern!«

Nachdem er sich von Julian verabschiedet hatte, führte Ben-Draba die Hälfte der Soldaten durch das Nordtor aus der Stadt, um der Kutsche Geleitschutz zu geben. Julian besetzte die Festungswälle mit Bogenschützen aus den Reihen der regulären Truppen. Dann ritt er mit der Söldnertruppe davon.

Flavio und die anderen liefen zu Tralayn und bestürmten sie mit einer Flut besorgter Fragen, wovon sie sich seltsam unberührt zeigte. Sie starrte weiterhin Mort nach, sogar noch während die grimmige Versammlung rings um Gonji, die den mittlerweile unbedeckten Leichnam von Michaels jüngerem Bruder Mark trug, näher kam.

Michael schrie den Namen des Jungen und zog den Leichnam vom Sattel. Gonji hielt Tora an und sah mit ernster Miene zu.

Flavio tröstete Michael und Lydia, die den Leichnam des Jungen unter Tränen umarmten. Dann richtete er sich auf und wandte sich an die Trauergemeinde: »Wer hat den toten Jungen in die Stadt gebracht?«

Mehrere Personen deuteten auf Gonji, und Flavio bedankte sich mit einer Geste, ohne den Samurai wirklich zu sehen. Gonji wollte etwas erwidern, aber der Ratsälteste kehrte ihm geistesabwesend den Rücken zu, machte Garth auf sich aufmerksam und führte ihn ein paar Schritte von den anderen weg.

»Ich denke, es sind wohl Banditen gewesen«, erklärte Gonji niemand Bestimmtem. »Drei tote Männer lagen neben dem Jungen.«

»Es war ein Bandit, wahrhaftig«, sagte Michael mit tränenerstickter Stimme, ohne aufzublicken. »Ich weiß, wer es getan hat ... Oh Gott, warum habe ich ihn nur *ziehen* lassen?« Er verfiel in ein herzzerreißendes Schluchzen, und die Zuschauer senkten in hilflosem Kummer die Köpfe.

»Michael«, wandte sich Flavio mit sanftem Tonfall an ihn,

»Lydia kümmert sich um den Leichnam deines Bruders. Einige von euch Männern werden ihr helfen, ihn zur Kapelle zu tragen, nicht wahr?« Zustimmendes Murmeln antwortete ihm. »Wir müssen uns eingehend mit dir unterhalten, mein Junge«, fuhr der Älteste fort. »Es ist äußerst wichtig.«

Gonji hoffte, dass er nichts getan hatte, was ihn der Mitschuld an einem Verbrechen verdächtig erscheinen ließ, aber er stellte befriedigt fest, dass die Übergabe der Leiche als entlastend gewertet wurde. Es würde allerdings interessant werden, überlegte er, zu sehen, was hier geschah. Der Junge war mit einer bedeutenden Person in Vedun verwandt gewesen. Ob sich die Menschen wohl gegen die kleine Armee von Halsabschneidern auflehnten?

Nachdem man ihn ein oder zwei Male ignoriert hatte, gelang es ihm, die Adresse eines Gasthauses in Erfahrung zu bringen. Zunächst probierte er es aufs Neue beim Mietstall, fand ihn jedoch nach wie vor unbetreut, und so lenkte er Tora ungeduldig in die entgegengesetzte Richtung. Man hatte ihm gesagt, dass er das nächstgelegene Gasthaus am Ostrand der Stadt fand, und dies versprach eine gute Gelegenheit zu sein, sich mit dem Grundriss der Stadt vertraut zu machen. Als er an einem Badehaus vorbeikam, nahm er sich vor, dort auf dem Rückweg einzukehren.

Vedun war von seinen Erbauern auf eine zugleich faszinierende und groteske Art und Weise eigenartig angelegt worden, wobei die letztgenannte Eigenschaft noch durch jüngere Bauten, die in ästhetischem Konflikt zur uralten Architektur standen, betont wurde. Die Hauptstraßen, mit Kopfstein gepflastert und größtenteils nach hochgeschätzten christlichen Tugenden benannt, waren breit und offen. Hier schlug das Herz des Handels in der Stadt und befanden sich die Marktplätze und Werkstätten, das Bürgermeisteramt und die Kämmerei sowie Versammlungshallen und Geschäftsniederlassungen. Seitenstraßen, Nebenwege und Gassen hingegen wurden immer schmaler, bis die schmalsten von ihnen keinen zwei Reitern mehr nebeneinander Platz boten, ohne dass diese mit den Stiefeln an den Wänden entlang scharrten und die Flanken ihrer Pferde verletzten. Außerdem wurden die meisten dieser kleineren Wege von hohen Granitmauern gesäumt und von engen Torbögen unterbrochen. Insgesamt erinnerte die Stadt an Schilderungen antiker Städte des Nahen Ostens. Hervorragend geeignet für aufrührerische Aktionen. Eine Invasionsstreitmacht würde es schwer haben, dieses verzweigte Labyrinth anzugreifen und die Widerstandsnester auszuräuchern.

Trotzdem hatte Klann offensichtlich sehr leicht die Macht ergreifen können ...

Gonji suchte sich seinen Weg durch die Gassen des Südviertels, bemüht, sich den Weg einzuprägen, obwohl der Richtungssinn nicht zu seinen hervorstechenden Eigenschaften zählte. Er kam an einer geschlossenen Schusterwerkstatt vorbei, an Webern und Schneidern und an einem Schild, das auf das Haus des Stadtarztes, eines Dr. Verrico, aufmerksam machte.

Hier nahm ein Wohngebiet seinen Anfang, dessen Häuser in einer Vielzahl architektonischer Stile erbaut waren und ein Tableau grauenhafter Geschmacklosigkeit darstellten. Die ursprünglichen Behausungen waren überwiegend einstöckige Steinbauten mit flachen Holzdächern. Rings um diese war eine bunte Ansammlung von Häusern aus Holz und Mauerwerk emporgewachsen, viele davon zweistöckig mit stroh- und schindelgedeckten Schrägdächern und Giebelerkern sowie den typischen Bauweisen unterschiedlichsten ethnischen Ursprungs. Auch die Farbmuster waren ausgesprochen eigenwillig. Rote, grüne, braune und gelbe Farbtöne wetteiferten um die Krone der Unansehnlichkeit. Tierpferche und Blumen- und Gemüsegärten waren hinter und neben vielen Häusern angelegt, und Haustiere bewegten sich frei auf den Straßen. Hunde bellten Gonji an, wo er vorbeikam. Streunende Katzen jagten an den Abwassergräben nach Mäusen und Ratten. Derzeit war es hier ungewöhnlich ruhig, und Gonji spürte regelrecht die Blicke, die ihm hinter Vorhängen folgten. Gelegentlich wurden Fensterläden zugeknallt, wenn er an einem Haus vorbeitrabte, und hier und da wurde ein im Freien spielendes Kind ins Haus gezerrt.

Etwa alle fünfzig Schritte wurde der festgetretene Erdboden der Gasse, die Gonji entlangritt, von einem aus Balken gezimmerten eingezäunten Holzrost unterbrochen. Unter diesen verliefen offene Gräben und mündeten in die Abwasserkanäle unter der Straße. Hier kippten die Einwohner Veduns ihren Abfall hinein, damit er fortgespült wurde, wann immer man die Schleusentore öffnete, um die Leitungen zu fluten. Ein erst kürzlich angelegtes Abwassersystem, aber unvollendet: Durch manche der alten Hintergassen verlief nach wie vor in der Mitte ein offener Abwassergraben, so zum Beispiel in der Nähe des faulig stinkenden Schlachthofs.

Unvermittelt näherte sich ihm von hinten ein leises Rumpeln. Als wären seine Gedanken die Ursache dafür, wurden soeben die Schleusentore geöffnet, und das umgeleitete Flusswasser schäumte unter den Straßen entlang, erreichte schließlich den Durchlass, über dem Gonji angehalten hatte, schwoll an und spülte dabei den stinkenden Müll hoch, der einen Augenblick durcheinanderwirbelte und dann mitgerissen wurde, um durch die Schleusentore und die Bergflanke hinabzustürzen.

Gonji verzog das Gesicht bei diesem widerwärtigen Anblick und spuckte aus, um seine Nase von dem bestialischen Gestank zu befreien, der ihm vorkam, als könne er ihn mit Händen greifen. Mehr denn je sehnte er sich nach einem Bad.

Als er aus einer bedrückend engen Gasse auf eine der Promenaden gelangte – zum ersten Mal eine, deren Name weltlicher und nicht religiöser Natur war, hieß sie doch Futtergasse –, kam er am langen Zeltdach eines offenen Marktes vorbei. Hier sah er zum ersten Mal, dass das geschäftige Treiben des alltäglichen Geschäftslebens wieder aufgenommen wurde. Außerdem trat hier die kosmopolitische Natur Veduns deutlich zutage. Männer in Wämsern und Westen, Kniehosen und Kitteln priesen in zahlreichen Sprachen ihre Waren an. Frauen in Mantuas, Pannieren oder fröhlich bunten Bauernkleidern eilten auf der Suche nach den Angeboten des Tages vorbei. Eine berauschende Vielfalt von Essensdüften hing in der Luft: Obst und Gemüse, frisches Backwerk, Pökelfleisch und -fisch, frisch von reisenden Kaufleuten erworbene Gewürze. Kinder und Tiere rannten überall herum und tobten lärmend durch die Straßen.

Das Leben in Vedun ging weiter, aber es war unmöglich, nichts von der unterschwelligen Anspannung zu bemerken oder das allgegenwärtige ängstliche Flüstern zu überhören. Er wusste, dass man ihn forschend musterte, wo immer er vorbeiritt. Für sie gehörte er zu den Söldnern. Manche bekreuzigten sich, wenn er vorbeikam.

Veduns führendes Gasthaus, prosaisch der Futterkorb genannt, war ein beeindruckendes Steingebäude, dessen Front fünfzig Schritte maß. Aus dem hohen Mansardendach ragten die Giebelfenster der Gästezimmer hervor, die sich im oberen Stockwerk befanden. Das Gasthaus grenzte an die Promenade und reichte auf der Rückseite bis fast an die Ostflanke der großen Stadtmauer. Es war ein geräumiges und geräuschvolles Etablissement, erfüllt vom Lärm ausgelassenen Frohsinns. Die verlockenden Düfte der Küche und der Getränke, die man selbst draußen vor den Fenstern roch, waren viel versprechend. Gonjis Magen knurrte heftig.

Als er vor dem Futterkorb eintraf, hörte er einen Hund auf der Seitengasse bellen. Eine Stimme rief ihn barsch zur Ruhe, und ein regulärer Llorm-Soldat verscheuchte den Hund mit einem Fußtritt und erstieg die schartige, schadhafte Rampe zum südöstlichen Abschnitt der Stadtmauer. Ein kurzer Köcher voller Bolzen hing an einem Riemen über der gepanzerten Schulter des Soldaten, und eine Armbrust ruhte auf der anderen Schulter, während er hinaufstieg.

Gonji hatte für Armbrüste nicht viel übrig; solche Apparate schienen ebenso wie Feuerwaffen jedem Kampf die Ehre zu rauben. Jeder Idiot konnte auf hundert Schritte einen Bolzen in den Feind jagen. Einen konventionellen Bogen wirkungsvoll zu benutzen erforderte eine viel höhere Geschicklichkeit, und sich einem Gegner offen im Zweikampf zu stellen, das war noch das wahre Maß für den Mut eines Kämpfers.

Gonji stieg ab, band Tora an, streckte sich, um die Krämpfe in Rücken und Beinen zu lösen, und marschierte zur Tür des Gasthauses. Dort blieb er einen Augenblick lang stehen und betrachtete den Innenraum. Mehrere raue Banditen grölten und johlten, während sie sich schlüpfrige Geschichten erzählten und sich gegenseitig mit halb gezogenen Schwertern Prügel androhten. Ein Trio hatte ein Lied angestimmt, und jede der durchdringenden Stimmen wetteiferte um die Vorherrschaft. Es stank nach Met und Ale und Wein, nach Schweiß und Schwein- und Hammelbraten. Die Leute aus der Stadt saßen an den äußeren Tischen an den Wänden und unterhielten sich flüsternd, während sie die rüpelhaften Fremden betrachteten.

Gonji trat ein und ging zum Tresen hinüber, wo er seinen staubigen Hals mit Wein anzufeuchten gedachte.

»Heh, Schlitzauge!«, tönte eine Beleidigung von einem Tisch herüber, an dem dunkelhäutige Banditentypen saßen. Sie schienen soeben von einer Fahrt mit irgendeiner rattenverseuchten Piratenschute zurückgekommen zu sein. Jeder ein kleiner Navarez. Schon halb in einem ale-bedingten Dämmerzustand versunken, fanden die Kumpane des Großmauls die Beleidigung unerträglich witzig.

Harte Burschen, dachte Gonji, und wenn sie zu mehreren auftreten, immer noch um einiges härter.

Er bestellte sich Wein und drehte sich zum Gastraum um, die Ellbogen auf den Tresen gestützt.

»Hat irgendjemand jemals vom Wind des Todes gehört?«, rief er auf Spanisch ins Getöse.

Die Reaktion erfolgte langsam, aber nichtsdestoweniger erschreckend. Stille breitete sich nach und nach in der Gaststube aus, während sich die Augen aller dem Asiaten zuwandten.

»Im Norden nennt man ihn auch den Grejkill«, hängte er eine nähere Erläuterung an.

Ein paar Stadtleute, die ihn verstanden, blickten sich gegenseitig an, schüttelten die Köpfe und wandten sich wieder ihren Gesprächen zu. Die Soldaten nutzten die Gelegenheit, um diesen ungewöhnlichen Fremden genauer in Augenschein zu nehmen. Ein paar kommentierten das, was sie sahen, murmelnd, und ein abschätziges Lachen wurde hier und da laut, bis eine scharfe, deutliche Stimme das allgemeine Geschnatter durchbrach.

»Wer will das wissen?«

Vom anderen Ende des Tresens aus hatte sich der makellos gekleidete Julian Kel'Tekeli, Hauptmann der Stadttruppen, an Gonji gewandt.

»Ein Wandersmann, dem gesagt wurde, er fände womöglich eine solche Person in dieser Gegend«, antwortete Gonji freundlich.

Julian stellte seinen Krug ab, marschierte durch den Raum und baute sich vor dem Samurai auf. Das fleckenlose Messing an den Verschlussstücken des Brustpanzers glänzte in den goldenen Balken des Sonnenlichts, das zu den Fenstern hereinfiel. Julian entsprach Gonji ungefähr in Größe und Körperbau, und in Kleidung und Gebaren war er das Gegenteil der Glücksritter unter seinem Kommando. Er war blond und hellhäutig und besaß – ein Hinweis auf eine aristokratische Herkunft – eine Adlernase und einen Schopf aus kräftigen Locken.

In sich ruhendes Selbstbewusstsein und herausfordernde Selbstsicherheit prallten aufeinander, als sich die Blicke beider ineinander bohrten. Die Wirtsstube wirkte auf einmal zu klein für sie.

»In Ordnung, Wandersmann, ich habe von deinem ... Wind des Todes, Im-Norden-auch-Grejkill-genannt, gehört«, sagte Julian gönnerhaft. »Weißt du, ich habe ihn *getötet* – sagt dir das etwas?« Sein herablassend spöttischer Tonfall war darauf ausgelegt, Gonji zu reizen. Stattdessen folgte der Samurai seinem Beispiel und hielt mit ironischer Schnoddrigkeit dagegen.

»Ach wirklich? Ich habe außerdem gehört, dass er ein höchst talentiertes Geschöpf ist – oder genauer, *war*«, sagte Gonji geziert. »Hast du von diesem Abenteuer auch ein Andenken mitgebracht – seinen Kopf vielleicht?«

Einer der Trunkenbolde lachte schallend, und die Ohren des Hauptmanns liefen rot an.

»Einem Barbaren brauche ich gar nichts zu beweisen!«, höhnte Julian. »Du erinnerst mich sehr an einen meiner Männer. Suchst du Arbeit?«

Ein kleiner, dicker Raufbold mit einem Dreispitz auf dem Kopf rief herüber: »Heh, Hauptmann, er erinnert mich an Tumo!« Damit löste er wieherndes Gelächter bei den Soldaten aus.

Gonji hatte keine Ahnung, was damit gemeint war, aber die offensichtliche Beleidigung machte ihn wütend. »Die Kultur, in der ich aufgewachsen bin, ist diesem Schweinefraß-Paradies hier in jeder Hinsicht überlegen. Und was Arbeit angeht, so bin ich derzeit in eigener Mission tätig.«

»Tatsächlich?«, fragte Julian schleppend und bleckte die gebeinbleichen Zähne. Er deutete auf Gonjis tötendes Schwert. »Kannst du damit umgehen?«

»Es hat sich schon des Öfteren als nützlich erwiesen.«

»Wozu dient das denn?« Julian streckte vorsichtig die Hand aus und berührte den Griff des *Seppuku*-Schwerts. »Um Zwerge zu töten?«

Eine weitere Lachsalve erschütterte das Gasthaus. Mehrere Bürger, die mit dem Ausbruch von Gewalt rechneten, waren aufgestanden.

»Ein Samurai kann irgendwann in eine Lage geraten, in der er sich selbst das eigene Leben nehmen muss, um ehrenhaft zu sterben«, erklärte Gonji, wohl wissend, dass seine Worte vergeudet waren. »Dieses Schwert dient der Selbsttötung.«

»Wirklich?« Julian täuschte Erstaunen vor. »Um ehrenhaft zu sterben? Du siehst nach einem Mann von Ehre aus. Möchtest du es uns nicht mal demonstrieren?«

Noch mehr Gelächter von Julians Schakalen. Gonji funkelte den Kerl an, ohne etwas zu sagen. *Er zwingt mich zu einer Entscheidung. Ich werde ihn wohl töten müssen.* Er schätzte die eigenen Chancen ab. Nein. Nein, es wäre töricht, so zu sterben. Zorn stieg in Gonji auf, als er daran dachte, wie oft er seine persönliche Ehre seit der Abreise aus seiner Heimat entehrt hatte.

»Seht euch das an! Er hat ein Ersatzschwert dabei für den Fall, dass er beim ersten Mal danebenhaut!« Ein Soldat kam von draußen hereingestolpert. Er hatte das prunkvolle *Seppuku*-Schwert, das ein Geschenk von Gonjis Mutter war, aus Toras Satteltasche geholt.

Gonji fuhr blitzartig hoch und tat zwei Schritte auf den Trunkenbold zu, beide Hände auf dem Sagami. Stühle kippten um, als die gesamte Söldnertruppe im Wirtshaus aufsprang und blankzog. Ein paar taumelten trunken. Gonji erstarrte, und sein Blick glitt über die Gegner.

Julian lief zu dem Säufer an der Tür hinüber, der das kurze goldene Schwert fallen gelassen und ebenfalls blankgezogen hatte. Er knirschte mit den Zähnen und forderte den Samurai zum Angriff heraus, und der Wahnsinn glitzerte in den verquollenen Augen.

»Gib mir das, Stanek!«, verlangte Julian. »Anscheinend kann man von denen gar nicht genug haben.« Er hob das *Seppuku*-Schwert auf und musterte es verächtlich. »Dabei sollte eines ausreichen.«

Er brach es über dem Knie sauber in zwei Hälften.

Gonjis Blut kochte. Er rang um Selbstbeherrschung und stieß seine nächsten Worte durch zusammengepresste Zähne hervor. »Das war ein Geschenk meiner Mutter!«, knurrte er, und in seinen Gedanken loderte es. *(Töte ihn, Ronin, töte ihn!)*

Sag etwas Abfälliges über sie, du Mistkerl, und ich werde ihre Ehre mit dem Blut jeden einzelnen Mannes in diesem Raum mitnehmen!

Eine Anflug von Vorsicht erschien in Julians Augen. Er wog seine nächsten Worte sorgfältig ab. »Als militärischer Befehlshaber dieser Stadt entscheide *ich*, wann irgendjemand sich hier tötet – oder getötet wird.«

»Lass mich ihn fertigmachen, Julian!«, zischte Stanek und bewegte die Waffe in kleinen Kreisen. Gonjis Blick fiel auf den langsam nüchtern werdenden Trunkenbold. Einer der Stadtbewohner wimmerte ängstlich, und ein paar suchten unter den Tischen Schutz.

»Stanek!«, sagte Julian gelassen.

Der Söldner blickte den Hauptmann an. Julians Säbel fuhr blitzend aus der Scheide und traf das Kinn des Soldaten dicht unter der Lippe. Der Mann heulte auf, während das Blut aus der Wunde strömte.

Ungeachtet seiner Wut war Gonji beeindruckt: Der Hieb war ansatzlos und kaum wahrnehmbar ausgeführt worden.

Als Stanek auf einen Stuhl plumpste und das Blut mit einem Lappen stoppte, wandte sich Julian an ihn, die Lippen zu einem grausamen Lächeln verzogen, während er die ganze Zeit lang Gonji anblickte. »Du hast mich stets mit *Hauptmann* oder *Sir* anzureden, Stanek. Das habe ich dir schon mal gesagt. Und denk daran, Stanek, dass ich im Umgang mit dem Schwert jedem dummen Barbaren überlegen bin. Das wirst du doch wohl nicht mehr vergessen, oder, Stanek?«

Der Verletzte blubberte zustimmend, und Julian ging zum Tresen und schnappte sich einen Lappen, um damit den Säbel abzuwischen. Gonjis Blicke folgten ihm.

Auf einmal tauchten zwei Llorm-Dragoner an der Tür auf. Sie salutierten vor Julian und redeten in einer unbekannten Sprache kurz mit ihm. Ohne einen Blick zurück nickte der Hauptmann und schlenderte zur Tür, völlig sicher, dass sein Auftritt überzeugend einschüchternd gewesen war.

Es war vorbei. Gonji entspannte sich und atmete tief und rasselnd ein. Die Abenteurer grunzten zufrieden, steckten die Schwerter zurück und widmeten sich wieder ihrem Trinkgelage. Der Blick des Samurai fiel auf das zerbrochene *Seppuku*-Schwert. Er nahm die beiden Stücke an sich, bemüht, das Zittern seines Kinns zu beherrschen. Dann marschierte er ebenso stolz hinaus, wie er zuvor hereingekommen war. Aber in seinem Inneren tobte ein wilder Aufruhr.

Er versuchte sich einzureden, dass es sinnlos gewesen wäre, wegen dieser Angelegenheit zu sterben. Zu viele Fragen waren unbeantwortet, zu viele Rätsel ungelöst. Später war noch reichlich Zeit, um offene Rechnungen zu begleichen …

Bah! Diese Rechtfertigungen … zur Hölle damit! War es falsch, dass ich diese Ungeheuerlichkeit ungerächt gelassen habe? Ich weiß, was mein Vater jetzt tun würde – nachdem er mir befohlen hätte, sofort *Seppuku* zu begehen.

Er schwang sich auf Tora und trabte den Weg zurück, den er gekommen war, wobei er das zerbrochene Schwert an sich drückte. Kein Wein, keine Speisen, und siedender Zorn kochte in seinem Bauch. Gonji raste vor Wut.

Jetzt hatte er noch einen weiteren Grund, um in Vedun zu bleiben.

Michael Benedetto und Garth Gundersen trafen vor der geheimen Höhle am Westhang des Tals ein. Die Gesichter verrieten ihr Grauen, als Michael die Fackel anzündete und die Schlingpflanzen zur Seite schob, durch die ein unheimliches, flackerndes Leuchten in den Eingangstunnel fiel.

Garth hängte sich den Sack mit dem Schneidwerkzeug über eine muskulöse Schulter, während sie dem Tunnel folgten, der sich zu einer kleinen Höhle öffnete. Als Michael die Fackel vor streckte, so weit sein Arm reichte, erhellte ein Gewimmel tanzender Lichtflecken die nackte und verlorene Gestalt, die mit massiven Handschellen an die Höhlenwand gekettet war. Zerfetztes Fleisch und geronnenes Blut umgaben Hand- und Fußgelenke. Verquollene Augen blickten zusammengekniffen in die blendenden Flammen.

Garth wandte mit gequälter Miene den Blick ab. Michael holte geräuschvoll Luft; dann brach ein unkontrollierter Strom aus Worten und Tränen aus ihm hervor.

KAPITEL ELF

Gonji war in düsterer Stimmung, als er das Badehaus betrat.

Die in drei Sprachen ausgehängten Geschäftszeiten verrieten ihm, dass die Badezeit der Frauen gerade beendet war und jetzt die Männer an der Reihe waren – nur gut so, denn bei seiner augenblicklichen Stimmung hätte Gonji für Anstandsfragen wenig Sinn gehabt.

Drei Stadtbewohner im Vorraum wichen dem Blick des Samurai aus und beeilten sich beim Ankleiden. Nachdem sich Gonji seiner Kleidung entledigt hatte, folgte er einem plötzlichen Impuls und nahm die Schwerter mit in die Sauna, wo er finster zwei nervöse Männer und den Jungen anblickte, der sich um die Kohlen kümmerte. Die Männer entschieden, dass sie genug vom Dampf hatten, und gingen, und der Junge sah nach einem ersten Blick nicht mehr zu Gonji herüber.

Während er den Haarknoten öffnete und sich genüsslich im Dampf räkelte, fand Gonji die Zeit, seine Gedanken zu ordnen und seine Wut unter Kontrolle zu bekommen. Der Dampf entfaltete seine beruhigende Wirkung, und allmählich fühlte sich der Samurai besser. Nach kurzem Bad in einem kalten Tauchbecken und einer nicht sonderlich wirkungsvollen Massage durch einen Jungen mit zitternden Händen, der anscheinend vom Anblick von Gonjis Narben und der heilenden Schulterwunde teilweise gelähmt wurde, machte Gonji sich wieder auf den Weg.

Erfrischt stattete er dem Stall einen weiteren Besuch ab. Diesmal sah er, dass in der Schmiedewerkstatt jemand arbeitete. Erleichtert sprang Gonji von Toras Rücken, tätschelte das Ross liebevoll und betrat die Werkstatt.

»Bist du der Schmied?«, fragte er auf Spanisch den zierlichen jungen Mann, der mit einer kleinen Axt einen Stab bearbeitete. Ein argwöhnischer Blick war die Antwort.

»Ich spreche nur Deutsch«, sagte der Mann verdrossen. Und er wirkte leicht erschrocken, als Gonji seine Frage auf Hochdeutsch wiederholte.

»Nein, das ist mein Vater«, erfolgte die unbekümmerte Antwort. »Er ist nicht hier.« Er hatte einen Sprachfehler, sodass seine Worte von einem feuchten Zischen begleitet wurden und nur schwer zu verstehen waren.

»Was tut man in dieser Gegend mit einem unbeschlagenen Pferd?«, fragte Gonji gar nicht unfreundlich. Der junge Mann legte den Kopf mit den sandgelben Haaren schief, während er zur Antwort nur die Achseln zuckte.

»Kannst du nicht ein Pferd beschlagen? Als Sohn des Schmieds müsstest du doch ...«

»Ich kann es, aber ich muss gleich auf die Weide. Muss auf meine Schafe aufpassen.« Seine Bewegungen waren hektisch und verrieten seine Nervosität ...

»Wann kehrt der Schmied zurück?«, bohrte Gonji weiter, inzwischen ein wenig beunruhigt.

»So schnell du möchtest, mein Freund.«

Gonji drehte sich zum Sprecher um und musste beinahe lachen. Die Stimme passte ganz sicher nicht zu dem Mann. Vor ihm stand der stämmige, schwarzbärtige Bursche, der zusammen mit den Führern der Stadt und dem Bruder des toten Jungen auf dem Marktplatz gewesen war. Vielleicht eine Idee kleiner als Gonji, hatte der Schmied die Proportionen eines Bären und einen fassartigen Brustkorb, aus dessen mächtigen Lungen eine sanfte und beruhigende Stimme ertönte, wie man sie von einem Shintopriester hätte erwarten können.

Gonji verneigte sich förmlich. »Sabataké Gonji-noh-Sadowara. Gonji für dich.«

»Ich bin Garth Gundersen«, sagte der Schmied und erwiderte die Verbeugung unsicher, »und dieser Mietstall gehört mir. Das hier ist mein Sohn Strom.« Der Sohn des Schmieds nickte knapp. Gonjis Verneigung fiel entsprechend aus. »Ah, du wirst Strom verzeihen müssen. Er ist der Ruhige unter meinen Söhnen, weißt du? Kann nicht gut mit Menschen reden, nur mit Tieren.«

»Ich gehe jetzt auf die untere Weide«, erklärte Strom.

Garth nickte. »Sei vorsichtig, mein Sohn!«, rief er ihm nach, als der junge Mann hinausging. Dann hängte der Schmied die schwere Feile, die er bei sich hatte, an einen Wandhaken.

»Und was kann ich jetzt für dich tun?«

»Tora hier muss neu beschlagen werden, und ich möchte ihn im Mietstall unterstellen.«

»Wir kümmern uns sofort um seine Hufe, und du wirst feststellen, dass meine Mietgebühren sehr günstig sind, wie ich finde.«

»Das sollten sie auch sein«, sagte Gonji und ließ den schwindenden Vorrat an regionaler Währung in der Kimonotasche durch seine Finger gleiten. »Zumindest bis ich umtauschen kann.« Er schüttelte traurig den Kopf. Der Schmied lachte dröhnend, und seine gut gepolsterte Körpermitte schwang rhythmisch mit.

»Du bist weit gereist«, stellte Garth fest und ächzte, als sein Rücken sich wieder mal mit Schmerzen meldete. »Falls ich mich nicht irre, bist du Soldat eines Volkes weit im Osten.«

Sie gingen gemeinsam hinaus. Gonji band Tora los, während er redete. »Gut beobachtet. Du hast schon mehr Intelligenz bewiesen als sämtliche Klotzköpfe, denen ich heute hier begegnet bin.«

Sie schlenderten zur Esse neben dem Wohnhaus des Schmieds hinüber, und Garth entfachte das Feuer.

»Ja, ich wurde als *Samurai* erzogen«, erklärte Gonji mit Nachdruck, »als Angehöriger der Kriegerklasse im japanischen Kaiserreich. Im Grunde bin ich aber heute kein Soldat mehr, sondern nur ein heimatloser Wanderer auf einer Art Suche.« Er ließ sich auf einem Schemel neben der Esse nieder und schlug dabei ein Bein unter sich. Er überlegte einen Augenblick lang und beschloss dann, Klarheit zu schaffen. »Und ich gehöre nicht zu diesen Söldnern, falls du das angenommen haben solltest.«

Garth hielt inne und lächelte. »Das habe ich gar nicht angenommen, aber es ist gut, Bescheid zu wissen.«

Gonji verschränkte die Arme und entspannte sich. *»Gut«*, sagte er auf Deutsch. »Gut. Dann können wir Freunde sein, *neh?*« Beide Männer lachten leise und voll aufrichtiger Herzlichkeit, sodass sich Gonji zum ersten Mal, seit er die Stadt betreten hatte, richtig wohl fühlte.

Der Schmied beschlug Tora, während sie weiter miteinander plauderten. Auf Gonjis Bitte erzählte Garth dann, was er über die Invasion Klanns in diesem Gebiet und die Besetzung Veduns wusste. Derweil schüttelte Gonji immer wieder den Kopf, weil er nicht glauben konnte, wie leicht es Klann gefallen war, sein Ziel zu erreichen.

»Die Burg, die ich auf dem Weg hierher gesehen habe, sah ganz schön stark aus«, stellte er nachdenklich fest. »Und du sagst, sie wäre in einer einzelnen Nacht eingenommen worden?«

»So scheint es.« Der Schmied zuckte die Achseln.

»Und dann sind Klanns Soldaten in die Stadt geritten, und niemand hat sich gewehrt? Ihr habt sie einfach hereingelassen?«

Garth senkte den Blick. »Wir sind … friedliche Menschen. Mit militärische Dingen wollen wir nichts zu tun haben.« Er wurde damit fertig, ein rot glühendes Hufeisen zurechtzuhämmern, und tauchte es ins Wasserbad. Dampf stieg auf, und Garth musste lauter sprechen, um das Zischen zu übertönen. »Wenn die Regierung der Provinz wechselt, müssen wir damit leben. Wir haben mit den Angelegenheiten unserer eigenen Stadt schon genug Sorgen.«

»Das kann ich mir vorstellen, allerdings …« Gonji rieb sich nachdenklich den Oberschenkel, aber der Schmied hämmerte schon wieder. Gonji ließ das Thema fallen und betrachtete das Spiel der mächtigen Muskelpakete.

»Gundersen lautete der Name, hm?«, fragte Gonji schließlich und blickte gen Himmel, als dächte er über etwas nach. »Weißt du, mein starker Freund, dass wir wahrscheinlich gemeinsame Vorfahren haben?«

Garth zog die Brauen hoch. »Wirklich? Wie ist das möglich?«

»Mmm.« Ein schmerzliches Zucken lief über Gonjis Gesicht. »Weißt du, wie mich meine Mutter nannte, wenn – mein Vater nicht dabei war?«

Garth zuckte die Achseln.

»Gunnar.«

»Gunnar?« Garths Augen weiteten sich erstaunt.

In Gonjis Augen funkelte Heiterkeit. *»Ja*, ein Name bei den seefahrenden Barbaren des fernen Nordens, nicht wahr? Meine Mutter war eine blonde Frau aus dem Norden, und die Geschichte, wie sie meinen Vater fand, wird häufig erzählt.«

Gonji spuckte Staub aus und trank den letzten Schluck lauwarmer Flüssigkeit aus dem Wasserschlauch.

»Ich kann ihn für dich nachfüllen«, sagte Garth und nahm ihm den leeren Schlauch ab. »Oder hättest du lieber Wein?«

Gonji seufzte dankbar. »Mein Freund, du rettest mir das Leben!«

Garth lächelte und betrat die Werkstatt, an deren Rückseite die Zimmer lagen, die ihm als Wohnung dienten. Er tauchte einen Augenblick später mit einer Kanne Wein und einem Krug auf und reichte beides dem dankbaren Samurai. *»Domo arigato«*, sagte Gonji. »Danke.«

Der Wein war Tokaier, kühl und würzig, reiner Nektar, der Gonjis trockene Kehle labte. Während er davon trank, betrachtete er die Passanten, die ihre Schritte beschleunigten, sobald sie ihn in der Werkstatt entdeckten. Manche winkten Garth zu oder riefen knappe, halbherzige Grüße. Alle wichen Gonjis Blick aus, abgesehen von einer Person: einem Mann mit lockigen Haaren vor der nahen Stellmacherei, der immer wieder mürrisch herüberblickte, während er die geborstenen Speichen eines Rades reparierte. Der Mann ähnelte sehr demjenigen, der auf dem Marktplatz so innig getrauert hatte, und verriet in jeder Hinsicht seine romanische Herkunft. Ein gebückter und barfüßiger Graubart, der lediglich einen Lendenschurz trug, gackerte vor sich hin, während er auf dem Grundstück der Stellmacherei herumlief und mit dem Italiener zusammenarbeitete. Gonji brauchte einige Zeit, bis ihm klar wurde, dass der alte Mann blind war.

Garth betrachtete den Fremden verstohlen, während er arbeitete. Zu schade, dachte er, zu schade, dass er nicht zu denen gehört. So vieles würde ich gern erfahren! Vieles, was ich ihn hätte fragen können. Lieber Gott – *zwei* Ringe aus Purpur! Das konnte nur heißen … Fast schon komisch. Wir sind von Kriegern besetzt, und der einzige Krieger, der meine Werkstatt aufsucht, zeigt Bereitschaft zu reden, kann mir jedoch nichts über Klann erzählen. Nur eine weitere Prüfung, lieber Gott, eine weitere Prüfung der Gelassenheit und Geduld. Und ich nehme sie an. Aber bitte, *bitte* hilf Lydia dabei, das Temperament des armen Michael im Zaum zu halten. Es war so schrecklich in der Höhle. Was für eine Szene …

Nach einer Weile meldete sich Gonji wieder zu Wort, denn seine Neugier wuchs. »Wer war der Junge, dessen Leiche ich mitgebracht habe?«

Garth blickte überrascht auf. »*Du* warst das?«

»Ich dachte, du hättest es gesehen.«

»Oh, nein … Nein, es tut mir leid. Es war eine furchtbare Geschichte, schrecklich. Ich war so erschrocken, schätze ich … Es war Mark Benedetto, der Bruder Michaels, eines jungen Ratsherrn. Danke, dass du das Mitgefühl aufgebracht hast, die Leiche herzubringen. Es … aber diese armen Leute, Michael und Lydia …« Er verstummte, und seine tiefe Sorge spiegelte sich in seinen Zügen wider.

Gonji betrachtete ihn forschend.

»Du musst auch hungrig sein«, stellte Garth eine Weile später fest. »Im Futterkorb wird es inzwischen Schweinebraten und frisches Brot geben.« Die Augen des Schmieds verrieten aufrichtige Sorge, und Gonji nickte dankbar. Dann jedoch runzelte er die Stirn.

»Ich war schon dort«, sagte er. »Ah, sagen wir mal, dass das Begrüßungskomitee und ich auf Anhieb keine Freundschaft geschlossen haben.«

»Oh«, flüsterte Garth. Dann hellte sich seine Miene auf, und er versetzte Gonji einen Klaps auf die Schulter. Der Asiate war schon lange an diese körperbetonten Ausdrucksformen abendländischer Freundlichkeit gewöhnt, aber sie gefielen ihm nach wie vor überhaupt nicht. »Dann isst du mit uns, sobald meine Söhne zurückkommen«, bot ihm der Schmied fröhlich an.

Gonji verneigte sich. »Du bist sehr freundlich.«

»Nicht der Rede wert. Du sagst, du seist auf der Suche. Was suchst du so fern deiner Heimat?«

Gonji lächelte. »Ich glaube, das weiß ich auch nicht so genau«, sagte er wehmütig. »Vielleicht ist es nur ein Name oder die Saat eines Gedankens, in den Wind geflüstert, um dort Wurzeln zu schlagen, wohin auch immer sie getragen wird.« Er lauschte dem Echo der eigenen Worte, und der Poet in ihm lächelte zufrieden über ihren Klang.

»Es ist eine lange Geschichte«, begann Gonji. »Weißt du, als erstgeborener Sohn eines mächtigen *Daimyo* oder Kriegsfürsten bin ich der Erbe seines Landes, seiner Truppen und seines Geldes ...« Er schüttelte ironisch lächelnd den Kopf. »Von Kindesbeinen an lebte ich nach den Regeln der disziplinierten Kultur meines Vaters. Von meiner abendländischen Mutter hingegen erbte ich ... andere Dinge. Stets fiel ich wegen meines rastlosen Geistes und meiner Abenteuerlust auf. Es schien, als würde ich fortwährend für irgendeine neue Unüberlegtheit bestraft, die ich tief in meinem Innersten nicht verstand. Oh, ich habe meine Lektionen gut gelernt und denke, dass ich das Kampfgeschick meines Vaters besitze, aber ich verletze ihn sehr oft mit meinem Eigensinn.

Und dann war da die bittere Rivalität mit meinen Halbbrüdern, den Söhnen, die seine Gattinnen ihm geboren hatten. Stets wetteiferten sie um die Position des Lieblingssohnes. Erwischten mich bei irgendwelchen Missetaten. Schmeichelten sich bei meinem Vater ein. Sie wussten, dass einer von ihnen das Erbe erhalten würde, falls ich ... Wie nennt ihr das? Enterbt würde? Oder im Fall meines Todes. Ich selbst suchte stets Möglichkeiten, ihre Pläne zu vereiteln, sie mit Hilfe meiner überlegenen Bildung und Ausbildung bloßzustellen.«

»Damit kenne ich mich auch aus«, unterbrach ihn Garth. »Dass mein Sohn Lorenz – den ich heute von Geschäften in Buda zurückerwarte – ausgerechnet jetzt, wo wir in einem solchen Schlamassel stecken ...« Er wurde grimmig, aber die Stimmung legte sich auch schnell wieder. »Was ich jedoch sagen wollte: Er zeigt den anderen manchmal gern, was er alles gelernt hat. Für einen Vater kann das ein Problem sein.«

Gonji seufzte und rutschte herum. »Na ja, davon hatte mein Vater seinen Anteil, und ich hoffe, in deiner Familie führt es nicht zum gleichen Ende.« Er brach ab und musterte Garth konzentriert. »Sagen wir nur, dass es schließlich zu Gewalttätigkeiten kam und mir keine andere Wahl blieb, als meiner Wanderlust zu folgen.

Jedoch ehe ich das Kaiserreich verließ, suchte ich einen alten Shintopriester auf, meinen früheren Lehrer und guten Freund. Er sagte stets, ich würde eines Tages jemandem begegnen, der mir sehr ähnlich wäre – jemand, bei dem Herkunft und Geist im Streit lägen, jemand, der genauso über die Geheimnisse des Universums nachsänne, wie ich es tat. Beim abschließenden Besuch fand ich ihn auf seinem Sterbebett. Ehe ich ihm erzählen konnte, was geschehen war, nickte er, als hätte er schon verstanden. Mit dem letzten Atemzug schickte er mich gen Westen, um dieses Wesen zu suchen, das mir womöglich mein Schicksal weisen könne – er nannte dieses Wesen den Wind des Todes.«

Gonji hatte diese abschließende Offenbarung absichtlich dramatisch gestaltet, und er bemerkte, wie der Schmied unwillkürlich seine Muskeln spannte.

»Hast du diesen Namen jemals gehört?«, fragte der Samurai.

Garth wischte sich den Schweiß von der breiten Stirn und antwortete beiläufig: »*Ja*, vielleicht. Es ist eine Legende, die abergläubische Menschen manchmal erzählen. Ist sie wirklich so weit verbreitet? Selbst dein Heimatland ist hier kaum mehr als eine Legende.«

»Niemand dort hat jemals mit mir darüber gesprochen, abgesehen von diesem sterbenden Priester. Zehn Jahre lang bin ich seitdem auf ihrer Spur. Ich habe feindselige Länder durchquert, barbarische Einöden, abgelegene Gebirgsregionen – konnte unterwegs sogar selbst meinen Namen zu einer Legende machen – das Rote Schwert des Ostens, so nannte man mich. Schon mal davon gehört?«

»Ich denke, nein.«

Gonji war enttäuscht. »Egal. Jedenfalls bin ich immer weiter nach Westen vorgedrungen, habe Sprachen gelernt, mich intensiv mit der jeweiligen Volkstumskunde beschäftigt, habe in vielen Armeen als Soldat gedient und Kampftechnik gelehrt.« Er seufzte ausgiebig. »Der Name *Wind des Todes* sagte den meisten Menschen, denen ich begegnet bin, nichts. In manchen nördlichen Gebieten kannten die Leute, die davon gehört hatten, einen anderen Namen dafür – Grejkill, das Tier mit der Seele eines Menschen. Sie sagten jedoch, kein *lebender* Mensch wolle oder könne mich zu ihm führen.

In Burgund erzählte ich einer Gruppe von Mönchen auf Pilgerfahrt meine Geschichte. Sie diskutierten und gerieten untereinander in Streit, ehe sie einräumten, dass sie etwas über die Legende vom Wind des Todes wussten, und schickten mich ein Stück weit zurück nach Osten.

Vor wenigen Wochen begegnete ich zufällig einem wahnsinnigen Einsiedler, kahlköpfig und auf einem Auge blind. Er versuchte, mich mit seinem Stab zu töten, als ich auf den Wind des Todes zu sprechen kam. Das hat mich, äh, gewissermaßen überzeugt, dass ich meinem Ziel näher kam.« Garth quittierte diese Feststellung mit einem heiseren Lachen, das eher einem Räuspern glich, und Gonji lächelte. »Ich musste ihn entwaffnen und bei meiner Ehre schwören, dass es Priester waren, die mich geschickt hatten, um nach diesem schwer fassbaren Wesen zu suchen. Und ich log nicht: Dieser Wind des Todes scheint sich ausschließlich heiligen Männer gezeigt zu haben. Der Einsiedler schickte mich jedoch hierher nach Vedun.«

»Es tut mir leid, dass du in einer Sackgasse gelandet bist.«

»Vielleicht ist es gar keine Sackgasse«, entgegnete Gonji. Er erinnerte sich an etwas. »Kennst du jemanden namens Simon Sardonis?«

Garth wurde starr; der Name zeigte bei ihm eine unverkennbare Wirkung. Allerdings spielte der Schmied den Gleichgültigen, als er Gonjis Blick erwiderte. »Nein, ich denke, nicht. Soll er aus dieser Gegend stammen?«

»Ich weiß nicht. Ich soll ihm eine Nachricht von einem ... gemeinsamen Bekannten überbringen.« Er hielt im Gesicht des Schmieds nach einer Reaktion Ausschau. Sie erfolgte in Form eines lauten Schmerzensschreis, als Garth von der Esse zurücksprang und seine versengte Hand schüttelte.

»Ah, was bin ich doch für ein ungeschickter Tolpatsch!«, rief Garth. »*Danke, danke* – ich danke dir«, setzte er hinzu, als ihm Gonji ein Tuch brachte, um die Hand damit zu verbinden. »Als Schmied erlebt man so was oft.«

Garth prüfte, wie gut er noch mit der Hand umgehen konnte,

und zeigte sich zufrieden. Gonji füllte seinen Becher neu und hockte sich auf die Kante der Werkbank. Der Schmied setzte seine Arbeit an Tora fort. Einen Augenblick später leuchtete Gonjis Gesicht auf, als ihm etwas wieder einfiel, und er ging zu seinen Satteltaschen hinüber und holte die beiden Hälften des zerbrochenen Geschenkschwerts hervor.

»Denkst du, dass man das reparieren kann?«

Garth kam von der Esse herüber und betrachtete die Stücke. »Ich denke, ja.«

»Es hat für mich einen hohen sentimentalen Wert.«

»Ich hoffe, du verzeihst mir, dass ich so offen bin«, sagte Garth, »aber dieser Stahl ist ziemlich brüchig, da er viel zu hastig geschmiedet wurde. Ich denke, dass sich ein Krieger sich auf keinen Fall zu sehr auf diese Waffe verlassen sollte.«

»Sie ist nicht für den Kampf gedacht«, erklärte ihm Gonji, dem nicht entgangen war, wie treffend der Schmied die Waffe bewertet hatte. »Es ist ein Schmuckstück, das mir meine Mutter gab, kurz bevor sie starb.«

Gonji nahm das Ersatz-*Katana* vom Sattel und zog die Waffe aus der Scheide, damit Garth sie inspizieren konnte. »*Das* hier«, sagte der Samurai stolz, »ist aber sehr wohl eine Waffe.« Er reichte sie Garth.

Der Schmied führte mit dem gekrümmten Schwert einige elegante Hiebe durch die Luft aus und nickte. Gonji verfolgte aufmerksam seine Bewegungen.

»*Ja*«, sagte Garth mit nicht geringer Bewunderung, »es ist sehr schön ausgewogen. Es scheint die Luft mit seiner eigenen Energie zu zerteilen. Schöner Guss ... guter Griff – und eine prachtvolle Schneide. Aber – so *leicht!* Hält es größeren Belastungen stand?«

»Ein ausreichend starker Kämpfer kann damit Rüstungen durchhauen, und es muss nur selten nachgeschliffen werden. Klingen dieser Art findet man in keinem Land, das ich besucht habe. Und dieses Stück ist noch ein sehr gewöhnliches, wie es

Samurai gemeinhin besitzen. Aber *dieses hier* ...« Gonji zog das Sagami. Es glitt singend aus der Scheide und summte geheimnisvoll, während Gonji damit eine Serie präzise bemessener, blendend schneller Hiebe ausführte. »Das ist ein *Sagami*«, sagte er ehrfurchtsvoll, »das Werk eines der größten Schwertschmiede der Welt. Ein ganzes Jahr lang in der Esse. In jeder Hinsicht eine seltene und wunderbare Klinge! Wie ich in ihren Besitz gelangt bin, das ist selbst schon eine abenteuerliche Geschichte. Ich führe dieses Ersatzstück dort mit, weil ich mir immer wieder sage, dass ein solches Schwert jedweder Bewunderung würdig ist, aber nicht in jeder gewöhnlichen Schlacht verwendet werden sollte. Allerdings ist es zu einem Bestandteil meines Arms geworden. Und was seine Stärke angeht ...«

»Wird unser Haus angegriffen, oder haben wir gerade einen neuen Helfer eingestellt?«, fragte eine bissige Stimme.

Weder Garth noch Gonji hatten bislang die kleine Traube Neugieriger bemerkt, die sich auf der anderen Straßenseite versammelt hatte und die schwertkampftechnische Demonstration in der vorne offenen Werkstatt verfolgte. Jetzt wandten sich beide der Straße zu. Vier Reiter bildeten das Zentrum der Menschentraube, die sich nervös näherte, um einen besseren Blick zu erhalten.

»Ah, Lorenz!«, rief Garth und lief hinaus. Gonji senkte das Schwert und hielt es locker mit der rechten Hand. Er ging langsam hinaus, bis er unter dem Zeltdach vor der Werkstatt stand, und bemühte sich nach Kräften um eine unverbindliche Miene. Besorgte Blicke folgten ihm – wie von Tieren des Waldes, die misstrauisch einen Eindringling in ihr Reich beäugten. Der italienische Stellmacher stand glotzend vor den anderen und betrachtete Gonji von Kopf bis Fuß. Die meisten der Übrigen wichen hingegen dem Blick des Samurai aus. Er fragte sich, was sie wohl am stärksten beunruhigte ... das Schwert? Der Haarknoten? Seine Augen? Bei diesen Gedanken juckte es ihn richtig.

Herzlich begrüßte der Schmied Lorenz, einen seiner Söhne,

der von einer Geschäftsreise zurückgekehrt war. Lorenz war ein großer, schlanker Mann mit fuchsroten Haaren und den ausdrucksvollen Zügen eines Schauspielers. Die listigen blauen Augen passten zu dem azurblauen breitkrempigen Hut, der leicht schief auf seinem Kopf saß und die Stirn halb überschattete, und der leichte Mantel verlieh ihm einen Hauch kühler Würde. An einem Finger trug er einen imposanten goldenen Ring mit einem Amtssiegel. Er stieg jetzt vom Pferd und begrüßte höflich seinen Vater. Ihr gemeinsames Lachen klang bemüht, und den knappen Antworten und den nervösen Bewegungen konnte man entnehmen, dass Lorenz mit seinen Gedanken an der gleichen Stelle weilte wie die anderen.

Bei Gonji.

Gonji seinerseits bemühte sich, gleichgültig zu erscheinen, und war damit ungefähr so erfolgreich wie eine Viper in einem Kaninchenbau. Er spürte den harten, forschenden Blick eines der anderen Reiter. Ein Blick reichte, um zu erkennen, dass dieser Mann ein weiterer Sohn Garths war; in einer Generation würde er der Schmied *sein*, falls er nicht auf sein Gewicht achtete. Er entsprach Gonji an Körpergröße, übertraf ihn jedoch an Knochenbau und Muskelmasse – ein kräftiger junger Mann von unaufdringlich gutem Aussehen und mit einer gewellten braunen Mähne. Seine dunklen Augen flackerten wachsam, und in ihnen glühte in diesem Moment dieselbe Leidenschaft, die seine Lippen zucken ließ. Er knetete schon die ganze Zeit die Zügel mit schwitzender, schwieliger Handfläche, und als er sie schließlich losließ und sich aus dem Sattel schwang, wandten sich ihm alle Blicke zu.

Seine Augen waren auf Gonji gerichtet.

Der zornige junge Mann stürzte sich förmlich auf seinen Vater und seinen Bruder. Garth hob eine Hand und unterbrach Lorenz mitten im Satz, aber ehe er selbst etwas sagen konnte, sprudelten die Worte des anderen Sohns hitzig hervor. Mit dem ersten Wort wurde Gonji klar, dass dieser Mann es gewesen war, nicht

Lorenz, der vor wenigen Augenblicken aus dem Sattel gesprochen hatte.

»Nun, wenn es sonst niemand tut, werde *ich* darüber sprechen!«

»Wilfred«, mahnte ihn Garth zur Vorsicht. Die Meute hielt die Luft an.

»Was hat *er* eigentlich hier zu suchen?«, knurrte Wilfred und deutete auf Gonji. »Warum sind alle so ruhig? Was haben diese Leute mit uns vor? Was ist mit den Dienstboten auf der Burg geschehen?«

»Wilfred!«, rief Garth streng und brachte ihn so zum Schweigen. Gonji starrte zu Boden und steckte das Sagami mit einer gewandten beidhändigen Bewegung, die eine beredte Warnung sein sollte, langsam in die Scheide zurück. Garth trat einen Schritt vor und schob sich mit seiner unaufdringlich kraftvollen Ausstrahlung beruhigend zwischen die beiden Männer. Noch immer hielt er, ohne dass es ihm offenbar bewusst war, das Ersatzschwert in der Hand.

»Beruhige dich, Wilfred«, sagte Lorenz gelassen. »Wir wissen nicht mal, was hier geschieht. Vater?«

Garth ignorierte ihn jedoch. »Dieser Mann ist unser Gast, Wilfred. Nur ein Reisender. Er weiß nichts über diese Invasionsarmee. Ich erwarte von dir, dass du dich ihm gegenüber höflich benimmst, verstehst du?«

Wilfred holte bebend Luft. »Ich ... ich mache mir Sorgen um Genya. Ich bin zur Burg geritten, und dort hat man ...«

»Was hattest du denn auf der Burg verloren?«, wollte Garth mit finster gerunzelter Stirn wissen.

»Ich wollte erfahren ...«, bellte Wilfred, »... *musste* einfach erfahren, was mit den Dienstboten des Barons geschieht! Ich habe Angst um Genya. Man wollte mich nicht vorlassen. Was wird aus ihnen? Weißt du es?«

»Alles zu seiner Zeit«, beruhigte ihn Garth. »Wir können derzeit nichts unternehmen. Der Rat wird sich bemühen ...«

»Und bis dahin?«, fragte Wilfred besorgt. »Was soll ich mir denn denken, bis wir es endlich wissen, hm?« Sein Blick huschte umher und fand nirgendwo Trost.

»Du tust so, als beträfe es nur dich allein ...«

»Ich weiß nur, was in *mir* vorgeht, worüber *ich* mir Sorgen mache«, sagte Wilfred bebend.

Gonji erkannte in Garths Miene schmerzliches Verständnis, ein Verständnis für die wirren Ängste der Jungen.

»Alle haben Angst, mein Sohn. Michaels Bruder ist tot.«

»Mark – *tot?* Wie?«, fragte Lorenz und trat näher heran.

Wilfreds Augen wurden größer. »Wie?«, echote er. »Diese Banditen?«

Garth hob eine mächtige Hand. »Niemand weiß es so recht. Dieser Mann jedoch hat uns die Leiche gebracht. Wir stehen in seiner Schuld.«

Alle musterten Gonji argwöhnisch, der jedoch froh war, dass dieses Thema jetzt zur Sprache kam. Es bot ihm reichlich Gelegenheit, eine verletzte Miene zu dieser unfreundlichen Haltung an den Tag zu legen. Er rieb sich den Bart und genoss ihre Verlegenheit.

Lorenz und Wilfred senkten beide die Köpfe. Garth wurde erneut auf die Blicke der sensationshungrigen Meute aufmerksam und trat auf die Leute zu. »Ich habe hier einen Gast. Und mein Sohn kommt gerade von einer Reise zurück. Wir müssen über vieles reden. Wartet nicht Arbeit auf euch alle?« Die sanfte Stimme hatte sich zu einem lauten Grollen emporgeschwungen, das Gonji überraschte.

Die Schaulustigen zerstreuten sich, und manche warfen noch nervöse Blicke auf das Schwert in der mächtigen Faust, ehe sie gingen. Der finster blickende Stellmacher blieb schließlich allein zurück; er lehnte am Pferch und drehte ein Stück Hanf in den Händen.

»Paolo«, wandte sich Garth an ihn, »ich denke, dein Meister

wartet auf dich.« Paolo wandte sich mit dreistem Widerwillen ab und sah, dass der blinde alte Meister der Stellmacherei mit einer Hand über die Speichen des Rades fuhr, während es sich auf einem Schaft drehte. Dabei schnalzte der alte Mann vor sich hin und schüttelte erkennbar unzufrieden den Kopf. Mürrisch entfernte sich der Lehrling.

Garth gab Gonji das *Katana* zurück. »Meine Söhne«, sagte er, »das hier ist Gonji – ah ...«

»Sabataké«, beendete Gonji die Vorstellung für ihn und verbeugte sich förmlich. Lorenz erwiderte die Verneigung auf die höfische europäische Art. Wilfred zierte sich einen Augenblick lang unsicher. Dann trat er auf Gonji zu und reichte ihm die Hand.

»Das ist Lorenz«, sagte Garth und warf sich stolz in die Brust, »der Kämmerer unserer Stadt. Der Mann mit Grips in der Familie ...«

Wilfred verdrehte dazu sarkastisch die Augen. Er drückte Gonji fest die Hand.

»... und natürlich Wilfred, mein schwieriger Assistent und der Sportler der Familie«, ergänzte Garth mit einem Ausdruck tiefer Zuneigung und hilfloser Gutmütigkeit, wie ein Vater sie für sein Problemkind zu demonstrieren pflegt.

»*Ja*, der bescheidene Schmiedelehrling«, sagte Wilfred mit vorgeschobenem Unterkiefer, während er Gonjis Hand wie in einem Schraubstock hielt. Und unvermittelt ertappte sich der Samurai bei einem Kräftemessen mit dem robusten jungen Mann. Sie blickten einander forschend in die Augen und drückten heftig zu. Wie auf einen Befehl hin ließen dann beide gleichzeitig los und bekundeten einen aufrichtigen gegenseitigen Respekt vor den Muskeln des anderen.

»Nenne mich Wilf«, hörte Gonji ihn leise sagen. Er nickte und lächelte.

»Du musst den Ausbruch meines Bruders verzeihen«, sagte Lorenz, einen Anflug von Hochmut in der Stimme. »Er ist zurzeit ein wenig verliebt.« Gonji sah, wie Wilfs Ohren rot anliefen.

»Für dich ist es leicht, darüber zu scherzen, nicht wahr, ›Mann mit Grips‹?«, schalt ihn Wilf.

»Das reicht!«, verlangte Garth müde, anscheinend an diese Geplänkel zwischen den Brüdern gewöhnt. »Gonji ist ein Reisender aus dem sagenumwobenen Fernen Osten«, fuhr er fort, und in seinen Augen funkelte es.

Lorenz wischte sich derweil mit einem Taschentuch den Staub der Straße aus dem Gesicht. Jetzt hörte er damit auf und zog die Brauen hoch. »Was für eine lange Reise«, sagte er zu Gonji. »Und dein Volk hat ganz sicher unverwechselbare Merkmale.«

Mit diesen Worten kehrte er scheinbar gelangweilt zu seinem Pferd zurück, als hätte er die Begegnung schon vergessen. Gonjis Blick folgte dem Regierungsbeamten, während dieser wieder auf sein Ross stieg und sich zu den beiden berittenen Gefährten gesellte. Der Samurai überlegte, ob man ihn gerade beleidigt hatte.

»Wir haben später noch über Vieles zu reden«, erklärte Lorenz. »Vorläufig reite ich zum Rathaus, um mal zu sehen, was unter dieser ... neuen Regierung aus diesem Ort geworden ist.«

»Ah – einen Augenblick«, sagte Garth und hielt ihn mit einem Wink auf. Er nahm Gonjis Golddublonen, damit Lorenz sie gegen Taler einwechseln konnte. Lorenz nahm sie wortlos entgegen und tippte sich zum Abschied an den Hut.

Als er losritt, rief Garth ihm noch nach: »Und Brot, Lorenz! Bring Brot fürs Abendessen mit! Und Wilfred, du fängst lieber gleich damit an, das Mahl zuzubereiten, ja? Gonji isst mit uns.«

Er lächelte und nickte Gonji zu, der sich höflich verneigte, dann zur Straße ging, sich an einen Pfosten lehnte, der zum Anbinden von Pferden diente, und Wein trank, dessen Wärme sich in ihm ausbreitete und seine Anspannung milderte. Gleichzeitig lauschte der Samurai aufmerksam dem, was hinter ihm gesagt wurde.

»Reden wir später darüber?«, hatte Wilf gerade seinen Vater

gefragt. »Über all das ... die Burg ... über Genya?« Seine Stimme hatte leise, aber eindringlich geklungen. Vom Schmied war keine Antwort gekommen, aber Gonji spürte, dass Vater und Sohn unter der gleichen nervösen Anspannung standen. Das beschwor Erinnerungen an die eigene Jugend herauf.

Hai, dachte Gonji, ich würde selbst gern hören, was du gegen diesen Abschaum zu unternehmen gedenkst. Gegen Klann und seine Armee von Schakalen. Der Samurai spürte Wilfs Verdrossenheit, den Zorn über den plötzlichen Wandel, der wie ein Wind durch die Stadt gefegt war, der ein Sommergewitter ankündigte. Er lauschte der metallisch klirrenden Illusion von einer Rückkehr zu einem normalen Leben, als Garth damit fortfuhr, Tora zu beschlagen.

Gonji spürte, wie sich eine Wärme in ihm ausbreitete, die auf mehr als nur den Wein in seinem Magen zurückging, und zum ersten Mal seit Tagen fühlte er sich ziemlich gut. Vielleicht hatte er sogar einen Freund gefunden. Er fuhr mit der Hand leicht über den Griff des Sagami, fühlte die lebendige Kraft darin, die an das Wohlgefühl erinnerte, wie man es empfand, wenn man das Spiel der eigenen Muskeln spürte.

Zwei junge Frauen gingen vorbei und blickten zuerst in die Werkstatt und dann auf Gonji. Als sie sahen, dass er ihren Blick erwiderte, wandten sie die Köpfe ab, aber ihre leicht aufreizende Haltung strafte die vorgespielte Schüchternheit Lügen. Die eine von ihnen, die Gonji näher stand, warf ihm einen verstohlenen Blick zu, und er blinzelte sie kurz an. Sittsam wandte sie sich sofort wieder ab, und Gonji lachte leise über die Verspieltheit und den ewigen Optimismus der Jugend, der sich selbst der bedrohlichsten Krise widersetzte. Während er den jungen Frauen nachblickte, ertappte er sich dabei, wie er sich nach weiblicher Gesellschaft sehnte.

Fast körperlich spürte er Blicke auf sich ruhen und schaute eine Sekunde später in die missmutigen Augen Paolos, der nach wie vor aus der Stellmacherei herübersah, während er lustlos seiner Arbeit nachging. Gonji war nicht in Stimmung für das Duell, wer als Erster die Augen niederschlug, und schlenderte zurück in die Werkstatt.

Er sah den Gundersens bei ihrer Arbeit zu und fragte sich dabei: Wo hatte der Schmied gelernt, so gewandt mit einem Schwert umzugehen? Und was hatte ihn beunruhigt, als Gonji ihn nach dem Wind des Todes fragte?

Dieser Bär von einem Mann, der so sanft redete, entpuppte sich nach und nach als ein ganzes Bündel von Geheimnissen.

KAPITEL ZWÖLF

Sie aßen Schweinebraten und frisches Roggenbrot, verschiedene gekochte Gemüse und zum Nachtisch einen dicken süßen Pudding, und sie spülten das alles mit Ale und Wein hinunter. Gonji strahlte nach diesem herzhaften Mahl geradezu vor Zufriedenheit. Ihm war danach, ein Lied anzustimmen – einer der Schlachtengesänge, die er von seiner Mutter kannte, wäre ihm dabei gerade recht gewesen, wenn er nicht hätte befürchten müssen, dass seine Gastgeber ihn vielleicht für verrückt halten würden.

Während des Mahls gestattete sich Gonji, seinen Mitessern den satten Eindruck der Zufriedenheit zu vermitteln, wobei er in seiner Wachsamkeit jedoch nie wirklich nachließ. Schon lange hegte er Argwohn gegenüber der allzu bereitwilligen Freundschaft friedlicher Menschen. Zu oft verbarg sich dahinter Verachtung. In der Gesellschaft von Kriegern fühlte er sich viel wohler, denn dort traten echte Gefühle rasch zutage und waren verlässlich, so feindselig sie auch gelegentlich sein mochten.

Von den Gundersens zeigte nur Wilf seine Gefühle ganz offen, und Gonji ertappte sich dabei, wie er sich für ihn viel bereitwilliger erwärmte als für seine reservierte Familie. Wilfs kräftige Muskeln und das ungeschlachte Äußere passten nicht recht zu dem Funken echter, wenngleich ungeschliffener Intelligenz und zu seinem beißenden Witz. Und erheitert entdeckte Gonji in Wilf die überbordende Begeisterungsfähigkeit der Jugend für alles Neue und Unbekannte. Mit launischer Leichtigkeit wechselte Wilf von quälender Angst um seine Geliebte auf der Burg über blinden Zorn und Forderungen nach aktivem Widerstand gegen die Invasoren zu enthusiastischem Interesse für den Lebensstil der Samurai und den Kodex des *Bushido* sowie Gonjis eigenen Erfahrungen in der Kriegsführung. Gonji lächelte, während er verfolgte, wie Wilf die Speisen in großen, schnellen Bissen hinunterschlang, wobei er kaum einmal zu schlucken schien, nur um ununterbrochen weiterreden zu können.

Er glich einem Hund. *Hai*, einem starken deutschen Schäferhund. Zäh und aggressiv, stets bereit, sein Revier zu verteidigen. Wahrscheinlich nur so weit vertrauenswürdig, wie seine eigenen Absichten nicht behindert oder verletzt wurden.

Es bereitete Gonji stets großes Vergnügen, Menschen zu charakterisieren, indem er nach wesensgleichen Verwandten im Tierreich suchte. Wilfred Gundersen war ein starker Hund, aber sein Bruder Lorenz – ahhh …

Der Stadtkämmerer brachte im einfachen Haus seines Vaters etwas an den Esstisch, was Gonji als unpassende Demonstration von Eleganz empfand. Er benahm sich zurückhaltend, redete und speiste spärlich und bedachte den Samurai gelegentlich mit prüfenden Blicken, während er zugleich Äußerungen von sich gab, die Gonji als scharfsinnige Bemerkungen empfand. Von allen, die zu Tisch saßen, hatte sich allein Lorenz für den Anlass umgezogen: saubere Flanellhose, weit geschnittenes Hemd und eine kunstvoll mit Brokat verzierte Weste, wahrscheinlich spanischer Herkunft, die Gonji in dieser bescheidenen Umgebung als Gipfelpunkt dekadenten Firlefanzes erschien. Die Übrigen hatten das Mahl mit einem beliebten einheimischen Landwein begonnen, das billig war und in großen Mengen getrunken wurde. Lorenz hingegen hatte eine Flasche eines seltenen deutschen Jahrgangs geöffnet und jedem eine Kostprobe angeboten, wobei er die überhebliche Bemerkung fallen ließ, dass er ihren Gaumen wohl ein wenig streng erscheinen würde. Gonji – stets darauf bedacht, sich als mindestens ebenso kultiviert zu erweisen wie jeder Europäer – war der Einzige, der um einen zweiten Schluck bat, obwohl er das Getränk tatsächlich so trocken fand, dass es ihm geradezu das Gesicht verzog.

Lorenz Gundersen. Der älteste Sohn. Groß und hager, die Haut zu bleich nach Jahren, die er, fern jeden Sonnenstrahls, über Büchern und Papieren verbracht hatte. Elegant und vornehm, stets beherrscht. Niemals gesellschaftliche Umgangsformen verletzend, aber allzu scharfsichtig und streng, was die Verstöße anderer gegen die feinen Manieren betraf. Eingebildet, der eigenen Überlegenheit gewiss. Reserviert und eitel. Eine Katze – *hai*, das war er. Eine Katze.

Bruder Strom konnte nur ein Eichhörnchen sein. Er war der Kleinste der Gundersens und strahlte eine nagetierhafte Nervosität aus, die zu seiner Größe passte; er war erst spät von der Weide gekommen und verzehrte sein Mahl, ohne sich um irgendetwas anderes als den eigenen Bauch zu sorgen. Er zeigte sich ein wenig beunruhigt darüber, dass Gonji mit zu Tisch saß, und verhielt sich wortkarg, legte beim gierigen Hinunterschlingen des Schweinebratens nur Pausen ein, um sich zu vergewissern, ob Gonji ihn anblickte. Um nichts in der Welt bekümmert außer die Belange des eigenen unbedeutenden Lebens. Wenn er mal das Wort ergriff, dann richtete er es gewöhnlich an Lorenz, um ihn nach irgendeiner Einzelheit seiner Reise zu fragen. Eindeutig hatte er den ältesten Bruder am liebsten, der ihn mit geduldiger Herablassung behandelte. Und beide schienen sich gegen Wilf verbündet zu haben; Strom verfiel jeweils in eine selbstsichere Was-weißt-du-denn-schon-Haltung, wann immer Wilf anderer Meinung als Lorenz war. Er war tatsächlich ein lebhaftes kleines Eichhörnchen.

Was Papa Garth anging, so bestätigte sich Gonjis ursprüngliche Einschätzung. Er war ein großer gutmütiger Bär, der seinen Jungen geduldig Anstöße in die richtige Richtung gab. Er speiste mit Genuss, lachte herzhaft und verfiel, wenn das Gespräch jeweils eine ernste Wendung nahm, in ein beinahe ehrfürchtiges Schweigen. Gelegentlich warf er ernste Blicke auf seine Söhne, zumeist Wilf, wenn es so schien, als verhielten sich diese nicht angemessen genug (oder, dachte Gonji, wenn es den Anschein hatte, als wollten sie mit Informationen herausrücken, die besser zurückgehalten werden sollten). Nach wie vor ein Geheimniskrämer, so liebenswürdig er auch war. Gonji überlegte, ob er nach der Gattin des Schmieds fragen sollte, verwarf dieses Vorhaben jedoch als indiskret. Dem Haus der Gundersens mangelte es sichtlich an jedweder ordnenden Einwirkung von Frauenhand, und Gonji vermutete, dass Garth wohl Witwer war.

»Ich möchte herausfinden, was mit Genya geschehen ist«, beharrte Wilf und starrte in seinen Kelch. Seine Augen waren glasig. Wahrscheinlich hatte er bereits einiges zu viel intus.

Lorenz schnaubte abschätzig und unterstrich damit Garths ausgiebigen Seufzer. »Ich denke, wir haben derzeit wichtigere Probleme, lieber Bruder.«

»*Nichts* ist mir wichtiger als ...«

»Zum Beispiel, wer die Banditen und Wilderer von den Herden fernhält«, sagte Strom zu niemandem speziell und kratzte sich gedankenverloren den Kopf. »Und die Werwölfe.«

Lorenz betrachtete Strom mit schräg geneigtem Kopf und verdrehte die Augen. »Werwölfe gibt es nicht, Dummkopf. Jedenfalls nicht hier, und das schon seit langem.« Er schmiegte die langen weißen Finger um seinen Becher und atmete das Bouquet des Weins ein.

»Wilfred«, sagte Garth mit leiser und ernster Stimme, »das Mädchen kann auf sich selbst achtgeben.«

»Was meinst du damit?«, fragte Wilf schleppend und mürrisch. »Sie ist jung und hilflos und ...«

»*Wohl* gibt es Werwölfe«, unterbrach ihn Strom, und sein Blick huschte für einen kurzen Augenblick zu Gonji hinüber. »Wie war es denn damals, als Junie und ich ...«

»Halt die Klappe!«, rief Wilf. »Genug von deinem Werwolfgerede, du Trottel!«

Sie zankten sich. Garth schlug mit der mächtigen Hand auf den Tisch, dass das Geschirr hüpfte.

»Das reicht jetzt von euch beiden!«, sagte er und lief ein wenig rot an. »Wir hatten heute schon genug Gewalt in Verdun, *versteht ihr?* Kapiert ihr das?« Beide nickten und hingen verdrossen ihren eigenen Gedanken nach.

»Wer noch außer Mark?«, erkundigte sich Lorenz nach einer Weile.

»Herr Koski«, antwortete Garth. »Und Kovacs der Sattler.« Er bekreuzigte sich und sprach lautlos ein Gebet.

Wilf runzelte die Stirn. »Lotties Vater?«

Garth nickte ernst. »Sie wurde zur Burg geführt. Er hat sich dagegen gewehrt ...« Er brach ab.

Wilf sackte gegen die Stuhllehne und blickte Gonji mit gerunzelter Stirn an. »Eine Freundin Genyas.«

»Warum haben sie Mark umgebracht?«, erkundigte sich Lorenz.

Garth schüttelte hilflos den Kopf. »Er war ... allein im Wald. Gonji hat ihn gefunden.« Die Söhne sahen Gonji an, hofften auf weitere Erklärungen, aber der Samurai blickte dem Schmied forschend ins Gesicht. Ein Schatten – irgendetwas – war kurz durch dessen Augen gezogen und hatte die Falten zwischen den buschigen schwarzen Brauen gespannt und vertieft.

Schuldbewusstsein?

Garths Augen blitzten, als ihm etwas einfiel. Er fragte Gonji: »Sagtest du nicht, dass noch drei weitere Leichen neben der Marks lagen?«

»Wirklich?«, fragte Wilf eifrig. »Wer waren sie?«

»Ja«, warf Lorenz ein. »Stammten sie womöglich auch aus Vedun?«

»Wie sind sie umgekommen?«, hakte Wilf eilig nach.

Garth beugte sich vor und verschränkte die Arme auf der Tischkante. Strom betrachtete Gonji geistesabwesend und beschäftigte sich eingehender mit der zunehmenden Schwellung eines Mückenstichs an seinem Fußknöchel, an dem er herum rieb.

Gonji bemühte sich, den Nebel zu vertreiben, den der Wein in auf sein Bewusstsein zu decken begann. Er schaute sich am Tisch um und ließ seinen Blick zwischen den vier Augenpaaren, die ihn fixierten, und dem Messer, mit dem er die Reste von seinem Teller kratzte, hin und her wandern. Soll ich es ihnen sagen oder nicht? Kann ich ihnen trauen, oder laufen sie jammernd zu Klann und betteln im Gegenzug für diese Information um seine Gunst? Ach verdammt!

Der Wein, die Wärme, die Gesellschaft – wie ungewiss auch immer – machten ihn kühn.

»Es waren drei von Klanns Söldnern«, sagte er in bedachtem, gelassenem Ton. Er griff nach dem Becher und ließ den Wein sacht darin kreisen. »Ich wusste zunächst gar nicht, dass der Junge tot war. Ich dachte, ich könnte ihn vielleicht retten. Sie haben ihn geschlagen.« Er stellte den Becher ab, die Augen schmal.

»Ich musste sie töten.«

Gonji verfolgte die Reaktionen der anderen: Garth senkte den Kopf, die Miene entschlossen, als hätte er mit dieser Information gerechnet. Strom erwiderte einen Augenblick lang den Blick des Samurai und wandte sich dann ab, und leichter Abscheu spielte um seine Lippen. Lorenz schien beunruhigt, verwirrt. Wilf sah, wie sie reagierten, und redete als Erster.

»Sie haben es nicht besser verdient, wenn sie Mark umgebracht haben«, sagte er ernst. Er wandte sich Gonji zu, und in seinem Blick brannte plötzlich ein inneres Feuer. »Drei gleichzeitig?«, fragte er, lauter als nötig mit einem Ausdruck bösartiger, primitiver Bewunderung.

»Wilfred!«, knurrte Garth tadelnd. »Freust du dich etwa über den Tod dreier Menschen, ganz gleich, was sie getan haben?«

»Ja!«, rief Wilf triumphierend. »Es tut mir nicht leid, dass ich es gesagt habe!«

»Oh Wilfred, benimm dich doch zivilisiert!«, mahnte ihn Lorenz.

»Warum?«, schrie der Lehrling, und die dicken Halsmuskeln

spannten sich, als er sich zu seinem Bruder vorbeugte. »Sind *die* vielleicht zivilisiert? Jemand muss ihnen das Handwerk legen!«

Lorenz wedelte abschätzig mit der Hand und schüttelte mit einem Ausdruck vornehmer Überlegenheit.

»Wohl gesprochen, Freund Wilf«, lobte Gonji und bemerkte die tadelnden Blicke der anderen. »Aber auch dein Vater hat Recht. Es ist eine Sache, den geschickten Umgang mit dem Schwert zu preisen, und eine andere, den Tod als solchen zu loben.«

»Du kannst wirklich mit Worten umgehen – für jemanden, der so schnell mit dem Schwert zur Hand ist«, sagte Lorenz spitz.

Sein Ton machte Gonji wütend, aber dann prostete Lorenz, als wollte er es wiedergutmachen, Gonji mit seinem Becher zu und trank, dem Anschein nach, auf sein Wohl. Der Samurai ignorierte jedoch die Geste und knallte den Kelch auf den Tisch. Er sah, dass Lorenz zusammenzuckte und damit er selbst jetzt den Vorteil auf seiner Seite hatte. Er beugte sich vor.

»Welchen Vorschlag hättest du zur Rettung des Jungen gemacht?«, fragte der Samurai scharf.

»*Ja*, Bruder«, hieb Wilf in dieselbe Kerbe, »hättest du mit ihnen gefeilscht wie mit Hausierern?«

»Wilfred«, warnte ihn Garth, »genug von diesem Gerede!«

Gonji war nicht damit zufrieden, das Thema an dieser Stelle zu beenden. »Glaubt mir, mit Diplomatie kann man bei diesen Leuten nichts erreichen.«

»Du meinst, du hast dich ihnen offen gestellt? Es war kein Hinterhalt?«, fragte Strom und kratzte sich die struppige Mähne mit einer kreisförmigen Bewegung.

Gonjis Ohren liefen rot an. Er fand, dass hier seine Fertigkeit mit Waffen in Frage gestellt wurde. »Sie alle haben ihre Schwerter eher gezogen als ich.«

Strom und Lorenz betrachteten einander ungläubig. Dann stieß der Schafhirte einen leisen Pfiff aus, zuckte verwirrt die Achseln und entfernte sich mit einer gemurmelten Entschuldigung vom Tisch. Eindeutig entging ihm die Kühnheit von Gonjis Tat.

»Ich denke, wir haben jetzt genug davon geredet – *bitte*«, wandte sich Garth flehend an die Tischgemeinschaft. Alle entspannten sich, und es wurde still im Zimmer.

Wilf lehnte sich zurück, trank und brummelte vor sich hin. Garth lächelte nachsichtig, stand auf und entfernte sich schweren Schrittes, um eine frische Kanne Wein zu holen, während sich Strom auf eine Bank in einem schattigen Winkel setzte und eine gespenstische Melodie auf einer Rohrblattflöte trillerte. Lorenz kramte gedankenversunken in einer Reisetasche aus Kuhhaut herum, angefüllt mit allerlei Plunder, den er von seiner Reise mitgebracht hatte.

Eine kalte Windbö rüttelte an den Fensterläden und erfüllte das Zimmer mit ihrem eisigen Hauch. Frische, saubere Abendluft. Wandernde Brisen, die zu den Grenzen der Welt und wieder zurück gereist waren und lebhafte Erinnerungen, Hoffnungen und Träume und jugendliche Fantasien mitführten, die durchs Bewusstsein flatterten und die schlummernden Verheißungen längst vergangener Sommer weckten.

Ein wechselhafter, spöttisch lockender Wind, entschied Gonji. Er lehnte sich auf dem stabilen Eichenstuhl nach hinten und versank in Gedanken, während er dem Lied des Windes lauschte.

Und der Wind weinte. Weinte um verlorene Hoffnung, sinnlose Schritte und unbesungene Erzählungen von tragischer Liebe, deren Last nur er zu tragen vermochte. Und er flüsterte Warnungen. *Hai* – heute Abend wurde der Wind von etwas getrieben. War auf der Flucht. Flüchtete vor einem namenlosen Raubtier.

Gonji schüttelte den Kopf und streckte sich, um die betäubende Wärme des Weins und des Mahls zu vertreiben. Es ging nicht an, derartig selbstzufrieden zu sein. Er wischte sich fettigen Schmutz vom Gesicht und empfand den Wunsch, mit dem Wind zu laufen, seine Sinne zu schärfen und seine Muskeln zu beleben. Morgen. Morgen gedachte er in die Berge zu gehen und zu trainieren: ein langer Lauf, eine Reihe anstrengender Übungen und *Kata* sowie ein wenig Arbeit mit den Waffen. Die Schulter würde dabei schmerzen, und er massierte sie geistesabwesend, verzichtete dann auf die geringe Linderung, die ihm das brachte, zugunsten von Geduld und Körperbeherrschung, die er kräftigen konnte, indem er die Schmerzen ignorierte.

Ein Rabe rief in der Ferne, und mehrere Hunde bellten in einem abgelegenen Winkel der Stadt los. Stroms Flötenspiel stieg klagend zum Himmel, eine ernste und wehmütige Weise.

Garth füllte die Weinbecher reihum nach, zögerte erst, als Wilf an der Reihe war, der dann jedoch den Becher energisch vorstreckte, bis er schwer war von tiefrotem Trunk. Garth verzog missbilligend die Lippen und schüttelte den Kopf.

Gonji blickte Garth an und schenkte ihm ein sanftes, wissendes Lächeln. »Er kommt darüber hinweg«, sagte er leise.

»Denkst du?«, knurrte Wilf und musterte Gonji unsicher. »Was weißt *du* denn schon? Du bist ein Soldat, ein Krieger ...« Er starrte einen Augenblick lang auf den Tisch, nahm ein Messer zur Hand und kratzte damit in den Ritzen zwischen den Brettern herum. »Frauen sind für dich leicht zu haben.«

»Wilfred!«, brummte Garth tief und drohend.

»Ist schon in Ordnung«, beruhigte ihn Gonji und hob die Hand.

»Was weißt du schon davon, wie man sich um jemanden sorgt – ein Mädchen so liebt, bis man es schier nicht mehr erträgt – *weißt du, was ich meine?*« Wilfs Augen richteten sich flehend auf Gonji. Sie schwammen in Tränen, und als der erste große Tropfen über seine Wange lief, knallte Wilf das Messer auf die Tischplatte und fegte es grob zur Seite. Er sackte auf seinem Stuhl in sich zusammen und verschüttete Wein auf Knie und Fußboden.

»Sie ist allein ... hilflos«, fuhr Wilf fort und funkelte den Fußboden zornig an, als wäre es das Gesicht eines gefallenen Feindes. »Und falls sie ihr etwas zuleide tun ... dann *bringe* ich sie um; ich finde einen Weg, sie alle zu töten!« Er stürzte den Wein in einem mächtigen Zug hinunter.

Stroms Flötenspiel brach ab. Es war still im Zimmer.

»*Hai*«, sagte Gonji sanft, »ich weiß, wie sich das anfühlt.«

Die anderen blickten ihn neugierig an. Er hatte Japanisch gesprochen.

Die Schatten der Dämmerung streckten sich und gähnten, und ein dunkelroter Sonnenuntergang kroch über den Rand der Welt, als Michael Benedetto die Weststraße entlanggaloppierte, die zum Stadttor führte. Ein schmerzhafter Tumult tobte in seiner Brust. Alles, was er gekannt und worauf er sich verlassen hatte, all seine Hoffnungen und Träume und seine hart errungene Disziplin, schien unter der zersetzenden Woge zu zerfallen, die über Vedun hinweggeschwappt war.

Sein Bruder war tot, grausam ermordet. Die Zukunft der Stadt war zweifelhaft, und mit ihr würde alles einstürzen, worauf sich Michael vorbereitet hatte. Galle stieg in seinem Magen auf; im Schädel pochten Kräfte, die ihn zu zerreißen trachteten. Und ungeachtet seiner ganzen Schulung und der aufrichtigen Bemühung, seinem Glauben zu folgen, blieb ihm jetzt nichts anderes als abgründiger Hass und die diesen begleitenden Harpyen: Verwirrung, Rachsucht und Grauen. Tief empfundenes Grauen. Er hatte ein Bild vor Augen, in dem er aufs Neue ein Kind war und unvernünftig vor zugreifenden Schatten und ungesehenen Schrecknissen flüchtete.

Während sein Pferd über das Kopfsteinpflaster und durch das Westtor trappelte, gab sich Michael keinerlei Mühe, seinen Abscheu vor den Soldaten zu verbergen, die seinen Ritt von den Zinnen aus verfolgten. Er achtete nicht auf die Fußgänger und

Karren, die zu später Stunde noch unterwegs waren, und umherhuschende Tiere wurden beinahe von den Hufen des Rosses zermalmt, während er den gewundenen Gassen zum Marktplatz folgte. Er hielt vor der Kapelle an und wischte sich wütend die Tränen aus dem Gesicht.

Lydia fing ihn in der Eingangshalle ab und zeigte ein unbehagliches Gesicht.

»Michael?«, fragte sie in zögerndem Flüsterton und legte ihm eine Hand auf die Schulter.

Er ging an ihr vorbei und erblickte die Hand voll Trauergäste, die betend vor der Leiche seines Bruders knieten. Diese lag zwischen den beiden weiteren Opfern, die die Gewalt dieses Tages gefordert hatte, auf dem Podium vor dem Altar. Michaels Knie wurden weich, und sein Blick schwankte. Er lehnte sich mit einem Arm an den Türbogen, der ins Hauptschiff führte.

»Er kommt!«, sagte er laut. »Er kommt, und wir jagen diese Monster hinaus!« Er wurde zum Ende hin lauter, und die Köpfe über den Kirchenbänken wandten sich um.

»Michael, um Gottes willen!«, flüsterte Lydia heiser. »Das ist die Totenwache deines Bruders. Hast du keinen Anstand?«

»Mich schert nicht ...«

»Dann schere dich um *ihn*, um das, was von unserer Würde übrig ist.«

Er drehte sich zu ihr um. Im matten roten Licht der Votivkerzen erschien sie ihm unwirklich wie ein Besucher aus der Geisterwelt. Das Spiel des Lichts vertiefte noch ihren güldenen Liebreiz.

»Möchtest du uns in Verlegenheit bringen? Man erwartet von dir, der Anführer dieser Menschen zu sein. Sie hoffen, dass du ihnen Stärke verleihst. Wo ist deine ganze Schulung geblieben?«

»Was soll das jetzt noch nützen?«, fragte er bitter, und die Tränen kamen ihm aufs Neue. Wie üblich hielt *ihre* aristokratische Haltung unerschütterlich; was sie an Tränen vergossen hatte, war lange getrocknet. Im Licht ihrer Kraft und Fassung empfand Michael einen Anflug von Scham.

»Törichtes Gerede!«, sagte Lydia leise, aber bestimmt. Sie blickte sich anmutig um, als wäre alles in Ordnung. Niemand sah sie an. »Das sind Zeiten, die die Kraft eines Menschen wirklich auf die Probe stellen. Sei stark, Michael! Vergiss nicht, was dein Vater von dir erwartet hat. Schau dir Flavio an und Garth – denkst du nicht, dass sie genauso erschüttert sind wie du? Und sieh nur, wie sie auftreten ...«

»*Sie* haben heute keinen Bruder verloren!«, schoss Michael zurück.

»Schhh! Du benimmst dich wie ein Kind!«

»Was ist mit Tralayn?«, fragte Michael geheimnistuerisch und wölbte eine Augenbraue. »Du hast gehört, was sie über das alles gesagt hat.«

Lydias große blaue Augen blitzten eisig auf. »Michael, sie ist eine vertrocknete alte Frau – Gott vergebe mir!« Sie fuhr sich mit den Händen übers Gesicht und wischte ihre Verärgerung sofort wieder ab. Erneut bedächtige Gelassenheit an den Tag legend fuhr sie fort: »Tralayn – und ihre Visionen – sind für unser geistliches Leben wertvoll, das ist wahr. Sie versteht jedoch nur wenig von den Problemen des alltäglichen Lebens. Das hier ist eine politische Angelegenheit, Michael. Man kann sie nur durch Vernunft meistern – *also denk nach!* Du wurdest von den größten Denkern Italiens ausgebildet. Wozu würden *sie* dir jetzt raten?«

Michael starrte auf die abgewetzten Bodenfliesen und zog sich mit einem tiefen Seufzer in seine Gedanken zurück.

Lydia blickte ihm hart in die dunklen, verquollenen Augen. »Sage mir, was du getan hast – dort draußen, heute.« Ihr Flüstern bebte leicht.

Michael richtete sich hoch auf und fuhr sich mit den Fingern durch die schwarzen Locken. Er lächelte und zeigte damit eine Spur dreisten Triumphes über das Unbehagen in den kühlen blauen Augen seiner Gattin. »Er kommt her, Lydia. Er hat es mir gesagt.«

»Oh Gott, Michael ...«

»Hör mir zu ...«

»Nein, *du* hörst mir zu!«, forderte sie. »Wir hätten ein wunderbares, sinnvolles Leben in Mailand oder Florenz führen können. Wir hätten nicht hierher zurückkehren müssen. Du hast das Angebot des Grafen Faluso abgelehnt und bist in diese rückständige Bergwelt zurückgekehrt, weil dein Vater es wünschte, weil er und Flavio es wünschten. Ich liebe dich, Michael, also bin ich dir gefolgt, wie es jede pflichtbewusste Gattin getan hätte. Aber jetzt bist du hier, und es ist deine Pflicht, das Beste daraus zu machen. Deine Pflicht diesen Menschen – und mir gegenüber.« Sie runzelte die Stirn und legte ihm die Hände flehend auf die Brust. »*Vergiss* diesen verrückten Rachedurst. Schämst du dich nicht vor Gott? Bei allem, was uns heilig ist, *schicke ihn weg!*«

Michael blickte ihr tief in die Augen. Sanft ergriff er ihre Hände und zog sie herab, und seine Lippen arbeiteten, um Worte hervorzubringen, die nie ertönten. Dann wandte er sich zur leeren Straße um und sah die Soldaten in der Ferne vor der Ausfallpforte patrouillieren.

»Derzeit kann ich nichts unternehmen«, sagte er, wie um jede Schuld in dieser Angelegenheit abzustreiten. »Er kommt – *Simon kommt!*« Diese letzten Worte sprach er laut auf die Straße hinaus. Ein Rascheln ertönte im Hauptschiff, als die Trauergäste sich zu der Störung umdrehten.

Lydia wirbelte auf den Fersen herum und schritt davon, die Stufen hinab und durch die im Dämmerlicht liegenden Straßen zu ihrem Haus. Sie rieb sich in der Kälte die Arme. Es war sinnlos, mit ihm zu reden, wenn er so war. Jedoch war es weniger seine kindische Sturköpfigkeit, die ihr derzeit Kummer bereitete, sondern vielmehr die schreckliche Unruhe, die ihr Rückgrat wie ein Eisteufel im Griff hielt.

KAPITEL DREIZEHN

Das alte Steinskelett der Stadt hatte gerade die letzten Reste Tageswärme abgeschüttelt und durch eine eng gespannte Haut aus Bergeskühle ersetzt. Die Nacht schien hungrig. Auf der Lauer, dachte Gonji. Auf der Lauer und wie zum Sprung bereit. Es schien, als weigerte sich dieser grauenhafte Tag zu Ende zu gehen, ehe er die ganze Fülle seiner Abscheulichkeit verausgabt hatte.

»Garth«, sagte der Samurai, als ihm etwas einfiel, »wer ist … Tralayn?«

Alle blickten ihn fragend an, erstaunt darüber, dass er diesen Namen so kurz nach seiner Ankunft schon kannte. Bei all dem Respekt und der Furcht ihr gegenüber wurde Tralayn häufig wie eine schrullige Tante behandelt, von der man nur selten sprach.

Garth machte es sich auf einem Stuhl bequem und begann mit vorsichtigen Worten. »Sie ist … eine geistliche Führerin …«

»Unsere örtliche Wahrsagerin«, meinte Lorenz.

»Sie ist eine heilige Frau«, sagte Strom vom anderen Ende des Tisches her, wo er gerade ein im Kupferstich hergestelltes Kartenspiel durchblätterte, das ihm Lorenz mitgebracht hatte. »Du solltest dich nicht über sie lustig machen.«

»Sie ist eine Prophetin«, fuhr Garth fort. »Sie ist mit Visionen begabt, die, wie es heißt, von Gott selbst stammen. Sie leitet uns in geistlichen Dingen – zwischen den Besuchen der Mönche aus dem Kloster vom Heiligen Wort. Aber sicher hast du sie doch heute auf dem Marktplatz gesehen?«

Gonji machte ein verwirrtes Gesicht. Dann fiel es ihm wieder ein. »Du meinst die Frau im grünen Gewand? Die mit den durchdringenden Augen?«

»*Ja.*«

Gonji trommelte mit den Fingern auf dem Tisch. Wieder mal eine heilige Person ...

»Warum fragst du?«, wollte Lorenz von ihm wissen.

»Ich suche einen Mann namens Simon Sardonis«, antwortete Gonji unbekümmert und streckte die Arme hinter dem Kopf aus. »Man sagte mir, sie könnte mir vielleicht erzählen, wo ich ihn finde.«

Er blickte nacheinander alle kurz an, um zu sehen, welche Wirkung seine Worte erzielten, und setzte dann lässig hinzu: »Ich vermute, dass ich sie früher oder später aufsuchen muss.«

Nur Garth schien von seiner beiläufigen Bemerkung betroffen zu sein. »Deine Botschaft«, sagte er und lächelte unsicher, »muss aber sehr wichtig sein.«

»Ich vermute, das ist sie wohl«, sagte Gonji munter. Oh ja, dachte er dabei, sie ist gewiss wichtig genug für *dich!* Früher oder später finde ich heraus, was du weißt, Freund Schmied. Und falls du solche Angst davor hast, muss es interessant sein, *neh?* Was ist so besonders an diesem Sardonis, dass die letzten Worte eines sterbenden Priesters für dich eine Botschaft sein sollten, über die du lieber schweigst? Priester und Mönche und Einsiedler und Prophetinnen – aiiee! Diese heiligen Personen bergen mehr Geheimnisse, als Sterne am Himmel stehen! Und woher hat ein Grobschmied Einblick in ihre Zaubereien, hm? Ah, na ja, solange ich den Wind des Todes nicht finde, habe ich somit wenigstens noch ein anderes Rätsel zu lösen. Ungewöhnlich, dass gute *Kami* so auf mich herablächeln.

Gonji ertappte sich dabei, wie er die Achseln zuckte, um ein Frösteln abzuschütteln. Er holte tief und pfeifend Luft durch die Nase. Strom gähnte und blickte sich am Tisch um, hoffte wohl, dass jemand anderer vorschlug, zu Bett zu gehen. Wilf nuschelte zusammenhanglos vor sich hin.

Garth erschauerte und rieb sich die kräftigen Unterarme. Gonjis Frösteln schien ansteckend. Der Schmied tappte müde zum Kamin und brummte eine Entschuldigung. Während er das heruntergebrannte Feuer frisch entfachte, erhob sich Gonji gewandt von seinem Stuhl und suchte sich eine freie Stelle in der Mitte des Zimmers.

»Macht es euch etwas aus?«, fragte er. Die Söhne blickten einander fragend an und zuckten die Achseln. Gonji grinste. »Muss verhindern, dass ich von dem feinen Mahl direkt Fett ansetze.«

Dann beugte und drehte er sich, führte eine Reihe leichter Dehnübungen aus. Winzige Schweißperlen glänzten auf seiner Stirn, und er spürte, wie die Krankheit, die ihm noch in den Knochen steckte, schmerzhaft protestierte.

Wilf, der leicht schwankte, betrachtete ihn aus wässrigen Augen.

Strom sah ihm eine Zeit lang mit leerer Miene zu, wurde dann verlegen und erhob sich geräuschvoll. »Na ja, ich gehe zu Bett«, verkündete er. Garth warf ihm jedoch einen bedeutungsvollen Blick zu, und der Jüngste machte sich daran, umständlich den Tisch abzuräumen.

»Ihr müsst mich alle entschuldigen«, sagte Lorenz, »wenn ich meine Übungen auslasse.« Mit einem knappen Lächeln für Gonji und einem Nicken ging der vornehme Sohn zu einem Becken in der Ecke und begann sich zu waschen.

»Herr Gundersen«, sagte Gonji, den Kopf zum rechten Knie herabgebeugt, »was wird euer Flavio gegen diese Usurpatoren unternehmen, diesen ... Klann den Unbezwingbaren und seine Zirkustruppe des Abschaums?«

»Was kann er schon tun?«, fragte Garth mit einer Geste der Hilflosigkeit. »Wir genossen Frieden und Schutz und ein gutes System unter dem wohlwollenden Baron Rorka. Er war ein hervorragender Verwalter und stets auch ein guter Soldat. Jetzt scheint diese Zeit vergangen. Eine neue Macht regiert. Ihre Methoden bedürfen vielleicht einiger Gewöhnung, aber ...« Garths Worte gerieten ins Stolpern, als sie sich dem Bereich näherten, wo seine wahren Gefühle lagen.

»Ich frage mich«, überlegte Gonji laut, während er mit der wunden Schulter arbeitete, »wie eine so große Burg so leicht erobert werden konnte. Sicherlich verfügt die Burg Lenska, von der ich gehört habe, über gewaltige Bollwerke ...«

»Manche sagen, die gewaltigsten auf dem ganzen Kontinent!«, erklärte Wilf, schwankte auf ihn zu und fuchtelte unbeholfen mit dem Arm.

»... versehen mit Schießscharten, bestückt mit Wurfmaschinen und sogar Mörsern ...«

»*Ja!* Ich habe sie gesehen! Vier davon, große Mündungen, hoch, dick wie Kiefernstämme!«

»... dazu eine volle Garnison Ritter, vielleicht mit Pistolen und Musketen bewaffnet ...«

Garth meldete sich zu Wort. »*Nein*, keine volle Besatzung. Vielleicht zweihundert, höchstens. Und wenige Schusswaffen. Pulver und Kugeln sind selten und teuer.«

»Heh«, mischte sich Strom ein. »Klann hat eine große Armee. Viele Soldaten sind hier – stimmt's, Papa?« Klappernd senkte er eine Armladung Teller und Besteck in ein Eichenfass. Niemand schenkte ihm Beachtung.

Gonji schüttelte den Kopf, um seinen Tagtraum zu vertreiben, und tat Garths Korrekturen mit einer Handbewegung ab. »Ah, egal. Es gibt nur zwei Möglichkeiten, wie es geschehen konnte: Verrat oder Zauberei ... oder beides.« Seine Augen schienen sich einzutrüben. »Zauberkunst ... Mort ...«

Das letzte Wort war kaum mehr als ein Flüstern, aber Garth hörte es trotzdem. Der Schmied warf ihm einen Seitenblick zu.

»Du kennst Mort?«

Dummkopf!, schalt sich Gonji erschrocken. *Das war sehr töricht.* Niemand hier hatte den Zauberer bislang erwähnt; tatsächlich hatte der Samurai den Zauberer gar nicht gesehen, während er seinen kurzen Eindruck vom Aufstand auf dem Marktplatz erhielt, und er hatte nicht mal in Erwägung gezogen, dass Mort womöglich nach Vedun gekommen war, zumal Klann selbst es nicht getan hatte. In Gedanken verfluchte er seinen Ausrutscher. Es ging einfach nicht an, wenn ihn die Menschen hier mit Klanns Armee in Verbindung brachten. Allmählich beschlich ihn das Gefühl, dass er im Begriff stand, die unsichere Gastfreundschaft der Gundersens zu verlieren. Aber die Erwähnung Morts faszinierte ihn zugleich. Er beherrschte die Anspannung, die sich in seinem Gesicht ausbreitete.

»Sein Ruf eilt ihm voraus«, versicherte Gonji. »Und die Soldaten im Gasthaus, sie haben ...«

»Ah natürlich, sie haben von ihm gesprochen. Alle Menschen hier müssen inzwischen über ihn tuscheln.« Und um alle ins Bild zu setzen, erzählte Garth vom dramatischen Auftritt des Zauberers, seinen drohenden Worten und dem eisigen Konflikt zwischen Mort und Tralayn. So weise wählte er seine Worte, so geschickt baute er seine Erzählung der Episode auf, dass nur der Hauch eines Bebens seiner Lippen die Stelle verriet, wo er die Sache mit dem mysteriösen Schlüssel einfach ausließ.

»Hmmm.« Der Samurai wurde nachdenklich, nachdem Garth seine Geschichte beendet hatte. »Nicht gut. Für euch hier überhaupt nicht gut. Sag mir – hat Baron Rorka irgendwelche Bundesgenossen, die ihm vielleicht zu Hilfe kommen? Hat er Verbindung zu den Habsburgern?«

Garth und Lorenz blickten sich gegenseitig an.

»Seine Familie ist magyarisch«, stellte Strom zögernd fest. Dann wurde er selbstsicherer und trat näher an die Gruppe heran. »*Ja*, das stimmt – Magyaren! Sie werden kommen und uns helfen. Stimmt's, Lorenz? Habe ich Recht?«

»Nicht ganz, kleiner Bruder«, antwortete Lorenz in gönnerhaftem Ton. Dann wandte er sich an Gonji. »Das ist ... genau die

Art von Information, an der Klann interessiert wäre, *nicht wahr?* Ist es nicht so?«

Gonji lachte. »*Ja*. Und *nein*. Noch einmal: Ich bin kein Spion aus Klanns Lager. Belassen wir es dabei, *neh?* Außerdem«, fuhr er ein wenig verärgert fort, »gäbe es subtilere Methoden, um solche Informationen zu beschaffen, denkst du nicht auch?«

Lorenz hob einen Finger und zog gleichzeitig eine Braue hoch, eine Geste der Zustimmung.

Sie tranken von ihrem Wein. Eine steife Gebirgsbrise wälzte sich von Westen her durch die Stadt, pfiff um Gesimse, spielte mit Markisen und riss hier und dort Schindeln los, die auf den Straßen zerplatzten.

»Nun, Freunde, ich möchte euch Folgendes sagen«, fuhr Gonji fort und beugte sich vor, das Sagami ans Knie gelehnt. »Es wird nicht funktionieren. Friedlich neben dieser Invasionsarmee zu leben. Glaubt mir. Ich habe derlei schon oft erlebt – verdammt, war mitten drin! Irgendein selbsternannter Räuberhauptmann kauft eine Horde Renegaten und ruft sich zum König aus. Dann fällt er über schutzlose Städte wie diese her, lässt dort die Menschen nach seiner Pfeife tanzen und genießt Wohlstand durch ihren Schweiß und ihr Blut.«

Garth schüttelte schon die ganze Zeit lang den Kopf. Er spreizte die fleischigen Hände auf dem Tisch. »Ich habe von diesem Klann gehört. Ich habe gehört, dass er einst ein edler König war und gerecht zu seinen Untertanen. Vielleicht wird es gar nicht schwierig sein, unter seiner Herrschaft zu leben, sobald sich die Menschen erst mal … angepasst haben.«

»Und auch ich habe das eine oder andere über ihn gehört, nichts davon etwas Gutes«, sagte Gonji. »Manche behaupten, ein Klann existierte gar nicht.«

»Um Gottes willen, Papa!«, rief Wilf. »Er hat einige unserer Nachbarn umgebracht und andere entführt. Wer weiß, was sie mit den Gefangenen auf der Burg anstellen?«

»Hört mir zu«, mischte sich Gonji leise im Verschwörerton ein. »Wisst ihr, wer Mark den tödlichen Hieb versetzt hat? Es war Ben-Draba – Klanns Feldkommandeur! Was sagt uns das über die Leute, die dieser König in seinen Dienst nimmt?«

»Und was schlägst du vor, was wir unternehmen sollten, Freund Samurai?«, erkundigte sich Garth, und Schmerz und Verwirrung schwangen zu gleichen Teilen in seinem Ton mit.

»Ich weiß, was ich täte.«

»Und das wäre?«

»Kämpfen.«

»Darauf trinke ich!«, brüllte Wilf. »Wer macht mit?« Nur Gonji tat es, aber mehr, um Wilf eine Freude zu machen, als um die erkennbaren Seelenqualen seines Vaters zu verschlimmern.

»Wir sind vor allem eine Christengemeinde«, wandte Lorenz gelassen ein. »Wir glauben, dass jede Obrigkeit von Gott eingesetzt ist. Bist du gekommen, um hier Aufruhr anzufachen wie in irgendeinem heidnischen Land?«

Gonji spürte, wie er errötete. Ehe er eine Antwort formulieren konnte, mischte sich Wilf ein, den das Thema schnell nüchtern machte.

»Gott weist uns nicht an, uns der Herrschaft des Bösen zu beugen oder denen, die uns nicht mal gestatten möchten, unsere Religion auszuüben. Liegt hier nicht einer der Gründe, aus denen Flavio Vedun gegründet hat? Du hast gesagt, sie hätten das Kreuz auf dem Marktplatz umgerissen, Papa. Was hat die Prophetin dazu gesagt?«

»Tralayn hat sie vor derlei Zwischenfällen gewarnt«, antwortete Garth widerstrebend.

»Und hat sich unsere feuerspeiende Wahrsagerin auch für einen selbstmörderischen Aufstand ausgesprochen?«, erkundigte sich Lorenz trocken.

»Wir sind keine Kämpfer. Wir sind friedliche Menschen«, ergänzte Strom, der am Fenster lehnte.

»Und habt ihr in einer Stadt dieser Größe keine ehemaligen Soldaten?«, hielt ihnen Gonji entgegen. »Wie viele Menschen leben in Vedun?«

Sie blickten sich gegenseitig an, und Garth wagte schließlich eine Schätzung. »Vielleicht ... zweitausend.«

»Und von diesen zweitausend«, sagte Gonji, »sind ein Drittel bis die Hälfte Männer, hm? Falls man einer solchen Streitmacht Disziplin beibringen könnte, damit sie an einem Strang zieht ...«

»Sei nicht albern«, unterbrach ihn Lorenz. »Sie müssten gegen Truppen antreten, die bereits ausgebildet und erfahren und wahrscheinlich gerade von einem Schlachtfeld zurückgekehrt sind. Die Soldaten, die mein Vater geschildert hat, scheinen formidabel. Rorkas komplette Burgbesatzung wurde in einer einzelnen Nacht überwältigt.«

»Ah«, knurrte Gonji, »dahinter steckt mehr als das, was du denkst, da wette ich.«

»Und falls es Söldner sind«, setzte Wilf hinzu, »mangelt es ihnen dann nicht an Organisation? Das hast du mir oft erzählt, Papa.«

»Genau, Wilf«, sagte Gonji. »Genau das, worauf ich hinausmöchte. Sie sehen formidabel aus, in Ordnung – das müssen sie auch. Einschüchterung ist das wesentliche Element ihres Gewerbes. In der Schlacht erlebt man sie jedoch nur selten als gut geordnete Einheit. Sie sind Zweikämpfe gewöhnt, und selbst dabei schlagen sie zum größten Teil einfach nur wild um sich. Ich könnte jeden von euch so weit ausbilden, dass er jeden von ihnen im Zweikampf bezwingt ...« Gonji war beim Reden lauter geworden, und als er jetzt eine Pause einlegte, unterstrich er das Dramatische durch eine Senkung des Tonfalls. »... und hätte ich einen Samurai für jeweils fünf von Klanns Schurken, könnte ich ihnen die Burg wieder entreißen.«

Die Atmosphäre im Zimmer war drückend geworden. Alle Blicke ruhten auf Gonji, und niemand sagte etwas aus Furcht vor dem Glimmen schwarzer Flammen, die in den Tiefen seiner Augen schwelten wie Leuchtfeuer der Hölle auf einem Meer aus geschmolzenem Eisen.

Nach langer Pause sagte Garth leise: »Es *sind* aber auch viele reguläre Soldaten dabei.«

Gonji seufzte und lehnte sich zurück. Mit einer Hand hielt er den Weinbecher umklammert, mit der anderen wiegte er das tötende Schwert sachte zwischen den Knien. Die drei Söhne begannen einen Streit über die Chancen der Stadt bei offenem Aufruhr gegen Klann. Garth hielt sich heraus, warnte sie aber hin und wieder, sie sollten lieber leise sprechen. Das meiste, was sie sagten, ergab für Gonji keinen Sinn. Er dachte über das nach, wozu er sie gedrängt hatte. Albern! Warum wollte er sie überreden, etwas zu erwägen, das eindeutig ihre Fähigkeiten überstieg? Verdammt, es war noch nicht einmal klar, *was* für Streitkräfte Klann anführte und wer oder was Klann war! Lorenz hatte wahrscheinlich Recht; es wäre wohl Selbstmord gewesen, falls sie etwas probierten. Dieser verdammte Dummkopf Rorka hatte sie mit seinem lausigen Mangel an Wachsamkeit sitzen gelassen. Und wen interessierte es? Der Schmied war ein netter Kerl, aber seine Söhne lohnten die Rekrutierung sicherlich nicht, und Gonji war noch niemandem in Vedun begegnet, der es wert schien, sich um ihn zu sorgen. Es war jedoch diese verdammte Unterdrückung – darum ging es! Gonjis Abscheu vor Unterdrückung hatte ihm schon mehr Schwierigkeiten gebracht, als die Sache lohnte.

Aber was der Mensch ändern kann, das ist er selbst, *neh?* Schafe. Das sind diese Leute. Sie stecken in Schwierigkeiten, wirklich. Großen Schwierigkeiten. Falls sich diese kotfressenden Söldner auf etwas verstehen, dann darauf, andere unter der Knute zu halten.

Zum ersten Mal fiel Gonji das Kruzifix über der Tür auf. Jene hässliche Szene mit den Mönchen im Tal lief erneut vor seinem inneren Auge ab … Einen Augenblick lang stellte er sich die

Gundersens, einen nach dem anderen, in der Haltung des gekreuzigten Christus vor ...

»Boris!«

Strom sprang vom Fenster weg und begrüßte einen kleinen dunklen Mann, ungefähr Mitte zwanzig, der auf die offene Tür zuschritt. Zwischen der widerspenstigen Matte aus fettigen Haaren und dem großen Muttermal auf der Wange glitten undurchsichtige schwarze Augen durch das Zimmer. Besorgt grüßte der Mann die Familie und hielt dabei die Mütze fest in beiden Händen. Seine frettchenhaften Züge verzerrten sich, als er den Samurai entdeckte.

»Willkommen, Boris!«, empfing ihn Garth warmherzig. »Was führt dich so spät hierher?« Aber ehe der Mann antworten konnte, fügte Garth verlegen hinzu: »Oh, verzeiht mir – Gonji, das ist Boris Kamarovsky, einer unserer Holzschnitzer. Boris – Gonji Sabataké, ein Reisender aus ...«

»*Pan* Gundersen«, bat Boris ihn in slawischer Sprache, und der Samurai erstarrte in seiner Verbeugung, »mein Anliegen ist dringlich. Darf ich draußen mit dir reden?«

»Natürlich«, antwortete Garth besorgt.

Der Schmied ging hinaus und schloss die Tür, und nach wenigen Minuten kam er wieder herein und griff nach seinem Mantel. »Komm, Lorenz, auf uns warten Aufgaben. Gonji, bitte entschuldige uns. Es scheint, dass die Arbeit eines Schmieds nie endet.«

»Ist schon in Ordnung. Ich sollte ohnehin gehen.« Gonji erhob sich vom Tisch, aber Garth hielt ihn auf.

»Nein, nein, trink erst deinen Wein aus«, wies ihn Garth an. »Und wo übernachtest du? Das Gasthaus wäre wohl nicht sehr erfreulich. Es ist sicher voller betrunkener Soldaten. Warum bleibst du nicht bei uns?«

»Du bist zu freundlich, und ich fürchte, ich habe deine Gastfreundschaft schon übermäßig in Anspruch genommen.«

»Aber ich bestehe darauf! Bitte bleib. In Stroms Zimmer steht ein zusätzliches Bett, und es liegt lange zurück, dass wir zuletzt einen Gast hatten.«

Gonji bemerkte den düsteren Schatten, der Stroms Miene verdunkelte, und wollte schon ablehnen. Aber Wilf mischte sich rasch ein: »Strom kann bei Lorenz übernachten. Dann können wir Kriegsgeschichten austauschen, wie, Gonji?« Er nahm geräuschvoll einen tiefen Schluck aus dem frisch gefüllten Kelch.

Gonji dachte einen Augenblick lang nach. »Das gefällt mir, Wilf«, sagte er mit einem Lächeln und einer Verbeugung. *Falls du*, dachte er erheitert, *mich nicht vollkotzt!*

Garth lachte leise und ging zur Tür. »Also abgemacht.«

»Papa«, rief ihm Wilf nach, »ist es eine Ratssitzung?«

Lorenz warf ihm einen durchdringenden Blick zu. Garth sah erst Wilf an, dann Gonji und sagte achselzuckend: »Ich schätze, es kann nicht schaden, es zu verraten. *Ja*, es ist eine Ratssitzung.«

»Lass mich mitkommen – und Gonji mitbringen. Ich wüsste gern, was die anderen über diesen Klann zu sagen haben!«

»Du solltest es besser wissen!«, erfolgte Lorenz' scharfer Einwand.

»*Nein*, mein Sohn, es ist ein geschlossener Kreis.«

Wilf schimpfte los, und Gonji bemühte sich, diesen lästigen Protest zu unterbinden. Dann jedoch geschah etwas.

Niemand, der es erlebte, vergaß es jemals wieder, und doch sprach niemand jemals über diese Stille des lebenden Todes, die einen gespenstischen Augenblick lang Vedun alles Leben aussaugte. Es war, als spürten alle, dass davon zu sprechen bedeuten könnte, dass es wiederkehrte. Vielleicht für immer.

Ohne Vorwarnung legte sich eine fast greifbare Last auf sie, erstickte jeden Laut, sei er ein natürlicher oder von Menschen erzeugter. Wie das jeden Laut aufsaugende Vakuum. Als wäre die eigentliche Stadt lebendig geworden, um jeder Kreatur in ihren Mauern das Leben auszusaugen und diesen Lebensatem für eine unbestimmte Zeitspanne eines aus aufgerissenen Augen starrenden Grauens anzuhalten.

Kein Ton war in Vedun zu vernehmen. Und alles, was lebte, spürte die unmittelbare Nähe des Todes …

Dann – ein rauschender Windstoß, verzweifelt und auf der Suche, der durch jede Ritze und jeden Spalt im vorzeitlichen steinernen Unterbau der Stadt rauschte und diesen ganz ausfüllte. Die sechs Männer in Garth Gundersens Schmiede holten gleichzeitig Luft, sprachen kein Wort, warteten lediglich auf eine den Himmel zerreißende Verkündigung des Unheils.

Und sie erfolgte … schlecht und recht.

»Oyez! Oyez! Männer Veduns, kommt aus euren Löchern und kämpft!«

Die Stimme kam aus großer Ferne und übertönte den Wind.

»Feiglinge! Habt ihr keinen Stolz?«

Die Männer in Garths Haus blickten einander an.

»Paille«, sagte Garth, als er die Stimme schließlich erkannte.

»Ah, *dieser* Trunkenbold«, setzte Boris verächtlich hinzu, und die Furcht schwand aus seinem Blick.

Rufe aus noch größerer Distanz – von Soldaten – antworteten dem anklagenden Geschrei des herumbölkenden Trunkenbolds. Gonji ging zur Tür, überwältigt von Neugier und erpicht darauf, die von der tödlichen Stille erzeugte Anspannung abzuschütteln. Die anderen folgten ihm langsam.

»Die rächenden Furien haben euch gezeichnet, Invasoren Veduns!«

Rufe und Gelächter im Osten, dann:

»Geh heim und schlafe deinen Rausch aus, Säufer, oder ich hole mir deinen Kopf als Trophäe!«

Die Gruppe aus dem Haus der Gundersens ging auf die Straße, Gonji und Wilf vorneweg. Der Samurai blickte die Kopfsteinpflasterstraße entlang in die Dunkelheit, dorthin, wo die Rufe ertönten. Er lauschte angestrengt. Garth und Lorenz hatten sich die Mäntel angezogen und schickten sich an, mit Boris zur Ratssitzung zu eilen. Der gespenstische Dreiviertelmond – der Mond des Jägers – schien herab, als wollte er die Stadt als Ziel hervorheben. Der kalte Wind pfiff durch die Straßen.

»Dieser verrückte Paille wird uns Ärger bereiten«, sagte Strom, »nicht wahr, Papa?«

»Jemand sollte etwas gegen ihn unternehmen!«, sagte Boris mit schneidender Drohung in seiner Stimme. Er hatte die Lippen stark geschürzt, und Gonji fiel auf, wie der Mann nervös die Hände rang.

Gerade als sich Garth, Lorenz und Boris entfernten und Garth noch eine Warnung zurückrief, möglichst im Haus zu bleiben, näherte sich ein Stimmengewirr vom Westtor her, durch das Gonji an diesem Tag die Stadt betreten hatte. Es war ein Gemisch verwirrter Schreie und Rufe und Mahnungen, doch leise zu sein. Tiere jaulten und liefen nebenher, und eine gedrängte Gruppe wimmernder Menschen lief stoßend und schubsend zwischen ihnen. Sie wurden sichtbar, als sie um eine Ecke bogen und sich dem Stall näherten. Weinende Kinder und bellende Hunde schienen den Mob anzuführen, als er nahe genug heran war, um mehr zu erkennen.

»Rorkas Leute«, flüsterte Wilf.

Gonji drehte sich zu ihm um.

»Und Dienstboten – Dienstboten von der Burg!«, rief der junge Schmied. Er ließ den Becher fallen und rannte mitten zwischen die dahinlaufenden Menschen.

Da näherte sich auch Garth der schubsenden Meute, Sorge im Gesicht. Gonji betrachtete das Geschehen einen Augenblick lang und fragte sich, was es zu bedeuten hatte. Er ging näher heran, um zu verstehen, was gesagt wurde.

»Ist Genya bei euch? Hat jemand Genya gesehen?«, rief Wilf. Die Menschen, die er ansprach, starrten jedoch nur durch ihn hindurch und bahnten sich mit Ellbogen den Weg. Weinende Frauen drückten ihre Kleinen an sich. Kinder schluchzten angesichts der tränenreichen Panik ihrer Eltern.

»Zuflucht!«, schrie ein Mann. »Gewährt uns Unterschlupf!«

Eine Flut von Schreien brandete auf, als ein Pferd wieherte und bockte, dann seitlich umkippte und dabei nur knapp ein Knäuel in Decken gewickelter Kinder verfehlte. Der Reiter heulte vor Schmerzen. Gonji und Garth liefen los, um Hilfe zu leisten. Der Wind, der jetzt wie der mächtige rauschende Atem eines Eisriesen wehte, fuhr über sie und durch sie. Er rief erneutes Geschrei der Menge hervor.

»Familien der Soldaten des Barons!«, rief Garth Gonji zu. »Und einige Dienstboten von der Burg!«

»Genya!«, rief Wilf hartnäckig. »Wo steckt Genya?«

Er packte einen Mann und stieß ihn an die Umzäunung des Pferchs. Die Pferde darin traten aus und gingen durch. Der junge Gundersen hielt den Mann fest an den Zaun gedrückt und lehnte sich regelrecht auf ihn, um ihn gut festzuhalten. Der Gefangene, ein Mann mittleren Alters in einem grauen Reisemantel aus Wolle, hörte auf, sich zu wehren. Seine Augen quollen hervor und blickten wie in Trance. Wilf lockerte den Griff.

»Genya«, flüsterte Wilf. »Wo ist sie?«

»Dort – bei ihm – bei Klann«, plapperte der Mann. »Er hat sie als Dienstbotin an sich genommen ... *lass mich los!*«

Wilf blinzelte und suchte nach Worten, fand aber keine. Der Mann starrte an ihm vorbei und deutete dann den Weg zurück, den die Flüchtlinge gekommen waren.

»Sie sagten, wir könnten gehen, das haben sie wirklich gesagt. Dann haben sie uns ein *Monster* hinterhergeschickt!« Weitere Schreie ertönten hinter ihnen. »Lass mich los!« Er schubste Wilf weg und rannte los.

»Bitte, gewährt uns Zuflucht – die *Kinder ...!*«

Garth bemühte sich, die schubsenden Flüchtlinge zu beruhigen. »Sachte, sachte! Ihr seid jetzt in Vedun. Ihr seid in Sicherheit ...«

Gonji verspürte einen Stich von Unbehagen, ein fast übersinnliches Alarmsignal. Er lief durch die Menge, blickte forschend die Straße hinab und betrachtete den Himmel im Westen. Die Menschen hatten überwiegend Rumänisch gesprochen, aber das einzelne Wort »Monster« hatte er verstanden.

Zunächst in der Ferne, dann immer näher heranrückend breitete sich ein Klopfen in der Luft aus, ein rhythmischer Puls, unnatürlich. Die Flüchtlinge von der Burg schrien auf und hielten sich die Ohren zu. Manche warfen sich die Arme über die Köpfe und sanken auf die Knie. Andere schoben und schleppten wimmernde Kinder zum Stall hinüber. Einige stürmten zu dem Licht, das aus Garths offener Haustür fiel. Die Gundersen-Gruppe blickte sich in erschrockener Verwirrung um. Primitives Grauen hielt alle im Griff.

Dann näherte sich das rhythmische Rauschen des Windes dem Stall, und Gonji bemühte sich, die sternengesprenkelte Schwärze zu durchdringen, zu erkennen, was dort große Flächen von Sternen mit einer Gestalt verdeckte, dunkler als die Nacht.

»Oh mein Gott!«, schrie jemand.

Pandämonium.

Gewaltige Fledermausschwingen aus der Hölle strichen flappend vorbei und entfalteten sich wie die entsetzlichen schwarzen Segel eines Piratenschiffs. Das Ding flog mit enormer Geschwindigkeit vorbei, riss Hüte von Köpfen und durchschnitt die Nachtluft mit Kurs zum Südviertel.

Die meisten der Flüchtlinge warfen sich lang hin; manche duckten sich an den Hauswänden und beugten sich schützend über Kinder. Rufe stiegen von überall aus der Stadt gen Himmel. Entlang der Straße der Barmherzigkeit wurden Türen aufgerissen.

Garth rief den anderen zu, sie möchten ihm helfen, als er die Leute zusammen und in den Schutz nahe liegender Wohnhäuser trieb. Die Leute rempelten sich gegenseitig wie Kegel. Andere suchten ziellos nach Verwandten, die sie aus dem Blick verloren hatten.

Dann tauchte das Untier wieder über ihnen auf, begleitet vom rauschenden Schlag der gewaltigen spitzen Schwingen, und inzwischen hatten sich Gonjis Augen besser an die Dunkelheit angepasst. Er sah das Ding.

Inmitten der Schreie und des Getöses und der Laufschritte und sich aufbäumender, schreiender Tiere erblickte Gonji seine persönliche Nemesis. Er ging in die Hocke, als das Untier vorbeiflog, sein Gesicht eine Maske des Hasses und Abscheus. Erneut tauchte es in ihm auf – dieses geistlose Entsetzen, das ihn zur Flucht treiben wollte, ihm den Wunsch einflößte, tausend Meilen entfernt zu sein. Jemand stieß ihm an die Beine, aber er konnte einfach nicht den Blick von dem Ding abwenden.

Das Untier, eine Art schrecklicher fliegender Drache mit gebogenen Klauen an den angezogenen Hinterbeinen, flog die Grenzen von Vedun ab. Geschrei folgte seinem Weg auf eine Art, die in einem anderen Zusammenhang beinahe komisch gewirkt hätte.

»Ein *Geflügelter Lindwurm!*«, knirschte jemand an Gonjis Seite im Flüsterton. Es war Garth; er hielt zwei Kinder, die ihre Gesichter an seiner Brust bargen, in den Armen.

»Hast du so etwas schon mal gesehen?«

»Nur einmal – vor sehr langer Zeit«, antwortete Garth. »Auf den Britischen Inseln. Noch nie – nie jedoch aus solcher Nähe. Es ist eine Furcht erregende, scheußliche Kreatur. Jeder, der sie erblickt, muss sofort Deckung suchen.« Er atmete schwer und blickte nach oben, während er sprach. »Sein – sein Speichel – und seine Exkremente – sie sind …«

»Ich weiß – tödlich«, beendete Gonji den Satz für ihn. Schauerliche Gedanken gingen ihm durch den Sinn: ein Kaleidoskop verstümmelter Mönche und seines eigenen panischen Ritts, bedeckt von kaltem Schweiß, und von Kindern, die sich vor dem ätzenden Tod zusammendrängten. Und seine Scham und sein Zorn wurden stärker.

»Was geht hier vor? Genyaaa!«, brüllte Wilf in besinnungslosem Grauen zum Himmel hinauf.

»Wilfred – und ihr anderen!«, rief Garth. »Schafft diese Leute von der Straße!« Er selbst trug die beiden Kinder zu seinem Haus.

Gonji wollte ihm folgen, stellte jedoch fest, dass er festgehalten wurde: ein Kind, ein kleines blondes Mädchen, klammerte sich in abgründigem Entsetzen an sein Bein. Er hatte Mitleid mit diesem verirrten Geschöpf, dessen Vater womöglich einer der Soldaten Rorkas gewesen war und auf der Burg niedergemetzelt wurde.

»Komm, Kleine.« Er hob sie auf und lief zu Garths Haus hinüber.

»Vedun, der Himmel über dir hat nur Spott für dich übrig!«, rief der Mann namens Paille.

Irgendwo war zwischen den Schreien urtümlichen Grauens etwas anderes zu hören – Gelächter. Klanns Soldaten genossen das Spektakel einer Stadt, die sich in einer zermürbenden Angst beugte, wie sie nur durch Zauberei hervorgerufen wird. Als Gonji mit dem Kind unter dem Vordach der Schmiede war, blickte er zur südlichen Außenmauer hinüber: Zwei dunkle Sturmhauben spiegelten das Mondlicht. Llorm-Bogenschützen auf ihren Posten.

In Garths Haus hielten sich schon Strom und Boris auf; sie kümmerten sich besorgt um einen Mann, drei Frauen und vier Kinder, die sich in einer Ecke hinter dem lodernden Kaminfeuer zusammendrängten. Eine der Frauen schien vor Grauen wahnsinnig geworden zu sein; sie drückte sich einen blutverschmierten Panzerhandschuh an die Brust.

»Am besten bringen wir sie alle in die Schlafzimmer«, wies Gonji sie an. »Sieht so aus, als hättet ihr heute Nacht ein *paar* Gäste.«

Boris schien nicht gewillt, eine Anweisung Gonjis zu befolgen. Er und Strom wechselten einen viel sagenden Blick.

»Wir haben einen Keller«, sagte Strom und senkte den Blick.

»Gut! Das ist wahrscheinlich die beste Lösung. Führt sie hinunter.« Gonji hörte erneut Pailles Stimme. »Wer *ist* dieser Idiot?« Er zog das Sagami und lief auf die Straße, als die anderen gerade zurückkehrten. Alle hielten die Blicke zum bedrohlichen Himmel gerichtet. Der geflügelte Lindwurm zog inzwischen engere Kreise und kam unweit des Stalls vorbei. Er rauschte über Pferche voller Tiere hinweg und krächzte den muhenden Kühen eine heisere Herausforderung zu.

Wie ein Grabgeläut des Unheils legte jetzt die Sturmglocke im Turm am Marktplatz los und schlug zur Mitternacht. Der Lindwurm schwenkte von seinem Kurs ab und flog über den Turm hinweg, und die Glocke verstummte, lange bevor sie zwölf geschlagen hatte.

»Boris!«, rief Garth ins Haus. »Wir gehen jetzt!«

Boris eilte heraus und zitterte sichtbar, während er prüfend den Himmel betrachtete.

Gonji schob das Sagami in die Schärpe zurück. »Nimmst du keine Waffen mit, Herr Gundersen? Ich begleite euch und sorge dafür, dass ihr euer Treffen sicher erreicht ...

»Nein, nein«, entgegnete Garth. »Bitte – wir sind in Gottes Hand. Es geschieht uns nichts. Mir wäre wohler, wenn du heute Abend mein Haus schützen würdest. Diese armen Flüchtlinge ...«

»Ich ... sorge dafür, dass sie in Sicherheit sind«, sagte Gonji unsicher und verbeugte sich. Er reagierte auf die Bitte mit einem unwilligen Stirnrunzeln, da er etwas ganz anderes im Sinn hatte.

»Also gehen wir jetzt.« Mit diesen Worten drehte sich Garth um und entfernte sich mit Lorenz und Boris im Schlepptau auf der Straße der Barmherzigkeit.

Gonji blickte ihnen eine Zeit lang nach, während sie in der spärlichen Deckung der Dachtraufen auf der langen Hauptstraße davoneilten. Sie waren völlig unbewaffnet. Hilflos. Waren sie so naiv, oder war ihr Glaube wirklich so stark? Er packte den Griff des Sagami. Dann wandte er sich um, als er einen schrillen Schrei vom Nordhimmel hörte: Der geflügelte Lindwurm kam wieder auf ihn zu, den Kopf, der dem eines Schakals ähnelte, mit dem seltsamen knorrigen Geweih gesenkt, um auf die Stallungen hinab zu blicken.

Der Samurai hastete ins Haus des Schmieds und schlug die Tür hinter sich zu. Wilf stand unweit des Fensters, und seine Miene zeigte tiefe Besorgnis. Er war wieder nüchtern und rieb sich die schwitzenden Handflächen an den Oberschenkeln trocken. In der Speisekammer schloss sich eine Fußbodenklappe mit einem dumpfen Laut, und Strom tauchte aus dem schmalen Raum auf. Seine Eichhörnchenaugen waren weit aufgerissen, und er nickte knapp. Die Flüchtlinge waren im Keller in Sicherheit.

Dann starrten beide Gundersens Gonji an, als dieser den Kimono ablegte und darunter ein leichtes, blutfleckiges Hemd und eine Reithose zum Vorschein kamen. Mit einem Lederriemen des Pferdegeschirrs schnallte er sich mit geübten Handgriffen das tötende Schwert auf den Rücken und danach, ein kleines Stück tiefer, auch das *Seppuku*-Schwert. Dann rollte er die Schärpe zu voller Breite aus und band sie sich um den Kopf, bis nur noch die Augen frei waren, ganz im Stil der *Ninja*, jener lautlosen Assassinen. Er schnallte sich noch einen Dolch an den Oberschenkel, packte des zweite tötende Schwert und ging damit zu Wilf.

Gonji hielt ihm die in der Scheide steckende Klinge wie ein Geschenk hin.

»Pass für mich darauf auf«, sagte er. »Man nennt es ein *Katana*. Zieh es nur aus der Scheide, wenn du auch vorhast, es zu benutzen. Und falls du es benutzt, mach ihm keine Schande.«

Wilf schluckte einmal, nahm das Schwert von Gonji entgegen und betrachtete es dann ehrfürchtig. »Aber was hast du vor?«

»Ich habe eine Aufgabe zu erledigen.«

»Jetzt?«, fragte Wilf verdutzt. »Ich meine – was …«

»Es ist mir gerade eingefallen. Bleib du hier und warte auf die

Rückkehr deines Vaters und deines Bruders. Ich bin bald zurück. Sprich bitte mit niemandem darüber.«

Er wandte sich zum Gehen.

»Sei vorsichtig, Gonji«, sagte Wilf leise.

Der Asiate blieb an der Tür noch einmal stehen und blickte aus den Falten der improvisierten Maske zurück. Beide Brüder starrten die unergründliche Gestalt vor ihnen an. Der Hauch eines Lächelns bildete Falten in Gonjis Augenwinkeln.

»Ich bin Samurai, Freund. Vorsicht ist ein *Kami*, der über mir schwebt.«

Damit verschwand Gonji in der düsteren Nacht. Er huschte geschmeidig zu dem Stapel Pferdedecken, unter denen er den Bogen und den Köcher versteckt hatte. Er nahm beides an sich, schlich in den Schutz der Schatten und verschmolz mit der Dunkelheit.

KAPITEL VIERZEHN

»Greift zu den Waffen! Jagt diese Leute aus der Stadt!«

»Monster und Dämonen bedrängen uns!«

»Die Invasoren stecken dahinter ...«

»Unsere Familien werden von dem fliegenden Untier bedroht – ich gehe nach Hause! Wer kommt mit?«

Hysterische Stimmen überschrien das lautstarke Geplapper der Versammlung.

»Setzt euch hin – und zwar ihr alle!«

Flavio hatte seine gewohnte Fassung verloren, und als er die Arme hob, um die Gruppe aufzuhalten, die jetzt geschlossen aufsprang, war das auch alles, womit der Älteste die Menge beruhigen und das heikle Thema ansprechen konnte. Sein Schützling Michael Benedetto stand hinter ihm. Weit davon entfernt, Flavio zu helfen und die Versammlung zu beruhigen, schien er eher geistesabwesend. Der besinnungslose Zorn, der ihn zuvor geleitet hatte, war jedoch inzwischen abgeklungen.

In den weitläufigen Katakomben unter Flavios Haus, einer geheimen Anlage noch unter dem Keller, die von lange vergessenen früheren Bewohnern angelegt worden war, hatten sich die Führer Veduns versammelt. Klamme, stickige Luft stieg aus den Eingeweiden der Erde auf. Die glasigen Augen zorniger, verängstigter Männer glänzten im fahlen Licht von Öllampen in aus dem Gestein gehauenen Nischen. Fettiger Schweiß glänzte auf jeder Stirn, während der weise und von allen geachtete Älteste abwartete, bis sich der wütende Protest ein wenig gelegt hatte. Endlich gelang es ihm, wieder für einen Anschein von Ordnung zu sorgen und die Versammlung zu eröffnen. Die Führer der Stadt, Vertreter aus allen Bereichen des Handels und der Versorgung, erteilten jetzt ihrem Patriarchen und ihrem Führer der Handwerkergilde, Phlegor, das Wort. Letzterer hatte wie gewöhnlich am lautesten protestiert. Die Hitze war drückend.

»Also möchtest du, Meister«, sagte Flavio, »dass wir alle unsere friedfertigen Grundsätze aufgeben und gegen eine ausgebildete Armee losschlagen, hm?« Flavios Anhänger murmelten zustimmend.

»Das wäre reinster Selbstmord«, steuerte Milorad seinen Kommentar bei.

»Das ist keine Armee!«, rief Phlegor. Der Handwerksmeister war unter seinen kurzen, steifen, rostfarbenen Haaren dunkelrot angelaufen. Er fuchtelte beim Reden mit den drahtigen Armen. »Es sind Söldner eines Räuberhauptmanns. Ich habe früher schon gegen Leute ihres Schlages gekämpft; sie haben weder Disziplin noch Mut. Wir haben in Vedun noch weitere ehemalige Soldaten, Männer wie mich, die nicht bereit sind, sich herumschubsen zu lassen. Bürger sind niedergemetzelt worden, Flavio!«

»Sollen wir vielleicht an dieses Monster am Himmel verfüttert werden?«, rief Vlad Dobroczy, ein kräftiger Bauer mit Hakennase.

»Was ist mit meinem Sohn?«, brüllte ein Mann weiter hinten, dessen Sprössling in Klanns Dienste gepresst worden war.

»Und meinem?!«

»Und all den anderen auf der Burg?!«

Erneut breitete sich Hysterie aus. Flavio und seine Anhänger bemühten sich um Ruhe und Sachlichkeit, als etwa zwanzig aufgebrachte Bürger auf ihre Bänke stiegen. Michael nahm stumm und mürrisch links von Flavio Platz.

»Phlegor – ihr alle – hört mir zu!«, bat der der Älteste um Aufmerksamkeit. Er benutzte den örtlichen rumänischen Dialekt, und ein leises Murmeln der Dolmetscher begleitete seine Worte. »Als ich vor Jahren unsere Gemeinde gründete, hegte ich einen Traum. Diese verlassene Zitadelle erschien mir als Gottesgeschenk. Und ich wünschte mir, Vedun möge eine Zuflucht werden. Frei von den Mühen und der Hast und der Intoleranz der übrigen Welt. Bis heute war unsere Stadt die Verwirklichung dieses Traums. Wir haben zusammengearbeitet und eine blühende, unabhängige Gemeinschaft aufgebaut, die sich als begehrte Zuflucht für so viele Menschen erwies – und ja, ich spreche zu euch Handwerkern! Viele von euch waren noch gar nicht hier, als wir uns mit der Mühsal jener ersten schwierigen Jahre herumschlugen.

Wir haben einen starken Vorposten des Christentums in diesen Bergen errichtet, die manche als verflucht bezeichnen, und der Herr hat für uns gesorgt. Uns aus Seiner Fülle genährt. Wir hatten das Glück, so viele Jahre lang den Schutz des guten Barons Rorka zu genießen. Jetzt jedoch hat er die Macht abgeben müssen; sie liegt in den Händen eines anderen – dieses Königs Klann. Nur im Himmel regiert ein allerhöchster König für alle Zeiten. Hier auf Erden sind wir den unausweichlichen Herrschaftswechseln ausgesetzt, die stets Leid hervorgerufen haben – und dies auch immer tun werden.

Ich bitte euch nur um eins. Ich übersehe dabei nicht die Verbrechen, die an unserer Stadt verübt wurden. Ich habe vor, mich an Klann zu wenden und um Wiedergutmachung zu ersuchen, darauf zu drängen, dass uns die Menschen zurückgegeben werden, die man gegen ihren Willen verschleppt hat. Aber bis ich dazu Gelegenheit finde, benötige ich eure Zusage, dass ihr die Angelegenheit nicht in die eigenen Hände nehmt. Wir müssen um jeden Preis Gewalt vermeiden und Klann Gelegenheit geben, als Herr und Beschützer zu handeln.«

»Gewalt! Was für ein Herr und Beschützer ist das, der seine eigenen Leute umbringt?«, brüllte Dobroczy, begleitet von zustimmenden Rufen.

»Eine grässliche Tat, fürwahr«, mischte sich Milorad aufs Neue ein, die Stirn sorgenvoll gefurcht. »Und seid versichert, dass wir König Klann die Schwere dieser Verbrechen nachdrücklich verdeutlichen und die Bestrafung der Schuldigen fordern werden. Aber ihr müsst auch wissen, dass solche Taten oft von gewalttätigen Kriegsknechten verübt werden, die nichts anderes im Sinn haben, als ihre Macht zu beweisen.«

Ungehaltene Rufe hallten durch die feuchte Luft.

Bis jetzt hatten Garth und Lorenz schweigend dagesessen und das erregte Hin und Her des Disputs verfolgt. Der Schmied hatte die Hände zwischen den Knien verschränkt und starrte wortlos zu Boden. Lorenz, der nachdenklich an seinem Kinn zupfte, drehte sich jetzt um und sprach über die Schulter die Fraktion der Militanten an, die hinter ihm stand.

»Sollen wir dann heute Nacht noch einen Angriff inszenieren, Dobroczy?«, fragte der Stadtkämmerer spöttisch. »Wirst *du* die tapfere Seele sein, die den Kampf gegen den geflügelten Drachen anführt?«

Der Bauer verzog verächtlich die Miene und ballte trotzig die Fäuste, fand jedoch keine Worte der Entgegnung.

»Wie nennt man dieses fliegende Monster?«, schrie jemand. Er wurde ignoriert.

»Was ist mit dem Magier?«, fragte Boris. »Wer weiß schon, wozu er fähig ist?« Die schwarzen Knopfaugen des Holzschnitzers richteten sich auf seine Standesgenossen.

Leises Murren ertönte, als Mort erwähnt wurde, aber Phlegor ignorierte diese Reaktion und wandte sich an Flavio.

»Wie lange können wir diesen Tyrannen noch ertragen, Ältester?«, schimpfte der Meister. »Mir sind die Lehren der Kirche heilig, aber ich sage dir: Ich habe schon Seite an Seite mit Bischöfen gegen die Feinde der Kirche gefochten, und das aus geringerem Anlass. Ich habe gesehen, wie Dämonen und Lindwürmer dahingestreckt und böse Hexenmeister in den Höllenschlund zurückgetrieben wurden, aus dem sie hervorgekrochen waren. Diese Banditen hier haben das Bild Christi auf unserem Marktplatz umgerissen, und sie planen, unserer Religion ein Ende zu bereiten. *Ich* sage, wir sollten sie davonjagen. Notfalls die Diözese um Hilfe bitten. Aber ich weiß, dass *ich* keine Waren für diese Teufel bereitstellen werde, es sei denn zu unseren Bedingungen.«

Zustimmende Rufe mischten sich mit Protestbekundungen, um die Atmosphäre in den Katakomben, in denen ein bestialischer Gestank nach Schweiß und Schimmel und brennendem Öl herrschte, noch weiter aufzuheizen.

Roric Amsgard, einem Metzger und Lebensmittelhändler und ehemaligem österreichischen Kavalleristen, gelang es jetzt, sich Gehör zu verschaffen. Er war hochgewachsen und schlaksig, aber seine Figur verriet auch eine verborgene Kraft. Mit dem langen Gesicht und den traurigen Augen – harmlos wie die eines Bluthundes – war Roric ein freundlicher, beliebter Mann, der großen Einfluss ausübte. Er nahm in dem Disput ganz offen eine neutrale Position ein und stellte eine beunruhigende Frage:

»In Ordnung, ihr kühnen Streiter; falls wir also die Besatzungstruppen angreifen und die Stadt gegen die anschließende Belagerung verteidigen, was wird aus all den Unschuldigen – unseren Frauen und Kindern, den Alten? Für dich ist das einfach, nicht wahr, Phlegor? Deine Gattin ist verstorben – Gott schenke ihrer Seele Frieden. Ich jedoch habe eine Ehefrau und drei Kinder. Ich weiß jetzt nicht, wie ihr alle darüber denkt, aber während ich mich in die Schlacht stürze ...« Er strich viel sagend über die gezackte Narbe an seinem Unterkiefer. »... weiß ich, dass ich meine Familie nicht verhungern sehen möchte. Meiner Meinung nach ist die Stadt nicht gut zu verteidigen. Der hintere Teil hängt halb über einer Steilwand, und wir haben zu viele niedrige Mauerabschnitte, um eine Belagerung abzuwehren ... und dabei haben wir es nur mit menschlichen Gegnern zu tun. Und wir sind jedoch hilflos und unbewegliche Ziele für ...« Er fuhr mit der Hand über seinem Kopf durch die Luft. Ein Schauder lief durch die Versammlung.

Phlegor zupfte an den kräftigen roten Haaren, die wie Gestrüpp auf seinen sommersprossigen Armen wuchsen. Er wusste, dass ein ernster Einwand erhoben worden war, und zum ersten Mal spürte er, wie seine Anhänger über Konsequenzen nachdachten und sich unschlüssig waren, was das Übernehmen von Verantwortung für ihre Aktionen betraf.

»Wir haben die unterirdischen Katakomben«, brachte er vor. »Wir können sie mit Vorräten ausstatten. Sie wären eine sichere Zuflucht vor den Gefechten. Und was die Verteidigung angeht, so scheint ihr zu vergessen, dass wir der Armee dieses Landräubers zahlenmäßig überlegen sind.«

»Also überlassen wir die Unschuldigen einfach dem Hunger oder sehen zu, wie sie lebendig begraben werden, falls wir verlieren, wie?«, hakte Roric nach.

»Hast du das fliegende Monster vergessen?«, fragte jemand anklagend. »Was schlägst du vor ...«

»Wie kannst du so sicher sein, dass wir mehr Männer haben als Klann? Auf jeden Fall verfügt er über Massen von Kriegsgerät.« Der Sprecher war Paolo Sauvini, der Stellmacher und Lehrling des blinden Stellmachermeisters Ignace Obradek. Paolo war ein unbeliebter Mann in den Zwanzigern und als Kind eine Art Tyrann gewesen, und wenn er sich an einer Diskussion beteiligte, nahm sie gewöhnlich eine unerfreulich Wendung.

Phlegor lachte rau. »Wir haben wahrscheinlich das Rückgrat seiner ›mächtigen‹ Armee heute auf dem Marktplatz gesehen. Welcher Befehlshaber protzt nicht mit dem Besten, was er hat, wenn er die Ahnungslosen einschüchtern möchte, wie, Garth?«

Damit wandte sich Phlegor an den stillen Schmied, der jetzt aus seinen Tagträumen hochfuhr und sich dem Redner zuwandte. Der Rat wurde still, denn Garths mit sanfter Stimme vorgetragene Ansichten genossen großen Respekt.

»Das ist schwer zu sagen, Phlegor«, antwortete Garth langsam. »Übereilte Schlussfolgerungen sind in solchen Dingen meist gefährlich.«

»Was ist mit dem fliegenden Untier?«, wollte Paolo wissen.

»Wie viele Männer, denkst du, müsste man ihm entgegenstellen?«

»Ich sage: Sorgen wir uns nicht um Monster und Zauberkünste«, sagte Phlegor. »*Menschen* sind es, die aus unserer Mitte zu vertreiben das Ziel sein sollte. Diese Kreatur schüchtert wahrscheinlich mehr durch falsche Vorstellungen auf unserer Seite und durch das Verbreiten von Angst ein als durch das, was sie tatsächlich anrichten kann. Für wie groß haltet ihr sie? Sie ist nur ein alter Zauberertrick, um andere durch eine Illusion einzuschüchtern. Bei Licht betrachtet macht dieses Ding wohl kaum noch die Hälfte dessen her, was es zu sein scheint. Ich kann nicht glauben ...«

»Hast du jemals wirklich gesehen, was ein geflügelter Drache anrichtet?«, unterbrach ihn Garth. Gedämpftes Murmeln lief durch den Raum.

»Garth, das möchte ich gar nicht hören!«, schoss Phlegor zurück, und das Murmeln verstummte. »Auf wessen Seite stehst du? Möchtest du, dass unser Volk unter Klanns Knute schmachtet? Wie ich schon sagte: Ich habe noch nie etwas mit Flügeln gesehen, das ein Pfeilhagel nicht vom Himmel holen könnte, und Magier – diejenigen, die überhaupt mystische Kräfte für sich beanspruchen können – befassen sich nicht mit Kleinstädten in der Provinz. Außerdem sind wir, wie Flavio festgestellt hat, eine christliche Gemeinde. Wir können darauf zählen, dass Gott unserer Sache beisteht.« Diese abschließende Äußerung gab er wie einen nachträglichen Einfall von sich, ohne wirkliche Überzeugung in der Stimme.

»Nach dem, was ich gehört habe, scheint der Herr heute Nachmittag Witold Koski *nicht* geholfen zu haben«, stellte Lorenz schneidend fest.

Diese Erinnerung verfehlte nicht ihre Wirkung. Die meisten hatten den grausigen Vorfall miterlebt. Das Bild des abgehackten Arms und des aus der Schulter hervorschießenden Bluts würde für immer im schauerlichen Andenken dieses Tages fortleben. Die Aussicht auf einen gewaltsamen Tod, bislang in der friedlichen Umgebung Veduns nur eine vage Möglichkeit, lauerte jetzt in unbehaglicher Nähe.

Flavio hatte auf einen solchen Augenblick gewartet, um aufs Neue an die Einsicht seiner Leute zu appellieren.

»Kein sehr angenehmer Gedanke, meine Freunde«, machte der Älteste geltend. »Und der Allmächtige enthält uns womöglich tatsächlich Seine Hilfe vor, falls unser Handeln von Ungestüm und Unvernunft geleitet wird. Da sich jedoch die Argumente, dafür und dagegen, in eine militärische Richtung neigen, möchte ich Garths Meinung hören. Garth, könnten wir mit einem solchen Plan Erfolg haben – *falls* wir uns dazu entschließen, diesem Weg zu folgen?«

Der Schmied erhob sich widerstrebend auf den Wink seines alten Freundes hin. Garth hielt nicht gern öffentliche Reden, und er erwiderte verlegen die Blicke der Zuhörer. Er war jedoch der vielleicht beliebteste Mann in Vedun, eine freundliche und großzügige Seele, in deren Schuld jeder stand, der sich in diesem Moment hier in den Katakomben aufhielt. Garths kräftige Gestalt und seine grenzenlos gute Laune machten ihn zu jemandem, den jeder gern stolz als Freund bezeichnete. Trotzdem schimmerte in seinen Augen eine Spur Traurigkeit durch, die von ihrem beständigen verschmitzten Zwinkern nicht überdeckt werden konnte.

Seine Ohren liefen rot an, als er sich an die aufmerksame Versammlung wandte. »Ich weiß etwas von Klann, habe es vor vielen Jahren in Erfahrung gebracht. Früher einmal war er ein edler und gerechter und hehren Idealen verpflichteter Herrscher. Er *war* ein König, glaube ich. Und falls stimmt, was ich hörte, dann mag seine Armee äußerlich aussehen, wie sie mag, aber er hat sie wahrscheinlich sorgfältig ausgesucht und ausgiebig erprobt. Zugegeben, Phlegor, die Söldner sind wohl keine besonders leistungsfähige Einheit, aber ich wette, dass sie mit Kampfeswillen wettmachen, was ihnen an Disziplin fehlt. Unterschätze sie bloß nicht!«

»Was ist mit diesem schlitzäugigen Barbaren, den du, wie Boris erzählt, heute Abend bewirtest?« wollte Vlad Dobroczy wissen. »Gehört er zu ihnen?«

Garth runzelte die Stirn, als er das feindselige Gemurmel hörte, das auf diese Bemerkung folgte. »Er ist ein einsamer Reisender aus dem Fernen Osten, und um Gottes willen, er hat uns die Leiche von Michaels armem Bruder gebracht! Das habt ihr alle gesehen.«

»Der Zeitpunkt scheint schlecht gewählt, um Fremde zu bewirten, Garth«, wandte Phlegor ein.

»Ich denke, dass es mein gutes Recht ist, in meinem Haus zu bewirten, wen ich mag«, entgegnete der Schmied ruhig. »Er ist ohnehin nicht von dem Schlag, der sich einem Heer von Briganten anschließt.«

»Ich denke, dass Garth Recht hat«, mischte sich ein anderer ein. »Der Asiate hatte heute im Gasthaus einen Zusammenstoß mit einigen der Soldaten. Hat sich dabei fast um Kopf und Kragen gebracht.«

»Na!«, sagte Lorenz mit sichtlicher Zufriedenheit. »Ob es Wilfred wohl enttäuschen würde zu hören, dass sein Held beinahe aufgespießt wurde? Wie es scheint, hat mein Bruder enge Freundschaft mit diesem ... seltsamen Burschen geschlossen.«

»Nun, mir gefällt das nicht«, stellte Dobroczy fest. »Du solltest Wilf lieber den Rat geben, was die Stadt und ihre Angelegenheiten betrifft, die Klappe zu halten.«

»Ich werde ihm deine Empfehlung ausrichten«, versprach Lorenz sarkastisch. Vlad murmelte seine wenig überzeugende Zustimmung. Wilf hatte bei mehr als einer Gelegenheit erfahren, was das Wort des Bauern wert war.

»Michael!«, rief Roric behutsam, und brachte Flavios Schützling dazu, verlegen zu blinzeln. »Du bist in Trauer, ich weiß, aber wir müssen es wissen – was denkst du über den Weg, den wir einschlagen sollen?«

Michaels Blick schweifte über das Panorama von Gesichtern, die gezeichnet waren von Zweifeln und Furcht, Zorn, Verwirrung und Mitgefühl. Seine Gedanken wirbelten durcheinander, während er aufstand und nach den richtigen Worten suchte, eine Wahl zu treffen versuchte zwischen den Worten, die er auszusprechen wünschte, und denen, die seine Position von ihm verlangte. Die Entscheidung blieb ihm jedoch erspart.

Die schwere Eichenfalltür zu Flavios Keller klappte unvermittelt auf. Die Ratsmitglieder erschraken und sprangen auf. Alle starrten im fahlen Licht die Gestalt an, die die Steinstufen herabschritt.

»Vielleicht kann ich helfen, euren Weg zu erhellen, Metzger.«

Sämtliche Blicke waren auf den Besitzer der unwiderstehlichen Stimme gerichtet, die allen in Vedun bestens bekannt war. Auf den Steinstufen stand die Prophetin Tralayn, die Frau mit den funkelnden smaragdgrünen Augen und dem wallenden rabenschwarzen Haar. Das weiche Rauschen ihres jadegrünen Gewandes begleitete sie auf dem Weg die Treppe herab, bis sie vor dem Rat stand und nacheinander jeden Mann anblickte, wobei ihre unergründlichen Augen leuchteten. Tralayn nahm nie an Ratssitzungen teil, und dass sie jetzt zugegen war kündete vom Ernst der Lage.

»Ihr habt euch für einen Weg entschieden«, stellte sie sachlich fest. »Was genau hat der Rat beschlossen, Flavio?«

Flavio gab ihr den Verlauf der Debatte wieder. Tralayn lauschte mit ausgeprägtem Interesse, und mehrere andere Ratsherren, erneut gebannt von der Schicksalhaftigkeit dieser Versammlung, ergänzten Flavios Vortrag mit ihren gefühlsmäßigen Einschätzungen. Schließlich unterbrach Tralayn sie, um selbst zu sprechen.

»Mir scheint, dass beide Seiten Recht haben, Flavio – und zugleich Unrecht. Sakrileg und Mord wurden in unserer Stadt begangen. Die Ausübung unseres Glaubens wird bedroht. Und die Kreatur, die im jetzigen Augenblick ihre Bahn über den Nachthimmel zieht, ist ein dämonischer Vertrauter des Hexenmeisters Mort. Der Herrgott wünscht nicht, dass wir solche Ungeheuerlichkeiten dulden. Das müsste ausreichen, um uns die *Richtung* zu weisen.«

Geflüster breitete sich unter den Ratsherren aus.

»Dann müssen wir kämpfen!«, verkündete Phlegor triumphierend.

»Ja ... aber nicht so, wie du es gern hättest, Phlegor«, mahnte die Prophetin zur Vorsicht. »Wie die anderen gesagt haben: Es wäre Selbstmord, mit schlechter Ausrüstung und ungeschult einen Aufstand zu wagen. Vorläufig müssen wir Geduld haben.«

»Du sprichst in Rätseln!«, rief Phlegor.

»Hört mir zu, ihr alle«, sagte Tralayn, und ihre Augen blitzten wie grünes Eis. »Hört zu, und ich erzähle euch die Geschichte einer verfluchten Stadt, einer Stadt am Rand eines Steilhangs, gemieden von Menschen, Jagdgrund nächtlicher Grauensgestalten ...

Hast du dir jemals Fragen gestellt, Flavio, was die Entdeckung dieser Zitadelle anbetrifft, intakt und doch seit Jahrhunderten von niemandem beansprucht? Welchen Ursprungs ist diese prachtvolle Arbeit von Menschenhand? War es nicht ein Geschenk des Allmächtigen an dich? Nein. Ich sage dir, dass schon zweimal zuvor gottesfürchtige Menschen denselben Traum hatten wie du. Zweimal seit der Zeit Christi haben die Gottesfürchtigen in diesem Gebirge eine Trutzburg errichten wollen ...«

Die Prophetin ging ein paar Schritte auf die gebannt lauschende Versammlung zu und fuhr im Flüsterton fort:

»*Zweimal* hat der Gott dieser Welt – der Hoffnungslose! – sie verschlungen, ohne dass eine Spur zurückblieb! Dieses Gebirge ist die Bastion Satans! Haben wir nicht sein Antlitz am Himmel erblickt? Die schlichten Bewohner umliegender Länder vermeiden es so gut wie möglich, die Umgebung unserer Stadt zu betreten. Sogar die heidnischen Türken fürchten sich davor, hier Tribut einzutreiben. Wir hielten uns durch unseren Glauben vor dunklen Übergriffen geschützt, aber die Macht des Bösen ist stark ...«

Sie hob den Ton wieder auf normale Gesprächslautstärke. »Flavio, die Menschen, die das Gestein Veduns behauen haben, die deinen Traum von einer heiligen Zitadelle teilten, wurden innerhalb eines einzelnen Tages und einer einzelnen Nacht von geflügelten Dingen vernichtet, die sich vom Himmel herab auf sie stürzten!« Den Zuhörern verschlug es den Atem, und sie flüsterten aufgeregt miteinander. »Und Jahrhunderte später wurde eine weitere Gemeinschaft von Gottes Kindern, die Pilger waren wie wir, von lasterhaften Schurken überrannt und niedergemetzelt, von Schurken, die von Gespenstern besessen und von ihnen zu rasendem Irrsinn angetrieben worden waren!«

Tralayn brach ab, das Gesicht von Inbrunst verzerrt. Die meisten ihrer Zuhörer hatten die Augen weit aufgerissen und waren außer Atem; andere gaben missbilligende Bemerkungen von sich und schüttelten skeptisch die Köpfe.

»Und über jeder Tragödie«, fuhr sie fort, »thronte der Dunkle Hexenmeister, Vasall des gefallenen Engels ...«

Die Ratsherren blickten sich gegenseitig erschüttert und besorgt an. Roric war es dann, der ihre schlimmen Gedanken in Worte fasste.

»Sagte der Zauberer nicht, er wäre zuvor schon in Vedun gewesen?«

»Leben wir unter einem Fluch, Meister Flavio?«, erkundigte sich Boris ängstlich. »Warum wurde uns das nicht früher gesagt?«

»Euer Ältester wusste nichts davon«, sagte Tralayn, »denn der Herr hat es mir erst in der heutigen Nacht offenbart. Was das Übrige angeht, so kann ich nur Mutmaßungen anstellen. Wir leben in einer Zeit des manifestierten Bösen. Solche Epochen treten im zyklischen Wechsel auf. Ich vermute, dass in jeder dieser weit auseinander liegenden Zeitspannen der Herrgott die Andächtigen mit der Notwendigkeit inspiriert, eine Trutzburg der Rechtschaffenheit im Herzen der Dunkelheit zu errichten. Unsere Gemeinde ist ein Bollwerk, das in der heutigen Zeit dem Bösen entgegensteht.«

Flavio erhob sich und war sich schmerzlich bewusst, wie sich alle Gedanken von einer örtlichen Krise ab- und dem kosmischen Bösen zuwandten.

»Ich bin ... verwirrt, Tralayn«, räumte der Älteste ein. »Falls frühere Außenposten der Gläubigen an dieser Stelle vernichtet wurden, was sollen wir dann jetzt unternehmen? Wie können wir gegen das Böse bestehen, wo sie gescheitert sind?«

»Eine beunruhigende Frage, mein Freund.« Die Prophetin wurde nachdenklich. »Vielleicht ... vielleicht waren sie schwach im Glauben oder sie verließ der irdische Mut. Oder vielleicht vermochten es jene, die für Rechtschaffenheit eintraten, nicht, ihre Kräfte zu bündeln, wie es uns sehr wohl noch gelingen mag.«

Sie deutete auf die Treppe, auf der sich jetzt schlurfende Schritte näherten. Als die sorgenvollen Ratsherren dem Fingerzeig folgten, machten ihre Herzen einen Sprung angesichts dessen, was sich ihren Blicken darbot. Das vertraute bärtige Gesicht wirkte älter und bekümmert. Ein dicker, zerfledderter Verband an einer Schulter zeigte den dunkelroten Fleck der Verletzung darunter. Unübersehbar jedoch rührte sich Hoffnung und beflügelte die Versammlung in den Katakomben, als alle verfolgen konnten, wie ihr Wohltäter langsam die Stufen herabschritt, gestützt von einem mit zahlreichen Narben gezeichneten Gefolgsmann. Aus zahlreichen Kehlen sprudelte der Name hervor:

»Baron Rorka!«

KAPITEL FÜNFZEHN

Schnell wie ein Panther und lautlos wie Gift lief Gonji durch den Irrgarten der Straßen und Gassen, der sich zwischen den hohen Häusern im südlichen Viertel Veduns erstreckte.

Eine Faust hielt den Bogen und Köcher, die andere den Griff des Schwerts, das über seine Schulter hinausragte, während Gonji seinem Weg folgte, ohne irgendjemandem zu begegnen. Hier und dort kläffte ihn ein Straßenköter an, als er vorbeihuschte, oder eine Katze ließ von ihrer Beute ab und flüchtete. Es war jetzt in der Stadt stiller geworden, abgesehen vom Rauschen der Drachenflügel und dem fernen Muhen der Kühe. Auf den Straßen roch es nach klammer Fäulnis und Abwässern; Gonji befand sich mittlerweile in der Nähe eines Abwassergrabens.

Als er die breite Straße erreichte, die im Südviertel der Stadtmauer folgte, kam er auf den Pflastersteinen rutschend zum Stehen. Sein Atem ging schnell, und sein Herz raste. Er lauschte konzentriert und hielt nach Soldaten auf der Mauer Ausschau: Eine einzelne Sturmhaube glomm im Mondlicht, als ihr Träger heranschlenderte, entgegengesetzt zu seinem Kameraden, der sich derzeit weit im Osten befand.

Der geflügelte Lindwurm strich über Gonji hinweg und stieß einen einzelnen scharfen Schrei aus. Dem Samurai lief ein kalter Schauer über den Rücken, als er sich dem unirdischen Laut zuwandte. Er knirschte mit den Zähnen und durchlöcherte das Untier förmlich mit den Strahlen des Abscheus, die aus seinen Augen hervorschossen. Der Drache schlug zweimal heftig mit den Flügeln und beschleunigte mit alarmierender Geschwindigkeit. Dann spie er und pustete etwas vom Himmel – einen Falken oder eine Eule. Der disziplinierte Llorm-Bogenschütze schenkte ihm keine Beachtung und versah weiter seinen Wachdienst. Am oberen Ende der Mauertreppe machte er kehrt und marschierte zurück nach Osten.

Schritte näherten sich Gonji auf der Straße. Ein Soldat, ein Llorm, nahm Kurs auf die Steintreppe zum Mauergang und war vielleicht noch fünfzig Schritte entfernt.

Ein Wachwechsel? Gonji fluchte. So wurde es auch nicht leichter für ihn.

Der Llorm trampelte über eine schmale Holzbrücke, die den Abwassergraben überspannte, und spuckte in den Graben. Er traf Anstalten, zum zinnenbewehrten Mauergang hinaufzusteigen, blieb dann jedoch stehen, um einen Riemen der Oberschenkelschienen zu richten. Er hörte das leise Scharren hinter sich, spürte den warmen Hauch von Körperwärme im Rücken. Ein Arm legte sich um seinen Hals und drückte ihm die Luft ab. Gonji riss dem Mann die Sturmhaube herunter und schlug ihn mit dem eigenen Helm bewusstlos. Dann zerrte er den schlafenden Llorm in die Schatten und blickte nach oben: Die Aktion war unbemerkt geblieben.

Ein Augenblick der Unentschlossenheit: töten oder nicht töten? Nein, nicht töten. Es ergäbe keinen Sinn, Gegenmaßnahmen zu provozieren. Die Menschen hier hatten schon genug Scherereien. Er musste nur schnell und lautlos zu Werk gehen. Ganz zu schweigen von vorsichtig. Er betrachtete den niedergestreckten Soldaten: Er würde für einige Zeit weggetreten sein, sagte sich Gonji zuversichtlich und verbannte dann jeden Gedanken daran, während er die steilen Stufen zum Mauergang hinaufhuschte, wo er sich für einen Moment niederkauerte.

Dann glitt er weiter zu einer Schießscharte und blickte ins Tal unter ihm. Tief, tief unter ihm. Der Talboden schimmerte matt. In der Ferne erspähte Gonji die schäumenden Fluten eines Flusses, und östlich davon vernahm er das zischende Dröhnen eines für ihn unsichtbaren Wasserfalls, der ihn speiste. Der kalte Wind zupfte an Gonjis Kleidung. Er wünschte sich, er hätte sich wärmer angezogen. Allerdings vergaß er rasch jede Bequemlichkeit.

Die Luft über ihm teilte sich, gespalten vom heranrauschenden Lindwurm. Gonji duckte sich zwischen die Mauerzacken. Er schloss die Augen und hielt die Luft an, und seine Vorstellungskraft beschwor kurz eine Vision von Fleisch herauf, das von schlimmem Wundbrand matschig und rissig war. Die Macht, die diese atavistische Angst über ihn hatte, machte ihn wütend, und er bezog Kraft aus dem klaren, massiven Gefühl des Holzbogens in seiner rechten Hand.

»Du erhältst schon noch, was du verdient hast, du schleimgeborenes Mistvieh!«, flüsterte er und blickte dem Monster auf seiner Bahn am Himmel nach.

Verstohlen lugte Gonji um eine Mauerzacke herum. Schweiß brannte in seinen Augen; Gesicht und Haare waren unter dem dunklen Kopftuch inzwischen klatschnass. Die Llorm-Wachtposten waren zurzeit beide in seinem Blickfeld und näherten sich einander hinter dem Dach des Schlachthauses. Bald würden sie kehrtmachen, und der Bogenschütze auf Gonjis Seite würde dann in seine Richtung blicken.

Gonji verfolgte den weiten Bogen der Flugbahn des Lindwurms mit seinem Blick. Die Bestie näherte sich bereits über dem Nordwall dem ihm fernsten Punkt. Die erstaunlich windschlüpfrige Gestalt glitt beinahe träge auf den Luftströmen dahin, getragen von einer schrecklichen Magie, über deren Wesen nachzudenken der Samurai keinerlei Lust verspürte. Das Monster würde erneut über ihn hinweg fliegen, während der Llorm-Wachtposten weit entfernt war.

Sicher, verdammt, warum denn nicht?

Gonji lehnte sich in der Schutz spendenden Schießscharte zurück und stützte die Beine an einer Mauerzacke ab. Während er den Hals reckte, um die Flugbahn des Lindwurms zu verfolgen, und eine unbändige närrische Schadenfreude die Alarmglocken in seinem Verstand niederbrüllte, legte er einen Pfeil auf die Kerbe und spannte an seiner Seite über dem Abgrund den Bogen mit halber Kraft. Beinahe so etwas wie ein Trickschuss. Schwierig. Eine interessante Herausforderung ...

Das Scheusal glitt von hinten heran. Seine mächtigen Flügel peitschten die Luft im gleichen Rhythmus, wie das Adrenalin durch Gonjis Adern pulsierte. Die messerscharfen Raubtierklauen zischten nur wenige Meter über dem Samurai vorbei.

Er spannte den Bogen bis zum Anschlag, peilte das Ziel an und schoss.

Der Pfeil pfiff nach oben – durchschlug eine Schwinge ...

»Skriieee!«

Ein triumphierendes Kichern, und der Samurai hämmerte mit der Faust auf Granit. »Wie finde ich das – gut, wie? Hi-hiii!«, flüsterte er schrill durch zusammengebissene Zähne.

Der geflügelte Drache schlug unter dem Schock der plötzlich aufbrandenden Schmerzen unkontrolliert mit den Flügeln, reckte den Kopf und peitschte mit dem Stachelschweif hin und her.

Einen Steinwurf entfernt blieb der Wachtposten auf der Mauer stehen, beobachtete den hektischen Kampf des Untiers und machte automatisch die Armbrust schussbereit.

Ah-oh!, dachte Gonji. Er rieb sich die brennenden Augen und blickte vom Wachtposten zum wütenden Monster, das inzwischen eine unbeholfene, schiefe Flughaltung einnahm. Die mächtigen, aufgerissenen Kiefer schnappten nach dem aus dem Flügel ragenden Pfeil, wobei sein biegsamer Hals die schrecklichsten Verrenkungen ausführte.

Holz splitterte, und ein Schrei neuer Qual ertönte, als der Drache den Pfeil aus seinem Flügel riss. Nach dieser Anstrengung schwebte er in nur noch geringem Abstand über die Dächer. Doch nun warf er sich empor, gewann erneut an Höhe und unterzog den verletzten Flügel einer eiligen Prüfung.

Jetzt rannte der Wachtposten die Mauer entlang und hielt dabei die Armbrust im Anschlag. Gonji duckte sich zwischen zwei Mauerzacken und war auf einmal völlig unschlüssig. Hatte man ihn entdeckt?

Folgte der Wachtposten einem vorab erteilten Befehl? *Was?* Gonji blieb nichts weiter übrig, als es darauf ankommen zu lassen ...

Vorsichtig hielt er den Köcher über den Mauergang. Das Filigranmuster glitzerte einen Augenblick lang im Mondlicht. Ein *Klack!* ertönte, und ein Armbrustbolzen zischte am Köcher vorbei und zersplitterte an der Mauer.

Mist, verfluchtes Karma ...

Not und Instinkt übernahmen die Führung. Gonji schwang sich Bogen und Köcher über den Schwertern auf den Rücken, sprang aus seinem Versteck und stürzte sich auf den Llorm-Schützen. Dreißig oder vierzig Schritte trennten die beiden Männer, als der Samurai zu seinem Sturmlauf startete. Der Wachtposten glotzte einen Augenblick lang auf die maskierte Gestalt, und glühende Augen bohrten sich in der sternenhellen Nacht ineinander. Dann begann der Llorm die Armbrust neu zu laden.

Diese Waffe besaß eine mechanische Spannvorrichtung: Auf dem Schaft saß eine Apparatur aus Ratsche und Kurbel, um die Sehne zurück zu ziehen. Sobald der Llorm-Bogner den schwer bewaffneten, maskierten Mann erblickte, der auf ihn zustürmte, kurbelte er wie verrückt. Der kurze Wettlauf begann.

Gonji war sich grimmig der Tatsache bewusst, dass ein Bolzen mit Stahlspitze auf diese Distanz drei mit Kettenhemden gepanzerte Männer hintereinander durchschlagen konnte – und er trug keinerlei Rüstung –, daher rannte er wie ein Besessener und bediente sich sämtlicher Energiereserven in seinen kräftigen Beinen, um an Tempo zu gewinnen. Irgendwo in der Ferne erklang das entsetzte Trompeten einer Rinderherde, gefolgt vom wütenden Gebrüll des geflügelten Drachen.

Noch zwanzig Schritte ...

Schlage jetzt bloß nicht Alarm!, kommandierte Gonji im vollen Lauf in Gedanken. *Schreie nicht auf!*

Noch zehn Schritte ...

Die Armbrust war gespannt; ein Bolzen wurde in die Kerbe gelegt, einmal zurechtgeschoben und dann aufs Ziel ausgerichtet. Der Wachtposten holte zischend Luft. Die Entfernung zwischen beiden Männern schmolz dahin.

Und Gonji machte seinen Zug, nur noch eine Körperlänge von dem tödlichen Bolzen entfernt.

Hauptmann Julian Kel'Tekeli zügelte vor den Viehpferchen im Ostviertel Veduns brutal sein Pferd. Sein offenes Hemd flatterte im Wind. Er trug weder Rüstung noch Helm – war doch Eile das Gebot dieser Nacht –, hielt jedoch das blanke Schwert kampfbereit gezückt. Er blinzelte gegen den Schlaf an, der an seinen Augen zerrte, und versuchte, die Bedeutung der grausamen Vision zu begreifen, die über dem entsetzten Vieh in der Luft verharrte.

Der Lindwurm hielt sich dort mit mächtigen wellenförmigen Flügelschlägen in der Schwebe und riss Fleisch und Knochen aus dem nass glänzenden Kadaver einer Kuh. Die anderen Tiere drängten sich in heilloser Panik vor der Wut des monströsen Raubtiers schreiend in ihren Pferchen.

Julian packte die Zügel fester, als sein Pferd bockte und schnaubte. Söldner trafen jetzt zu Pferd und zu Fuß ein, manche nur halb bekleidet. Sie flüsterten untereinander und hielten sich auf Distanz. Blut und Eingeweide waren auf dem gesamten Gelände verspritzt.

Endlich schleuderte der Drache den Kadaver zu Boden. Mit einem schrillen Schrei bekundete er, dass er den Söldnerhauptmann erkannte, reckte seinen geweihbewehrten Kopf und bäumte sich mit zusammengerollten Fledermausflügeln auf. Die wütenden roten Augen blitzten; er schnappte mit den sichelförmigen Kiefern und schleuderte einen Klumpen sauren Exkrements auf ein Pferch voll blökender Schafe. Dann schwang er sich in die Luft und nahm Kurs auf die südliche Mauer.

Der Flugwind wehte dabei nicht festgeschnallte Helme von den Köpfen der Zuschauer.

Julian riss sein Pferd herum. »Nach Süden, ihr faulen Hunde – los!«

Gonji fintierte links-rechts, gewandt wie eine Kobra. Der Wachtposten reagierte verwirrt, fürchtete einen Fehlschuss und stolperte einen Schritt rückwärts. Seine vordere Hand rutschte ab, und der Bolzen zischte harmlos in die Nacht.

Ein blitzschneller Tritt entriss dem Llorm die Waffe. Gonji sprang vor, und sein Griff nach dem Hals des Gegners kostete ihn beinahe eine Hand, als der Soldat wie wild blanken Stahl zückte und die Luft zwischen ihnen mit einem Rundschlag zerteilte.

Gonji sprang zurück, zog das Sagami und stellte sich dem Llorm mit einer beidhändig geführten Parade. Der Llorm schlug erneut zu. Die Spitze des Sagami sank fünf Zentimeter ab, und der Angriff ging lautlos daneben. Gonji täuschte einen Ausfall vor und verleitete den Gegner zu einem weiteren unkontrollierten Schwerthieb. Mit einer schnell ausgeführten Kreisparade drückte er das Schwert des Wachtpostens heftig gegen die Mauer und brachte den Mann so aus dem Gleichgewicht. Dann wirbelte Gonji herum, und sein aus der Drehung heraus ausgeführter Fersentritt traf den Hals des Llorm …

Zu heftig. Der Soldat knallte gegen die Schießscharte. Gonji schnappte nach Luft, streckte die Hand aus – zu spät.

Der Wachtposten stolperte durch die Zinne und stürzte die Steilwand hinab. Gonji beugte sich hinaus, stützte sich mit den Ellbogen auf die Mauerzacken und riss ungläubig die Augen auf, während sein Widersacher den Hang hinab ins Tal und zu Tode stürzte.

Der lang anhaltende, qualvolle Schrei des Llorm war kilometerweit zu hören.

Gonji starrte lange Sekunden hinter der verschwundenen Gestalt her, und unzusammenhängende Gedanken stiegen in dichten Wellen in seinem Bewusstsein auf. *Verfluchter Mi ... Was jetzt? – Wie konnte das geschehen? Er ist gestürzt, das ist geschehen, er ist gestolpert und ... Idiot!*

Er drehte sich um, als Rufe und Hufgetrappel auf den Straßen unter ihm ertönten. Die Garnison war bereits aufgeschreckt worden. Es kam Gonji jedoch sehr schnell vor, zu schnell, wie sie auf die Schreie des Wachtpostens reagierten. Fackeln flammten an mehreren Stellen in der Stadt auf und erhellten die Dunkelheit mit düsterrotem Leuchten. Manche näherten sich schnell, da sie von Reitern getragen wurden. Gonji musste verschwinden.

Er sprang auf den Mauergang hinab und löste den ihn würgenden Bogen und den Köcher vom Hals. Pfeile fielen auf den hölzernen Laufsteg. Er hob eine Hand voll auf und rammte sie in den Köcher zurück. Ein unsicherer Schritt nach rechts – dort stürmte der zweite Llorm-Wachtposten heran, die Armbrust geladen und im Anschlag vor dem Körper gehalten. Also nach links ...

»Aveya! Aveya!«

Das war der Llorm-Wächter, den Gonji bewusstlos geschlagen hatte, der aber mittlerweile wieder zu sich gekommen war und mit gezücktem Schwert am Fuß der Treppe stand. Klugerweise hielt der Soldat sich zurück und rief nach Verstärkung.

»*Choléra!*«, fluchte Gonji und schlug mit der Faust in die hohle Luft. Er schwitzte jetzt heftig trotz der kalten Luft, fluchte über die eigene Fehlplanung, wandte sich erneut nach rechts und damit dem zweiten Wachtposten auf der Mauer zu, der nur einen kurzen Bogenschuss entfernt unvermittelt stehen blieb. Der Mann legte die Armbrust an.

Gonji pflückte einen Pfeil aus dem Köcher, ließ den Köcher fallen und sprang zwischen zwei Mauerzacken. Der Llorm behielt seine Position bei und folgte Gonjis Standortwechsel mit der Armbrust. Der Samurai legte den Pfeil in die Kerbe und streckte einmal, zweimal den Kopf ins Freie. Der Llorm schluckte den Köder jedoch nicht.

Gonji sprang auf den Mauergang, täuschte vor, den Bogen zu spannen, kehrte fast sofort in die Deckung der Mauerzacke zurück und – *tock!* Der Bolzen durchschlug die leere Luft an der Stelle, wo noch die Körperwärme Gonjis hing. Der Samurai knirschte mit den Zähnen, stand auf und spannte den Bogen. Jetzt war jedoch der Wachtposten an der Reihe, sich zwischen zwei Mauerzacken in Deckung zu bringen.

»Schweinekarma!«, fand Gonji noch Zeit zu rufen, und dann erblickte er ihn. Riesig und schwarz und in wellenförmiger Flugbewegung vor dem Sternenhimmel.

Das mächtige Scheusal schwenkte links von ihm heran, die Klauenfüße eng an den Rumpf gezogen, während feurige Augen den Samurai mit flammendem Hass fixierten. Das Maul weit aufgerissen, der Schlangenhals vorgereckt – bereit zu spucken. Unwirklich schnell verringerte das Monster die Distanz zu Gonji, fast in blitzartigen Sprüngen, wie es Gonjis überempfindlichen Sinnen vorkam. Und in diesem Augenblick einer Gefahr, bei der ihm das Herz stockte, spürte er, wie auch alle seine Muskeln erstarrten; eine innere Stimme des Abscheus und der Verzweiflung angesichts eines scheußlichen Todes durch einen Exkrementhaufen drängte ihn in lockendem Tonfall, sich rücklings in den Abgrund zu stürzen und das jetzt friedliche Schicksal des ersten Wachtpostens zu teilen.

Dann bäumte sich der Trotz in den Winkeln und Korridoren seines Bewusstseins auf und erstickte diese schmachvolle Stimme.

Er wirbelte nach links herum, dem Angriff aus der Luft entgegen. Ein Strom sengender Exkremente traf die Mauer unter ihm, als er gerade auf die Mauerzacke kletterte. Er richtete sich auf und feuerte den Pfeil auf das Monster ab, das jetzt sein ganzes Blickfeld ausfüllte. Der geflügelte Lindwurm spuckte einen Strahl Säurespeichel aus. Gonji duckte sich flach auf die Zinne, und Kopf und linker Arm baumelten über der Straße, die sieben Meter unter ihm lag.

Ein durchdringendes Kreischen ertönte – der Schrei des Lindwurms, als Gonjis Pfeil sich tief in seinen Leib bohrte. Stinkende Flüssigkeit schoss pulsierend aus der Wunde, als das Untier über das Tal hinausflog und mit den Krallen nach dem Ärgernis tastete.

Gonji schnappte nach Luft, die ihm beim Aufprall aus den Lungen gehämmert worden war. Er prüfte seine Verfassung: kein brennender Schmerz. *Habt Dank, Ihr Götter!* Mit hämmerndem Puls packte er den Köcher und rannte zur Mauertreppe.

»Aveya, aveya!«

Der Llormsoldat stand noch immer am Fuß der Treppe. Rechts hörte Gonji das Hufgetrappel der Reiterei, und Stimmen riefen laut, vielleicht keine drei Straßen mehr entfernt. Die Lichtpunkte zahlloser Fackeln sprenkelten die Stadt.

Ein Armbrustbolzen zischte an Gonji vorbei, als er geduckt die Stufen hinab lief. Er zog den Dolch und setzte zum Wurf auf den Llorm an, der mit einem Schwert bewaffnet war. Der behelmte Gegner zuckte angesichts des Messerwurfs zusammen und stolperte rückwärts. Gonji sprang seitlich von der Treppe, war eine Sekunde später auf der anderen Straßenseite und verschmolz mit den tiefen Schatten in Veduns gewundenen Seitengassen.

Lautes Hufgetrappel und klirrender Stahl umschwärmten ihn in der Schwärze zwischen den Hauswänden. Schreie – im Kommandoton, in Verwirrung. Gonji rannte und verfluchte vor sich murmelnd seinen Leichtsinn, mit dem er dies alles provoziert hatte. Er hetzte wie verrückt durch das Labyrinth der engen Gassen, mied die Straßen, die vom Schein rötlichen Lichts erhellt wurden, und drückte sich an Mauern und in Nischen, wann immer berittene Soldaten vorbeidonnerten.

Er wandte sich nach rechts, nach links, wieder nach rechts; sein Orientierungssinn ließ ihn allmählich im Stich. Er hatte den vagen Eindruck, sich einigermaßen nach Osten zu bewegen, und entschied, erst Abstand zwischen sich und das Südviertel zu bringen und dann auf Umwegen zu Garth zurückzukehren. Sein Kurs führte ihn den Verfolgern entgegen. Riskant. Und er musste sich über die eigene Position klar werden.

Er hängte sich die Waffen auf den Rücken und erstieg eine Mauer. In geduckter Haltung konnte er vom Dach eines niedrigen Hauses den Marktplatz im Zentrum Veduns sehen und ein kleines Stück rechts den Futterkorb – ein Zentrum söldnerischer Aktivität.

Dann wurde er entdeckt. Ein berittener Söldner deutete auf ihn, brüllte etwas und gab seinem Pferd die Sporen.

Ehe der Alarmruf verklang, war Gonji schon über das Dach hinaus. Er sprang auf das angrenzende Haus und hörte darin gedämpfte Rufe. Er hastete über ein weiteres Dach und setzte mit einem kurzen Sprung auf ein höheres Gebäude, das ihn in die Deckung noch höherer Häuser mit Giebeldächern führte. Anscheinend befand er sich hier an der Grenze zwischen Häusern jüngeren Datums und einem öden, verlassen wirkenden Viertel.

Ein einzelner Reiter klapperte auf die dunkle Gasse unter ihm: ein freier Gefährte in leichter Kavallerierüstung und einer Schaller mit tiefem Rand. Gonji klammerte sich an den Dachsims und verfolgte, wie der Söldner verwirrt das Pferd im Kreis lenkte. Aus allen Richtungen schienen Befehle zu ertönen.

Dann sah Gonji den geflügelten Lindwurm.

Das Monster strich tief über den östlichen Vierteln der Stadt dahin und suchte nach seinem Peiniger. Allmählich arbeitete es sich in Gonjis Richtung vor. Der Samurai fällte eine rasche Entscheidung.

Der Reiter unten auf der Straße lenkte sein Ross jetzt in die Richtung, aus der er gekommen war. Das Pferd tat zwei Schritte, und dann krachten Tier und Reiter unter dem Aufprall von oben zu Boden. Gonji schickte den Soldaten mit einem heftigen Schlag auf den Kopf ins Land der Träume, hob die Schaller auf und öffnete hastig die Schnallen des Kürasses.

Zeit für einen Identitätswechsel, Gonji-san, dachte er, während er arbeitete. *Du hast diese Ninjageschichte ohnehin gründlich in den Sand gesetzt. Das beweist, was mangelnde Übung alles anrichtet, oh hai, das tut es wirklich ...*

Er wickelte sich das Tuch vom Kopf, und Erleichterung machte sich in ihm breit; dann wickelte er sich die Schärpe um die Taille und band sie fest. Er legte Bogen und Köcher und seine Schwerter ab und zog den Kürass an. Der Köcher war leer, die verbliebenen Pfeile lagen verstreut auf der Erde. Gonji schnalzte ungeduldig mit der Zunge. Der Bogen musste rasch verschwinden. Er erwies sich als sperrig und ragte auffällig hoch über der Schulter auf. Am wichtigsten war jedoch, dass die Verfolger nach einem Bogenschützen suchen würden. Und das Gleiche würde vermutlich auch der Drache tun.

Er hängte sich die Waffen erneut auf den Rücken und setzte die Schaller auf, die so tief reichte, dass sie die obere Gesichtshälfte schützte und mit Augenschlitzen ausgestattet war. Gut. Der niedergestreckte Reiter stöhnte, als Gonji gerade fertig wurde und auf das mit den Hufen scharrende Pferd zuging. Der Samurai hörte Hufgetrappel aus einer Querstraße. Er stieg auf, näherte sich in leichtem Galopp vorsichtig der Einmündung und versuchte, sich zu entspannen und natürlich zu wirken.

Eine kleine Reitergruppe kam an der Gasse vorbei. Ein Reiter bog hinein, die Fackel hoch erhoben, sodass er die Dunkelheit mit dem blendenden Lichtschein vertrieb.

Gonji deutete nach Osten. »Aveya!«, rief er.

Der Reiter sagte etwas in einer unbekannten Sprache. Es war

ein Söldner mit Schlapphut, Koller und Panzerschurz. Ein Kavalleriesäbel hing an seiner Linken, eine Pistole an der Rechten. Er betrachtete Gonji forschend. Aber als sein Blick auf *Tsuba* und *Fuchigashira* – Griff und Knauf – des Sagami fiel, die über Gonjis Schulter aufragten, leuchtete das Erkennen in seinem Gesicht auf.

»Du!«, schrie er. Es war einer der Söldner, denen Gonji Tags zuvor im Futterkorb begegnet war.

Keine Zeit zum Nachdenken – Gonji gab seinem Pferd die Sporen und zog gleichzeitig das Schwert. Das Ross rannte los, und Gonjis grausamer Hieb durchschnitt den Koller des Söldners und verstreute dessen Überreste über dem Hinterteil des Pferds.

Gonji ritt auf die breite Straße hinaus, riss die Zügel scharf nach rechts, nach Osten, und begegnete fast sofort einer zerlumpten Gruppe Abenteurer, die in dieselbe Richtung unterwegs waren.

»Aveya! Aveya!«, rief er im Befehlston und deutete nach Osten. Die Männer sahen einander kurz an, und Gonji hielt sich bereit, erneut das Schwert zu ziehen. Dann brüllten die Männer wie aus einer Kehle, schwenkten ihre Klingen und galoppierten zur Ostmauer.

Gonji blickte ihnen einige Sekunden lang nach und fragte sich vage, was »aveya« wohl bedeutete. Dann nickte er knapp und ritt nach Westen, zurück zum Stall der Gundersens, dem einzigen Ort in dieser Stadt, mit dem er ausreichend vertraut war, um ihn eine Zuflucht zu nennen.

Von links drangen Geräusche herüber, denen er entnehmen konnte, dass die Hauptmacht der Soldaten auf dem Weg zurückkehrte, den sie gekommen war. Und aus ihrer Mitte drang das Knallen von Pistolen an seine Ohren.

Choléra! Schuldgefühle stiegen in Gonji auf. *Hoffentlich schießen sie jetzt nicht noch auf Unschuldige . . .*

Er war der einzige Reiter auf dieser Straße, der Straße des Glaubens, und das war Fluch und Segen zugleich, hörte er doch in der Nähe den grauenhaften Flügelschlag des Lindwurms. Er zügelte das Pferd so heftig vor einer Nebenstraße, dass es protestierend wieherte.

»Weg mit dir, Biest!«, kommandierte er und gab ihm einen Klaps aufs Hinterteil. »Ein Tora bist du nicht.«

Zeit, den Bogen loszuwerden. Er lief die Gasse hinab, die zwei Reihen bescheidener Steinhäuser trennte. Aufs Geratewohl entschied er sich für einen der Querwege hinter einer Hausreihe. Er wandte sich nach rechts und rannte über die festgestampfte Erde entlang der Holzzäune, Kleingärten, Schuppen und Tierpferche. Er kam zu dicht an einem Hühnerstall vorbei, und ein lärmendes Gackern war die Folge; nervös versuchte er die Hühner zu beruhigen und kam sich dabei wie ein Idiot vor. Unwillkürlich stieß er ein schnaubendes Lachen hervor. Als er dann jedoch Hufgetrappel näher kommen hörte, begleitet von menschlichen Schrittgeräuschen und leisem, barschem Geplapper, sprintete er aufs Neue los.

Die Stimmen erklangen zu nahe. Er setzte über einen Zaun auf einen Hinterhof mit sorgfältig gepflegtem Garten, Lagerschuppen und zwei Stapeln Feuerholz. Das gedämpfte Fußgetrappel auf der Gasse näherte sich. Das Geplapper hingegen war zu einem Flüstern herabgesunken.

Sieh zu, dass du den Bogen loswirst!

Er blickte sich einen Augenblick lang ziellos um, aber schließlich blieb sein Blick an dem Schuppen haften. Dahinter klaffte eine Lücke, die für Bogen und Köcher reichte. Er stopfte beides dorthinein sowie zwei Reisigbündel, um die Lücke zu schließen. Zufrieden klopfte er sich den Staub von den Händen und blickte sich um. Er musste ein ...

In diesem Augenblick entdeckte er das Mädchen.

Sie stand am Fenster, umrahmt von den aufgeklappten Fensterläden. Gonji bat sie mit einem Wink darum, still zu bleiben, und versuchte, sie mit einigen Gesten zu beruhigen. Ihre Miene war jedoch unmissverständlich, die weit aufgerissenen Augen, das Beben der geöffneten Lippen: Sie würde jeden Moment schreien.

Er setzte die Schaller ab, damit das Mädchen seinen flehenden Blick erkennen konnte, und wiederholte seine Handbewegungen. Gleichzeitig näherte er sich ihr.

Das Mädchen wich mit zitternden Lippen vom Fenster zurück. Ein Pferd wieherte in einer Gasse nur etwa zwanzig Meter entfernt, und Laufschritte erklangen auf dem Trampelpfad hinter der nächsten Hausreihe. Also tat Gonji das Einzige, was ihm noch einfiel, und hechtete durch das Fenster ins Schlafgemach der jungen Frau, rollte sich mit klirrenden Waffen ab und machte dabei *Schhh!* und sprudelte verzweifelte Bitten hervor wie ein überfordertes Kindermädchen.

»Doso – bitte – por favor – please!« Er schüttelte hektisch den Kopf und deutete durch das Fenster. »Ich gehöre nicht zu denen«, flüsterte er. »Nicht zu den Invasoren. Ich heiße Gonji und bin ...« Sie fuhr sich mit der Hand an den Hals, aber das Zittern, das einen Schrei ankündigte, hatte sich gelegt. *Vermassle es jetzt bloß nicht!*

»Es tut mir wirklich leid, aber das ist nötig, verstehst ... Sprichst du Deutsch?« Sie verriet durch nichts, dass sie ihn verstand. Sie war eine hübsche, schlanke, dunkeläugige junge Frau von etwa zwanzig Jahren. Dunkelhaarig und ein wenig exotisch, was ihre Hautfarbe und ihre Gesichtszüge betraf. Das lange Haar fiel ihr über die Schultern und war vom Schlaf zerzaust. Unter dem dicken, bodenlangen Nachthemd war nichts von ihrem Körper zu erkennen – nicht, dass es Gonji in diesem Augenblick interessiert hätte. Später sollte ihm jedoch der erheiternde Gedanke durch den Kopf gehen, dass sie genauso gut 250 Pfund hätte wiegen oder auch nur ein Kopf auf einer Stange hätte sein können, ohne dass es ihm aufgefallen wäre – so sehr bemühte er sich, ihr keine beunruhigenden Blicke zuzuwerfen.

Draußen trotteten zwei Söldner den Pfad entlang, die Schwerter gezückt, und durchsuchten die Hinterhöfe und die Lücken zwischen den Häusern. Sie *mussten* ihn gehört haben! Gonji machte die junge Frau auf sie aufmerksam und schloss dann sachte die Fensterläden bis auf einen Spalt. Ein schmaler Streifen Mondlicht erhellte das Schlafgemach und ließ erkennen, dass es nichts weiter war als eine Kammer mit Bett, einem kleinen Eichentisch mit Schemel, einem Wasserkrug und einem Waschbecken.

»Diese Männer da draußen«, flüsterte er und probierte es diesmal auf Spanisch, »wollen mich umbringen. Nur weil ich ihr Monster angegriffen habe!« Er rang sich ein kurzes Lachen ab, räusperte sich dann und machte eine ernste Miene. Die junge Frau fand daran nichts Erheiterndes.

Er blieb auf dem Boden sitzen, rückte aber näher an sie heran, bemühte sich angestrengt, ihr seine Unterlegenheit zu demonstrieren.

»Hör zu, *por favor*, ich weiß, dass das für dich alles *loco* ist, aber ich muss dich bitten, mir zu vertrauen. Bitte schreie nicht! Ich brauche deine Hilfe. Du darfst mich nicht verraten. Es – ist wichtig für mich. Mein Leben hängt davon ab. Vielleicht auch das Leben deiner Nachbarn …«

Er dachte über das nach, was er da gesagt hatte, und bedauerte tief, dass er durch sein Handeln die Menschen der Stadt in Gefahr gebracht hatte, von Vergeltungsmaßnahmen heimgesucht zu werden. Womöglich hatte er sogar dieses Mädchen in Gefahr gebracht, das so verdammt verletzlich wirkte. »Gibst du mir dein Wort, dass du mich nicht verrätst, dass du niemandem von mir erzählst?«

Sie wich an die Wand zurück, nahm die Hand vom Hals und wirkte jetzt eher interessiert als verängstigt. Ihre großen, glänzenden Augen betrachteten ihn forschend. Nach wie vor verweigerte sie ihm jedoch jede Antwort.

Gonjis Lippen bebten vor Sorge und Enttäuschung, als er sagte: »In Ordnung, keine Versprechungen. Aber zumindest für heute Abend, *neh?* Du schlägst heute Abend keinen Alarm? Ich kehre *mañana* zurück – morgen hole ich mir die Sachen hinter deinem Schuppen wieder, *si?*«

Ein Ruf drang von der Gasse herüber. Die suchenden Söldner liefen sofort los.

Gonji öffnete die Fensterläden und setzte sich die Schaller wieder auf. »Ich verschwinde jetzt«, sagte er und band den Helm fest. »Danke für deine Hilfe.«

Er winkte ihr kurz zu. Als er dann das winzige Kreuz entdeckte, das sie um den Hals trug, schlug er das christliche Kreuzzeichen und war deshalb gleich ein wenig zuversichtlicher, was die Reaktion der jungen Frau betraf. Dann tauchte er in der Nacht unter.

Augenblicke später platzte die Mutter des Mädchens herein, eine Wachskerze in der Hand, und fand ihre Tochter am Fenster, durch das sie hinausblickte. Raue Stimmen und der Lärm von Männern und Pferden waren in der Nähe zu hören. Eine frische, kühle Brise spielte mit den langen Haaren des Mädchens und löschte die Kerze.

»Gütiger Himmel ... Helena!« Die Mutter lief hinüber, ergriff Helena am Arm, zog sie sanft vom Fenster weg und schloss die Läden. Ein seltsamer Ausdruck hatte sich auf Helenas Zügen ausgebreitet, und ein wehmütiges Lächeln spielte um ihre Lippen. Ihre Mutter bediente sich jetzt der Gebärdensprache.

Tochter, was ist geschehen? Ich dachte, ich hätte Stimmen gehört.

Mutter, ein Mann ist in mein Zimmer gekommen. Ein ganz besonderer Mann.

Ihre Mutter runzelte die Stirn.

Ein Mann? Hat er dir etwas getan?

Nein, nein, Mutter. Er war sehr freundlich. Er kam wie – wie ein Schutzengel in der Nacht.

Helena stieg ins Bett, wobei sie weiterhin leise lächelte, und war innerhalb von Sekunden eingeschlafen. Ihre Mutter konnte nur die Fensterläden anstarren. Sie verschloss sie, küsste ihre Tochter liebevoll auf die Stirn und setzte sich mit verwirrt gerunzelter Stirn auf den Schemel.

Sie hatte keine Gebärde für die Dinge, die ihr jetzt Sorge bereiteten.

Gonji eilte flink durch Gassen und Nebenstraßen und hielt dabei Kurs nach Westen, bis er stolperte und mit dem Gesicht voran in einen nur matt vom Sternenlicht erhellten Abwassergraben stürzte. Der Helm erzeugt beim Aufprall ein laut schepperndes Echo.

»*Choléra!*«

Dann bewegte sich der Gegenstand, über den er gestolpert war. Gonji stützte sich auf einen Ellbogen und blickte forschend in die Düsternis. Ein Messer blitzte kurz im Sternenlicht auf und zuckte auf seinen Bauch zu.

»Bring *das* deinem König, Schurke! Tod allen Ty ... Ahh!«

Gonji packte die Hand, die das Messer führte, entriss ihr die schmale Waffe und stürzte sich auf den Meuchelmörder. Er holte zum Schlag aus. Der theatralische Klang der Stimme kam ihm jedoch vage vertraut vor. Er zögerte eine Sekunde lang und roch das überwältigende Aroma billigen Fusels. Dieser Meuchelmörder hatte eindeutig zu tief in den Becher geschaut.

»Freiheit für alle, oder niemand ist frei!«, brüllte der Säufer auf Französisch. Und dann trieb ihm Gonjis kurze Gerade seine heldenhaften Absichten für den Rest dieser Nacht gründlich aus. Fast im gleichen Moment begann der Trunkenbold laut zu schnarchen.

»Schlaf gut.«

Gonji kniete eine Zeit lang in der Dunkelheit, raffte seine sieben Sinne zusammen und lauschte nach Soldaten. Kein bedrohliches Geräusch erklang in der Nähe. Das westliche Viertel wirkte relativ friedlich. Der frische Wind aus den Bergen klärte den

Geist des Samurai und übte eine belebende Wirkung auf ihn aus. Allmählich glaubte er, dass ihm die Heimkehr gelingen würde. *Heim?*, fragte eine trockene Stimme. *Wo bist du denn zu Hause?*

Die Gasse, in der er sich befand, verlief parallel zu einem tiefen Graben, der die ganze Stadt durchschnitt und mit sämtlichen flacheren Abwassergräben verbunden war. Er war zur Sicherheit von Mauern eingefasst, und an vielen Stellen führten Stege oder Brücken über ihn hinweg, um den Verkehr zu erleichtern. Er schien tief genug zu sein, um Schaller und Kürass, die Gonji ablegte, da er sie nicht mehr benötigte, ausreichend Platz zu bieten.

Er schleuderte die Rüstungsteile über die Mauer, sah sie spritzend in die Abwässer eintauchen und im dreckigen Schlamm versinken, um mitsamt dem übrigen Abfall vom Fluss weggespült zu werden, wenn die Schleusentore das nächste Mal geöffnet wurden. Gonji schnaubte angeekelt, als ihm der Gestank in die Nase stieg.

Hinter sich hörte er ein Scharren und leises Zischen. Ein warmer, stinkender Luftzug folgte diesen Geräuschen, und Gonji drehte sich um und sah, wie der Drache seine Flügel entfaltete und sich von einem Dach in die Luft schwang, um über dem Samurai drohend zu verharren.

KAPITEL SECHZEHN

Begeistert jubelnde Stimmen ertönten in der Höhle. Alle Anwesenden standen auf, völlig überrascht von dieser Erscheinung. Manche reckten die Hälse und drängelten sich in bessere Positionen für einen Blick auf den verwundeten Baron, während andere auf die Knie fielen und Dankgebete murmelten. Die Männer, die der ausgetretenen Treppe am nächsten standen, liefen vor, um dem Gefolgsmann zu helfen, der den Baron begleitete. Sie führten Rorka zu einem Sitzplatz an der mit Schimmel bedeckten Wand gegenüber der Versammlung. Als sie ihn darauf niederließen, krümmte er sich vor Schmerzen und knirschte mit den Zähnen. Milorad brachte einen Stapel Mäntel, die man Rorka eilfertig umhängte und wie Decken um ihn arrangierte, um es ihm bequemer zu machen. Der alte Baron schob die fürsorglichen Hände weg und atmete tief aus. Sein Blick wanderte über die Galerie besorgter Gesichter.

Flavio packte ihn so fest am Revers, dass seine Fingerknöchel weiß wurden. »Ihr lebt – gepriesen sei Gott! Ihr lebt, Herr Baron! Wie seid Ihr aus der Burg entkommen?«

Aus Rorkas ausgedörrter Kehle drang ein Krächzen. »Tralayn – die gute Tralayn.«

Boris kam mit einem Weinkelch, den Rorka dankbar entgegennahm. Er trank, räusperte sich, spuckte aus und trank erneut.

»Ihr guten Leute«, begann er stockend, »meine Freunde, ich habe in meiner Verantwortung euch gegenüber versagt. Elendiglich versagt. Ich habe mich als alter Dummkopf erwiesen.«

Der Blick des Fürstprotektors ruhte auf dem Fußboden, aber

die Worte, nach denen er suchte, waren nicht in die feuchten Steine gemeißelt.

Was konnte er ihnen erzählen? Von dem Grauen, das er gesehen hatte? Dass es ihn fast freute, die Last der Verantwortung los zu sein? Ah, sie ruht nicht mehr auf meinen Schultern. Und was bedeutet es schon? Ich lebe. Und sollte es nicht auch einem Baron erlaubt sein, sich einmal ins Privatleben zurückzuziehen? Immer dieses *Noblesse oblige*, wie? Ständig traurige Gesichter. Immer dasselbe – rettet uns, Herr Baron, rettet uns!

»Wie konnte es diesen Schurken gelingen, die Burg einzunehmen?«

Rorka blickte auf. Er wusste nicht, wer die Frage gestellt hatte, aber sie berührte einen wunden Punkt. Er kniff die Augen vor dem Fackellicht zusammen. Ein beißend riechender Schmierfilm hing in der Luft und senkte sich auf Haut und Kleider, und Rorka fühlte sich darin wie ein wühlendes Nagetier, während er über seine Verteidigungsrede nachsann. Ihm blieb nur, die Wahrheit zu sagen: kein brennendes Pech, kein rot glühendes Eisen, kein Ätzkalk war gegen die Invasoren zum Einsatz gelangt; überhaupt hatte die Zeit nicht für Verteidigungsmaßnahmen gereicht. Innerhalb eines Augenblicks waren sie eingedrungen …

»Sie kamen nachts«, sagte er schließlich nur. »Noch während ich Klann brüderlich bewirtete, stürmten seine Truppen die Burg – wie eine Legion der Hölle – und überwältigten uns. Der Kampf war kurz, tödlich, blutig. Die meisten meiner treuen Männer – Gott sei ihnen gnädig –, die meisten wurden niedergemacht. Manche im Schlaf. Sie waren in der Unterzahl – einer gegen drei oder vier.« Er holte Luft, während die Zuhörer furchtsam murmelten, und fuhr fort:

»Ich denke, dass ich von den Zauberkünsten des maskierten Magiers in Bann geschlagen wurde. Oder vielleicht lag es an zu viel Wein, ich weiß es nicht. Klann und ich brachten gegenseitige Trinksprüche auf unsere Zukunft aus, und dann unternahm er Schritte, um diese Zukunft zu gestalten.«

»Klann hat Euch im Frieden aufgesucht?«, fragte Flavio.

Rorka nickte. »Er suchte Beistand, wie ein militärischer Befehlshaber ihn von einem anderen erbitten mag. In seiner Begleitung befanden sich nur wenige Gefolgsleute, eine persönliche Garde, und der Zauberer Mort. Er bat um Unterstützung für seinen Feldzug. Er sagte, seines Vaters Thron in einem Inselkönigreich wäre geraubt worden, als er noch ein Säugling war. Sein Leben sei von dem heißen Wunsch bestimmt, das zurückzugewinnen, was ihm zusteht. Ich erklärte ihm, dass meine Aufgaben in der hiesigen Provinz lägen. Ich fürchte jedoch, dass ich ihn falsch eingeschätzt habe. Er scheint ein äußerst verzweifelter Mensch zu sein.«

Phlegor unterbrach die atemlose Stille. »Verzeiht meine Unverschämtheit, Herr Baron, aber habt Ihr ihm wirklich geglaubt?« Andere verschlug es angesichts dieses frechen Vorwurfs der Leichtgläubigkeit glatt den Atem.

Der Baron beugte sich unter Schmerzen vor. »Hat keiner von euch je die Geschichte vom wandernden König vernommen, der nach seinem Erbe auf einer verzauberten Insel strebt? Von einem König, der *nicht sterben kann*, dessen Leben jedes Mal erneuert wird, wenn er es verliert?«

Die führenden Personen Veduns dachten über diese erschreckende Andeutung nach. Stimmen murmelten erregt, begleitet von Kopfschütteln und fragenden Blicken. Hier und dort holte jemand erschrocken Luft, sobald ein Dolmetscher das Gesagte übersetzt hatte.

»Milord, wollt Ihr damit andeuten, dass Klann dieser legendäre König ist?«, wagte Milorad vorzubringen.

»Klann der Unbezwingbare – so wird er doch volkstümlich genannt«, sagte Rorka. »Ich weiß es nicht, verehrter Freund. Ich weiß nicht, was ich zum gegenwärtigen Zeitpunkt glauben soll. Welche Rolle würde es spielen?«

Stille breitete sich aus. Ignace, der blinde und greise Stellmacher, keuchte lautstark, als seine alten Lungen knarrten wie eine kahle Eiche im Wintersturm. Er kicherte leise vor sich hin, als sei ihm irgendein lange vergessener Witz eingefallen. Die Prophetin stand da, die Hände gefaltet, die Augen geschlossen, als meditierte sie. Manche rutschten auf ihren Plätzen nervös hin und her. Andere standen vorgebeugt da, als wären sie mitten in einem Sturz erstarrt. Jemand hustete. Die Luft war schwül und vom rauchigen Dunst der Öllampen geschwängert. Augen brannten und Nasenflügel zuckten.

Schließlich setzte Phlegor zu einer flammenden Rede an:

»Verzeiht mir, Milord, aber diese … lebende Legende oder was auch immer scheint Eure Entschlusskraft zu lähmen. Klann hat Bürger Veduns töten und andere entführen lassen …« Phlegors wütende Stimme nahm an Lautstärke zu, während ihn laute Rufe der Zustimmung anfeuerten. »… und hat uns die Ausübung unserer Religion verboten. Er hat Monster und Zauberer in unsere Stadt gebracht, damit sie uns terrorisieren. Ich sage: Wehren wir uns jetzt! Sprecht nur ein Wort, und wir verjagen sie!« Die Anhänger des Handwerksmeisters applaudierten und brüllten »hört hört!«.

Flavio rief sie zur Ordnung. Michael gab sich endlich einen Ruck, trat vor und gebot ihnen mit einer Geste Einhalt.

»Gebt Ruhe!«, rief er. »Entweder setzen wir diese Debatte wie zivilisierte Menschen fort oder gar nicht.« Langsam wurde es wieder still. »Wer hätte mehr Grund als ich, zornig zu sein? Mein Bruder ist tot. Was würde es jedoch nützen, wenn wir enden wie Koski oder Kovacs?«

»Du wärst gut beraten, dem Fürstprotektor mehr Respekt zu erweisen, Phlegor«, mahnte Milorad. Niemand nahm jedoch von ihm Notiz, und er setzte sich wieder auf seine Bank. Was war nur aus dem Protokoll geworden? Wen scherte noch Ordnung in dieser chaotischen Zeit?

Rorka wehrte die helfende Hand seines Gefolgsmanns ab. Er schlurfte näher an die Ratsmitglieder heran.

»Falls ihr beschließt, euch gegen Klann zu erheben, müsst ihr geschlossen handeln. Ihr müsst euch vorbereiten. Ihr müsst auf den richtigen Augenblick warten, um zuzuschlagen. Überstürzt handeln ... in unorganisierter Rebellion zu den Waffen greifen ...« Er schüttelte traurig den Kopf und blickte in die wütenden Gesichter der kampfbereiten Mitglieder der Versammlung. »Was für Waffen habt ihr denn? Knüppel, Äxte, Fleischermesser, ein paar Schwerter und Bögen, *nyeh?* Was hofft ihr damit zu erreichen? Die Besatzer überraschen? Sie werden sich nur gelassen umdrehen und euch die Hälse durchschneiden. Wollt ihr sie mit eurer Wildheit erschrecken? Sie werden euch ins Gesicht lachen und euch *dann* in Stücke hacken. Das ist ein wilder Haufen. Ich habe es gesehen, als sie meine Burg stürmten und meine Männer wie Vieh abschlachteten. Die Regulären, die das Wappen des Basilisken tragen – das sind gute Soldaten.

Tralayn und ich haben einen Plan. Zunächst, ihr guten Leute, benötige ich euer Wort, mir zu vertrauen. Ich habe in meiner Verantwortung für euch kläglich versagt, aber sagt mir jetzt eins: Falls es eine Möglichkeit geben sollte, diese Plünderer zu besiegen ...« Er seufzte, ein müder Laut, schwer von der Last der Jahre und der zermürbenden Ketten der Verantwortung. »... wollt ihr mich dann wieder als euren Fürstprotektor haben?«

Zustimmende Rufe stiegen von der Versammlung auf. Tralayn trat in ihrem jadegrünen Gewand vor und wandte sich in ruhigem Ton an die Männer, unerschütterlich und überlegen wie ein Nachtfalke beim Sturzflug auf seine Beute.

»Dann werden wir, im Herzen eins, mit Gottes Hilfe Erfolg haben. Hört mir zu!« Sie raffte mit einer Hand ihren Umhang zusammen und gestikulierte mit der anderen, während sie redete. »Viele Soldaten des Barons sind dem Angriff der Truppen des Bösen entkommen. In diesem Augenblick warten sie nur auf den richtigen Augenblick, um gegen das gärende Übel zurückzuschlagen, das Mort uns gebracht hat. Aber, liebe Leute, wir benötigen eine gute Führung und Einigkeit. Und wir müssen unsere höchste Schlagkraft zur Verfügung haben.

Vorläufig müssen wir mit dem Feind kooperieren – dem Anschein nach. Der Handel wird fortgesetzt. Die Wagen bringen weiterhin Güter zur Burg ...« Füße scharrten. Unzufriedenes Murren wurde laut. »Jetzt hört mir zu, ihr alle! Ihr werdet ausreichend Gelegenheit haben, euerm Zorn Luft zu machen.

Gebt ihnen, was sie haben möchten. Stockt unsere eigenen Wintervorräte auf. Aber verbreitet unter den Männern Veduns die Nachricht, dass der Baron Leute sucht, die den Kampf aufnehmen wollen. Männer, die bereit sind, für ihr Recht auf Leben und Ausübung ihrer Religion den Tod herauszufordern, sollen sich melden und in Listen eintragen lassen, um an einem geheimen Ort mit dem Baron und seinen Soldaten zu üben. Wenn es dem Herrn gefällt, rufen wir nach ihnen.

Sobald die Wintervorräte ausreichend sind, werden wir diese – und alle Nichtkämpfer – zum Übungsplatz bringen, wo sie in Sicherheit sind. Diese Katakomben hier sind weitläufiger, als ihr alle vermutet. Bis dahin haben wir auch ... den Beistand erhalten, den wir brauchen.« Diese abschließenden, geheimnisvollen Worte wurde von einem Seitenblick auf Flavio begleitet. Der Ratsälteste, der in gekrümmter Haltung dasaß, starrte ins Leere. Diese Anspielung hatte ihn empfindlich getroffen.

»Ich konnte in Erfahrung bringen«, nahm Rorka den Faden auf, »dass Klanns Armee kürzlich einen schweren Rückschlag durch österreichische Soldaten der Kirche einstecken musste. Ich glaube, die Söldner waren auf der Flucht, als sie ins Tal eindrangen. Mort scheint jedes Mal in Wut zu geraten, wenn dieser Punkt zur Sprache kommt. Ich spürte an diesem Punkt eine Spannung zwischen Klann und dem Zauberer. Vielleicht haben Morts Zauberkünste gegen die heiligen Kräfte versagt.«

»Das ist zweifellos richtig«, stellte die Prophetin fest.

»Waren es womöglich Erzbischof Kiralys Soldaten?«, fragte Michael.

»Möglicherweise«, antwortete Rorka. »Seine Exzellenz hat mir früher schon geholfen. Deshalb hege ich auch die Hoffnung, dass er uns beistehen wird, sobald er von unseren Schwierigkeiten erfährt.«

Tralayn schüttelte den Kopf. »Ah, er hat sich noch nie für das interessiert, was sich außerhalb seines eigenen Gebiets zuträgt. Und sein Interesse an Vedun hält sich in engen Grenzen, das ist mal sicher.«

»Wie kann er sich nur weigern, uns jetzt zu helfen?« Der Baron schritt auf und ab, während er redete, und prüfte behutsam, wie gut er den Arm bewegen konnte. »Hier geht es um viel mehr als um Territorium und theologische Differenzen. Jedenfalls habe ich zwei Kuriere mit Bitten um Unterstützung zu ihm gesandt. Unterwegs werden sie das Kloster vom Heiligen Wort aufsuchen und die dortigen Mönche alarmieren.« Ihm fiel etwas ein, und er wandte sich an Flavio. »Ist ihr monatlicher, seelsorgerischer Besuch hier nicht längst überfällig?«

»Die Mönche verspäten sich. Sie werden natürlich Vorsicht walten lassen, wenn sie mitbekommen ... wie die Dinge hier stehen.« Flavio verschränkte die Arme. Auf der Zunge verspürte er den bitteren Geschmack, den die trockene Höhlenluft in seinem Mund hinterließ. Er stand im Begriff, alles zu verlieren. Den Traum. Das Ideal. Die Arbeit eines ganzen Lebens. Aber warum nicht, hm? Die größte Krise meiner Stadt. Hier stehe ich, ein Tölpel. Mir bleibt nichts übrig, als nachzugeben – den Jungen, den Starken, den Kriegern, dem wutschnaubenden Gildenmeister –, ah, Herrgott! Ist es der Weg zur grünen Aue? Lorenzo. Du solltest an meiner statt hier stehen. *Si*, Lorenzo und Mama Giulietta – euch würden die Worte einfallen, die ich jetzt einfach nicht finde. Was wohl geschieht? Ob der alte Oberhirte kommt? Nein.

Flavio murmelte etwas in seiner italienischen Muttersprache.

»*Tsuh?*«, fragte Rorka. »Was?«

»Verzeiht mir, ich dachte gerade, dass ich Tralayn zustimmen muss. Ich glaube nicht, dass Erzbischof Kiraly uns militärisch beistehen wird, versteht Ihr?«

»Vielleicht, weil wir ihm nicht die Taschen füllen, wie?«, fragte Dobroczy und schnaubte durch die mächtige Hakennase.

»Das reicht!«, mahnte Rorka. »Es genügt, dass meine Gardesoldaten mit unserer Bitte an ihn herantreten werden. Hoffen wir das Beste.«

»Was ist, wenn man sie abgefangen hat, Herr Baron?«, fragte Roric. »Klann hat bestimmt Patrouillen in die Berge und ins Tal geschickt.«

Rorka nickte. »Und ich hatte eigene Patrouillen dort im Einsatz. Sobald sie gesehen haben, in welcher Lage wir sind, müssen sie auf die Idee gekommen sein, Hilfe zu holen.« Unbehagliche Stille trat ein. Rorka setzte schließlich hinzu: »*Irgendjemand* wird durchkommen.«

Die schleichende Feuchtigkeit in der Höhle forderte allmählich ihren Tribut. Mehrere Menschen rieben sich die Arme und Beine, während sich das Zittern wie eine Epidemie ausbreitete. Die Taubheit schien sich auch auf die Zungen zu erstrecken. Nachdenklichkeit machte sich unter ihnen breit, gelegentlich von Husten durchbrochen. Der alte Staatsmann Milorad erblickte eine Gelegenheit, das Treffen zu einem friedlichen Abschluss zu bringen. »Mein Freund«, wandte er sich an Flavio, »bist du als Ratsältester mit diesem Vorgehen einverstanden?«

Flavio zuckte matt die Achseln. Dann richtete er sich auf. »Falls es der Wille des Rats ist, muss ich eingestehen, dass ich auch keinen anderen Weg erkenne.«

»Was ist mit den Morden? Mit den als Sklaven Verschleppten?«, beharrte Phlegor.

Flavio rieb die Hände aneinander und nickte, als er einen Entschluss fasste. »Ich werde bei Klann um eine Audienz bitten und die Wiedergutmachung der Verbrechen und die Rückkehr derjenigen fordern, die in Klanns Dienste gepresst wurden.«

»Und falls er das ablehnt«, gab Phlegor zurück, und ein drohender Unterton schwang in seiner Stimme mit, »sorgen wir selbst für Wiedergutmachung!« Der Gildenmeister zog ein Beil aus dem Gürtel und reckte es über dem Kopf hoch in die Luft, wo es im Fackellicht glänzte. Seine Anhänger gaben eine Runde beifälliges Gebrumm von sich.

Baron Rorka schüttelte ernst den Kopf. »Wir haben einen Plan ausgearbeitet, so gut wir konnten, und halten uns jetzt daran. Vergesst nicht: Ordnung und Organisation! Wir sind entweder eins oder wir sind nichts, nichts als faulendes Aas. Wir holen uns zurück, was unser ist, sobald der richtige Zeitpunkt gekommen ist. Denkt ihr vielleicht, der große geflügelte Drache fällt allein durch euren blinden Zorn vom Himmel? Wisst ihr überhaupt, wozu er imstande ist?« Er dachte über etwas nach und gelangte zu dem Entschluss, dass es an der Zeit war, diesen Punkt dem bedrückenden Bild ihrer augenblicklichen Lage hinzuzufügen. »Außerdem hat das fliegende Monster einen Bundesgenossen …

Ich habe einen Riesen gesehen.«

Seine Worte zeitigten die erwartete Wirkung. Ein Durcheinander von besorgten Fragen forderte von ihm eine Erklärung.

»Ein weiterer Vertrauter des verdammten Hexenmeisters?«

»Vielleicht«, antwortete Rorka. »Ich habe gehört, wie er ihn beim Namen rief – *Tumo.* Tumo, rief er, und dieser gewaltige Rohling überwand die Burgmauer und zerquetschte meine Männer wie Insekten.«

Wäre der Riese persönlich zugegen gewesen, hätte der Effekt auf die Ratsversammlung kaum durchschlagender ausfallen können. Eine Aura der Verzweiflung senkte sich über die Menschen. Einige bekreuzigten sich. Sogar Phlegor schien zu erbleichen, während er auf den Griff seines Beils starrte.

Rorka dachte noch einmal über seine Taktik nach. Er war mit dieser Enthüllung zu dramatisch vorgegangen. Verzweiflung war gewiss ein ebenso schlimmer Feind wie die Usurpatoren selbst. Wie jedoch behandelte man taktvoll die Erinnerung an Menschen, die zermalmt und durchbohrt worden waren; an den geflügelten Lindwurm, der seinen giftigen Speichel und seine Exkremente herabregnen ließ; an den Gestank von versengtem Fleisch, der sich mit dem stinkenden Blutwasser des Untiers vermischte; an Männer, die Arme, Beine, Augen verloren; an zerstörte Gesichter, zerrissene Leiber, an von Axt und Schwert, Spieß und Stab zertrümmerte Gliedmaßen?

Aber ungeachtet des Schmerzes und Grauens dieser Erinnerung gestattete er sich eine Anflug von Heiterkeit im Blick und ergänzte:

»Der Riese ... ist gar nicht so groß wie andere, denen ich zu meiner Zeit begegnet bin.« Er lachte glucksend, und andere fielen ein. Allmählich kam das allgemeine Gemurmel wieder in Gang.

Was rede ich da?, fragte sich Rorka. Kein ganz so großer Riese –? Was für ein völliger Unfug in solch einer modernen Zeit, über die unterschiedliche Größe von Riesen zu diskutieren! Alles verändert sich heute so schnell, dass man kaum den eigenen Erinnerungen trauen kann. Wann hatte die Schlacht stattgefunden – vor zwei Nächten? Nur zwei Nächten? War dieser Tumo überhaupt ein Riese? Alles geschah so schnell. Die drei Dobrovny-Oger – die scheußlichen Brüder, die vor all diesen Jahren das Gebirge tyrannisiert hatten – waren sie wirklich Oger? Waren sie so riesenhaft, wie wir es uns heute erzählen? Und jetzt habe ich mit dieser einfachen, kühnen Behauptung eine Höhle voller Erwachsener beruhigt – man sehe sie sich nur an! Eva – Gott schenke deiner Seele Frieden –, du hattest immer Recht: Wie sehr die einfachen Menschen Kindern ähneln! Wie sehr sie eine Aristokratie brauchen, die ihnen den Weg weist!

»Milord Baron«, sagte Roric und strich sich unsicher über die

Narbe, »habt Ihr nicht magyarische Verwandte, die uns vielleicht helfen können?«

»Solche Verwandte habe ich, aber ob sie von der hilfsbereiten Sorte sind ...?« Der Baron schüttelte niedergeschlagen den Kopf. »Denk mal darüber nach, worum du hier bittest: die Verbindung magyarischer Macht mit der Habsburgs ... Genauso gut können wir auch gleich die Türken einladen, und dann können die drei ihre Differenzen beilegen, indem sie Klann verdreschen!«

Hier und da ertönte verständnisvolles Gelächter zwischen allgemeinem nervösen Kichern.

»Nein, meine Verwandtschaft wird sich nicht für uns stark machen, solange die Hälfte von euch treu zur Römischen Kirche steht.«

»Was also getan werden muss«, fasste Roric für alle zusammen, »das müssen wir selbst tun.«

»Ja«, stimmte ihm Rorka zu.

»*Können* wir denn siegen?«, fragte jemand aus den hinteren Reihen auf Italienisch.

Rorka ließ sich schwer auf seinen Stuhl sinken, stützte die Hände auf die Knie und erklärte ihnen, was sie erfahren mussten: »Ja ... falls alle das Ihrige tun ... vollbringen wir das, was getan werden muss.« Aber tief im Herzen, an jener geheimen Stelle, wo sich seine Seele von den Aufgaben der Menschenführung erholte, stieg das inbrünstige Gebet auf, es möge nie so weit kommen.

»Wir *müssen* siegen!«, sagte Michael bitter.

»*Falls* es zum Schlimmsten kommt«, setzte Flavio entschieden hinzu.

»Amen«, schloss sich Milorad an.

»Aber es *wird* geschehen«, sagte Tralayn, »und wir *werden* siegen.«

Zugleich stand Ignace Obradek auf, gackerte in zahnloser Freude, jauchzte und schwang die Fäuste.

»Es wird wie in den alten Tagen sein, nich' wahr, Zoltan?«,

schrie der Blinde im Polnisch seiner Jugend. »Wie damals, als der alte Vlad, der Pfähler, die Leute auf'n Straßen aufspießte! Damals hatte kein Invasor ne Chance, *nyeh?* Und denk nur, Zoltan, wie wirse in den Bergen niedergemacht ham? Erinnerst du dich noch annen roten Drachen, den wir im Tal inne Enge getrieben hatten und auf den wir fünf Tage und Nächte lang losgegangen sind? Wären zwei meiner Wagen nötig gewesen, nur um'n zurückzubringen, das wärense!«

Die meisten Zuhörer waren dazu übergegangen, angelegentlich ihre Schuhe zu betrachten und sich an allen möglichen Stellen zu kratzen. Wie die meisten Menschen reagierten die Männer Veduns verlegen auf Gebrechlichkeit und Senilität. Ignace hatte Rorka mit »Zoltan« angesprochen – Rorkas Vater, der frühere Baron, unter dem Ignace viele Jahre lang als Lanzenreiter gedient hatte.

Rorka lächelte wohlwollend. »Ja, mein treuer Freund, das war eine großartige Zeit«, sagte er mitfühlend und dachte dabei an das Drachenmärchen zurück, das er oft gehört hatte, während er auf den Knien des Vaters saß.

Paolo Sauvini half seinem blinden Meister, sich wieder zu setzen. Paolo gab sich unbeeindruckt, aber er spürte die spöttischen Blicke. Er respektierte das Wissen des Alten und hatte gelernt, ihn zu mögen, aber Ignaces Senilität bereitete ihm endlos Unbehagen. Er ertrug die Kränkungen der Grausamen mürrisch und ohne große Reaktion. Wie Wilfred Gundersen wusste er, dass sich ihm eines Tages bedeutendere Aufgaben stellen würden, glanzvoller als sein derzeitiges Handwerk. Bislang hatte sich nur nicht die Gelegenheit geboten.

»Damit wäre das erledigt«, sagte Tralayn. »Wir haben uns entschieden. Denkt daran, diese Sache vertraulich zu behandeln! Sprecht darüber nur im Geheimen mit jenen, denen ihr vertraut. Schließlich trifft man auch Huren und Trunkenbolde mit flinker Zunge an – ihr wisst, wen ich meine. Und ich brauche euch wohl kaum vor Fremden zu warnen. Sobald der Zeitpunkt gekommen ist, um die Miliz zu mobilisieren, erhaltet ihr Nachricht. Geht jetzt nach Hause. Betet um Kraft, um Mut. Vergesst nicht, dass Mort, der Uralte, hier unser größter Feind ist. Er möchte diese Stadt für immer dem Boden gleichgemacht sehen, denn er ist der Diener des Gefallenen. Fürchtet ihn nicht. Fürchtet weder seine Monster noch seine Maske, die das Zeichen des Tiers verbirgt. Vergesst nicht, dass Gott uns Seinen Befreier verheißen hat, jemanden, bei dessen bloßer Erwähnung der Feind erblassen wird.«

Ein allgemeines Rascheln und leises Gemurmel in mehreren Sprachen ertönte, als sich die Versammlung zum Aufbruch bereitmachte.

»Bitte«, sagte Flavio, »macht es euch in meinem Haus bequem, bis ihr die Straßen wieder in Sicherheit benutzen könnt. Dann geht ihr am besten jeweils zu zweit oder zu dritt, für den Fall, dass man euch unterwegs anhält und ausfragt.«

Während die Versammlung langsam die Treppe hinaufstieg und den verborgenen Eingang zu den Katakomben durchquerte, führte eine Gruppe von Freunden den Baron in eine Nische, um mit ihm zu plaudern. Tralayn nutzte die Gelegenheit zu einem Dreiergespräch mit Michael und Flavio.

»Ich verschwinde gleich mit dem Baron«, wandte sich Tralayn verschwörerisch an Michael. »Also schnell – musstest du die Ketten brechen?«

Michael seufzte müde. »Unser Schmied leistet gute Arbeit.«

»Uns bleibt nur die Hoffnung, dass Morts üble Zauberkünste nicht aus dem Schlüssel schlau werden.«

»Soll ich Garth anweisen, die Ketten zu reparieren?«, fragte Michael, während er den Gehrock zumachte.

»Nein, sie können ruhig zerbrochen bleiben.«

»Was? Aber beim nächsten ...«

»Ja«, unterbrach ihn Tralayn. »Er beugt sich nicht ohne weiteres dem Willen Gottes.«

Flavio zeigte ein schmerzliches Gesicht. »Ist dieses Vorgehen klug?«

Tralayn schloss die Augen und dachte nach. »Ich weiß nicht recht, lieber Freund, aber wir werden ihn brauchen.«

»Ich bete darum, dass es nicht dazu kommt.«

»Ich habe ihm von Mark erzählt«, berichtete Michael mit einem Ausdruck morbider Genugtuung.

Flavio sagte in scharfem Flüsterton: »Aus Rachsucht kann nichts Gutes entstehen, Michael!«

»Sollten sie nicht auch von ihm erfahren?«, fragte Michael und deutete mit dem Kopf auf die anderen.

»Sachte, Michael«, mahnte ihn Tralayn zur Vorsicht. »Flavio hat Recht. Du rennst zu eifrig in die falschen Richtungen.«

»Nicht mal der Baron?«

»Wir haben einen *Eid* geschworen«, erinnerte ihn Flavio eindringlich. »Es liegt an *ihm*, das zu entscheiden.«

Garth stieg ohne Lorenz wieder die Treppe hinab und gesellte sich zu ihnen. Seine Miene verriet Wachsamkeit.

»Ich habe nur einen Augenblick Zeit«, sagte der Schmied. »Lorenz ist zu schlau, um ihn lange zu überlisten. Seine Fragen sind voller Fallstricke. Ich muss jedoch mit euch über den Fremden in meinem Haus reden.«

»Den Asiaten«, stellte Tralayn fest.

»Den Mann, der Marks Leiche gebracht hat«, setzte Michael hinzu.

»Ja. Er hat nach Simon Sardonis gefragt.«

Alle reagierten betroffen. »Wirklich?«, fragte Tralayn.

»Er sagt, er hätte eine Nachricht für ihn.«

»Von wem?«

»Das will er nicht verraten. Aber er spielt den Wissenden und macht mich sehr nervös. Was soll ich mit ihm tun?«

»Wir können ihm nicht trauen«, erklärte Michael kategorisch.

»Nein«, pflichtete ihm Tralayn bei, »aber wir sollten ihn im Auge behalten. Versuche herauszufinden, was er wirklich weiß, aber sei vorsichtig, Garth!«

Der kräftige Schmied nickte genau in dem Augenblick, als das Geschrei im Haus über ihnen losbrach. Alle erstarrten eine Sekunde lang, dann rannte Flavio als Erster vor den anderen zur Treppe. Als er auf halber Höhe war, tauchte Milorad unter der Tür auf, die Augen weit aufgerissen, und wedelte nervös mit den Händen.

»Da – da draußen wird *geschossen!*«

KAPITEL SIEBZEHN

Mort war gerade über den rätselhaften Schlüssel gebeugt, den man bei dem Jungen im Wald gefunden hatte, da traf der erste Pfeil den geflügelten Lindwurm.

Der Zauberer zischte, als er unvermittelt den scharfen Schmerz spürte, und ruderte unwillkürlich mit dem rechten Arm, der von unsichtbarer Kraft gelenkt schien. Mort spürte den Schmerz seines Vertrauten über die Entfernung hinweg. Er ging sofort zu der erhobenen Steinplatte im Zentrum des Gemachs und legte sich rücklings darauf. Als der zweite Pfeil im Bauch des fliegenden Untiers einschlug und der Körper des Zauberers erneut auf den Treffer reagierte, war Morts astrale Präsenz schon ein gutes Stück unterwegs.

Er drang in die Kreatur ein, als diese gerade tief über den dunklen Turmspitzen und Dächern Veduns ihre Bahn zog und nach ihrem Peiniger suchte. Das winzige, untergeordnete Gehirn des Lindwurms fügte sich der Steuerung durch den Meister; seine Augen wurden zu dessen Augen. Zunächst spürte Mort das ihm schon bekannte Schwindelgefühl des Fliegens, aber dann ergriffen die Schmerzen der Pfeilwunde von ihm Besitz. Er stieß einen lauten Kampfschrei aus; er konnte nicht glauben, dass jemand gewagt hatte, den Drachen anzugreifen.

Die Sinne des Scheusals waren unterentwickelt, mit einer Ausnahme: Obwohl es farbenblind war, konnte es scharf sehen.

Mort drang in die dumpfen Erinnerungen des Lindwurms ein. Der Angreifer war ein Mann in dunkler Kleidung, der Kopf nachtdunkel umwickelt, die Waffen auf den Rücken geschnallt.

Der Zauberer hatte eine gute Chance, den Mann aufzuspüren,

falls dieser auf den Straßen der Stadt blieb. Das würde Mort bis zur nächsten Anrufung eine Menge Mana – metaphysische Energie – kosten. Er debattierte mit sich über diesen Preis, und sein hochmütiger Zorn gab dabei die entscheidende Stimme ab.

Der Lindwurm verblasste allmählich, wurde durchsichtig. Seine Substanz verstreute sich auf den Flügeln des Windes und dehnte sich dabei so weit aus, dass er fast die halbe Stadt überspannte. Ein Zuschauer hätte ihn nur noch als vorbeischwebendes Gespenst wahrgenommen, nichts weiter. Für Morts Sicht verwandelte sich die Stadt in durchscheinende Schichten aus Schatten, eine auf der anderen, ein Land aus grauem Rauch mit unbestimmten Konturen. Auf diese Weise konnte er die Stadt jedoch schnell und wirkungsvoll absuchen, und seine Augen waren die des Windes.

Da! Unter ihm – ein Mann in schmuddeliger Kleidung aus Hemd und Reithose mit Schwertern auf dem Rücken. Er stand an der Schutzmauer eines Abwassergrabens und warf etwas hinein. War er es? Das Gesicht des Mannes war nicht maskiert. Und zu seiner Bewaffnung gehörte kein Bogen. Trotzdem kam er Mort vertraut vor ...

Lautlos sammelte Mort die Substanz der Kreatur auf einem Dach hinter dem Krieger wieder ein, hielt sich dort fest und beobachtete. Der Mann drehte sich um.

Es war ein schlitzäugiger Barbar, ein Asiate. Jetzt trat eine noch tiefer sitzende Erinnerung zutage – brennende Mönche, der Obstgarten des Klosters ... Welche Verbindung hatte dieser Barbar dazu?

Das Gesicht des Mannes verriet Furcht, die gleiche Furcht, die Mort schon so oft erblickt hatte. Sein Verstand lächelte in lässiger Erheiterung. Aber dann: noch etwas anderes – Trotz. Der Krieger zog die Schwerter und nahm eine Abwehrhaltung ein, bewegte sich dabei seitlich an der Schutzmauer des Abwassergrabens entlang.

Der geflügelte Lindwurm entfaltete die Schwingen, und auf Morts Impuls hin stieß er einen schrillen Kriegsschrei aus. Der Asiate schien unerschüttert. In seinen Augen flammte eine Leidenschaft, die entweder aus Mut oder aus Dummheit geboren war. Vielleicht aus beidem.

Mort zog die Kreatur in die Luft, verharrte schwebend, während die ätzenden Säfte in ihren Halsdrüsen brodelten und sich die Eingeweide spannten, um auf Geheiß des Zauberers ihre Exkremente hervorzustoßen ...

Aber warte ... Ja! Ja, er würde diesen Mann auf besonders grauenhafte Art und Weise umbringen. Aber alles zu seiner Zeit. Zunächst erwies sich der Asiate vielleicht als nützlich. Falls es sich bei ihm tatsächlich um den kühnen Streiter handelte, der den Lindwurm angegriffen hatte, dann war er womöglich von genau dem rebellischen Geist, der dazu beitrug, diese Stadt in die Selbstzerstörung zu treiben. Und was bedeuteten schon ein paar Schmerzen und ein wenig Würdelosigkeit, wenn man sie erlitt, um die Absicht des Dunklen Meisters zu verwirklichen: diese Trutzburg des einst allmächtigen Gottes in Blut gebadet und von unheiligem Feuer versengt zu sehen?

Solange man ihren Glauben durch den Anblick eines Riesen erschüttern kann, behalte ich ihnen gegenüber die Oberhand.

Begleitet von einem Abschiedsschrei zog Mort den Lindwurm mit schwindelerregender Geschwindigkeit in die Höhe und kehrte mit ihm zur Burg zurück.

Gonji war schweißnass und ließ die Anspannung in seinen Eingeweiden endlich entweichen, während er verfolgte, wie das Monster Richtung Norden davonflog. Der Herzschlag pochte in seinen Ohren, und der Atem kam in kurzen, aber erleichterten Zügen. Er war bereit gewesen zu sterben – das hatte schon zur frühesten Ausbildung gehört, aber ... nicht so. Wäre es ihm nicht rechtzeitig gelungen, sich in den Abwassergraben zu stürzen, dann hätte er sich die *Seppuku*-Klinge in den Leib gestoßen.

Wie hatte ihn das Monster nur so überraschen können? Und warum hatte es den tödlichen Schleim und Kot zurückgehalten? War es im letzten Augenblick zu einer anderen widerwärtigen Aufgabe abberufen worden? Und was war diesmal anders an ihm gewesen?

Die Augen. Das war es. Zuvor hatten sie rot geleuchtet, mit der Glut eines inneren Feuers. Diesmal war es schimmerndes Obsidian gewesen, so etwas wie schwarze Diamanten. Und wie sie umherhuschten und die Umgebung sondierten – ja, die ganze Art, wie das Untier den Kopf bewegte –, das zeugte von Intelligenz. Ein Ausdruck wie der eines *Menschen* hatte in ihnen geflackert.

Gonji hörte Pferde im Galopp, einen Häuserblock von seiner Position entfernt. Er musste sich in Sicherheit bringen. Der Mietstall war nicht mehr weit. Er spuckte in den stinkenden Abwassergraben, froh darüber, dass er sich nicht selbst zu den Abfällen gesellt hatte, und stürmte los. Er musste am Leben bleiben und später erneut zum Kampf antreten, sich mit dieser Kreatur befassen, die ihn mit schmachvoller Furcht erfüllte.

Gonji hockte auf dem Heuboden von Garths Scheune und rieb sich den Körper, um sich von der tief sitzenden Kälte zu befreien. Steifheit folgte der Tatenlosigkeit auf dem Fuße. Gepeinigt von dem scharfen Gestank des Dungs und feuchter Fäulnis verzog er das Gesicht. Pferde wieherten im Stall unter ihm. Er konnte Toras Kopf in einer der weiter entfernten Boxen erkennen, und die Anwesenheit des guten Rosses bot ihm ein wenig Trost.

Er hatte Zeit zum Nachdenken gefunden, und die Todesfee des Schuldbewusstseins heulte seitdem hinter ihm. Sein Unternehmen war nicht glücklich verlaufen, um das Mindeste zu sagen. Er hatte nichts erreicht und der Stadt, nach den Geräuschen zu urteilen, die ihn auf seiner Flucht begleiteten, ernstes Ungemach bereitet. Sogar jetzt noch brachte seine Anwesenheit die Gundersens, die aus Anstand und Mitmenschlichkeit einen einsamen Reisenden aufgenommen hatten, in Gefahr. Aber derzeit wusste er keinen anderen Zufluchtsort.

Große *Kami*, was für ein Desaster! Ich muss mir eine vernünftige Geschichte ausdenken, mir ein Alibi überlegen, mich davon überzeugen, welche Gräuel ich geweckt habe. Was wohl Wilf und Strom zu meinem großen, theatralischen Aufbruch zu sagen haben werden, hm? Nicht allzu schlau, Gonji-san. Was soll ich nur ...

Stimmen ertönten vor dem Doppeltor der Scheune. Streitende Stimmen. Die Tür öffnete sich knarrend einen Spalt weit ...

»*Nicht weiter unterhalten!* Schluss mit dem Gerede!« Es war Wilf, dicht gefolgt von Strom.

»Wilfred, du *Dummkopf*, sei doch nicht verrückt! Komm ins Haus zurück und warte auf Papa, wie ich schon vorgeschlagen habe.«

Wilf machte sich daran, ein Pferd zu satteln. »Ich ertrage es nicht mehr. Du hast die Schüsse gehört. Ich muss nachsehen, was da geschieht. Sie brauchen vielleicht Hilfe.«

»Aber Wilf, was kannst du denn ausrichten? Lieber warten, *nicht wahr?* Habe ich recht?«

Wilf lächelte spöttisch. »Ich kann eine Menge ausrichten.« Er hielt Gonjis Ersatz-*Katana* hoch.

»Das wird aber kein Zweikampf mit Stöcken gegen Papa. Die haben Schusswaffen!«

»Dein Vater ist da draußen, Idiot. Wurde inzwischen vielleicht niedergeschossen. Ich muss etwas unternehmen! Ich wollte schon immer Soldat sein, ein so guter Soldat, wie er einer war. Vielleicht ist jetzt der richtige Zeitpunkt, um damit zu beginnen.« Wilf schloss die Sattelriemen.

»*Schon recht*, Blödmann«, spottete Strom, dessen feuchtes Lispeln durch die Aufregung verstärkt wurde. »Nur zu, lass dich umbringen, du hast es nicht besser verdient! Ich hoffe nur, dieser fliegende Drache verschluckt dich wie einen Fisch!«

Gonji lachte in sich hinein und wollte sich schon einmischen, da traf ein Suchtrupp ein.

»Ihr da drin! Kommt raus! Wer wohnt in dieser Werkstatt?«

Wilf und Strom starrten einander an und erbleichten, erkennbar sogar im grauen Dunst der Scheune. Wilfs Draufgängertum schmolz dahin. Widerstrebend gingen sie auf die Straße hinaus und ließen die Tür hinter sich einen Spalt weit geöffnet.

Auf dem Heuboden verfluchte Gonji das Unglück, das er über sie alle gebracht hatte. Er zog das Sagami aus der Scheide und sprang mit einem Knurren auf den Boden, und die ohnehin schon schmerzenden Muskeln beschwerten sich über diese Wiederaufnahme von Tätigkeit.

Strom saß schweigend auf einem Schemel und hatte ein Bein unter sich geschlagen. Wilf stand den drei Llorm-Dragonern gegenüber. Auf Geheiß ihres Anführers machte sich ein Soldat daran, die Werkstatt zu durchsuchen. Die Dragoner wirkten in der Enge des Zimmers beeindruckend, und ihre schartigen und staubigen Rüstungen kündeten von zahlreichen Schlachten. Wilfs Blick wanderte immer wieder zu Klanns Wappen, das jeder Soldat deutlich zeigte: das aufgerichtete Fabeltier und das Symbol sieben ineinander greifender Kreise. Die beiden Untergebenen verfügten über einen tarnenden Gesichtsschutz, der an ihren Sturmhauben befestigt war. Sie ähnelten zwei riesigen, drohenden Insekten. Die Sturmhaube des Anführers stand offen und trug sein Rangabzeichen.

Er setzte den Helm ab und klemmte ihn unter den Arm. Der Mann war in den Fünfzigern, bekam allmählich graue Haare und wies starke, kantige Gesichtszüge auf. Er war eine Spur kleiner als

Wilf, verfügte aber über einen kräftigen Oberkörper und kurze, dicke Arme.

»Also hattest du vor, loszuziehen und deinen Vater zu schützen«, sagte er auf Deutsch. »Du bist aber wirklich ein treuer Sohn. Ich hatte auch mal einen Sohn«, ergänzte er, ohne Belang für Wilf, der keine Idee hatte, was er mit dem Mann anfangen sollte.

»Ich bin Hauptmann Sianno, Befehlshaber der hier stationierten regulären Soldaten, und falls jemand einen Aufstand wagen möchte, denke ich, dass er es nicht besser anstellen könnte, als den Anfang zu machen, indem er mich umbringt.«

Strom blieb die Luft im Hals stecken. Wilf erbleichte.

»Hast du vor, das Ding gegen mich einzusetzen?«, fragte Sianno und deutete mit dem Kopf auf das *Katana*.

Eine Pause. *»Nein«*, antwortete Wilf mit versagender Stimme. Dann schämte er sich unvermittelt der eigenen Angst. Sie war jedoch eine Tatsache, und wie es seiner Art entsprach, akzeptierte er sie als solche. Er legte das Schwert auf den Tisch.

»Gut«, sagte Sianno nicht ohne Mitgefühl im Ton.

»Sollte ich aber herausfinden, dass Ihr meinem Vater etwas getan habt«, sagte Wilf gelassen, erpicht darauf, etwas von seinem Stolz zu retten, »müsste ich Euch damit umbringen.«

Ihre Blicke bohrten sich ineinander. Der Soldat hinter Sianno nahm eine angespannte Haltung ein.

»Auch gut«, sagte Sianno und verzog die Lippen zu einem schmalen Lächeln.

Hinter der Werkstatt schrien jetzt Kinder. Der dritte Llorm hatte die Falltür zum Vorratskeller geöffnet, in dem sich die Flüchtlinge versteckten.

»Familien der Burgbesatzung – wir haben ihnen Zuflucht gewährt«, erklärte Wilf besorgt.

Sianno nickte. »Schließe die Tür und lasse sie schlafen, Yanthus. Wir wollen keine Kinder verletzen. Übrigens wollen wir überhaupt niemanden verletzen. Ich muss euch befehlen, heute

Nacht im Haus zu bleiben. Ab Morgen gilt ohnehin eine neue Ausgangssperre: Niemand darf sich mehr im Freien aufhalten, sobald die Lampen gelöscht sind. Jetzt muss ich euer Grundstück durchsuchen ... Oh ...« Er wollte sich schon zum Gehen wenden, stoppte aber noch mal unvermittelt. »Du kannst meine hohe Meinung von dir noch unterstützen, indem du mir wahrheitsgemäß antwortest: Besitzt ihr irgendwelche Distanzwaffen? Feuerwaffen oder Bögen?«

Wilf deutete mit dem Daumen zur Rückseite des Hauses. »Meinen Jagdbogen. Warum?«

»Solche Waffen sind ab jetzt in Vedun verboten. Wir müssen sie konfiszieren. Würdest du bitte ...«

»Ich hole ihn«, platzte Strom hervor und sprang auf.

»Danke«, sagte Sianno.

»Hauptmann!«, rief Wilf ihm nach, während er sich entfernte. »Wie steht es um die Gefangenen auf der Burg? Werden sie zurückkehren?«

Sianno blieb stehen und sagte über die Schulter. »Dafür bin ich nicht zuständig.« Dann, als er weiterging, setzte er hinzu: »Es tut mir leid.«

Wilf stand unter dem Zeltvordach und verfolgte, wie die Llorm ihrer Arbeit nachgingen. Strom brachte ihnen den Bogen. Draußen waren drei weitere Llorm zur Stelle, von denen einer eine Fackel trug. Im flackernden gelben Schein sah Wilf zwei Gestalten, die sich im Laufschritt näherten – Garth und Lorenz. Als er Vater und Bruder sicher nach Hause zurückkehren sah, atmete Wilf erleichtert auf. Dann überwältigte ihn die enorme Last aus Gefühlen und Erschöpfung, und er plumpste auf einen Stuhl und betrachtete niedergeschlagen das *Katana*, und die eigenen Worte trunkenen Draufgängertums tanzten höhnisch in seinem Kopf.

Sianno und Garth musterten einander ausgiebig. Die anderen waren gespannt stehen geblieben.

»Kenne ich dich?«, fragte Sianno fast boshaft.

»Ich denke, nein«, antwortete Garth, ein seltsames, feindseliges Zucken im Auge. »Ich kenne dich jedenfalls nicht, Hauptmann.«

»Die Zeit hat so eine Art, Erinnerungen zu trüben, *nicht wahr?*«

»Mit der Zeit glaubt man, jedes Gesicht zu kennen.«

Sianno drückte seine Zustimmung aus, indem er sich knapp verneigte.

»Ja«, mischte sich Lorenz ein und ergriff seinen Vater an den Schultern, »und nach genügend langer Zeit wird man alt und müde. Und derzeit ist mein Vater beides. Falls der Kommandant also keine weitere Verwendung für uns hat ...?«

»Ihr dürft euch zurückziehen, sobald wir unsere Suche abgeschlossen haben.«

»Das ist mein Haus«, stellte Garth schroff fest. »Das da ist mein Stall und das mein Lagerschuppen. Ich habe nichts vor euch zu verbergen. Durchsucht alles, wie es euch beliebt.«

Lorenz kniff die Augen zusammen, als er den verdrossenen Tonfall des Vaters hörte. Das vernahm man nur selten von ihm. Der Garnisonskommandant der Llorm starrte Garth mit undeutbarer Miene an, als dächte er über etwas Bestimmtes nach. Er gelangte zu einem zufrieden stellenden Ergebnis. Nach einer weiteren Verneigung vor Garth gab er seinen Männern mit einem Wink zu verstehen, sie sollten wieder auf die Pferde steigen.

»Ich denke, unsere Arbeit hier ist abgeschlossen«, sagte er leise. »Gute Nacht, meine Herren.« Damit schloss er sich seinen Soldaten an.

»Na ja«, stellte Lorenz fest, als sie davonritten, »dieser Soldat ist ein vornehmer Herr. Ein willkommenes Zeichen, das wir den kriegslüsternen Ratsmitgliedern übermitteln sollten.«

Aber Garth schwieg dazu.

Wie üblich hatte Anna Vargo es als ihre Pflicht erachtet, auf die Rückkehr ihres Gatten Milorad von der Ratsversammlung zu warten. Milorad brachte dann den von den Vargos so geliebten Flavio mit, um den Anna herumflatterte wie eine Mutterhenne, war er doch seit drei Jahren Witwer.

Über ihrer matronenhaften Molligkeit trug sie ein Kleid in fröhlichen Farben. Der Schein des Kaminfeuers spiegelte sich auf dem hellen Kopftuch im silbernen Haar, als sie den Männern Brühe und dicke Brotscheiben brachte. Dabei beklagte sie sich nicht über das Unbehagen, das ihr sogar solch einfache Aufgaben bereiteten, seit sie vor einigen Jahren an Arthritis litt. Ihre Freude an dieser Hilfsbereitschaft verriet gar nicht, dass sie einmal eine berühmte Hofdame gewesen war, damals, als Milorad noch im diplomatischen Dienst mehrerer europäischer Könige gestanden hatte.

Anna schnalzte missbilligend mit der Zunge, als sie die schreckliche Geschichte der Männer hörte: vom rebellischen Zorn, der in der Stadt herrschte, davon, wie Baron Rorka behandelt worden war, vom rauen Verhör auf den nächtlichen Straßen, von zwei Männern – dem Vernehmen nach Fremde –, die erschossen worden waren, nachdem sie Besatzungssoldaten ausgeraubt hatten. Mit Schaudern vernahm sie vom geflügelten Lindwurm, drückte ihr Entsetzen über ein solch grausiges übernatürliches Übel aus, das Mort mitgebracht hatte, und fand es unglaublich, dass jemand den Mut aufgebracht und Pfeile auf die Kreatur geschossen hatte. Die ganze Zeit lang sorgte sie jedoch dafür, dass die Schalen und Kelche der Männer gefüllt blieben.

»Noch mehr Brühe, Bruder Flavio?«

»Nein, nein, meine Liebe. Ich bin richtig satt.«

»Aber du bist so *mager* . . .«

Annas konstanter Kampf gegen Magerkeit hatten dafür gesorgt, dass Milorad eine beträchtliche Leibesfülle erreicht hatte. Seine Ration an Brühe und Brot war inzwischen um übrig gebliebenes Fleisch und Käse vom Abendessen erweitert worden, ergänzt um einen zweiten Kelch von seinem bevorzugten Durstlöscher, Met.

»Irre ich mich womöglich, Milorad?«, fragte Flavio mit verletzter Miene. »Führt meine Friedensliebe letztlich zur Zerstörung der Stadt?«

»Natürlich nicht. Die anderen sind es, die sich irren. Diplomatie wird stets den Sieg davontragen, wenn beide Seiten in gutem Glauben miteinander verhandeln. Allerdings ist das natürlich immer mit eigenen Problemen verbunden«, erklärte Milorad genauer und nahm einen kräftigen Schluck Met.

»Da hat man all diese Jahre Erfolg gehabt, hat eine ganze Generation frei von den Kämpfen der übrigen Welt aufwachsen gesehen ... nur um jetzt zu erleben, wie das alles zerstört wird ...«

»Es ist genau diese jüngere Generation, die das Problem zum großen Teil verursacht«, urteilte Milorad. »Was ist nur aus Respekt geworden, aus Protokoll und Umgangsformen? Die Regeln für gutes Betragen werden einfach nicht mehr eingehalten.«

»Weiß irgendeiner von ihnen – ich meine damit die jüngeren Leute –, was es bedeutet, einen Menschen zu töten? Die Last der Schuld zu tragen?«

»Ich denke, König Klann wird absolut bereit sein, dabei zu helfen, dass es nicht wieder zu Zwischenfällen wie heute Abend kommt.«

»Es ist nicht nur Klann, der mir Sorgen bereitet«, sagte Flavio. »Diese rumänische Unabhängigkeitsbewegung, die sich in den Provinzen zusammenbraut – es heißt, dass sie zum Krieg führen wird. Es scheint, dass man dem Zugriff gewaltsamer Veränderungen einfach nicht entrinnen kann, wo immer man sich auch versteckt.«

»*O tempora, o mores!*«, sagte Milorad und zitierte damit Cicero.

»Es scheint, dass man sich immer weniger gut verstecken kann«, schaltete sich Anna ein. »Noch Wein, mein Lieber?«

Flavio nickte. »Ihr habt wohl Recht, meine Dame. Ich werde jedoch niemals glauben, dass Kämpfen und Töten jemals mehr erreichen können als die unsichersten Lösungen. Aber Milorad ...« Flavios Augen wurden zu schmalen Schlitzen, durch die er eine Vision der Hölle betrachtete. »Was geschieht, wenn sich die Menschen für den Weg des Wahnsinns entscheiden? Was soll ich tun, falls mein geliebtes Vedun zum Schlachtfeld wird?

Und da gibt es noch anderes, noch Entsetzlicheres, das ich fürchte, wovon ich aber nicht sprechen darf.« Er verlor sich in Gedanken.

Anna hatte aufgehört, Wein einzuschenken, und ihr Blick wanderte von Flavios leerem Starren zum besorgten Stirnrunzeln ihres Gatten. Sie hatten noch nie gehört, dass Flavio in solch rätselhaften Begriffen redete, und es machte ihnen beiden Angst.

Es geschah im Flüsterton, dass Garth und Lorenz die jüngeren Gundersens über die Ratsbeschlüsse informierten.

»Und vergesst bitte nicht«, sagte Garth mit niedergeschlagenem Blick, »kein Wort davon zu Gonji oder sonst einen Fremden.« Er wartete, bis auch Wilf mit knappem Nicken sein Einverständnis bekundet hatte.

»Geht jetzt schlafen; ich denke, wir alle haben es nötig. Ich habe genug von diesem traurigen Tag. Ich glaube, die Stalltür wurde offen gelassen. Ich sehe erst noch mal nach den Pferden.«

Als er zur Tür ging, bemerkte Garth, welch schwere Last sein mittlerer Sohn trug. Wilfred saß da und starrte ausdruckslos vor sich hin, das Kinn auf die Fäuste gestützt, und Garth empfand eine Woge des Mitgefühls für ihn. Er wusste sehr gut, was sein Sohn erlebte: Respekt vor überlegener Stärke wurde leicht mit Feigheit verwechselt.

Er legte ihm die Hand auf die Schulter. »Ich gebe nur begründete Weisheit wieder, mein Sohn.«

Einen solchen Augenblick der Zuneigung hatten sie schon lange nicht mehr miteinander geteilt.

Garth ging in den Stall und warf prüfende Blicke in sämtliche Boxen, sah nach, wie es den wiehernden und scharrenden Pferden darin erging. Als er die Box Toras erreichte, stellte er fest, dass das Ross des Samurai gesattelt war. Er erstarrte.

»Es tut mir leid, mein Freund«, ertönte Gonjis Stimme aus der undurchdringlichen Schwärze in einer Ecke. Gonji trat in sein Blickfeld, und Garths Brauen stiegen hoch, als er sah, in welcher Verfassung der Samurai war.

Er war verdreckt und verschwitzt. Die geröteten Augen verrieten, wie nötig er es gehabt hätte zu schlafen. Das Hemd war an manchen Stellen aufgerissen und zeigte die Schnitte und Abschürfungen darunter.

»Was hast du getan, Freund?«, fragte Garth besorgt.

»Nichts, was ich hätte vermeiden können. Ich kann dich nur fürs Erste um Verständnis bitten und darum, dieses Vertrauen nicht zu enttäuschen.« Gonji hatte kurz darüber nachgedacht, eine Drohung nachzuschieben, dann jedoch entschieden, dass es unklug und unnötig gewesen wäre. »Morgen«, setzte er stattdessen hinzu, »morgen, wenn wir ausgeschlafen haben, befassen wir uns mit dem, was ich getan habe, *in Ordnung?*«

Garth nickte, lächelte trotz seiner Sorgen und schüttelte den Kopf über diesen seltsamen Gast. Er erwähnte die Schmiedewerkstatt und das warme Bett, das dort auf Gonji wartete, aber der müde Krieger lehnte ab, fühlte sich sicherer, wenn er in dieser Nacht bei seinem Pferd schlief. Sie sattelten Tora ab, bewahrten den Sattel aber unweit der Box auf.

Sobald Garth gegangen war, legte sich Gonji mit einem Seufzer der Erschöpfung in einer leeren Box auf ein behelfsmäßiges Bett aus Stroh. Na ja, Gonji-san, dachte er trocken, wieder mal schwelgst du im Luxus! Als er die Augen schloss, plagte ihn die Befürchtung, dass er, wie typisch für ihn, wieder mal zu viele Menschen ins Vertrauen zog. Das brachte fast immer Schwierigkeiten mit sich.

Aber zunächst verdrängte er sämtliche Gedanken zugunsten des Schlafs, den er dringender brauchte.

Nachdem Baron Rorka in seinem Versteck untergebracht war, saß die Prophetin Tralayn allein im alten Haus unweit der antiken Mauer im südwestlichen Viertel der Stadt und wärmte sich in den frühen Morgenstunden vor dem flammenden Kaminfeuer.

Sie saß im weichen Feuerschein auf dem Fußboden, und Schriftrollen und antike Bücher lagen vor ihr ausgebreitet. Gelegentlich nahm sie aus den Augenwinkeln wahr, wie sich das Licht auf den gekreuzten Waffen spiegelte, die an kräftigen Haken an der Wand über dem Kaminsims hingen: das Furcht erregende Breitschwert und die Streitaxt, die länger war als ein Mann groß und an der Klinge so breit wie die Schultern mancher Männer.

In der dunkelsten Stunde las Tralayn die Worte der Propheten und bewegte dabei lautlos die Lippen. Sie hörte damit auf, als sie die Präsenz des großen Schattens spürte, der einen Augenblick lang über ihr aufragte und sich dann außer Reichweite des Feuerscheins hinhockte.

»Also bist du gekommen.«

»Wie ich es angekündigt hatte.«

Sie griff nach einer Schriftrolle. »Wo hatten wir letztes Mal aufgehört?«

»Heute keine Schriften«, sagte die Stimme, »und ebenso wenig in künftigen Nächten. Meine Arbeit hier ist beendet.«

»Wirklich? Du weißt, was hier geschehen ist, und möchtest doch nicht bleiben und jenen helfen, die dir Unterschlupf gewährt haben und die dich, ungeachtet ihrer anfänglichen Bedenken, über das zurückliegende Jahr hinweg lieben gelernt haben?«

»Von seltenen Ausnahmen abgesehen ist das, was du Liebe

nennst, lediglich Ehrfurcht. Und was die Bedenken angeht, die du erwähnt hast, so bestehen sie nach wie vor, wenn auch notdürftig versteckt. Aufgrund dieser Gegebenheiten finde ich die Stadt unzulänglich und schulde ihr keine besondere Treue.«

Tralayn lachte leise. »Hochmütige, rachsüchtige Worte. Und mit einer Theatralik vorgetragen, die man bei dir selten erlebt – bravo! Aber deine Stimme bebt, während du es aussprichst. Ich denke, Schuldbewusstsein nagt an deinem Herzen.«

»Du traust dich viel, Wahrsagerin. Was verstehst du schon von meinem Herzen oder meiner Qual? Was schulde ich der Welt der Menschen, die mich hassen und fürchten?«

»Sie fürchten dich aus gutem Grund, aber sie bräuchten dich nicht zu hassen.«

Sie spürte eine ungeduldige Bewegung neben sich.

»Ich bin dieses Wortgeplänkels überdrüssig ...«

»Dann lässt du sie sterben, weil sie dir gleichgültig sind?«, fragte sie vorwurfsvoll.

»Gleichgültig? Ich nenne es lieber Skrupel gegenüber einer Einmischung, aus der nichts Gutes erwachsen kann.«

»Jetzt spielst *du* mit Worten. Wie immer du es nennst, es läuft auf Missachtung der christlichen Prinzipien hinaus, für die du eintrittst.«

»Christliche Prinzipien? Ich staune über dich, du verrückte Frau! Blutgier und Gemetzel sind wohl kaum christlich zu nennen ...«

»Dazu wird es gewiss kommen, selbst wenn du dich heraushältst. Dafür sorgt Mort schon. Hättest du uns letzten Monat geholfen, wäre das *vielleicht* verhindert worden. Ja, das nenne ich Missachtung der verwerflichsten Art. Und doch ist deine schlimmste Sünde dieses ungute, einseitige Verlangen nach Rache am Dämon Grimmolech. Gott hat dir erlaubt, den Fluch dieser entsetzlichen Macht zu tragen, damit du ein Gegengewicht sein kannst zu den Angriffen des Bösen auf die Menschheit.«

»Warum hat Er dann nie zu mir gesprochen?«

»Er hat zu *mir* gesprochen, wie ich dir schon gesagt habe, und du widersetzt dich Seinem Willen. Hat Er nicht gesagt, du solltest die Nacht der Ketten missachten?«

»Behauptest *du!* Und doch kann ich mich nicht des Gefühls erwehren, dass eine Fanatikerin mich als Instrument benutzt.«

Eine lange, unbehagliche Stille trat ein, die schließlich von Tralayn gebrochen wurde. »Ich hatte dir lange vor dieser Invasion von dem Traum berichtet. Und ich mag dieses Wort nicht – *Fanatikerin* ...«

»Das glaube ich dir.«

»Nicht die Kränkung, die darin liegt – darüber lache ich nur. Aber das, was es andeutet. Ich denke, der Begriff passt kaum auf den Kampf gegen das Böse. Aber egal – also gehst du jetzt fort oder *denkst*, du würdest es tun?«

»Was meinst du damit?«

»Ich habe ein weiteres Mal von dir geträumt, ein Traum, der mich traurig stimmt. Deinetwegen *und* Veduns wegen. Denn in diesem Traum trittst du zu spät in den Kampf gegen Mort ein ... und aus dem falschen Grund.«

»Träum ruhig nach Lust und Laune, aber sag Gott, Er soll mich aus deinen Visionen heraushalten. Warum spricht Er nicht mit *mir? Er* hat diesen Fluch schließlich zugelassen.« Die Gestalt erhob sich. »Ich gehe fort von hier. Das gemeinsame Schriftstudium mit dir hat meine Kenntnis von Gottes Liebe vergrößert, aber mir bis heute keinen Grund für Seinen Mangel an Gnade gezeigt.«

»Wie üblich missachtest du die Wahrheit vom Leiden, die ich versucht habe, dir klarzumachen. Wir alle tragen den Fluch eines unvollkommenen Lebens ...«

»Komm mir nicht wieder mit dem universellen Leiden!«, schrie er. »Nicht, solange nicht wenigstens ein weiterer Mensch, der nur wünscht, wie andere Menschen zu leben, den gleichen Fluch trägt wie ich. Darum *betet*, er möge davon befreit werden, wie ich es getan habe. Sich mit der höhnischen Mauer des Schweigens *konfrontiert* sieht, die Gott vor ihm aufstellt. *Dann* reden wir über universelles Leiden.«

Und er wandte sich zum Gehen.

»Simon«, sagte Tralayn, »falls du gehst, möchtest du nicht die mächtigen Waffen mitnehmen?«

Er blieb im Schatten an der Tür stehen. »Sie gehören mir nicht. Aber du darfst mir eines sagen, ehe ich gehe: Welcher Soldat war es, der den jungen Mark umgebracht hat?«

»Das weiß niemand genau. Und es wäre unklug zu spekulieren.«

»Egal. Michael hat es mir gesagt.«

Und damit war er verschwunden und ließ Tralayn dabei zurück, in die freudlosen Flammen zu starren.

KAPITEL ACHTZEHN

Gonji erwachte wie gewohnt früh und fühlte sich unausgeschlafen, mürrisch, ausgehungert, übel riechend und unglaublich zerschunden. Sein eigener Geruch und der des Stalls waren nicht mehr auseinanderzuhalten, und es schien, als hätten Satyrn während der Nacht ein wüstes Trinkgelage auf seiner ruhenden Gestalt veranstaltet.

Er stöhnte und stieg die Leiter vom Heuboden hinab und verzichtete lieber auf die Mutprobe eines frühen Morgensprungs.

Tora begrüßte ihn zufrieden wiehernd, als Gonji an seiner Box vorbeikam.

»Du kannst mich mal, Pferd.«

Er stakste steifbeinig ins Freie und gewann allmählich Oberhand über sein Unwohlsein. Die Schwerter ließ er im Stall zurück. Es wäre sinnlos gewesen, Schwierigkeiten zu riskieren, bis er sich über die Lage in der Stadt informiert hatte. Sein erster Gedanke galt dem geflügelten Lindwurm, aber nur Vögel zogen ihre Bahn durchs grelle Tageslicht, und die Luft lag still und warm über der Stadt. Nirgendwo bewegten sich Soldaten.

Die Schmiedewerkstatt erwies sich als Tummelplatz reger Tätigkeit unter einem blau-weißen Morgenhimmel, der einen sengend heißen Tag ankündigte. Garth bewegte sich durch die lärmende Gruppe der Flüchtlinge und half den Frauen dabei, das Frühstück zuzubereiten. Kinder quietschten vergnügt zwischen ihnen und hatten die Ängste der Nacht vergessen.

Drei Männer saßen rings um Garths Esstisch, stopften die Mahlzeit in sich hinein und unterhielten sich in ernstem Ton. Als Gonji eintrat, verstummten sie, säuberten ihre Teller und eilten hinaus. Gonji knurrte ihnen eine harmlose Verwünschung hinterher und schüttelte den Kopf, um sich dann auf die Suche nach Krug und Becken zu machen. Er fand beides und wusch sich. Dabei hörte er Wilf in seiner Schlafkammer schnarchen.

Die Küchengerüche lockten ihn wieder hinaus. Vom Ofen drang der verführerische Duft von brutzelndem Pökelspeck herüber. Eine mürrisch dreinschauende Magd verteilte aus ihren Körben frische Brötchen und Weißbrot.

Gonji ignorierte die Mischung aus Gleichgültigkeit und Feindseligkeit, die ihm die Stadtleute entgegenbrachten, verbeugte sich vor Garth und bekam von einer freundlichen Flüchtlingsfrau einen Teller mit Speck und Brötchen gereicht, die in würzig riechendem Schmalz schwammen.

»*Domo arigato*«, sagte er, verbeugte sich und lächelte sie an. Garth deutete auf die Kelche, die auf einer niedrigen Eichenbank standen, wo er sich Wasser, Wein oder Ale aussuchen konnte.

»Keine Milch?«, fragte Gonji.

»Die Kühe geben heute Morgen nichts her, sodass wir knapp an Milch sind«, sagte Garth und bedachte den Samurai mit einem vorwurfsvollen Blick.

Gonji zuckte zusammen, wählte einen leichten Rotwein aus und setzte sich neben einem Wassertrog mit gekreuzten Beinen auf den Boden, um zu essen. Einen Augenblick später gesellte sich Garth zu ihm, und sie redeten leise miteinander. Der Schmied setzte ihm die Lage in der Stadt auseinander, berichtete ihm von der Ausgangssperre und dem Verbot von Schusswaffen, und Gonji vernahm interessiert die Neuigkeit, dass man im Zuge der Unruhen vergangene Nacht zwei Banditen erwischt und erschossen hatte. Anscheinend gab man ihnen die Schuld am Tumult, wenngleich Flavio und andere Stadtobere verhört und mit dem Verdacht und Vorwurf eines organisierten Aufstands konfrontiert worden waren. Gonji fragte nicht weiter nach, und Garth schwieg zu den Ratsbeschlüssen.

»Hast du ... deinen Söhnen – oder sonst jemandem – letzte Nacht etwas von mir erzählt?«, fragte Gonji betreten.

»Ich hatte versprochen, es nicht zu tun«, entgegnete Garth. »Und ich weiß nicht, was du getan hast. Erzähle es ihnen selbst.«

Gonji nickte und dankte ihm.

Wilf kam aus dem Haus gestolpert und blickte verlegen drein, als er sie sah. Er aß schweigsam und hielt sich von ihnen fern. Danach schlurfte er ins Haus und brachte Gonji das *Katana*. Den Blick niedergeschlagen hielt er dem Samurai das Schwert hin, und Gonji nahm es wortlos entgegen. Er verbeugte sich vor Wilf, und dieser erwiderte die Geste steif und trottete mit hängenden Schultern davon, und alles an ihm kündete von Reue und Scham.

Eine Handelskarawane kam, begleitet von Söldnern, durchs Westtor gerumpelt. Ehe Garth loslief, um den Kaufleuten seine Dienste anzubieten, holte sich Gonji von ihm die Zustimmung ein, Wilf für den Tag von seinen Pflichten zu befreien, damit er ihn herumführen konnte.

»Macht bitte keine Schwierigkeiten«, bat Garth unbehaglich.

Gonji stimmte dem bereitwillig zu und suchte dann Wilf auf. »Möchtest du heute Morgen mit mir üben?«

Wilf schien alles andere als begeistert. »Nun – ich ... *ja*, ich möchte gern mal zusehen, wie du übst. Nur tobt heute Morgen ein böser Geist in meinem Schädel herum. Angesichts dessen und meiner üblichen morgendlichen Rückenschmerzen weiß ich nicht, was ich selbst groß tun könnte.«

»Mach dir keine Sorgen«, beruhigte ihn Gonji, »wir treiben deine Dämonen aus und ersetzen sie durch neue.«

Auf dem flachen, abgeschiedenen Hinterhof der Schmiede leitete Gonji Wilf bei einer abgeschwächten Version seiner eigenen Lockerungsübungen an. Wilfs Miene waren die ganze Zeit lang die Schmerzen anzusehen, aber trotzdem wurde er mit den Übungen rasch warm und räumte anschließend ein, dass er das Gefühl hatte, den eigenen Körper besser zu beherrschen. Gonji führte nun Kampfsport-*Kata* aus, denen Wilf mit offenem Mund zusah, erstaunt über Gonjis Geschmeidigkeit und Wendigkeit.

»Deine Beine sind perfekt biegsam«, stellte Wilf fest.

»Hmm«, entgegnete Gonji und rieb sich eine überbeanspruchte Kniesehne, »nicht heute Morgen. Ich lasse nach, werde träge.«

Gonji brachte dem lernwilligen jungen Schmied ein paar einfache und wirkungsvolle Methoden bei, um sich aus Klammergriffen zu befreien. Dann führten sie einen kurzen Übungskampf aus, in dessen Verlauf Gonji Wilf einige nützliche Abwehr- und Gegenschlagstechniken zeigte und ebenso die Grundlagen wirkungsvoller Fußtritte. Mehrere Minuten später saßen sie da und rangen nach Luft und genossen das wärmende Gefühl kameradschaftlicher Harmonie.

»Weißt du«, sagte Wilf langsam, »ich möchte mich für gestern Abend entschuldigen. Gewöhnlich bin ich nicht so ein großmäuliger Idiot. Es waren der Wein ... Genya ... die Invasionsstreitmacht ...«

»Vergiss es. Läufst du gern?«

»Was?«

»Machen wir draußen in den Bergen einen Lauf.«

Sie entkleideten sich bis zur Taille, spazierten auf die Straße hinaus und nahmen Kurs auf das Westtor. Die Stadt erwachte an diesem Morgen erst spät zum Leben; die Kühe waren nicht allein in ihrer Furcht vor dem, was die Ereignisse der zurückliegenden Nacht bedeuten mochten. Als jedoch aus schierer Notwendigkeit das Geschäftsleben anlief, nahm das ganze summende Getriebe des täglichen Lebens in Vedun aufs Neue seinen normalen Gang.

Gonji und Wilf trabten locker zum Tor hinaus und folgten der Weststraße, dem Haupthandelsweg, den ein schon lange versunkenes Reich vor Jahrhunderten durch die Berge gezogen hatte. Sie kamen an berittenen Reisenden vorbei, an Kaufleuten in ihren Fuhrwerken, an Landbewohnern und ihren mit Tragkörben bepackten Maultieren, an Soldaten, die Klanns Wappen ebenso zeigten wie argwöhnische Blicke, und an schimpfenden Jägern, die sich ihre Bögen jetzt unter Sicherheitsauflagen aus der Waffenkammer der Garnison holen mussten. Gonji und Wilf unterhielten sich in kurzen, abgehackten Sätzen, während sie schwer atmend dahinliefen, und sprachen dabei über Liebe und Rebellion, über Wilfs Sorgen um Genya, über seine zahlreichen Meinungsverschiedenheiten mit dem Vater sowie über Gonjis Leben in Japan und einen ähnlichen Vater-Sohn-Streit.

Klanns Soldaten hatten Vorposten entlang der Straße errichtet, und die beiden Läufer stellten fest, dass die südlichen Wege ins Tal gesperrt waren, außer für Reisende, deren Geschäften der Stadtkämmerer seine Zustimmung erteilt hatte. Lorenz musste an diesem Vormittag sehr beschäftigt sein. Als sie den Pfad erreichten, auf dem Gonji aus dem Tal heraufgestiegen war, kehrten sie um und verfielen eine Zeit lang in ein gemütliches Schritttempo. Dann fanden sie eine kühle, feuchte, im Schatten liegende Lichtung, auf der es jetzt, als Menschen auftauchten, still wurde.

Gonji suchte sich zwei kräftige Holzstöcke aus und überredete Wilf zu einer Fechtstunde. Sie schlugen aufeinander ein, machten Ausfälle, parierten. Mit Sprüngen und Finten praktizierte Gonji eine defensive Kampfesweise, stellte den kräftigen jungen Schmied auf die Probe und fand heraus, dass er über solide Fertigkeiten im europäischen Säbelkampf verfügte. Wilf erwies sich als lernwilliger Schüler, und da Gonji die wunderbaren Kampfstile des Landes der Götter liebte, machte er sich daran, dem jungen Schmied Grundlagen der *Bugei* – der Kampfsportarten – beizubringen. Wilf erarbeitete sich so die ersten einfachen Manöver des *Kenjutsu* und *Iaijutsu* – der offensiven und defensiven Schwertkunst – und dann des *Karumi-jutsu*, wofür man die antrainierte Geschmeidigkeit des Springens und Ausweichens benötigte.

»Gut – gut – ausgezeichnet!«, brachte Gonji schließlich hervor. Sie sanken in den Balken des Sonnenlichts auf die Knie und trockneten sich die Gesichter ab. Zufriedenheit lag über der Lichtung, die warme Gewissheit von Menschen, die sich der Ganzheit ihres Wesens nachdrücklich bewusst waren.

Wilf runzelte jedoch die Stirn. »Mit Menschen als Gegnern ist es aber schwieriger.«

»Wie? *Hai*, zumindest, bis man zum ersten Mal Blut vergossen hat, schätze ich. Aber du weichst nicht zurück. Ich wette, dass du den meisten verlotterten Söldnern ebenbürtig bist. Eines Tages wirst du sogar mit den guten fertig.« Er stand auf.

»Was hast du letzte Nacht getan?«

Auf diese Frage war Gonji nicht vorbereitet. Er kratzte sich am Kopf, öffnete den Haarknoten und schüttelte seufzend die langen Haare aus. Er erzählte Wilf von seinem Zusammenstoß mit dem geflügelten Drachen.

»Das fliegende Monster ...«, hauchte Wilf beinahe ehrfürchtig. »Aber das ist ... *warum?*«

»Ich hatte meine Gründe, persönliche Gründe.«

Wilf runzelte die Stirn. »Wer bist du, dass du dir erlauben kannst, aufgrund persönlicher Gefühle die ganze Stadt in Gefahr zu bringen? Was ist mit den Gefangenen auf der Burg? Vielleicht geht Klann jetzt härter mit ihnen um.«

Gonji schwieg, während er den Haarknoten wieder zuband, und wusste sehr wohl, dass die Anschuldigung des Schmieds zutraf.

»Wir alle wären gern frei von solcher Verantwortung«, fuhr Wilf fort. Er wurde wehmütig. »Ich weiß jedenfalls, dass es bei mir so ist. Ich wäre gern der Krieger, der nach allem schlagen kann, was ihn wütend macht. *Ja* ... eines Tages bin ich das auch. Eines Tages werde ich ...«

»... ein so guter Soldat sein wie dein Vater«, schloss Gonji den Satz für ihn ab und musterte ihn verschmitzt. Wilf blickte verwirrt drein.

»Ich habe gelauscht«, erklärte ihm Gonji und deutete mit einer Handbewegung an, dass sie jetzt nach Hause gehen sollten. »Letzte Nacht im Stall.«

Wilf folgte Gonji, und sie trotteten über den weichen Boden aus Tannennadeln. »Er verabscheut es, wenn ich davon spreche, Soldat zu werden. Möchte nicht mal darüber diskutieren.«

»Was für ein Soldat war er? Wo?«

»Ein guter, denke ich. Kavalleriehauptmann irgendwo im Norden. Unsere Mutter starb, als wir drei noch ganz klein waren – ich erinnere mich nicht mal an sie. Es geschah, während Vater gerade auf einem Feldzug war. Er machte sich Vorwürfe, vermute ich, dass er nicht bei ihr war, und sagte, er hätte den Geschmack am Soldatenleben verloren ...«

»Den Willen zu kämpfen.«

»Ja.«

»Hmm«, sagte Gonji und nickte, die Lippen geschürzt.

»Er hat mir zum zwölften Geburtstag ein Schwert geschenkt. Wir haben gemeinsam geübt, wie wir beide gerade eben.« Wilf lächelte bei der Erinnerung. »Dann machte ich eines Tages den Fehler, ihm zu sagen, dass ich Soldat werden wolle und nicht Schmied ...«

Sie blieben auf einer kleinen Anhöhe über der Hauptstraße stehen. Drei Fuhrwerke, beladen mit Kisten, rumpelten unten in Richtung Vedun vorbei.

»Bleibst du eine Zeit lang in Vedun?«

»Hmm? Oh – eine Weile, *hai*, denn ich habe hier das eine oder andere zu erledigen.« Gonji reagierte mit einem beruhigenden Lächeln auf Wilfs besorgte Miene. »Nichts, was das Leid deiner Genya verschlimmern könnte! Ich suche noch immer nach dem Wind des Todes. Ich habe eine Bestimmung zu erfüllen, weißt du? Und man hat mir berichtet, dass ich ihn hier finde. Außerdem möchte ich diesem Klann persönlich begegnen ... *und* diesem feigen Hexenmeister, der Menschen aus der Ferne tötet.«

»Der Wind des Todes ...«

»Hast du von dieser Legende gehört – dem Tiermenschen, der mit dem Nachtwind umherstreift?«

»Etwas in dieser Art. Strom könnte dir mehr erzählen, wahrscheinlich mehr, als du hören möchtest.«

Das Rattern der Fuhrwerke verklang in der Ferne. Gonji klatschte sich mit der Hand auf den Oberschenkel, und sie stiegen die Anhöhe hinab.

Wilf packte ihn am Arm und hielt ihn auf. »Bleibst du und hilfst uns, wenn wir gegen Klann kämpfen müssen?«

Die Frage traf Gonji wie ein Hammerschlag, und er brauchte lange, um seine Gefühle zu ordnen und eine Antwort zu finden. Er dachte daran, wie leicht er sich jetzt noch auf die Seite schlagen könnte, die die Zügel in der Hand hielt; Vedun war die reiche Beute, das vollgefressene Schaf, fest in Klanns Griff und bereit für die Schlachtung. Und wie schön es wäre, auf der Seite des Siegers zu stehen, und sei es nur, weil eine solche Freude so selten war!

Er blickte in die tiefen dunklen Tümpel von Wilfs flehenden Augen und ertappte sich bei dem Wunsch, ihn auf die Probe zu stellen.

»Nein. Da kann man nichts machen. Es ist vorbei.«

Er wandte sich zum Gehen, aber Wilf griff fester zu, und Gonji kniff angesichts dieser Dreistigkeit die Augen zusammen. »Ich dachte, gestern Abend hättest du uns geraten zu kämpfen!«, sagte Wilf leidenschaftlich.

»Ich sagte, *ich* würde kämpfen«, entgegnete Gonji und befreite sich sachte aus seinem Griff. »Die Menschen hier würden es nicht schaffen. Sie hatten ihre Chance, ehe Klanns Armee durch die Tore marschierte. Jetzt ist die Stadt die ideale fette Henne, bereit, gerupft und geschlachtet zu werden. Und Sabataké Gonji-noh-Sadowara hat nicht vor, als Hühnchenfüllung zu enden.«

Tränen des Zorns und der Enttäuschung stiegen Wilf in die Augen, und er wandte sich heftig von Gonji ab und schluckte schwer, um den Kloß im Hals loszuwerden. Und Gonji wusste, welchen Schmerz der andere erfuhr, und das Gespür des *Bushi no nasake* – die Empfindsamkeit des Kriegers – verriet ihm, dass seine Gefühle Wilf gegenüber gerechtfertigt waren und dass da weder Scham noch Schwäche im Spiel war. Der Samurai entfernte sich ein paar Schritte weit, damit Wilf Raum hatte, seinem Seelenschmerz Luft zu machen.

Gonji zupfte eine Zeit lang an einer Blüte des Echten Leinkrauts und bewunderte ihren zerbrechlichen Liebreiz. Dabei fragte er: »Bist du Christ?«

»Ja«, antwortete Wilf.

»Ich habe schon erlebt, wie sich Christen weigerten, unter solchen Umständen zu töten«, stellte Gonji sanft fest.

Wilf erwiderte seinen Blick fest. Seine Augen waren getrocknet. »Klann hat unseren Glauben angegriffen. Ich bin bereit, dafür zu sterben.«

Gonji betrachtete forschend sein Gesicht und nickte ernst. »Das ist ... alles, was irgendeine Lebensphilosophie von ihren Anhängern verlangen kann.« Er seufzte schwer. »Ah, Wilfred-san, du musst lernen, mich zu verstehen. Ich bin ein Geschöpf der Pflicht. Ich benötige Pflichten – *hungere* danach – wie von Zeit zu Zeit liebevolle Fürsorge im Schlafgemach, verstehst du? Na ja ... vielleicht auch nicht. Vergiss es; schlechter Witz. Jedenfalls ist ein Samurai ohne Pflichterfüllung ein Nichts, ein Baum ohne Früchte. Trotzdem habe ich in den zurückliegenden Jahren – na ja, mich immer wieder mit ganzem Herzen einer Sache verschrieben, ihr dann nur auf meine typische lahmärschige Art Gefolgschaft geleistet und dabei gleich noch einen Grundsatz nach dem anderen kompromittiert. Ich weiß nicht. Es liegt am ruhelosen Geist meiner Mutter in mir, vermute ich. Oder vielleicht gibt es auf diesem verrückten Kontinent nichts, was es lohnen würde, sich ihm zu verschreiben. Wer weiß, hm?«

Ohne ein tröstendes Wort zu finden, sprang Gonji vom Hang

auf die Straße hinab, wo er sich langsam und schlurfenden Schrittes in Richtung Vedun auf den Weg machte. Wilf war kurz darauf wieder an seiner Seite. »Wir tun, was wir tun müssen«, sagte er in sachlichem Ton, und Gonji nickte.

Sie durchquerten das Westtor Veduns unter einer Mittagssonne, in deren grellem Schein schimmernde Hitzewellen von den Mauern der Stadt aufstiegen.

Als sie sich gewaschen und umgezogen hatten – Gonji in einem von Wilf geliehenen Hemd und aufgemuntert durch die Schwerter in der Schärpe –, ritten sie durch die Stadt. Das rege Leben Veduns hatte seinen mittäglichen Höhepunkt erreicht. Kinder stürmten durch die Straßen, und kläffende Hunde sprangen neben ihnen her, gierig auf einen Happen von einem frischen Brötchen lauernd. Von Marktständen stieg der Singsang der Händler auf, die ihre Waren feilboten, begleitet von unzufriedenen Bemerkungen über Druckstellen an Lebensmitteln. Der Stand des Fischhändlers war der Lieblingsplatz für Veduns streunende Katzen, die an den Pfosten des Pavillons und den Beinen der Kunden entlangstrichen und sich auf der Mauer hinter dem offenen Stand versammelten.

Kaufleute und Handwerker verhökerten ihre Waren an zungenschnalzende, kopfschüttelnde Kunden. Das Textilienangebot der Tuchwalker stand im Mittelpunkt des Interesses flüsternder und kichernder junger Frauen, die es knautschten und glatt zogen und mit den Händen prüfend darüber strichen. Sattelmacher hielten vorbeiziehenden Reitern ihre Gurte hin. Küfer saßen hinter Tischen voller Fässer.

Unzählige Düfte regten Wilfs und Gonjis Verdauungssäfte an, während sie die breite Hauptstraße im Zentrum Veduns entlangritten und sich den Ständen näherten, wo fertig zubereitete Speisen angeboten wurden. Diese wurden belagert von Bürgern, Reisenden und Soldaten gleichermaßen, denn die Bedürfnisse des Leibes vereinten die Menschen für diesen Anlass. Braten und

Geflügel lockten von ihren Spießen über fauchenden Feuergruben und Öfen. Es gab Hühnchen und Kapaun, Hammel und Schwein, Hase und Gans. Koch, Bäcker und Mundschenk tanzten zur Musik klingender Münze. Kinder, die hier für ihre Eltern arbeiteten, schütteten aus ledernen Schläuchen Wasser über die fettigen Hände derer, die sich den Bauch vollgeschlagen hatten.

Wilf lud Gonji zu gebratenem Fisch und dampfenden Brötchen sowie Krügen mit Ale ein, um alles damit herunterzuspülen. Während sie auf einem Geländer saßen und ihre Mahlzeit hinunterschlangen, betrachtete der Samurai die fröhlichen Gesichter der Menschen, die muntere Sorglosigkeit des alltäglichen Lebens in Vedun. Wenn man das sah, vermutete man kaum, welch gefährliche Zeit die Stadt erlebte. Bei diesem Gedanken blickte er zum sonnenhellen Himmel hinauf, aber keinerlei monströse Fledermausschwinge verdunkelte das grelle Blau.

Nach dem Essen wuschen sie sich die Hände und ritten an dem lärmenden Freiluftmarkt vorbei zu den Schneider- und Schusterwerkstätten. Gonji bestellte beim Schneider ein ärmelloses Hemd, eine Reithose und ein neues Paar *Tabi* aus gesponnener Wolle. Beim Schuster bestellte er ein Paar Reitstiefel aus weichem Leder. Er stellte fest, dass er noch Geld übrig hatte, wenn auch nicht genug für den nächsten Einkauf, sobald dieser bereit zur Auslieferung war: Bei zwei recht mürrischen Gerbern, die sich ein Geschäft teilten und die Gonji für einen Söldner Klanns hielten, orderte der Samurai einen Brust- und Rückenpanzer aus Leder sowie je ein Paar Armschienen und Schulterstücke. Gonji ließ den Betrag anschreiben und verließ die Gerberei mit einem Seufzer der Zufriedenheit, wie stets voller Zuversicht, dass er, sobald die Ware lieferbar war, auch irgendwo das Geld dafür auftreiben würde.

Karma.

Wilf war froh, das Marktviertel hinter sich lassen zu können, als sie schließlich davontrabten. Obwohl Gonji diesem Umstand keine Beachtung schenkte, brachten den jungen Schmied die ständigen hasserfüllten Blicke in Verlegenheit, mit denen ihn Menschen bedachten, die er schon sein Leben lang kannte; Scham und Ärger erfüllten ihn angesichts all der mehrsprachigen Menschen in der Stadt, die auf einmal nur noch slawische Sprachen beherrschten, wenn sein neuer Freund sie anredete.

»Weißt du, Wilf«, sagte Gonji, »diese Stadt fasziniert mich immer mehr.«

»Wie kommt das?«

»Ich habe jeden, mit dem wir heute zu tun hatten, nach diesem Simon Sardonis gefragt, für den ich eine Nachricht habe. Er müsste eine ganz schön wichtige Person in Vedun sein, nach dem zu urteilen, was ich von ihm weiß ... Wo wohnt eigentlich diese Prophetin Tralayn?«

»Nicht weit von unserem Haus entfernt – warum?«

»Später.«

Das vibrierende Grollen rauschenden Wassers verriet Gonji, dass die Schleusentore gerade geöffnet wurden. Als sie zusahen, wie der schmutzige Sturzbach durch einen Graben schoss, dachte Gonji mit einem Schauder daran zurück, wie knapp er vorige Nacht dem Schicksal entgangen war, ein Teil dieser Abwässer zu werden.

Sie ritten in Richtung Marktplatz. Der Turm der Kapelle ragte vor dem Hintergrund eines Berges mit verschneitem Gipfel auf. Wilf wollte dem Jungen Mark und den anderen seinen Respekt erweisen, die tags zuvor umgebracht worden waren und dort aufgebahrt lagen.

Sie kamen an der Garnison für Rorkas Stadttruppen vorbei, derzeit von den Llorm-Soldaten beschlagnahmt. Ein Stück weiter westlich erreichten sie die imposante Stadtkämmerei, die vor Betriebsamkeit summte.

»Dort arbeitet mein Bruder«, sagte Wilf. »Der Kluge.«

Gonji lächelte über den Sarkasmus. Ah, Rivalität unter Geschwistern!

Drei junge Frauen, an denen sie vor der Stadtkämmerei vorbeikamen, grüßten Wilf überschwänglich, aber er nickte nur unbehaglich.

»Was für ein beliebter Bursche!«, neckte ihn Gonji.

»Freundinnen Genyas.« Wilf wurde rot.

»Hm–hm«, sagte Gonji schelmisch neckend. Der gelinde Schmerz, den er dabei empfand, erinnerte ihn jedoch daran, wie lange es her war, seit er bei einer Frau gelegen hatte. Und wie lange war es her, dass er zuletzt richtig verliebt gewesen war? Das Mädchen letzte Nacht – wie sehr hatte sie in der Dunkelheit Reiko ähnlich gesehen mit ihrem fließenden schwarzen Haar, den großen unergründlichen Augen. Reiko ... *(Dazu verpflichtet, den Mörder ihres Gatten zu töten.)*

Die Kapelle stand an der Straße gegenüber dem Glockenturm und dem Springbrunnen auf dem Marktplatz, einen Steinwurf von der Ausfallpforte entfernt. Ein konstanter Strom von Trauergästen stieg die Eingangstreppe hinauf. Gonji und Wilf stiegen von den Pferden und banden diese an. Der Samurai streckte sich, um sich von den Verspannungen des Reitens zu befreien, rückte die Schwerter zurecht und straffte die Gürtelschärpe. Dann entdeckte er sie.

An einem vor dem Glockenturm errichteten Galgen baumelten – mit den Köpfen nach unten – die beiden Banditen, die anscheinend in der vorangegangenen Nacht an Gonjis statt mit dem Tod bestraft worden waren. Zwei Posten aus den Freien Kompanien bewachten die geschmacklose Symbolik dieser Darbietung vor den Augen der Trauergäste. Gonji schob Wilfs mahnende Hand weg und schritt über die Straße, und die Wachtposten reagierten argwöhnisch, wie er in selbstbewusster Haltung auf sie zukam.

Als er die Hand zum Gruß hob, spannten sie sich an, aber Gonji lächelte nur. Die Posten trugen Schwerter, aber keine Pistolen.

Der Galgen knarrte unter der Last der beiden sanft hin und her schwingenden Leichen, die an den Füßen aufgehängt waren und deren Arme wie in einer perversen Jubelgeste schlaff herabbaumelten. Das hervorquellende Weiße der Augen erinnerte an Eierschalen. Das Blut aus den Schusswunden war zu dunkelroten Streifen getrocknet. Fliegen summten um die baumelnden Kadaver herum. Die Männer trugen Reisekleidung. Über ihnen war ein für Gonji unverständliches Schild angenagelt worden.

»Sind das die Unruhestifter von letzter Nacht?«, fragte Gonji auf Deutsch.

»Zwei davon«, antwortete der größere der beiden Söldner vorsichtig.

»Gute Arbeit.«

Gonji gesellte sich wieder zu Wilf, der auf den Stufen der Kapelle stand und große Augen machte. »Klapp den Mund zu, Freund, ehe man auf uns aufmerksam wird.«

Wilf entspannte sich.

»Stammen sie von hier?«, erkundigte sich Gonji.

»Nein, es sind Fremde«, antwortete Wilf kopfschüttelnd.

Der Samurai nickte; er fühlte sich etwas besser, und die Last der Schuld verringerte sich ein wenig. Habe ich wirklich so viel Glück gehabt, fragte er sich, dass für das, was ich so unüberlegt vermasselt habe, diese Straßenräuber haben büßen müssen? *Und gleich zwei von ihnen*. Verdammt, nicht ganz ...

Wilf schickte sich an, die Stufen zur Kapelle hinaufzusteigen, aber Gonji zögerte.

»Komm schon!«, drängte Wilf. »Es wird dir guttun.«

Gonji wirkte verlegen. »Ist das nicht mit einem Fluch verbunden oder so was?« Selten nur hatte man ihn in eine christliche Kirche eingeladen. Wilf jedoch gab ihm einfach mit einem Wink zu verstehen, er solle heraufkommen, und ging selbst hinein.

Gonji blieb respektvoll schweigend im Vorraum stehen, während Wilf zu den Toten ging, die vor dem Altar aufgebahrt waren.

Der Samurai verfolgte mit seiner üblichen Verwirrung das widersinnige Trauerritual, mit dem Christen ihre Lieben in den Himmel entließen. Als Wilf zurückkehrte, fiel ihm ein altes Paar auf, das auf einer der hinteren Bänke saß, ging hinüber und unterhielt sich flüsternd mit ihnen. Gonji blickte sich im Kirchenschiff um und betrachte die – zum Teil unvollendeten – kunstvollen Gemälde religiöser Persönlichkeiten, die die Wände zierten. Er hörte ein Klappern, gefolgt von einem verdrossenen *ts ts* und Geflüster, an der Decke. Auf einem Gerüst dort oben lag ein eher kleiner Mann, bedeckt mit Farbklecksen, das Haar von einem Tuch umwickelt. Er malte gerade an einem Engelsflügel, schien jetzt jedoch den Engel zu schelten, weil er ihm die Mitarbeit verweigerte.

Wilf kam zu Gonji zurück. »Das waren Genyas Eltern«, sagte er, als sie auf ihren Pferden saßen, und deutete mit einem Kopfnicken zur Kapelle. Seine düstere Laune hätte eine Hochzeitsgesellschaft in die Flucht geschlagen.

Gonji holte aus einer Satteltasche einen Apfel und biss hinein. »Du machst dir Sorgen um deine Freundin, nicht wahr?«

»Denkst du, dass sie ihr ... wehtun?«

»Ich zweifle nicht daran.« Als er dann Wilfs schmerzliche Miene erblickte, bedauerte Gonji sofort den kalten selbstgefälligen Tonfall seiner Antwort. »Ich meine ... manche Mädchen entwickeln in dieser Hinsicht erstaunliche Kraft. Sie ist doch ein starkes Mädchen, *neh?*«

»Sie hat ... einige Erfahrung«, gestand Wilf widerstrebend und setzte rasch hinzu: »Sie ist aber nicht die Hure, als die mein Vater sie dir schildern würde. Ich meine, dass ... Ich weiß es. Und zwar auf die Art und Weise, wie es nur ein Mann, der sich auskennt ... wissen kann.«

Gonji lachte glucksend. »Also ist Papa Schmied nicht damit einverstanden, weil sein Sohn keinen Ausbund an weiblicher Sittsamkeit abbekommt!«

»Er und einige Tugendbolde aus der Stadt. Sie sind einfach nicht bereit, im Grunde harmlose Episoden zu vergessen. Sie bringen sie immer wieder zur Sprache, und jedes Mal erfinden sie etwas dazu und bauschen das Ganze zu einer ernsten Affäre auf ... Genya war ein wenig frühreif, weißt du. Sie hatte ihre Verehrer. Später war dann dieser idiotische Bauer namens Dobroczy mein Rivale um ihre Gunst.« Er zuckte die Achseln. »Sie scharwenzelt gerne herum, und ich schätze, sie hatte damals genug Eisen im Feuer, um ihren Ruf ein wenig verdient zu haben. Sie ist aber nicht die Herumtreiberin, für die Papa sie hält. Sie arbeitet hart, ist vernünftig ...« Er brach ab, während er verträumt zur Burg blickte.

»Was tätest *du?* Ich meine, falls Genya deine Freundin wäre?«

Gonji kaute nachdenklich den Apfel, und seine Augen wurden zu Spänen funkensprühenden Stahls. »Ich würde dorthingehen«, sagte er schlicht, »und sie zurückholen – oder beim Versuch umkommen, falls das mein Karma wäre.«

Wilfreds Mund klappte auf. Er starrte den Samurai an und schwankte zwischen Unglauben und Staunen.

»Du würdest hingehen ...«

»Das ist richtig.«

»... ganz allein ...«

»*Hai*, falls nötig.«

»... und eine ganze Armee angreifen?«

»Sicher, da hat man Möglichkeiten«, sagte Gonji überheblich und verlagerte sein Gewicht im Sattel. Nachdenklichkeit breitete sich in seinem Gesicht aus, während ihm das eigene Draufgängertum durch den Kopf ging. Könnte er so etwas vollbringen? Natürlich! Er zuckte jedoch die Achseln und verbannte den Gedanken.

»Natürlich«, ergänzte er, »müsste es um ein ganz besonderes Mädchen gehen, und ich bin bisher erst einem begegnet, das so war.« Sein Blick wanderte zum Himmel.

»Erzähl mir von ihr«, bat Wilf.

»Hm?«

»Deinem ... ›besonderen‹ Mädchen.«

»Ein andermal, *neh?*«

Ein Tumult an der Ausfallpforte lenkte Gonji ab: Der Hilfsfahrer eines Getreidefuhrwerks flog durch die Luft und landete auf der Erde. Ein Söldner in einem Lederwams sprang auf ihn und drohte, ihm den Schädel einzuschlagen. Weitere Söldner versammelten sich neugierig um die beiden. Aus dem Zentrum all dessen tauchte in vollem militärischem Ornat Hauptmann Julian Kel'Tekeli auf, der Söldnerkommandant. Er ging zu seinem prachtvollen schwarzen Streitross, redete mit ihm und schwang sich dann mit der Eleganz eines Soldaten, der sich einer Inspektion unterzog, in den Sattel.

Gonji schnaubte. *Hoffentlich rutschst du aus den Steigbügeln, fällst runter und brichst dir den Arsch.* Gonji unterstrich diesen Gedanken, indem er einen Wind fahren ließ. Tatsächlich wurde Gonjis Leben von präzisen Bewegungen bestimmt, auf die er stolz war und die er gern bei jeder Gelegenheit demonstrierte. Julians ach so tolle Schneidigkeit war jedoch unerträglich. Die Kunst bestand in der Tarnung – in dem Eindruck, es wäre einfach.

Er erblickte Wilfs vielsagend unbehaglichen Blick, als er die Söldner betrachtete, und entschied, dass es an der Zeit war, ihnen eine Lektion zu erteilen.

Wilfred spürte den kalten Schweiß, der ihm auf die Stirn trat, die feuchten Hände, Begleiterscheinungen einer klaustrophobischen Angst, die er in seiner Stadt nie zuvor erlebt hatte. Die Söldner waren überall und waren durch ihre Blicke und Taten eine ständige Bedrohung. Er versuchte, sich an die Strategielektionen zu erinnern, die Gonji ihm erteilt hatte: dass Klanns Armee, ausgehend von der Aufteilung ihrer Soldaten, unterbesetzt zu sein schien; dass sie hin und her geschickt wurden, um die Stadt konstant einzuschüchtern; dass ein unvermittelter Aufstand diese Truppe, wie sie sehr wohl wusste, womöglich lähmte, falls sie diese Aura der Furcht nicht aufrechterhielt. Er wischte sich die Hände an der Reithose ab.

»Hier«, sagte Gonji und reichte ihm das Ersatzschwert, das er am Sattel mitführte.

»Wie?« Wilf nahm die Waffe unsicher entgegen.

»Stecke es in deinen Gürtel. Zeit für weitere Ausbildung – nein, nein, nicht so, sondern mit der Schneide nach *oben!* Es ist ein *Katana*, dazu gedacht, beim Ziehen von oben nach unten zu fahren.«

Wilfs Herz klopfte los. »Was jetzt?«

»Ich möchte auf die Hochebene hinausreiten und mir mal die Beschaffenheit des Geländes ansehen. Unser Weg führt uns mitten durch diese Briganten am Tor.«

Wilf schluckte den Kupfergeschmack der Angst herunter und fragte: »Können wir nicht einfach das Westtor nehmen und so Ärger vermeiden?«

Gonji runzelte die Stirn. »Sei nicht albern! Wir sind hier direkt an der Ausfallpforte. Außerdem: Was würde mein Pferd denken?«

Wilf konnte sich jedoch nicht mal ein Lächeln abringen. Er umklammerte fest den Zügel, damit ihm die Hände nicht zitterten. »In Ordnung«, sagte er und wappnete sich innerlich, »reiten wir los!«

»Das ist der richtige Geist, Wilfred-san! Sitz stolz und hochgereckt im Sattel. Zeige ihnen keine Furcht. Folge mir einfach und überlasse mir das Reden.«

Wilf betete ernst um Mut und hoffte, dass Gonji wirklich so gut über diese Söldner Bescheid wusste, wie er behauptete.

Sie trabten auf die Meute zu, die sich vor der Ausfallpforte drängte. Einer der Soldaten sprach mit Gort, dem alten Torwächter. Dann wurden die Briganten auf die beiden näher kommenden Reiter aufmerksam.

»Ich erkenne Schusswaffen«, stellte Wilf fest.

»Falls sie nicht geladen und scharf gemacht sind und die Radschlösser nicht gespannt, dienen sie nur der Dekoration. Wenigstens eine davon ist eine Luntenschlosswaffe. Nutzlos, es sei denn, er zieht dir damit eins über den Schädel!«

Sie trabten bis auf sieben Meter heran, aber die Soldaten machten keinerlei Anstalten, den Weg freizugeben. Nervöses Kichern und unsichere Blicke breiteten sich unter den Söldnern aus.

Gonji packte mit der linken Hand den Schwertgriff, hob die Rechte in ausladender Geste zum Gruß und lächelte großmütig. Dann gab er Tora die Sporen und preschte mitten zwischen die Söldner, deren Pferde auseinander liefen, wobei Gonji eines davon am Hinterteil streifte. Wilf saß aufrecht im Sattel, folgte dem Samurai und nickte einem der Söldner zu.

»Heh, heh, Schlitzauge!«, rief ihnen der kühnste Söldner schließlich nach, als sie schon vorbei waren. Seine Kameraden lachten wiehernd.

»Heh, heh, Volltrottel!«, rief Gonji auf Japanisch über die Schulter und grinste nach wie vor. Im leichten Galopp ritten er und Wilf am Torwächterhaus vorbei, unter dem Fallgitter hindurch und wieder ins Sonnenlicht hinaus. Sie folgten der Straße zu den weitläufigen Feldern im tiefer liegenden Zentrum der Hochebene.

Wilf seufzte erleichtert. Sie hatten sich den Weg ins Freie ertrotzt, und Zuversicht stieg in ihm auf. »Gar nicht schlecht«, fand er.

Gonji lächelte nur.

Sie folgten der gewundenen, befestigten Straße, die allmählich zur Burg Lenska hin anstieg, in nördlicher Richtung, und zügelten schließlich die Rösser, als das prachtvolle Anblick der Festung voll vor ihnen aufragte.

»Wie konnte euer Baron die nur je verlieren?«, flüsterte Gonji ehrfürchtig. Dann verfinsterte sich seine Miene. Ein hervorspringender Grund für die erfolgreiche Belagerung schob sich in sein Blickfeld. Dort, auf dem massiven Trommelturm, hockte der Lindwurm, die Flügel zusammengefaltet, und betrachtete träge die Welt der Menschen zu seinen Füßen.

»Bald sehe ich mir das hier mal genauer an«, sagte der Samurai und lenkte Tora die Straße zurück, die sie gekommen waren.

Eine Woge der Hoffnung spülte über Wilf hinweg. Dieser seltsame Krieger aus Asien hatte die Gabe, derartige Gefühle in anderen auszulösen. Zum ersten Mal seit der Invasion begann Wilf ernsthaft zu glauben, dass er Genya wieder in Freiheit sehen würde.

Lange Zeit harrten sie auf den kiefernbedeckten Höhen aus und betrachteten die Arbeiter auf den gepflügten Ackerflächen, die fast bis an die Uferböschungen des Flusses reichten. Andere waren in den akkurat in Rechtecken angelegten Obstgärten damit beschäftigt, die Bäume und Sträucher abzuernten. Hinter ihnen grasten Herden auf den Berghängen. In der Ferne zog der Kleine Toser, ein Nebenfluss des gewaltigen Altstroms, seine Bahn über die Hochebene, und sein weißer Schaum verschwand abrupt an der Kante des Wasserfalls. Und während Wilf langsam den Blick an den Silbergipfeln der Karpaten, die das Gebiet mit ihrem gewaltigen Hakenschweif einfassten, entlangschweifen ließ, entschied er, dass dieser Anblick dicht an den des Paradieses heranreichte. Er hatte schon Lorenz' Erzählungen von den wunderbaren Orten der Welt vernommen, aber nichts hatte für ihn so verlockend geklungen wie das, was sie hier mit eigenen Augen genossen.

Der Tag wurde älter und seine heiße Wut schwächte sich ab zu wohltuender Wärme, das grelle Blau dämpfte sich, und die Schatten gewannen an Länge und Tiefe. Als die ersten Bauern die Felder verließen, stiegen Gonji und Wilf erneut auf die Pferde und lenkten sie auf die gepflasterte Straße hinab, um sich der Prozession der Bauern zurück nach Vedun anzuschließen.

In der Werkstatt schuftete Garth ohne Hemd über dem rötlichen Schein der Esse. Die mächtige, behaarte Brust war schweißverklebt, der Rücken glänzte im Bronzeton des Spätsommers. Er nickte den Rückkehrern knapp zu und bedachte Wilf mit einem unfreundlichen Blick, als er das *Katana* sah, sagte jedoch nichts. Dann löschte er das Feuer in der Esse, wischte sich den Schweiß ab, zog ein ärmelloses Wams an und stülpte sich eine weiche, abgetragene Mütze auf den Kopf.

»Etwas braut sich auf dem Marktplatz zusammen«, sagte er und machte sich ohne eine nähere Erläuterung zu Fuß auf den Weg.

Wilf gab Gonji das Schwert zurück. »So erspare ich mir Schwierigkeiten.« Er ging ins Haus, um für sie einen Krug Ale zu holen.

Gonji ging zum Pferch hinüber, lehnte sich an den Zaun, betrachtete interesselos die Passanten, strich sich mit den Fingern durch seinen dichten Bart und dachte über seinen nächsten Schritt nach.

Und dann erblickte er sie – das liebreizende Mädchen mit den Rabenhaaren, das er von der vergangenen Nacht her kannte.

Sie folgte der Straße, ein Bündel vor ihrer Brust in den Armen tragend und von ihrer streng dreinschauenden Mutter begleitet, die neben ihr ging. Als sie Gonji erblickte, erstarrte sie und riss die großen Augen weit auf, während sich ihre Wangen zart röteten. Gonji lächelte, hob eine Hand zum vorsichtigen Gruß und wollte sich schon verneigen, doch die Mutter des Mädchens schürzte die Lippen und zerrte das Mädchen kurzerhand den Weg zurück, den sie gekommen waren.

Wilf tauchte mit zwei Krügen warmen Ales wieder aus dem Haus auf.

»Wilf! *Komm her – schnell!*«

Wilf eilte zu Gonji hinüber und bekleckerte sich dabei mit Ale, aber er hörte nicht mehr, wie Gonji seine Frage beendete.

»Wer ist dieses ...?«

Die mächtige Alarmglocke im Turm am Marktplatz hatte ihr entsetzliches Getöse angestimmt.

KAPITEL NEUNZEHN

»*Oyez! Oyez!*«, rief Ladislas, der städtische Ausrufer, und trug den Erlass jetzt in der dritten Sprache vor. »Angesichts dessen, dass Aufrührer in der Stadt Vedun übelste Mordtaten und mannigfaltige Übergriffe gegen die Besatzungsstreitmacht König Klanns des Unbezwingbaren begangen haben, ruft Feldkommandeur Ben-Draba jeglichen Rebellen dieses Schlags auf, sich offen zu bekennen und friedlich zu ergeben. In Übereinstimmung mit dem Rechtsprinzip der Milde auf dem Feld des Krieges erhalten besagte schuldige Parteien Gelegenheit, ihre Freiheit im Zweikampf gegen den Feldkommandeur zu erstreiten, wobei der Wettkampf im Freistilboxen ausgetragen wird. Sollten sich die Schuldigen nicht ergeben, mögen sämtliche Bürger, die eine Klage gegen die Königstreue Armee von Akryllon vorzubringen haben, vortreten und nach Satisfaktion streben.«

Eine Zirkusatmosphäre hatten sich ausgebreitet, als Wilf und Gonji vor der Kapelle gegenüber der für die Zweikämpfe errichteten Plattform abstiegen.

Also sind die Jungs ausgezogen, um sich etwas Spaß zu gönnen, dachte Gonji.

Sie überquerten die Straße und mischten sich unter die Menschenmenge, die von Sorge und Neugier angelockt worden war. Stadtbewohner, Reisende und Soldaten drängten sich gleichermaßen um die Plattform. Hunde kläfften nervös; Kinder klammerten sich plärrend an die Röcke ihrer Mütter. Eine Herde blökender Schafe kreuzte den Weg einer Rinderherde und blockierte so einen Großteil der Straße. Llorm-Dragoner auf ungebärdigen Rössern trabten gefährlich dicht an Fußgängern vorbei. Rings um die Plattform lungerten Freie Gefährten auf Stufen, Geländern, Steinbänken und der Mauer des Springbrunnens, brüllten wütende Schimpfworte und stießen ein aggressives, wieherndes Gelächter hervor. Eine Dragoner-Fahnenwache saß steif hoch zu Ross und zeigte Klanns Wappen auf einem matt wehenden Wimpel. Die schwüle Luft war erfüllt von vielsprachigem Geraune.

Gonji und Wilf drängten sich in die vorderste Reihe der Menge links von der Plattform. Die einheimischen Geschäftemacher hatten bereits hastig ihre Verkaufstische errichtet und boten eine Vielzahl von Speisen und Getränken feil. Flavio stand in der Nähe und schüttelte missbilligend das bärtige Haupt. Bei ihm waren Michael Benedetto und seine Frau Lydia, die eine Hand auf der Schulter des Gatten gelegt hatte. Sie schien ihm vorwurfsvoll etwas ins Ohr zu flüstern, während er mit hasserfülltem Blick zur Plattform hinaufsah. In ihrer Nähe wiederum hielt sich Roric Amsgard auf und dirigierte ein Kontingent Lebensmittellieferanten mit blutigen Schürzen. Weiter hinten stand eine Gruppe Handwerker mit ihrem Werkzeug.

Ein Mann, der Suppe verkaufte, packte Gonji am Arm. Der Samurai schlug die Hand mit finsterer Miene weg und trat einen Schritt weiter vor, als Ben-Draba an die Vorderseite der Plattform kam. Eine Woge von Ohs und Ahs lief durch die Menge, als der Feldkommandeur den Mantel ablegte und mit nichts weiter als einem Lendentuch bekleidet dastand. Einige der Frauen wandten sich sittsam ab.

Jocko hatte erzählt, Ben-Draba sei eine beeindruckende Erscheinung. Auf jeden Fall, dachte Gonji, hatte der Alte untertrieben. Ben-Draba maß von Kopf bis Fuß fast zwei Meter. Seine Muskeln verrieten intensives Training. Die Hände waren groß und sehnig, und er spreizte und krümmte sie ständig, als wäre er ganz wild darauf, jemandem einen Arm oder ein Bein auszureißen.

»Was für ein Rohling«, murmelte Wilf leise.

Gonji nickte beipflichtend. Der Mann war eine Mordmaschine, stark und grausam.

Noch mehr aufgeregte Menschen drängten sich auf den Platz, als Ben-Draba dem Stadtausrufer mit einem Wink zu verstehen gab, er möge jetzt schweigen, und sich, während er auf und ab stolzierte, direkt an die durcheinander wogende Menge wandte.

»Also dann«, fragte er auf Italienisch, »wo sind die Tapferen unter euch? Wo sind jene kühnen Seelen, die unseren Männern nachts aufgelauert haben? In der Dunkelheit – maskiert, um nicht erkannt zu werden, wie?« Er führte eine kreisende Handbewegung rings um den Kopf aus.

Gonji spürte Wilfs Seitenblick, starrte aber stur geradeaus, und sein Magen flatterte. Warum war er gestern Abend so töricht dreist vorgegangen? Wie vielen Leuten gegenüber hatte Strom die Maskierung erwähnt? *Gonji-san, du dummer ...*

Sein Zeit hier lief ab.

»Also tritt niemand vor, wie?«, fragte Ben-Draba und dehnte die muskulösen Arme. »Das dachte ich mir. Es ist leicht, im Dunkeln tapfer zu sein. Viel schwerer hingegen fällt es einem Feigling, bei Tageslicht vorzutreten und zu kämpfen.«

Das Gemurmel lief durch die Menge, als seine Worte in die verschiedenen Sprachen übersetzt wurden.

Gonji starrte auf das Hemd des Mannes vor ihm. Vielleicht würde dieses Schauspiel ein rasches Ende finden, und die Erinnerung an die zurückliegende Nacht verblasste.

»Nun, wir hegen selbst einen Verdacht«, erklärte Ben-Draba, während er auf und ab ging und die Menschen in der Menge musterte. Sie schlugen die Augen nieder, sobald sein zorniger Blick über sie hinwegglitt. »Und wenn die Schuldigen verhaftet wurden, könnt ihr sicher sein, dass sie sehr leiden müssen, ehe sie sterben. Dafür sorge ich.« Er hob die Arme und brüllte. »Wer unter euch also hegt einen Groll? Wer kommt herauf und kämpft gegen mich? Findet man irgendwo in dieser Stadt einen Mann?«

Keine Reaktion erfolgte, obwohl es hier und da schien, als stünden Männer kurz davor, sich zu melden, ehe sie von Freunden zurückgehalten wurden.

Ben-Draba verlor allmählich die Geduld, da ihm sein Vergnügen versagt wurde. »Also los – jemand sollte hier heraufkommen – *sofort*, oder wir selbst suchen meine Gegner aus! Keine Bande von Feiglingen bringt meine Männer um und lacht dann in ihren Verstecken über mich! *Ihr da*, haltet diese Karnickel auf!« Bei seiner Ankündigung hatten sich mehrere Personen aus der Menge gelöst und den Rückweg nach Hause angetreten, aber die berittenen Söldner trieben sie jetzt mit Schwertern und Schlagstöcken zurück auf den Platz.

Choléra! Gonjis Schuldgefühle meldeten sich nachdrücklich. Was war jetzt zu tun? Eine tolle Lage hast du da geschaffen, du Idiot! Und das gerade, als alles besser zu laufen schien. Karma. Jedenfalls wird niemand dorthinaufsteigen. Jeder kann sehen, dass hier getäuscht wird, dass man nicht siegen kann. Der Erste, der sich gut gegen Ben-Draba hält, wird sterben, und das in … Ich wünschte nur, der Junge würde damit aufhören, mich so anzusehen!

»Was sagt Euer König hierzu?«, wollte Flavio wissen und stieg an der Seite gegenüber die Stufen zur Plattform hinauf. »Das ist eine Travestie! Keine Klage kann auf diese Weise behandelt werden. Führt uns zum König!«

Ein entsetzter Seufzer lief durch die Menge, als die Leute Flavios Zornesausbruch vernahmen.

»Was ist denn das?«, fragte Ben-Draba spöttisch. »Ein einzelner alter Mann kommt herauf, um mir Gewalt anzutun?«

Gelächter brach unter den Soldaten aus.

»Ihr habt Eure Mörder!«, schrie Flavio und deutete zu den Leichen, die am nahen Galgen baumelten.

»Dafür habe ich nur dein Wort, Ratsherr«, entgegnete Ben-Draba, »und ich weiß zufällig, dass es noch weitere gibt. Ohnehin hat der König *mir* die Verantwortung für die Stadt übertragen. Steig wieder hinunter zu den übrigen Feiglingen!«

»Wie kannst du es wagen, in diesem Ton mit dem Ältesten des Rates zu reden!?«, fragte eine Stimme.

»Wer fordert mich heraus? Komm herauf!«

Die Menge wogte noch hektischer durcheinander. Irgendetwas drohte, zu Bruch zu gehen. Entsetzte Mütter drückten ihre Kinde an sich. Andere scheuchten ihre Kleinen mitten durchs blökende Vieh hindurch. Ein knurrender, um sich schnappender Hund erschreckte ein Pferd, und ein Freier Gefährte flog aus dem Sattel und krachte zu Boden.

»Vedun ist eine freie Stadt!«, ertönte eine Stimme, die eines Herolds würdig war. »Und freie Menschen unterwerfen sich niemals der Tyrannei!« Der Sprecher sprang auf die Schultern der größeren Männer vor ihm. Gonji erkannte in ihm den mit Farbklecksen besudelten Künstler von der Kapellendecke wieder und erinnerte sich – jetzt, da der Mann nicht mehr das Haartuch trug –, wo er ihn schon früher gesehen hatte: Es war der Dolchstecher, über den er vorige Nacht gestolpert war. Nach der Stentorstimme zu urteilen, konnte das nur ...

»Halt die Klappe, Paille!«, mahnten ihn Männer aus der Menge.

»Ah, der trunksüchtige Dichter«, sagte Ben-Draba. »Möchtest *du* gegen mich antreten, Wortfechter?«

»Ich bin Philosoph, kein Kämpfer«, entgegnete Paille. »Meine Aufgabe ist es, diese Menschen hier mit Leidenschaft zu inspirieren, mit dem leidenschaftlichen Wunsch, zu leben und zu sterben, wie es freie Menschen sollten – aber notfalls kann ich so gut kämpfen wie jeder Mann!« Er zückte denselben Dolch, mit dem er vorige Nacht Gonji bedroht hatte, aber etliche Bürger zogen den Mann jetzt in die Menge zurück, die ihn wie menschlicher Treibsand verschluckte.

»Der beste Mann unter ihnen ist ein betrunkener *Küünstler*«, spottete Ben-Draba.

Jemand hielt Gonji eine Wurst und ein Brötchen vor die Nase, und er schlug die Sachen aus der Hand, die sie ihm anbot. Wilf betrachtete ihn mit einer Mischung aus Zorn und Enttäuschung.

»Es wäre ein Fehler, Wilf«, flüsterte Gonji. »Erkennst du es denn nicht? Das ist eine Falle! Niemand wird …«

»Nun, *ich* bin ein Mann«, sagte in diesem Moment jemand rechts von ihnen auf Polnisch. Ein großer Bauer reichte seinen Gefährten die Sense, die er mitführte, schob sich durch die Menge und stieg auf die Plattform. Vereinzelt stiegen Applaus und ermutigende Zurufe von der Menge auf.

»Peter Foristek«, sagte Wilf. »Ein zäher Bursche.«

Gonji schätzte vorsichtig die Reaktionen der Soldaten auf dem Platz ab und stellte fest, dass sich Grinsen und vielsagendes Schubsen unter ihnen breitmachte, aber keinerlei Waffen drohend gezückt wurden. Vielleicht war es doch keine Falle. Falls es einfach nur um eine Muskelübung für Ben-Draba ging, dann wäre es für die Menschen hier besser, dabei mitzumachen. Der Kommandeur tat ihnen womöglich gar einen Gefallen, falls auch nur einer seiner Gegner beweisen konnte, dass Ben-Draba nicht unsterblich war.

Auf der Plattform bohrten sich die Blicke der Kontrahenten ineinander, während ein Söldner dolmetschte.

»Also hast du letzte Nacht einen meiner Männer umgebracht?«

»Nein!«, knurrte Foristek. »Aber ich *hätte* es getan, wenn ich einen von ihnen erwischt hätte.« Es wurde gejohlt und aufmunternd gebrüllt. Die Menge erwärmte sich jetzt für den Kampf. »Sie haben meine Schwester schändlich behandelt. Und du redest von Feiglingen – du hättest mal sehen sollen, wie *sie* gerannt sind, als wir ihnen nachsetzten!«

»Hört, hört! *Ja, ja! Si!*«

Ben-Draba hob die Hand und gebot Schweigen. »Also kämpfst du für die Ehre deiner Schwester. Nach den Frauen zu urteilen, die ich gesehen habe, findet man davon hier recht wenig.«

Foristek hörte sich die Übersetzung an, und sein Gesicht verriet seine Wut.

Gonji zuckte zusammen. *Gib ihm Saures, Peter ...*

Foristek ging auf Ben-Draba los und flog an dessen *gelassenem* Ausweichschritt vorbei. Der Feldkommandeur lächelte selbstbewusst und duckte sich angespannt, die Fäuste geballt. Der stämmige Bauer, fast so groß wie Ben-Draba, legte sein ganzes Gewicht in einen mächtigen Schwinger mit der Rechten. Ben-Draba duckte sich und stieß dem herumwirbelnden Mann das Knie so heftig in den Bauch, dass die gesamte Zuschauermenge glaubte, ihr selbst würde die Luft herausgepresst.

Die Menschen schnappten mit verzerrten Gesichtern nach Luft, als Ben-Draba dem gestürzten Bauern heftig ins Gesicht trat, sodass dessen Kopf herumgerissen wurde und er seitlich auf den Planken liegen blieb. Blut glänzte auf Foristeks Lippen.

Ben-Draba half dem benommenen Bauern langsam wieder auf die Beine. Der Feldkommandeur lächelte wie ein Fuchs, gab Foristek einen Klaps auf die Schulter und versetzt ihm dann eine harte Rechte vor die Stirn, bei der die Frauen unter den Zuschauern aufschrien. Der schlaffe Bauer segelte über den Rand der Plattform in die vorderen Zuschauerreihen; Menschen stolperten zur Seite, und der Karren eines Gebäckverkäufers kippte um.

Licht aus. Kampf zu Ende. *Finis*.

Gonji stieß pfeifend die Luft aus und rieb sich den Schweiß von der Stirn und aus dem gesträubten Bart. *Na ja ...* Jocko kannte noch nicht mal die halbe Wahrheit.

Michael sah rot.

Als der brutale Feldkommandeur seinen Schmetterschlag gegen Peter Foristek führte, sah der Günstling des Ratsältesten nur noch seinen toten Bruder anstelle des Bauern. Hatte der Mistkerl den kleinen Mark auch so heftig geschlagen? Lydia, die sich an seinen Arm klammerte, das Gesicht vom Kampf abgewandt, spürte seine Wut. Sie packte warnend fester zu, aber er schüttelte sie ab und stürzte sich durch die Menge nach vorn.

Flavio hörte Lydias Ruf und wandte sich selbst an Michael, jedoch vergebens. Dann war der junge Ratsherr, Stolz der Stadt und ihr künftiges Oberhaupt, schon auf den Stufen zur Plattform, unaufhaltsam angetrieben von seinem viel gepriesenen Temperament.

»Du wagst es, *uns* Mörder zu nennen?«, brüllte Michael und schlug die Hände weg, die ihn festhalten wollten.

Lydia rief zweimal vergeblich seinen Namen. Ihre Lippen bebten, während sie im Stillen ein kurzes Gebet sprach. Sie konnte sich das einfach nicht ansehen. In dem Versuch, sich zu fassen, kniff sie fest die Augen zu, schob sich aus der Zuschauermenge ins Freie und machte sich auf den Weg nach Hause.

Bitte, lieber Gott!, betete sie inbrünstig. *Lasse nicht zu, dass er seinem Bruder so schnell folgt ...*

»Oh nein, nicht Michael!«, flüsterte Wilf neben Gonji.

»Wie?« Gonji klappte unentschlossen den Mund auf und zu.

»Möchtest du nicht etwas unternehmen – *irgendetwas?*«

»Falls ich das tue, bin ich hier erledigt«, antwortete Gonji ernst. »Er ist ein erwachsener Mann. Er hat selbst gesehen, worauf er sich da einlässt.« Aber tief im Herzen sehnte sich Gonjis Geist danach, auf diese Briganten losgelassen zu werden. Sein Pflichtgefühl rührte sich.

Die Menge wurde feindseliger, da sie jetzt miterleben musste, wie einer der Führer der Stadt auf der Plattform stand. Ein paar scharfkantige Werkzeuge wurden angehoben und geschwenkt. Einige Söldner standen auf und packten ihre Schwerter oder Pistolen. Ein paar Dragoner griffen nach ihren Armbrüsten.

Michael näherte sich Ben-Draba langsam. Hass brannte in seinen Augen.

»Hört auf!«, wurde Flavios flehende Stimme vernehmbar. »Ich

bitte euch alle inständig, jetzt zu gehen. Leistet keinen Widerstand, sondern kehrt nach Hause zurück. Michael, bitte!«

»Sollen sie kämpfen!«

Diese Forderung, die Flavios Bitte zuwiderlief, kam von Fremden in der Menge, die sich an Ale gütlich taten und an dem Spektakel zunehmend Gefallen fanden. Einige Bürger befolgten den Wunsch ihres Ältesten und gingen heimwärts, aber im Bann morbider Faszination trafen immer mehr Leute auf dem Kampfplatz sein.

Ben-Draba wandte sich lässig an Michael. »Und welche Klage bringst du gegen mich vor, kleiner Mann?«

Aber Michael ging auf ihn los, brüllte dabei »Mörder!« und versetzte dem überraschten Feldkommandeur einen heftigen Schlag auf die Brust. Die Menge johlte vor Begeisterung, aber Ben-Draba schien den Schlag kaum zu registrieren, und in Michaels zornigen Augen schimmerte ein Flackern der Angst auf, das Gonji sogar aus der Distanz erkannte.

Gonji knirschte mit den Zähnen und verfolgte das Unvermeidliche. Der Kampf zwischen den beiden Männern wogte über die ganze Plattform. Michael schlug planlos zu und bemühte sich, schützende Distanz zu wahren, während Ben-Draba die Lage eindeutig im Griff hatte, immer wieder vorrückte, kurze Schläge austeilte und Michael öfters heftig genug traf, um ihn zurückzustoßen.

Der Günstling war fast einen Kopf kleiner und ein halbes Rind leichter als Ben-Draba, aber er demonstrierte einen bemerkenswerten Selbsterhaltungstrieb, wich den gefährlichsten Hieben aus, wehrte andere im letzten Augenblick ab. Einmal packte Ben-Draba ihn am Arm und schleuderte ihn der Länge nach über die ganze Plattform, sehr zur Freude der jubelnden Soldaten. Michael kam fast sofort wieder auf die Beine, ein bisschen benommen, und trug tastend seine zu zaghaften, zu kurzen Schläge vor.

Dann geschah es: Michael versuchte es mit einem ungestümen

Tritt, den Ben-Draba mit erhobenem Knie abwehrte, wobei er sich jedoch wehgetan haben musste, denn der Feldkommandeur geriet sofort in rasende Wut. Michael verlor jetzt noch das bisschen Übersicht, das er bislang hatte beweisen können, da eine Serie wütender Schläge mit brutaler Wucht auf ihn einprasselte und seinen Kopf hin und her schleuderte.

Ein scharfes Knacken ertönte, wobei die Bürger aufstöhnten, und Michael krachte auf die Planken und blutete stark aus der Nase. Das Geräusch ließ keinen Zweifel daran, dass sie gebrochen war.

Ben-Draba blickte auf ihn hinab, nickte zufrieden und trat ihm gegen den Oberschenkel. Entrüstete Schreie stiegen vom Platz auf.

»Der nächste Herausforderer!«

Gonji knetete die schwitzenden Handflächen. Der Kommandeur war ein Sadist – und außerdem ein herausragender Kämpfer. Er gedachte, die Menschen hier leiden zu lassen, und früher oder später würde jemand dabei umkommen.

Etliche Männer hasteten hinauf und trugen Michael weg. Der Ratsherr war bei Bewusstsein, blutete jedoch. Wilf wollte etwas sagen, wurde aber von einem Jubelsturm übertönt – Garth Gundersen erstieg die Stufen, die Mütze in der Hand, und knurrte den Feldkommandeur an.

Nach Wilfs weit aufgerissenen Augen zu urteilen, war das tatsächlich eine ungewohnte Zornesäußerung seines Vaters.

Garth übertönte das Gejohle und den Applaus mit den Worten: »Kinderschläger! Du bereitest deiner ganzen Armee und deinem König mit dieser Grausamkeit Schande. Du weißt nichts darüber, wie man mit Würde siegt.« Er warf die Mütze hin und zog sich das Wams aus.

Seine Worte zeitigten Wirkung, schien Ben-Draba doch zum ersten Mal Gefühlsregungen gegenüber dem Gegner zu zeigen. Er betrachtete den muskulösen Schmied kritisch, und der Blick blieb auf den kurzen, aber mächtigen Armen ruhen.

»Dann komm, fetter Mann«, spottete der Kommandeur. »Kreuzen wir die Hörner!«

Garth näherte sich ihm. Er war eingerostet, aber in annehmbarer Form. Beide musterten einander kurz. Ben-Draba landete zwei rasch aufeinander folgende Schläge und nützte dabei seine überlegene Körpergröße und Reichweite aus. Dann probierte er es mit einem Tritt, den Garth sauber abwehrte, und der Krieg war im Gang.

Der Schmied rüttelte die Zuschauermenge auf, griff mit einer heftigen Serie vernichtender Schläge seinen Gegner heran, und Ben-Draba reagierte auf die gleiche Art und Weise. Zehn knochenbrechende Sekunden lang prügelten sie aus nächster Nähe aufeinander ein.

Die Zuschauer unterstützten ihren jeweiligen Champion mit lautem Geheul. Die Händler vergaßen kurz, sich die Taschen zu füllen, und verfolgten lieber das Geschehen auf der Plattform.

Garth griff wie ein Grizzlybär an, während ihm das Blut in den Bart sickerte. Zum ersten Mal jedoch sah man Ben-Draba Boden preisgeben, als er sich zurückfallen ließ, um sich zu erholen. Er schüttelte den Kopf, um klare Sicht zu gewinnen, und das linke Auge war rot angelaufen.

Einen Augenblick lang ließ Garth die Hände sinken, als wollte er aufgeben. Da brach sich die ganze Enttäuschung der Menschen dieser besetzten Stadt hervor, und sie bestürmten ihn weiterzumachen. Er hob die Fäuste und griff aufs Neue an. Ben-Draba blickte entschlossen und stellte sich ihm, unterstützt vom Hurrageschrei der Soldaten.

Garth fing sich einen heftigen Schwinger in den Bauch ein, und die Luft schoss ihm aus den Lungen. Ben-Draba witterte einen schnellen Sieg und versetzte dem Schmied zwei mächtige Hiebe an den Kopf. Garth wich schwankend zurück, blieb aber auf den Beinen. Als Ben-Draba mit fliegenden Fäusten vordrang, duckte sich Garth unter seiner Rechten hindurch und packte ihn mit kraftvollem Klammergriff, presste ihm die mächtigen, verschränkten Hände ans Rückgrat und hämmerte dem Kommandeur den Kopf ans Kinn. Ben-Drabas Gebiss klappte heftig zu. Garth ließ ihn los und versetzte ihm eine kurze Gerade in den strammen Bauch. Der Kommandeur revanchierte sich mit einem krachenden Hieb an den Schädel Garths, wobei dessen Schweiß zehn Reihen tief ins Publikum spritzte.

Die überlegene Ausbildung setzte sich allmählich durch. Garth taumelte, während sie in der Plattformmitte weiter Schläge wechselten. Söldner heulten schadenfroh, als der Blick Garths glasig wurde.

Knack! Eine kurze Gerade an den Unterkiefer – und Garth stürzte bewusstlos auf die Planken.

Wilf war wie der Blitz auf der Plattform, dicht gefolgt von weiteren Zuschauern. Ben-Draba trat heran und blickte anzüglich grinsend auf den jungen Schmied herab, der seinen grausamen Blick erwiderte und ihm standhielt. Der Lärm der Menge sank auf gedämpftes Murmeln herab. Viele gingen jetzt, da sie von den Soldaten nicht mehr daran gehindert wurden. Heulendes Gelächter trieb durch die heiße Luft und legte sich wie eine schwere Last auf die Schultern der sich auf dem Platz drängelnden Stadtbewohner.

Als sie Garth wegtrugen, wobei Wilf ihm Kopf und Schultern hielt, rief ihnen Ben-Draba nach: »Bring deinen fetten Papa zurück ins Altersheim, Junge!«

Wilfs Augen, die in Tränen der Wut schwammen, suchten nach Gonji. Als sie ihn fanden, schaute dieser einen kurzen Moment betreten drein und half ihm dann, seinen Vater die Stufen hinunterzutragen.

Gonji hatte sich den Oberkörper freigemacht und hielt Schwerter und Hemd in einer Hand, während er sich knapp vor Wilf verneigte. Der Samurai hatte sich zu lange herausgehalten, und ein Freund hatte Hiebe eingesteckt, die eigentlich für Gonji bestimmt gewesen waren. Er zählte die Soldaten. Vielleicht zwanzig. Zu viele, und nirgendwo ein Fluchtweg, selbst wenn Tora zur Stelle gewesen wäre. Er musste es hier bis zum Ende durchstehen, komme, was da wolle. Karma.

Ben-Draba ging zur gegenüberliegenden Seite der Plattform. Er atmete schwer, war schweiß- und blutüberströmt, und seine Augen glänzten.

»Sonst noch jemand?«

Gonji sprang leichtfüßig auf die Plattform und legte am Rand die Schwerter auf das ausgeliehene Hemd. Die Menge, die schon im Begriff gestanden hatte, sich in der Grabesstille der Bestürzung zu verstreuen, nachdem ihr kräftiger Schmied besiegt worden war, stoppte jetzt und wandte sich aufs Neue der Bühne zu.

Alle Blicke ruhten auf Gonji, als er sich lächelnd Ben-Draba näherte.

Er verneigte sich erst vor dem Kommandeur, dann vor der Menge. Ben-Draba runzelte die Stirn. Er war eindeutig müde vom harten Kampf gegen Garth. Seine Männer überschütteten den Samurai mit Buhrufen und spöttischen Bemerkungen über seine asiatische Herkunft.

Gonji schenkte ihnen keine Beachtung. Er wandte sich allein an den Kommandeur, als er sprach.

»Gut gemacht, Sir. Ihr seid der beste Streiter, dem ich in den hiesigen Ländern begegnet bin. Ich bin weder Bandit noch ein einheimischer Bürger, und ich hege keinerlei Groll gegen Euch. Waffenloser Kampf ist jedoch für mich von besonderem Interesse, und so wäre es mir eine Ehre, später davon erzählen zu können, dass ich gegen einen so herausragenden Helden gekämpft habe.«

Er verneigte sich tief vor Ben-Draba, und dabei erwischte er einen kurzen Eindruck vom prahlerischen Julian, der auf seinem schwarzen Ross um die Menge herumtrabte und den Samurai argwöhnisch musterte. Sehr schlecht! Gonji behielt die Lage der eigenen Schwerter ganz fest im Hinterkopf.

Ben-Draba betrachtete ihn voller Verachtung von Kopf bis Fuß und bemerkte dabei die Narben und den kleinen weißen Flecken der kürzlich erlittenen Schulterverletzung.

»Nun, meine Gegner gehören nicht gerade zu den Größten«, wandte er sich an seine herumlungernden Männer und brachte sie damit zum Lachen. Er schlich um Gonji herum und grinste süffisant, als begutachtete er ein in einer Falle gefangenes Stück Wild, das sich schon bald auf dem Bratspieß drehen würde. Er massierte sich eine Schulter.

Gonji konzentrierte seinen Blick auf einen Punkt in gerader Linie vor ihm. »Ich glaube, der Kommandeur irrt sich, was die Menschen hier angeht«, sagte er. »Es sind nur Schafe. Und warum Schafe für das Werk von Löwen bestrafen? Haben mir nicht Eure eigenen Männer heute Nachmittag berichtet, der große Flugdrache wäre vergangene Nacht von Bogenschützen verwundet worden?«

Bei dieser Enthüllung ertönten in der Menge erschrockene Seufzer, wie Gonji es sich erhofft hatte. In einem tiefen Winkel seines Herzens, dort, wo das Mitgefühl des Kriegers lag, war der Wunsch entstanden, den Menschen Mut zu machen, dass sie sich gegen die Invasoren auflehnten. *Deine abschließende Geste der Wiedergutmachung, Gonji-san . . .*

»Das willst du gehört haben, du Barbar?« Ben-Draba blieb vor ihm stehen.

»*Si*, und die Menschen sprechen von einem rätselhaften Lebewesen, einem Tiermenschen, den man den *Wind des Todes* nennt . . .« Er flüsterte den Namen voller Ehrfurcht. »Eben diese Kreatur, heißt es, hätte wahrscheinlich den geflügelten Drachen und Eure Männer angegriffen . . .«

Bewohner der Stadt und Soldaten drehten jetzt gleichzeitig mit großen Augen die Köpfe und flüsterten miteinander.

Gonji zuckte die Achseln. »Aber darauf kommt es nicht an. Können wir jetzt bitte miteinander, wenn es Euch recht ist?« Zustimmende Rufe folgten diesen abschließenden Worten.

Ben-Draba reagierte mit finsterer Miene auf diese Unverschämtheit und spuckte Gonji dicht vor die Füße. »Ich kämpfe nicht gegen Untergebene.« Damit ging er zur Rückseite der Plattform, und die Menge murrte enttäuscht.

»Luba!«, rief er den herumhockenden Söldnern zu, und ein Brigant mit rasiertem Schädel sprang mit einem wilden Jubelschrei auf die Plattform, riss sich Kürass und Hemd herunter und schleuderte beides hinter sich. Das unzufriedene Murren der Menge verwandelte sich in Jubelrufe.

Luba umkreiste Gonji und funkelte ihn drohend an. Gonji verbeugte sich und ging geduckt in eine Abwehrhaltung. Rufe und Kriegsschreie ertönten. Der muskulöse Soldat stampfte mit rotierenden Fäusten heran. Er holte zum Schlag aus, da – *urk!* Ein blitzschneller seitlicher Kampftritt Gonjis schleuderte ihn auf die Knie. Die Zunge hing Luba heraus, und die Augen quollen ihm aus den Höhlen.

Ein krachender linker Rundschlag erwischte ihn seitlich am Kopf, und er kippte lang ausgestreckt auf die Plattform.

Die Menge brüllte begeistert, hungrig auf jeden Sieg über ihre Peiniger.

Gonji sprang breitbeinig über den Banditen und bereitete sich auf den abschließenden Schlag vor – aber es war schon vorbei. Ehe Ben-Draba Gelegenheit gefunden hatte, sich zu setzen, fand sich Luba im Reich der Träume wieder, und Blut sickerte in einem dünnen Rinnsal aus seinem Mundwinkel.

Gonji verneigte sich vor dem am Boden liegenden Gegner und den tobenden Bürgern und begab sich wieder in die Mitte der Plattform, wobei er Ben-Draba anlächelte. Er spürte Julians glühenden Blick und entdeckte aus den Augenwinkeln die eigenen Schwerter.

Gonji sah, wie Ben-Draba die Zähne zusammenpresste, äußeres Zeichen einer mörderischen Absicht, während der Feldkommandeur damit fertig wurde, sich zu säubern, und erneut auf die

Plattform stieg. Der Samurai wusste, dass ihn der Kampf seines Lebens erwartete. Er musste verhindern, dass ihn dieser Rohling zu fassen bekam, musste zuschlagen und sich blitzschnell zurückziehen. Die ermutigenden Zurufe der Menge gaben ihm Kraft, vermittelten ihm das Gefühl, der Liebling der Masse zu sein. Er versuchte, Energie aus der gespannten Atmosphäre aufzunehmen, denn er wusste, dass jemand, der sich darauf verstand, diese Kraft zu nutzen vermochte.

Gonji konzentrierte sich so stark auf den grimmig heranpirschenden, mit seinen Muskeln spielenden Gegner, dass ihm die Nervosität der Dragonerpferde rechts der Plattform nicht auffiel. Er bemerkte nichts von der seltsamen Woge, die die Menge teilte wie ein Hai das Wasser.

Dann sah er, wie Ben-Drabas erstaunter Blick an ihm vorbeiging. Bestürzt warf sich Gonji herum – oder versuchte es. Er brachte nur die halbe Bewegung zu Ende, als er sich schon in einem stählernen Griff gefangen sah.

Gonji beugte das Knie zu einem Tritt, erstarrte jedoch, als er in das Gesicht des Mannes blickte, der seine Arme festhielt, denn es war ein höchst ungewöhnlicher Anblick.

Der Mann war groß und hager und hatte eingesunkene Wangen. Die Augen wirkten silbrig oder bleiern, waren schmal und schräg – hoben sich allerdings auf andere Art vom hier Gewohnten ab als Gonjis asiatische Züge; die Augen dieses Mannes waren ... nach hinten gebogen und zu groß für das Gesicht. Sein Haar war golden, wies aber an manchen Stellen schwarze Spitzen auf, und es war so grob und lang, dass es sich auf Rücken und Seiten, entlang der schmalen, läppchenfreien Ohren, sträubte wie Stachelschweinborsten. Und als Gonji die sehnigen Hände, die ihn gepackt hatten, genau betrachtete, stellte er fest, dass die Nägel in der Mitte jeweils geschwärzt waren.

Ein Satyr, der gekommen war, um sich in die Angelegenheiten der Menschen zu mischen ...

Gonji fühlte sich wie ein Eindringling, während er sich aus dem Griff befreite und langsam zurückwich – als hätte er hier am Schauplatz einer schicksalhaften Begegnung nichts verloren. Unheimliche Stille lag über dem Marktplatz; Hunderten hatte das Auftauchen des Fremden den Atem verschlagen. Der Mann hatte Gonji in der ganzen Zeit, die er ihn festhielt, keines Blickes gewürdigt, sondern mit diesen riesigen silbrigen Augen unverwandt nur Ben-Draba angestarrt.

Rings um die Plattform raschelte es leise, als Bögen und Pistolen gezückt wurden. Furcht flackerte in Ben-Drabas harten Augen auf. Dann warf der Kommandeur jedoch einen Blick auf seine Männer, sah ihre hungrigen Waffen und bezog daraus frischen Mut.

»Wer bist du? Was möchtest du?«

»Wer ich bin, das ist ohne Belang«, antwortete der Fremde mit tiefer, rauer Stimme. »Ich bin gekommen, um Rechnungen zu begleichen.«

»Rechnungen? Noch ein Rächer?«, fragte Ben-Draba mit spöttisch geschürzten Lippen. »Zieh diesen Mantel aus.«

Der Fremde trug einen schmucklosen, braunen Reisemantel. Auf Geheiß des Kommandeurs ließ er ihn von den Schultern gleiten, jedoch ohne dadurch versteckte Waffen freizulegen, wie es Ben-Draba vermutet hatte. Vielmehr trat eine schlanke, drahtige Gestalt zum Vorschein, die sich bei der leisesten Bewegung mit der Sprungkraft einer Katze biegsam spannte. Die Geschmeidigkeit wirkte beinahe hypnotisch.

Gonji stieg von der Plattform, zog das Hemd an und steckte die Schwerter unter die Schärpe zurück. Die Luft ringsherum schien dick von greifbarer Blutgier. Jemand würde sterben.

Begleitet von zischelndem Geflüster der Zuschauer ging der Fremde auf Ben-Draba zu, die Hände offen. Er wirkte beinahe lässig, wäre da nicht der Ausdruck der funkelnden perlgrauen Augen gewesen.

»So, Kindesmörder«, flüsterte er, »verteidige dich und lindere meine Schuld.«

Wutentbrannt stürmte Ben-Draba auf den Mann los und schlug mit den gewaltigen Fäusten zu. Für die Menschen, die mit angehaltenem Atem zusahen, schien er jedoch nach Rauch zu schlagen. Der Fremde wich den Schlägen mit müheloser Eleganz aus und schlug mit blendender Schnelligkeit zurück. Ein Hagel von Schlägen erschütterte den Körper des Kommandeurs wie ein Segeltuch, in das Kartätschen einschlugen. Ben-Draba wich zum Rand der Plattform zurück und wehrte mit schwindender Kraft die Angriffe ab.

Gonji sah, wie Pistolen gezogen, geladen und gespannt wurden. Schwertklingen fuhren aus den Scheiden, und Dragoner nahmen die Armbrüste von den Schultern. Der Samurai suchte verzweifelt nach einer Idee, wie er dem Fremden helfen konnte – der Mann würde in Sekunden tot sein.

»Nicht schießen – ihr trefft den Kommandeur!«, rief Julian. »Beendet den Kampf – sofort!« Er trieb sein Pferd durch die Menge, die schon bei der bloßen Erwähnung einer Schießerei auseinanderlief. »Verhaftet diesen Mann!«

Die Söldner, die den beiden Kämpfern am nächsten standen, blickten einander besorgt an und wagten nicht, sich der Plattform zu nähern. Ein paar Llorm-Infanteristen drängten von hinten heran.

Ben-Draba war benommen, ließ die Hände hängen, schwankte auf den Beinen. Der Fremde hörte auf, auf ihn einzuprügeln, packte ihn von hinten mit einem Klammergriff und drehte ihn hin und her, sodass die Pistolenschützen, die die Plattform umkreisten, unsicher wurden. Eine Pattsituation trat vorläufig ein, die der satyrhafte Kämpfer jedoch letztlich nur verlieren konnte.

Der Fremde flüsterte Ben-Draba etwas ins Ohr, und dem Feldkommandeur quollen die Augen aus den Höhlen. Er versuchte zu schreien. Der geschmeidige Arm des anderen schlängelte sich um seinen Hals. Drückte ihm die Luft ab.

»Schnappt ihn euch!«

Soldaten stürmten auf die Plattform. Ein hohles Knacken ertönte, und der Fremde schleuderte den erschlafften Feldkommandeur mitten zwischen sie.

Auf dem Marktplatz brach das heulende Chaos aus. Zuschauer stürmten in alle Richtungen davon.

Der unheimliche Fremde warf sich herum und lief mit großen Sprüngen zu Gonjis Seite der Plattform. Mit zwei langen Schritten hatte er die Bühne überquert, und nach einem geradezu unmenschlichen Sprung über Gonjis Kopf hinweg landete er auf einem verblüfften Dragoner und stieß ihn von seinem sich aufbäumenden Pferd. Drei weitere Dragoner lenkten ihre Pferde vom gestürzten Kameraden zurück und zielten mit den Armbrüsten auf den Fremden, als dieser zu Fuß die Flucht ergriff.

Gonji gehorchte der Eingebung des Augenblicks und kippte den Tisch des Suppenverkäufers um. Heiße Brühe spritzte auf Hinterbeine und Flanken der Pferde, und sie gingen durch und wieherten schrill vor Schmerzen. Die Dragoner gerieten in Unordnung. Gonji tauchte in der drängelnden Menge unter und hoffte inbrünstig, dass die Soldaten ihn nicht gesehen hatten. Das konnte er allerdings unmöglich feststellen, was das Schlimmste war.

Der Fremde sprintete die Straße entlang. Kugeln und Pfeile pfiffen an ihm vorbei. Die Soldaten auf der Plattform mussten ihre Waffen neu laden, aber Reiter galoppierten ihm nach. Zu Fuß war er so gut wie tot.

Gonji grub die Fingernägel in die Handflächen. Es juckte ihn, die Flucht eines so tapferen Kämpfers zu decken, aber er konnte einfach nichts weiter unternehmen. Er versuchte, sich in eine vorteilhaftere Position zu bringen. Er genoss den Nervenkitzel der Hetzjagd, spannte seinen Willen an, ballte die Fäuste so sehr, dass die Knöchel vor Anstrengung weiß wurden, als könnte er dem Fremden aus der Distanz etwas von der eigenen Kraft schicken.

Die beiden vordersten Reiter drängten den Fremden an eine Wand. Er konnte ihnen auf keinen Fall entgehen. *Warum hatte er sich in die Enge treiben lassen?* Sie hoben die Schwerter zum Angriff. Aber wider alle Vernunft blieb der Mann stehen und drehte sich um, riss die Arme hoch, als wollte er nach den Pferden schlagen, die sich aufbäumten, klagend wieherten und stampfend zurückwichen, wobei einer der Reiter aus dem Sattel geschleudert wurde.

Der Verrückte stürmte erneut auf die Mauer los, als drei Söldner auf dem Kampfschauplatz erschienen und ihn mit Bögen und Pistolen ins Visier nahmen.

Dann – mitten in der Salve – hatte der Mann mit zwei scharrenden Schritten die Mauer erklommen – *und war darüber hinweg!*

»Oh mein Gott!«, schrie jemand ungläubig in Gonjis Nähe. Der Samurai knirschte mit den Zähnen und blinzelte mit Augen, die schon einiges an Unwahrscheinlichem gesehen hatten. Der Mann war gerannt, gesprungen und hatte sich – wobei jeder Zuschauer später eine eigene Beobachtung zum Besten geben würde – auf einen *fünf Meter* hohen Mauergang gezogen, um von dort auf die andere Seite der Mauer zu springen, alles in einer einzigen fließenden Bewegung.

Aber ein Pfeil hatte den Fremden mitten im Sprung getroffen – dessen war sich Gonji sicher. Ein Bogenschütze hatte unglaubliches Glück gehabt, ein Freier Gefährte, der jetzt den Bogen triumphierend hochreckte und seinem Pferd die Sporen gab, um die Verfolgergruppe einzuholen, die zur Ausfallpforte hinausgaloppierte, um die Leiche einzusammeln.

Choléra!

Soldaten vertrieben die Menschen vom Marktplatz. In der Umgebung wimmelte es von Berittenen unter dem Kommando Julians, der inzwischen vermutlich wichtiger war als je zuvor – denn Ben-Draba war tot. Ihm war das Genick gebrochen worden.

Gonji stieg auf Tora und trieb sich unweit des Platzes herum, bis er mit dem Anblick belohnt wurde, auf den er gewartet hatte. Es war die Gruppe, die Ben-Drabas verwundeten Gegner verfolgt hatte.

Die Männer kehrten mit leeren Händen zurück, schüttelten die Köpfe und unterhielten sich im Flüsterton.

Gonji saß noch eine Zeit lang dort auf Tora und starrte auf die Stelle weit unten an der Straße, wo der geheimnisvolle Fremde zwei kampfgestählte Streitrösser in Panik versetzt und eine sieben Meter hohe Mauer mit einem Pfeil im Rücken übersprungen hatte. Gonji hatte ein merkwürdiges Gefühl, wie nach einer Begegnung mit dem Schicksal.

Der Glockenturm am Marktplatz verkündete die sechste Stunde, die Abendstunde. Heute würde in Vedun beim Abendessen viel geredet werden, nicht zuletzt käme die gedämpft vorgetragene Erzählung jener Soldaten, die Ben-Drabas Mörder nachgesetzt hatten, zu Gehör. Denn sie waren der Blutspur bis zum Rand des Kiefernwaldes an den Vorbergen gefolgt, bis zu der Stelle, wo sich der Flüchtige ins Unterholz geschlagen hatte ... aber kein Pferd zeigte sich bereit, an dieser Stelle in den Wald vorzudringen.

KAPITEL ZWANZIG

Wolken türmten sich im Westen auf, und ein willkommener Wind fegte durch die staubigen Straßen Veduns, als Gonji die Stufen zum Säulenvorbau des Hauses der Benedettos hinaufstieg.

Die Gruppe, die sich vor der offenen Tür versammelt hatte, erinnerte an die Warteschlange vor einer Theaterkasse. Die Menschen verstummten vor Gonji und machten ihm den Weg frei.

Gonji schritt stolz einher und zeigte seinen gelassenen »Würdenträgerstil«, wie er das selbst nannte. Er sagte nichts und blickte weder nach rechts noch nach links. An der Tür wischte er sich die Schuhe sorgfältig ab, während die Menschen im Innern seine Ankunft registrierten, ihm die Köpfe zuwandten und nickten.

»Gonji!« Wilfs Gruß war das einzige Wort, das ausgesprochen wurde.

Der Samurai legte förmlich die Schwerter ab, ehe er eintrat und die Waffen aus Respekt vor den Gastgebern rechts neben der Tür an die Wand lehnte – fand man doch in europäischen Häusern keine Schwertständer.

Michael lag auf einem Feldbett, ein nasses Tuch auf der gebrochenen Nase. Der Stadtarzt Dr. Verrico kümmerte sich um ihn, an seiner Seite Michaels Gattin Lydia mit einem Topf Wasser in den Händen. Aller Augen ruhten auf Gonji. Er trat vor und verneigte sich tief vor Michael und etwas weniger tief vor Lydia.

»Möge nur Ehre auf dieses Haus herabsteigen«, sagte Gonji leise auf Italienisch, »und mögen die Geister Eurer Ahnen die Seele Eures Bruders in ihre Obhut nehmen.«

Vereinzelte Jubelrufe ertönten. Die Spannung legte sich, und

Gonji fand sich umgeben von Gratulanten, die ihm auf den Rücken klopften – was er abscheulich fand, was zu dulden er aber der Mühe für ausgesprochen wert hielt. Schon lange hatte er nicht mehr so im Zentrum der Aufmerksamkeit gestanden, und Aufmerksamkeit war ihm, um das Mindeste zu sagen, nicht ganz unlieb. Er wahrte jedoch weiterhin sorgfältig alle Anstandsformen und spürte, dass er die hier Versammelten mühelos in der Hand hatte.

»Willkommen, Gonji«, sagte Michael in nasalem Ton, entfernte das Tuch und legte die geschwollene Nase frei. »Danke für deinen Anteil am Kampf. Wie ich höre, hast du dich – sollen wir sagen? – etwas besser geschlagen als ich.«

»Es war *fantastisch!*« Phlegor, der temperamentvolle Handwerker, trat vor. »Möchtest du deine Fähigkeiten vielleicht gegen Bezahlung zur Verfügung stellen?«

»Und wer hat dir das Recht gegeben, im Namen des Rats Personen einzustellen, Gildenmeister?«, fragte Flavio scherzend. Dann wandte er sich an Gonji. »Danke, Freund, für deine Worte zur Verteidigung der Stadt.« Sie verbeugten sich voreinander.

»Lydia, mache es unserem neuen Gast bequem – etwas Wein, bitte«, wies Michael seine Frau an.

»Bleib du nur still liegen, oder wir entfernen deine nutzlose Nase«, sagte Dr. Verrico kopfschüttelnd.

»Warum tust du es nicht?«, neckte ihn Lydia. »Das wird ihm eine Lehre sein. Ein vernünftiger Mann – der sich dann so in den Kampf stürzt!« Sie warf keck den blonden Schopf. Zum ersten Mal nahm Gonji von Michaels atemberaubender Gattin Notiz. »Alle können es sich genauso gut auch gemütlich machen«, setzte sie in geschäftsmäßigem, wenn auch nicht unfreundlichem Ton hinzu. »Ich weise den Koch an, ein Bankett zu improvisieren. Kommt herein, kommt herein!«

Zustimmende Rufe ertönten, als sich das Haus rasch füllte. Menschen drängten herein und erwiesen Michael und Flavio ihre Reverenz; viele beeilten sich daraufhin, Bemerkungen über Gonjis erstaunliche Fähigkeiten im waffenlosen Kampf zu machen. Gonji erhielt einen Ehrenplatz im Zentrum des lauten Empfangszimmers. Als kaum weniger populär erwies sich die abgelegene Ecke, in der Garth Gundersen Platz genommen hatte und die aufgequollene Lippe und das scheußlich blaue Auge pflegte. Gonji fühlte sich unwohl, denn Wilf saß an seiner Seite und brachte wiederholt Trinksprüche auf ihn aus, während Vater Gundersen die Glückwünsche von Fremden abwies. Garth beklagte den eigenen Mangel an Selbstbeherrschung, der ihn dazu gebracht hatte, sich in den Kampf zu stürzen, und doch fiel es ihm schwer, ein Lächeln zu unterdrücken.

»Und war das ein Freund von dir, Gonji, der den Mistkerl von Kommandeur erledigt hat?«, brüllte Phlegor über die leisen Gespräche hinweg. Fragende Rufe stiegen von der Gruppe auf, als das Thema, das allen durch den Kopf ging, endlich angesprochen worden war.

»*Choléra*, das war schon was!«

Gonji schüttelte den Kopf, und seine Antwort ging in großem Geschrei unter.

»Still!«, befahl Lydia, die aus der Küche gestürmt kam. »Was für ein vulgäres Benehmen. Ist das ein ziemliches Gespräch in einem anständigen Haus?«

Reumütiges Murmeln und niedergeschlagene Blicke. Gonji lächelte über den erkennbaren Respekt vor der Frau des Ratsherrn. Er bewunderte es, wenn sich eine Frau so resolut zeigte.

»Es heißt, er wäre entkommen«, sagte jemand.

»Tsuh?«

»Ich hoffe es – was für ein unglaublicher Kämpfer, fast übermenschlich!«

»Hast du gesehen, wie er auf die Mauer gesprungen ist?«

»Nein, er ist die glatte Wand *hinaufgerannt!*«

»Die Soldaten haben Angst.«

Gonji lachte in sich hinein. »Rechnet nicht damit, dass es dabei bleibt! Diese Stadt bräuchte ein paar mehr Männer dieses Schlages, ehe ...« Er verstummte, stoppte diesen Gedankengang und nahm einen Schluck Wein. »Aber er war nicht von hier, oder?«, fuhr er nach einiger Zeit fort. »Seid ihr alle euch dessen sicher?«

»Nein, war er nicht – *nein* – *nyet* ...«

»Na ja, ich habe meine eigene Theorie, wer das war«, erklärte Gonji viel sagend.

Fässer mit Ale und Met, bestellt aus Wojciks Stube, dem nähergelegenen Gasthaus, trafen ein und wurden eifrig verteilt. Eine festliche Stimmung machte sich breit, und Gonji erwärmte sich dafür, fühlte sich von der Gruppe angenommen.

Fuhrwerke rumpelten draußen. »Neriah, Neriah!«, rief jemand nach Flavio, und der Älteste erhob sich, um seinen Freund an der Tür zu begrüßen.

Ein kleiner, stämmiger Mann mit Glatze, der einen Reisemantel und ein Scheitelkäppchen trug und dessen Nase eine ernste Rivalin ihres Gegenstücks bei Vlad Dobroczy war, kam die Stufen heraufgesprungen. Als sich die beiden umarmten, plapperte der Mann auf Flavio ein, als nähme er ein Gespräch wieder auf, das nur kurz unterbrochen gewesen war. Es war der Kaufmann Jakob Neriah, Flavios alter Freund, der mit einer Karawane voller Waren für die Handelszentren des Ostens gerade durch Vedun kam. Er redete atemlos und erinnerte dabei nicht wenig an ein Backenhörnchen.

»Freund Flavio – welche Dämonen haben ihr Zeichen an den Himmel über euch gesetzt? Was ist das für eine Armee, die mein Vorankommen behindert, hm? Eine weitere Macht, an die ich Steuern entrichten muss? Oh, oh, oh! In unserer Jugend war alles so viel einfacher. Der ehrliche Kaufmann konnte gute Gewinne einstreichen und seinen Verdienst auch behalten. Trifft das nicht zu? Jetzt komme ich her, um Geschäfte mit euch zu machen, und ehe ich überhaupt hier eintreffe, nehmen sich die Habsburger den Zehnten und die Türken ebenfalls, und den Rest rauben die Magyaren! Dann verschlingen Straßenräuber und nächtliche Untiere meine Gefährten – was soll ein ehrlicher Mann da tun? Oh, das Herz ist mir schwer von Pein. Auf einer Seite des Meeres wehre ich Dämonen mit der Tora ab und auf der anderen Vampire mit dem Kreuz Christi – Jahwe vergebe mir die Doppelzüngigkeit!«

Warmherziges Lachen begleitete das Geplapper des allseits beliebten Neriah. Während Brot und Obst an die versammelten Gäste ausgegeben wurden, unterrichtete Flavio ihn von der Besetzung Veduns, wobei Jakob viel den Kopf schüttelte und die Hände rang. Auf die grausige Nachricht von Marks Tod hin murmelte der Kaufmann ein hebräisches Gebet und setzte sich eine Zeit lang zu Michael, um ihm in der Trauer Gesellschaft zu leisten.

Das Aroma gebratenen Fisches wehte aus der Küche heran. Gonji sah zu, wie Lydia mit Servierschüsseln und Krügen herumlief und sich dabei mit der Grazie eines sanften Luftzugs bewegte. Als sie einmal dicht an ihm vorbeiging, erschnupperte er den leisen Hauch des beschwingten Duftes, den sie trug, so frisch und natürlich, dass er vielleicht nur seiner Einbildungskraft entsprang. Er bemühte sich angestrengt, Lydia nicht anzuglotzen.

»Und was denkst du, sollten wir gegen diese Banditen unternehmen?«, fragte ihn ein Fremder.

»Wie? Oh, die Besatzungstruppen ...« Er überlegte einen Augenblick lang. »Hmm, ich denke mal, es ist mir hier zu unsicher, um darüber lauthals herumzublöken.«

»Weise Worte, die wir uns alle zu Herzen nehmen sollten, wie mich dünkt«, mahnte Flavio über seinen Trinkpokal hinweg.

»Ah, aber du findest, dass etwas unternommen werden sollte«, beharrte Phlegor und grinste wissend.

Gonji seufzte. »Man muss seine Interessen schützen und verteidigen. Söldnerarmeen sind für ihre ... sagen wir mal, Habgier berüchtigt.«

»*Das* sind jetzt mal weise Worte für dich, Flavio«, fand Phlegor.

Michael und Jakob gesellten sich zu den Gästen, während sich Dr. Verrico verabschiedete. Auch Garth stand rasch auf und wandte sich zum Gehen, als es schien, dass man ihn auffordern würde, sich am Gespräch zu beteiligen.

»Das ist eine schlimme Geschichte, Flavio«, stellte Jakob leise fest, während sie, zu einem lockeren Kreis vereinigt, ihren Getränken zusprachen. »Ich habe tote Soldaten mit dem Wappen Rorkas gesehen ...«

Daraufhin zog Gonji eine Braue hoch: Ging es dabei um die Patrouille, die niederzumachen er mitgeholfen hatte? Wahrscheinlich. Er nahm einen kleinen Schluck.

»... und in Bratislava wurde die Schatzkammer von Banditen geplündert, dem Vernehmen nach ganz ähnlich denen, die ihr hier habt. Der Sitz des Bischofs, heißt es, wäre von feurigen Kreaturen angegriffen worden, die die Wachtposten jeweils dort niederbrannten, wo sie standen. Und dann ist so eine Art Oger in die Schatzkammer eingebrochen und hat sich mit dem Gold der Stadt davongemacht.« Er schüttelte den Kopf.

Die Männer, die an der Ratsversammlung der zurückliegenden Nacht teilgenommen hatten, wechselten verstohlene Blicke, die Gonji allesamt nicht entgingen.

»Das stimmt«, erzählte Gonji. »Ich bin ihrer Fährte lange gefolgt. Habe geplünderte Dörfer gesehen und sogar ...« Er unterbrach sich gerade noch, ehe er von dem Kloster sprach. Die Erinnerung an das Grauen, das er dort gesehen hatte, an seine Schuld und Scham, war noch zu eindringlich. Einen Augenblick später war er dann froh, dass er diese Informationen zurückgehalten hatte.

»Wie steht es um das Kloster vom Heiligen Wort?«, fragte Wilf. »Denkt ihr, dass Klann dort war?«

»Schwer zu sagen«, fand Garth. »Es liegt gut versteckt in den

Bergen. Trotzdem ist Vater Dobrets monatlicher Besuch jetzt drei Tage überfällig. Auch sonst sind keine Mönche gekommen, um die Messe und die Eucharistie zu feiern. Wir haben hier Kranke, die die Sterbesakramente benötigen ... Vielleicht treiben sich zu viele Soldaten Klanns im Tal und auf den Gebirgspässen herum und die Mönche fürchten die Reise zu uns.«

Die Sorgen um das Kloster gingen eindeutig so tief, dass Gonji erleichtert war, die Moral der Menschen hier nicht mit der Nachricht von dem Gemetzel noch weiter untergraben zu haben. Sie würden es schnell genug erfahren, vermutete er.

»Ich denke, es wäre euch am dienlichsten, wenn ihr euch von diesen Soldaten nicht einschüchtern lasst«, brachte er schließlich vor. »Geht eurer Arbeit mit einem kühnen Lied auf den Lippen nach. Diese Krieger nähren sich von Aggressivität und fühlen sich unbehaglich unter Menschen, die sie nicht einschüchtern können. Erzählt ihnen Legenden von einheimischen Schutzgeistern – ihr habt alle gehört, was ich ihnen heute über den Wind des Todes erzählt habe. Ihr habt ihre Reaktion darauf gesehen. Sie haben Monster auf ihrer Seite, also erfindet ihr lieber eigene Monster, damit sie nicht übermütig werden. Wenn sie mal Pech haben, gebt örtlichen Fabeltieren die Schuld. Nutzt ihre abergläubischen Ängste aus. Trefft ihr bald mit Klann zusammen?«

»Er hat vorläufig jede Begegnung abgelehnt«, sagte Flavio.

Lydia erreichte Gonji mit dem Servierteller voller dampfendem Fisch.

»Domo arigato«, sagte er lächelnd, sobald sie ihm aufgetragen hatte. »Und was sagt die Gemahlin des Ratsherrn zu den Männern und Monstern, die in ihre Stadt eingedrungen sind?« Er saß da mit dem Teller in der Hand, die andere Hand auf dem Knie, eine Augenbraue schelmisch hochgezogen und weniger an der eigentlichen Antwort interessiert als daran, die schöne Frau reden zu hören.

Was für ein prahlerischer Schlingel!, dachte Lydia. Und mir

gefällt die Art nicht wie er mich ansieht. Ein Ungläubiger, der nur an seine Lenden denkt. Ein käuflicher Soldat, und alle Männer dieses Schlages halten sich für unwiderstehlich attraktiv.

Trotzdem dachte sie ernsthaft über die Frage nach und damit auch über die unglaublichen Dinge, die sie seit ihrer Rückkehr aus Italien erlebt hatte. Sie schnaubte scharf und appetitlich auf ihre typische, barsch abschätzige Art und Weise.

»Männer sind Männer und sollten entsprechend behandelt werden. Monstern und Riesen geht man lieber aus dem Weg – wie steilen Klippen und giftigen Pilzen ...« Sie zog unbekümmert die Brauen hoch und zeigte so eine reizende, betörende Geringschätzung. »Man halte sich von ihnen fern, und sie behelligen einen nicht. An diesen Dingen ist nichts Übernatürliches. Sie sind alle *sehr* natürlich, nur auf der dunklen Seite. Es sind Dinge, die den Menschen heimsuchen, weil er der Sünde anheimgefallen ist, mehr nicht ... Michael kennt sich viel besser in Theologie aus und kann sie dir erklären, nicht wahr, Michael?«

Michael saß da, den Kopf nach hinten gelegt, und ächzte ein wenig. Lydia arbeitete weiter, während sie sprach, und stellte Zinnteller vor die gebannt lauschenden Männer.

»Jemand hat gelernt, wie er sich diesen großen ... *Vogel* – oder was das auch ist – unterwerfen kann. So einfach ist das. Man findet alle möglichen Arten von Kreaturen, die wir unmöglich alle kennen können, und außerdem solche, von denen wir zwar wissen, die wir aber nicht begreifen können. Es liegt alles in Gottes Hand. Nichts geschieht, was Er nicht gewollt hat. Und das ist sicherlich nichts, worüber man sich in einen Kampf stürzen sollte – wie *die Kinder!*«

Diese abschließenden Worte galten ihrem mürrischen Ehemann, aber als dieser erneut seine Begründung hervorjammerte, warum er zum Kampf angetreten war, nahm sie das alte Tuch von seiner geschwollenen Nase und klatschte ein frisches darauf. Er stöhnte vor Schmerzen.

»So – in diesem Haus regiert die Trauerzeit, und es wird keine wütenden Diskussionen mehr geben. Wir kämpfen gegen die Soldaten, indem wir *nicht* kämpfen. Wir zeigen ihnen eine Freundlichkeit, angesichts derer sie sich schämen.«

Lydia tappte in die Küche und hoffte, dass diese launischen Männer ihren guten Rat beherzigten.

Gonji lächelte, als Lydia verschwand, und stellte fest, dass er sie für ihre beharrlich praktische Art und ihre Überzeugung bewunderte – auch wenn er wusste, dass sie sich irrte. Sie schien eine ganz besondere Frau zu sein.

Zwei Männer am Rande der Versammlung zankten sich schon eine ganze Weile lang leise zischend. Ihre Auseinandersetzung gewann jetzt an Leidenschaft, angefeuert durch die Aufmerksamkeit der anderen. Beide waren ähnlich gebaut, mittelgroß und breitschultrig, aber hier endete auch die Ähnlichkeit. Karl Gerhard, Pfeilmacher und Jäger, hatte Haare von der Farbe reifen Weizens über einem langen, hellen Gesicht, das ständig eine Trauermiene zeigte. Aldo Monetto, ein Axtmacher – der zur Werbung immer eine seiner Äxte im Gürtel mitführte – war ein dunkler, bärtiger Mann mit rundlichem Gesicht, und ein Muttermal hob den Winkel des linken Auges hervor. In seinen Zügen tanzten fortwährend gute Laune und Lebenslust.

Man musste ihnen schon eine ganze Weile lang zuhören, ehe man begriff, dass sie die besten Freunde waren:

»Ich werde ihn nicht fragen! Frag *du* ihn doch, *Dummkopf!*«

»Sprich Italienisch. Man erkennt doch, dass er Italienisch bevorzugt. Und ich frage ihn nicht. Das wäre unkorrekt.«

»Oh, jetzt ist es unkorrekt, nachdem du *mir* soeben gesagt hast, ich sollte ihn fragen ...!«

Gonji hob eine Hand. »Ich wünschte nur, *irgendjemand* würde mich einfach fragen!«

Die beiden blickten erst Gonji an, dann einander. Endlich wagte sich Monetto unbehaglich vor: »Wir haben gehört ... dass du allein gegen mehrere Männer kämpfen musstest, um Marks Leiche zu bergen. Stimmt das?«

Gonji schlug das Herz bis zum Hals. Er griff unter den Kimono und kratzte sich nachdenklich, während er Wilf einen drohenden Blick zuwarf. Wilf schluckte und schüttelte den Kopf. Alle starrten Gonji an. Michael schien etwas sagen zu wollen.

»Wo habt ihr das gehört?«, wollte Gonji wissen.

»Von Wilfs Bruder Strom, heute draußen in den Bergen«, antwortete Gerhard.

Gonji sackte auf seinem Stuhl zusammen. »Hat dein Vater noch zusätzliche Maulkörbe zur Hand, Wilfred-san? Dein Bruder sagt zwar nicht viel, aber wenn er es mal tut, dann achtet er auch darauf, dass es vertrauliche Informationen sind, die er weitergibt.«

»Ich denke nicht, dass du darum gebeten hattest, nicht davon zu sprechen.«

»Na, wenn ich es nicht getan habe, muss es am Wein gelegen haben.« Er sah, dass die anderen auf Erklärungen warteten, und fuhr fort: *»Hai*, es stimmt. Ich sah keine andere Möglichkeit, die Leiche des Jungen herzubringen – und ich wäre dankbar dafür, wenn ihr das bitte für euch behalten würdet, hm? Wir müssen mit Strom sprechen, was immer es auch nützen mag. Aber ich muss meine Spuren schnell verwischen, und so sehe ich mich gezwungen, offen zu reden …

Meister Flavio, du sollst wissen, dass ich ein gebildeter Mensch bin, kein Wilder, wie es manche von euch glauben – und ich gehöre auch nicht zu diesem Abschaum, der in eure Stadt eingedrungen ist. Man hat mich die Künste und Wissenschaften meines Heimatlands gelehrt und außerdem einige auf eurem Kontinent. Ich stand hier schon im Dienst von Königen – ihrem privaten Dienst. Ich verstehe mich auf Anstand und Protokoll besser als die meisten Menschen. Ich habe hier etwas zu erledigen und möchte deshalb eine Zeit lang bleiben. Unter anderem strebe ich danach, das Geheimnis des legendären Windes des Todes aufzudecken, von dem ich bereits sprach, und es waren christliche Priester, die mich in euer Land schickten. Aber so, wie sich die Lage entwickelt, werde ich bald Nahrung für die Würmer sein, falls ich meine Anwesenheit hier nicht rechtfertigen kann. Die Armee der Invasoren ist klein und schlecht ausgebildet für Suche und Befragung. Sie hat alle Hände voll zu tun, dass sie nur die Provinz im Griff behält. Ihre Kräfte sind verstreut, nach dem zu urteilen, was ich gesehen habe. Aber früher oder später …

Jedenfalls möchte ich folgenden Vorschlag unterbreiten: Ich brauche Geld, und ich brauche hier Zeit, und das kann nur bedeuten, dass ich eine Arbeit annehme. Ich war schon Leibwächter für Gesandte und Botschafter. Ich bitte dich, mich als *deinen* Leibwächter anzustellen und mir das an Sold zu zahlen, was du für angemessen hältst.«

Flavio schüttelte bereits traurig den Kopf über die Einwände, die manche vorbrachten.

»Ich würde dich nicht auf Schritt und Tritt verfolgen«, versprach Gonji. »Aber gewiss bist du doch in Verfolgung von Staatsangelegenheit daran interessiert, gegen … Unfälle gefeit zu sein, *neh?* Irgendwann wird dich Klann auf der Burg empfangen, und ich wünsche mir sehr, diese sagenumwobene Festung mal von innen zu sehen.«

»Wir benötigen vielleicht noch die Ansichten eines erfahrenen Soldaten zu Truppenverteilung und -stärke«, bemerkte Wilf weise.

»Das ist richtig.«

»Ein Leibwächter«, sprach Flavio in seinen Trinkpokal. »All diese Planung von Gewalttätigkeiten! Du scheinst nicht zu begreifen, dass wir eine christliche Gemeinde sind. Es ziemt sich nicht für jene von uns, die sich dem Kreuz verschrieben haben, aktiv eine gewaltsame Auseinandersetzung vorzubereiten.«

Protestgemurmel.

Lydia trat an sie heran. »Papa Flavio hat Recht – genug von diesem Gerede!«

Gonji warf ihr einen geringschätzigen Blick zu. Seltsamerweise freute es ihn angesichts der eigenen vergeblichen Zuneigung zu ihr, dass sie sich ihm entgegenstellte.

»Gewalt ist den Anhängern des *Iasu* – Jesus – nicht unbekannt«, wandte Gonji ein. »Und ich bin von jeher der Meinung, dass vieles von dem, was mir zu Ohren gekommen ist, hätte vermieden werden können. Einen Leibwächter stellt man ein, um *nicht* in Schwierigkeiten zu geraten. Michael hätte heute gut einen gebrauchen können.«

Zustimmende Rufe ertönten.

»Ich denke, es ist womöglich eine gute Idee«, wurde eine auf sanfte Art gebieterische Stimme von der Tür her vernehmbar und brachte die Versammlung zum Schweigen.

Dort stand die Prophetin Tralayn, eine imposante Gestalt in ihrem wallenden Gewand, umrahmt vom Licht der untergehenden Sonne. Ihre smaragdgrünen Augen musterten Gonji, und ein dünnes Lächeln umspielte ihre Lippen. Sie trat ein und begrüßte nacheinander jeden der Anwesenden seinem Stande gemäß. Durch ihre schiere Distanziertheit und Selbstsicherheit erschien sie Gonji als Ehrfurcht gebietende Persönlichkeit. Kein Wunder, dass die Menschen hier sie dermaßen achteten. Unter den falschen Umständen erwies sie sich möglicherweise als furchtbarer Gegner.

Nachdem die Prophetin alle begrüßt hatte, trat Michael an Gonji heran, einen seltsamen Ausdruck im Gesicht.

»Danke«, sagte der Ratsherr, »dass du uns Marks Leichnam überbracht hast.«

»*Doitashimashite* – nichts zu danken«, antwortete Gonji. Er erahnte jedoch keine Aufrichtigkeit in den Dankesworten des Ratsherrn, sondern nur ein Gespür für korrekte Umgangsformen. Irgendetwas lag zwischen ihnen.

Dann kam Tralayn auf Gonji zu, erwiderte seine Verbeugung und gab ihm, nachdem sie sich miteinander bekannt gemacht hatten, zu verstehen, dass sie ihn unter vier Augen sprechen wollte.

Vorsicht, Gonji-san!, dachte der Samurai. Dieses Lächeln verschleiert den messerscharfen Verstand einer brillanten Manipulantin.

»Man hat mir erzählt«, begann sie freundlich, »dass wir einen gemeinsamen Bekannten haben – Simon Sardonis.«

Gonjis Herz raste. »*Hai*. Und anscheinend kennen nur wir beide ihn, obwohl er nach der Botschaft zu urteilen, die ich ihm zu überbringen habe, eine hier recht bekannte Person sein müsste.«

»Von wem kommt diese Botschaft?« Ihre funkelnden grünen Augen blickten ihm direkt in die Seele.

»Von einem Freund, der um ihn besorgt ist.«

»Er hat nur wenige solcher Freunde. Aber man hat dir aufgetragen, ihm diese Botschaft über mich zukommen zu lassen, nicht wahr?«

Gonjis Gedanken überschlugen sich. Sie stellte hier eine Mutmaßung an, aber wie konnte sie sich so sicher sein? Er spürte etwas Großes und Bedeutsames hinter ihren Worten. Er hatte den sehnlichen Wunsch, es sich mit dieser geheimnisvollen Frau nicht zu verderben. Trotzdem sagte er: »Ich denke, ich sage es ihm lieber selbst.«

Sie zögerte. »Er wird dich nicht empfangen.«

Da spürte er den Aufschrei in seinem Innern, diese überschwängliche Empfindung, dass sein Lebensglück sich in Reichweite befand und nur darauf wartete, beim Schopfe gepackt zu werden. Er ließ zu, dass sein Argwohn, seine unterbewussten Überlegungen, sich Bahn brachen. Dann brachte er das Zittern, das ihn überkommen hatte, unter Kontrolle und riskierte einen Schuss ins Blaue.

»Tatsächlich? Ich denke, ich habe ihn heute gesehen.«

Die Prophetin erstarrte. Wachsamkeit flackerte kurz in ihren

Augen, die dann jedoch den Ausdruck wechselten und gänzlich undeutbar wurden.

Lydia war erneut aus der Küche aufgetaucht, den Koch im Schlepptau. Sie sagte auf Rumänisch etwas zu den anderen und entschuldigte sich dann betont kühl bei Tralayn – die beiden Frauen schienen sich nicht sonderlich zu mögen. Lydia gab Gonji mit einem Wink zu verstehen, er solle ihr in die Küche folgen. Dabei kniff sie die Augen zu vorwurfsvollen Schlitzen zusammen.

In der Küche stand das schlanke dunkle Mädchen, in dessen Schlafzimmer Gonji die Nacht zuvor eingedrungen war. Sie trug ein langes Bündel bei sich, das in eine Decke eingewickelt war. Den Umrissen nach zu urteilen, konnte es sich dabei nur um Gonjis Bogen und Köcher handeln. Dem Samurai sträubten sich die Nackenhaare. Das Mädchen lächelte mit funkelnden Augen.

»Ich ...«, stammelte Gonji. »Warum gehst du solch ein Risiko ein? Diese Waffen sind jetzt in Vedun verboten. Das musst du doch gehört haben!«

»Sie hat gar nichts gehört«, sagte Lydia sachlich. »Sie ist taubstumm.«

Gonji spürte, wie ihm Hitze ins Gesicht stieg. »Oh ... Geister meines Vaters! Jetzt begreife ich.« Er versuchte nicht, seine Verlegenheit zu verbergen, als er sich jetzt an seine panischen Versuche erinnerte, das Mädchen zu bitten, sie möge still bleiben. »Es tut mir so leid!«

Sie lächelte nur, diesmal um einiges mitfühlender, als sie Gonjis Besorgnis erkannte. Dann wickelte sie Bogen und Köcher aus. Gonji kam sich wie ein hilfloser Clown vor. Er spürte Lydias missbilligenden Blick.

Der Bogen war nicht gespannt, aber das Mädchen spannte ihn jetzt geschickt. Eine erstaunliche Leistung angesichts ihrer Statur. Sie vollführte einige Gebärden. Er blickte verlegen zu Lydia hinüber, in der Hoffnung, dass sie die Gesten für ihn übersetzte.

»Sie heißt Helena«, sagte Lydia. »Sie erklärt dir, dass ihr Vater ein berühmter polnischer Bogenschütze bei den königlichen Dragonern war. Dass er sie gelehrt hat, einen Bogen zu bespannen. Nachdem ihr Vater in einer Schlacht gefallen war, ist sie mit ihrer Mutter hierher gezogen, denn abergläubische Bauern behaupteten, Helena sei von Dämonen besessen, die ihre Ohren und Zunge blockieren.«

Lydia wandte sich ab und verließ den Raum eine Sekunde später, die Arme vor der Brust verschränkt. Gonji und Helena waren in der Küche allein.

Gonji verwandte einige Zeit darauf, unbeholfen seine Dankbarkeit in einer aus dem Stegreif improvisierten Zeichensprache zu übermitteln, die bei Helena zumeist nur ein Lächeln hervorriefen. Sie brachte ihm ein paar grundlegende Zeichen bei, und sie beide amüsierten sich lautlos über seine Unbeholfenheit, mit der er sie ausführte. Dann geriet ihr stummer Dialog ein wenig ins Stocken, da es Gonji zunehmend schwerer fiel, ihr seine Empfindungen zu vermitteln.

Helena war auf eine natürliche, ungezwungene Art schön. Ihre Haut zeigte ein makellos samtenes Weiß. Die zerbrechliche Gestalt, der zarte Schwung der Schultern verlockten zu sanfter Liebkosung. Die anmutig geformten Lippen bebten leicht und teilten sich, als wollten sie die Worte bilden, die auszusprechen ihr versagt blieb. Lange nachtschwarze Locken fielen ihr über eine Schulter auf die Brust, wo Gonji das fast unmerkliche Heben und Senken ihres beschleunigten Atems wahrnehmen konnte.

Als sich dann die Regung, die er in sich spürte, in seinen Augen widerspiegelte, reagierte das Mädchen nervös und verlegen. Sie wirbelte herum und flüchtete geradezu durch die Hintertür.

Gonji kam sich zugleich unrein und tollpatschig vor. Er schüttelte sich und kehrte stolzen Schrittes in den Salon zurück, nachdem er seine alte Selbstkontrolle wiedergewonnen hatte.

Jakob Neriah hatte in dem Gespräch seiner festen Hoffnung Ausdruck verliehen, dass Verdun bei seinem nächsten Besuch nach wie vor auf der Hochebene stehen würde. Er wurde still, als Gonji eintrat. Die meisten Fremden waren gegangen, wie der Samurai feststellte. Die Zurückgebliebenen ließen verlegen ihre Blicke umherwandern und vermieden dabei tunlichst, Gonji direkt anzusehen. Lediglich Tralayn betrachtete ihn forschend.

»Also ist es bekannt geworden«, sagte er lässig. »Es tut mir leid. Ich hege einen persönlichen Groll gegen dieses fliegende Scheusal. Etwas, das ihr nicht verstehen könnt. Ich bin Samurai, und mein Ehrenkodex spielt dabei eine Rolle. Meister Flavio, würdest du noch einmal über meine Bitte nachdenken, wenn ich mein Wort gebe, keine weiteren Gewalttaten mehr zu provozieren?«

Flavio verzog schmerzlich das Gesicht. »Ich weiß nicht. Ich weiß einfach nicht, was ich dir heute Abend antworten soll. Ich lasse es mir durch den Kopf gehen.«

»Wir beratschlagen darüber«, ergänzte Tralayn.

Verbitterung lag schwer in der Luft, und das entrüstete Gonji zutiefst. »Bitte vergesst nicht, dass ein großes persönliches Risiko damit verbunden war, die Leiche des Jungen in die Stadt zu bringen.« Damit packte er den Bogen und zerbrach ihn mit einer knapper Bewegung, die seine vibrierende Kraft verriet, in zwei Hälften. Diese symbolische Geste machte keinerlei Eindruck, also wickelte er den zerbrochenen Bogen und den Köcher wieder in die Decke, schob die Schwerter unter die Schärpe, verneigte sich knapp und empfahl sich. Er trat hinaus auf die im abendlichen Dämmerlicht liegende Straße, verstimmt über das, was er unvernünftigerweise als empörenden Mangel an Wertschätzung für die Arbeit eines Kriegers betrachtete.

Wortlos stand Wilf auf und folgte ihm.

Tralayn und Flavio saßen in enger Runde mit Michael und Lydia zusammen. Eine einzelne Wachskerze spendete dem Empfangszimmer Licht.

»Du wirst ihn brauchen, Flavio«, sagte Tralayn. »Er wurde durch Mächte, die sich unserem Einfluss entziehen, in dies alles hineingezogen.«

Flavio dachte darüber nach. »Was denkst du, Michael? Schon bald liegen solche Entscheidungen bei dir.«

Michael betastete behutsam seine geschwollene Nase. »Ich weiß nicht. Ich mag ihn nicht, trotzdem … ist er schlau. Und er kann ganz gewiss kämpfen.«

Lydia schnaubte. »Er ist nicht so schlau, wie er denkt, und die kämpferischen Fähigkeiten sind kein Maßstab für einen Mann.«

Etwas bereitete Flavio Kopfzerbrechen. »Michael, hast du darum *gebeten*, dass Mark gerächt wird?«

»Das brauchte ich gar nicht …«

»Warum geht er nicht einfach fort?«, fragte Lydia und blickte durchs Fenster auf die Straße hinaus.

Tralayn lächelte und beendete ihre Überlegungen. »Von wem sprechen wir hier, liebe Leute … dem Samurai oder …«

»Warum gehen nicht *alle* einfach fort?«, stellte Lydia klar.

Es blieb lange still in den Schatten, die das flackernde Kerzenlicht warf.

KAPITEL EINUNDZWANZIG

Wilf holte Gonji ein, als dieser auf der *Via Fidei* nach Osten trabte.

»Sie werden noch lernen, es so zu sehen wie du«, sagte Wilf beruhigend. »Flavio wird dich einstellen.«

»Sicher«, sagte Gonji abrupt. »Hör mal, warum lässt du mich jetzt nicht in Ruhe? Ich möchte eine Zeit lang allein sein.«

Sie hielten an einer Kreuzung nahe des östlichen Abschnitts der Außenmauer an.

Wilf reagierte ein wenig beleidigt. »Sicher, wenn du das unbedingt möchtest.«

»Ich möchte es.« Und damit gab Gonji seinem Pferd die Sporen, bog nach rechts auf die Querstraße ab und nahm Kurs auf den Futterkorb.

Fort mit dir!, dachte Gonji gereizt. Ich brauche kein *Wunderkind*, das mir mit großen Augen quasselnd an den Fersen hängt. Nicht heute Abend. Die Laune des Samurai hatte sich ins Gehässige gewendet. Er war verstimmt über Helenas unerwarteten Auftritt, durch den ihm die Kontrolle über Vorgänge im Haus der Benedettos aus der Hand geglitten war.

Es war kühl in der Stadt, aber ein Rest der Tageswärme wurde noch von der zerfaserten Wolkendecke zurückgehalten. Dem Wind mangelte es an der Schärfe der vergangenen Nacht, als er mit dem geflügelten Lindwurm gekämpft hatte. Durch Lücken in der Wolkendecke erblickte Gonji das Sternbild, das manche Menschen das Große Breitbeil nannten.

Er kam an drei berittenen Söldnern vorbei und erreichte die kleine Kaserne, die früher Rorkas Stadtwache beherbergt hatte und jetzt von den regulären Llorm-Soldaten benutzt wurde. Die Soldaten waren in gedrückterer Stimmung als bei ihrer Ankunft und weniger erpicht darauf, Gonji Verwünschungen nachzurufen. Sie starrten ihn nur an und flüsterten miteinander.

Auch im Futterkorb ging es weniger lärmend zu, obwohl dort noch mehr Betrieb herrschte. Durch Ben-Drabas grausamen Tod durch die Hand des geheimnisvollen Fremden – und das Kampfgeschick, das Gonji selbst demonstriert hatte, dachte er zufrieden – aufgerüttelt, hatten die Besatzungstruppen über ihre aggressive Vorgehensweise nachgedacht. Das war zunächst gut für die Bürger, sicher; sobald sich jedoch die Soldaten vom Tod des Feldkommandeurs erholt hatten, würden neue Probleme auftreten. Die Truppen würden mit irrationalem Argwohn auf alle Fremden reagieren, besonders solche, die Waffen trugen. Vielleicht verbot man bald *alle* Waffen in der Stadt. Und ein Pfeil oder eine Pistolenkugel im Rücken war immer möglich.

Also tat Gonji, was er, wie er sehr gut wusste, tun musste, um ungeschoren zu bleiben und weiter seinen Aufgaben nachgehen zu können.

Als er gegenüber dem Futterkorb anhielt, tauchten zwei Söldner an der Tür des Gasthauses auf und schleppten den erbitterten Alain Paille zwischen sich mit. Paille war, wie gewohnt, sturzbetrunken, und sie warfen ihn auf die Straße, während er die ganze Zeit schimpfte und davon faselte, ein »Verseschmied von Königen« zu sein …

Der Malerpoet verschwand daraufhin durch eine Seitengasse, während er weiterhin aus Leibeskräften wetterte.

Gonji blieb im Schatten einer geschlossenen Holzschnitzerwerkstatt auf Tora sitzen und rief die argwöhnischen Soldaten herbei. Nach kurzem Wortgeplänkel gelang es ihm, den Aufenthaltsort von Hauptmann Julian Kel'Tekeli zu erfahren.

Der Hauptmann der Freien Gefährten hatte eines der leer stehenden Steingebäude im Südostwinkel Veduns beschlagnahmt.

Das Haus war leicht zu finden, und auch die angrenzenden Häuser beherbergten Soldaten, von denen einige auf der Straße herumlungerten. Fackeln in Wandhalterungen erfüllten die Höfe mit weichem Licht. Eine Flagge mit Klanns Wappen flatterte über Julians Unterkunft.

Zwei Wachtposten hielten Gonji an. Er äußerte seinen Wunsch, den Hauptmann zu sehen, und einer der Wachsoldaten entfernte sich widerstrebend, um Julian zu holen.

Gonji blieb auf Tora sitzen, während er wartete. An der Tür zum Haus nebenan ertönten schlurfende Schritte. Zum Vorschein kam Luba, der Söldner, den Gonji auf der Plattform bewusstlos geschlagen hatte. Ein Kamerad versuchte Luba zurückzuhalten. Gonji wandte sich ihm zu und erwiderte leidenschaftslos den finsteren Blick des Söldners.

In diesem Augenblick tauchte jedoch Julian aus seinem Hauptquartier auf und war noch damit beschäftigt, sich den Säbel umzuschnallen, während er sich näherte. Alle wandten sich jetzt um und verfolgten die Begegnung mit neugierigen Blicken.

Julian blieb in Hemd und Reithose vor dem berittenen Samurai stehen. Seine harten blauen Augen fixierten Gonji nachdenklich, und seine ebenmäßigen weißen Zähne schimmerten im Fackellicht, als er sich an Gonji wandte:

»Schön ... damit ersparst du mir ein für morgen geplantes Ärgernis. Ich habe einige Fragen an dich, Barbar.«

Gonjis Bauchmuskeln spannten sich. Unangenehme Erinnerungen stiegen in ihm auf: das zerbrochene Schwert seiner Mutter, der Spott im Gasthaus. Der Hass auf diesen Mann flammte erneut auf. Stimmen seiner Ahnen schrien nach Genugtuung für die Verletzung ihrer Ehre (*Schlag ihn tot!*).

Nichts davon zeigte sich in Gonjis ausdruckslosem Gesicht. »Und ich möchte mit dir reden, Hauptmann – unter vier Augen. Im Haus?« Er deutete hinüber.

Die Wachtposten blickten Julian mit finsterem Argwohn fragend an, aber der Hauptmann deutete zur Tür und marschierte hinein. Gonji sprang von Tora und zog die Schwerter aus der Schärpe. Die Wachtposten packten angesichts dieser Geste ihre Schwertgriffe, entspannten sich aber wieder, als sie sahen, dass der Samurai die Schwerter in der Scheide trug.

Gonji verbeugte sich vor dem Hauptmann, kaum dass er durch die Tür getreten war, lehnte den angebotenen Schemel ab und ließ sich lieber – zu Julians Erheiterung – mit gekreuzten Beinen auf den Fußboden nieder. Er gewann ein wenig Trost aus der Tatsache, dass er sich hier verhielt, wie er es in Japan anlässlich einer solchen Begegnung getan hätte. Er legte die Schwerter zu seiner Linken ab, dort, wo er sie leicht ziehen konnte, eine Drohung und zugleich Beleidigung des Gastgebers. Und es wärmte ihn in einem geheimen Winkel seines Herzens, als er sah, wie Julian – der Bedeutung dieser Geste nicht gewahr – lächelte.

Auch kleine Dinge konnten einem ein Gefühl der Genugtuung bescheren …

»So, Fußkämpfer, wer war der Verrückte, der heute Ben-Draba umgebracht hat?«, fragte Julian ohne Umschweife und setzte sich.

»Das kann ich dir nicht sagen«, antwortete Gonji. »Ich wüsste es selbst gern. Die Menschen hier wollen es mir nicht verraten – falls sie es überhaupt wissen.«

Julians Augen wurden schmal. Er hatte nicht mit einem derart unverhohlen verschwörerischem Tonfall gerechnet. »Was *haben* sie dir denn erzählt?«

Gonji überschlug in Gedanken, welcher Abstand sie beide trennte, während er sich an den blitzenden Säbel im Gasthaus erinnerte und daran, wie Julian die Lippe eines Briganten mit einer einzigen fließenden Bewegung, die in der Säbelscheide den Anfang nahm, aufgeschlitzt hatte.

»Genau darüber möchte ich mit dir reden«, sagte er. »Es ist mir gelungen, das Vertrauen dieser Leute zu erlangen. Mich bei den richtigen Personen einzuschmeicheln. Und ich habe mich als

Leibwächter des Alten einstellen lassen – Flavios, des Ratsältesten. Erstaunlich, *neh?* Die Bezahlung ist jedoch schlecht, und ehe ich weiterziehe, würde ich mir gern die Taschen etwas besser füllen. Sage mir«, fuhr er nachdenklich fort und kratzte sich unter dem Kimono die ständig schmerzende Schulter, »wäre euer König daran interessiert, Informationen zu kaufen?«

Julian prallte zurück. »Na, wenn du nicht mal der unverfrorenste Schurke bist, den man sich denken kann! Du möchtest beide Seiten gegeneinander ausspielen – *du?*«

»Nein, nein!«, entgegnete Gonji. »Ich bin nur Leibwächter bei Flavio persönlich. Außerdem weiß ich nichts über die Pläne, die ihr hier verfolgt, und ich will es auch nicht wissen.«

Julian rieb sich die glatte Wange und betastete die Kinngrube. »Du möchtest also für mich spionieren?«

»Ah, das ist so ein grobes Wort – ›spionieren‹!«

»Kommt es darauf an?«

»Nein«, sagte Gonji und zuckte spitzbübisch die Achseln.

Julian dachte laut nach. »Der König *ist* sehr darauf bedacht, den Frieden zu wahren, solange wir hier sind ...« Dann schossen seine Augen plötzlich blitzende Pfeile auf Gonji ab. »Erzähle mir etwas, das ich nicht weiß!«

Gonji redete schnell: »Die Führer der Stadt wünschen sich Frieden. Das kann ich dem König zusichern. Es besteht jedoch eine unterschwellige Bereitschaft zum Aufstand; einige heißblütige Leute wollen sich auflehnen, falls keine Wiedergutmachung für die Ermordeten und zum Waffendienst gepressten geleistet wird. Ich weiß noch nicht, um wen es sich dabei handelt, aber einige so genannte Meuchelmörder treiben sich hier herum. Ich habe von ihnen munkeln gehört. Ich denke auch, dass die Stadtbewohner mit irgendeiner heimlichen Unterstützung gegen euch rechnen; diese Unterstützung kommt womöglich nicht aus der Stadt selbst. Man spricht sehr zurückhaltend darüber – wie zum Beispiel diese Legende vom Wind des Todes. Mir traut man noch nicht genug. Ich werde jedoch zu erfahren versuchen, was unter der Oberfläche abläuft, falls ...« Er hob die flache Hand vor Julian und hoffte, dass sein flinkes Gefasel für nützlich erachtet wurde.

Julian dachte kurz über all das nach. »Warum wolltest du heute gegen den Feldkommandeur kämpfen?«

Die Frage traf Gonji völlig unvorbereitet, aber er fing sich schnell. »Ich musste das Vertrauen der Stadtleute gewinnen, um die Stelle bei Flavio zu erhalten. Und wie ich dem Kommandeur erklärt habe: Ich liebe den waffenlosen Kampf wirklich.«

»Das haben wir gesehen. Denkst du, dass du ihn besiegt hättest?«

Gonji lächelte nur.

Julian knurrte, und Verdrossenheit zeigte sich in seiner Haltung, als er vom verstorbenen Feldkommandeur sprach. Gonji deutete das als Missgunst. »Ben-Draba war zu impulsiv. Das gehörte zu seinen Fehlern«, lautete Julians kalte Einschätzung. Die Luft im Zimmer war schwer wie Sirup von den Worten, die ungesprochen blieben: dass Julian keinerlei Fehler hatte.

»Ich habe noch immer nicht gesehen, wie du das da benutzt«, sagte der Hauptmann und deutete auf das Sagami. »Bist du damit so gut wie mit den Füßen?«

»So hat man es mir gesagt.«

»Na ja, benutze das kurze lieber nicht, ehe ich gesehen habe, wie du das lange schwingst«, riet ihm Julian selbstgefällig und drückte damit seine Erheiterung über das Konzept des *Seppuku* an. Gonji wusste genau, was der Hauptmann damit noch andeutete: Eines Tages würden sie die Klingen kreuzen.

Es bedeutete aber auch, dass Gonji den Auftrag hatte.

»Also arbeite ich für euch?«

»Falls mich deine Informationen zufrieden stellen. Welche Bezahlung möchtest du?«

Gonji nannte ihm den Betrag. Julian nickte bedächtig, stand

auf und holte eine Vorauszahlung aus einem Beutel, der neben einer flackernden Öllampe in einer Wandnische lag. Er zählte die Münzen in Gonjis ausgestreckte Handfläche ab.

»Sorgst du dafür, dass mir deine Leute nicht zu Leibe rücken?«, fragte Gonji. »Können wir uns darauf verlassen, dass sie mich nicht an die Stadtbewohner verraten?«

Julian warf ihm einen misstrauischen Blick zu. »Meine Männer wissen, was Angst ist. Es sorgt dafür, dass sie gehorchen«, sagte er überheblich. Dann blickte er finster auf Gonji hinab. »Falls du mich täuschst, Barbar, endest du wie diese Banditen auf dem Marktplatz! Und das ohne vorherigen Gnadenschuss!«

Gonji erhob sich langsam. Sie musterten einander für einen kurzen Moment mit einem Ausdruck nackten gegenseitigen Hasses. Dann verbeugte sich der Samurai und lächelte knapp.

»Oh ja!«, sagte er dann, während er die Schwerter unter die Schärpe steckte. »Noch eines: Es wäre nützlich, wenn du dem König ein Treffen mit den Führern der Stadt vorschlagen würdest. Sie sind besorgt und verwirrt, und ich denke, ein solches Treffen würde sehr dazu beitragen, die Lage hier ruhig zu halten.«

Julian nickte entschlossen. »Ich werde es ihm vorschlagen.«

Gonji wandte sich ab und ging zur Tür.

»Leibwächter, hast du gesagt?«, rief ihm Julian nach.

Gonji erstarrte vor dem aus Holz gefertigten Torbogen, nickte und blickte über die Schulter zum Hauptmann zurück, der ihn mit hochgezogenen Augenbrauen ansah.

»Angenommen, ich wollte den Ältesten festnehmen. Wie würdest du dann deine Pflicht erfüllen? Es wäre ein Interessenkonflikt, denkst du nicht?«

»Ich erkenne da keinen Konflikt«, entgegnete Gonji gelassen. »Meine Pflicht ihm gegenüber besteht in persönlichem Schutz. Deine besteht darin, den Frieden wahren zu helfen.«

»Irgendwie habe ich das Gefühl, dass du mir nicht geantwortet hast.«

Gonji grinste breit und verließ das Haus.

Julian blickte ihm nach, wütend über die Unverschämtheit des Samurai und eine solche Respektlosigkeit nicht gewöhnt. Er hatte den Kerl nicht mal entlassen – *Barbarenschwein!* Jetzt jedoch, da der Feldkommandeur tot war, bildeten die Informationen dieses Idioten womöglich genau das, was Julian brauchte, um die Gunst des Königs zu erringen …

Luba blickte dem Samurai ebenfalls nach und hasste ihn abgründig für die peinliche Niederlage, die er ihm vor den Augen der Schwertbrüder Lubas beigebracht hatte. Diese hatten ihren Kameraden unaufhörlich damit verspottet, bis er ein paar von ihnen bewusstlos schlug. Sie würden die Sache jedoch nicht vergessen, bis Luba sich gegen das Schlitzauge bewiesen hatte. Verdammt sollten dieser Mann und sein tierhafter Kampfstil sein! *Bald*, du Mistkerl …

Die Augen des stillen Betrachters folgten Gonji am längsten, während dieser Betrachter im Schatten der Dächer hockte und ihn der Schmerz seiner Verletzung mit rachsüchtigem Zorn erfüllte, wohingegen die stählernen Augen den tiefer reichenden Schmerz der Enttäuschung, der Verwirrung widerspiegelten.

Er sah Gonji auf Lanzenlänge vorbeigehen, sah, wie der Samurai sich kampfbereit spannte, als sein Pferd leise wieherte und nervös bockte. Er beobachtete ihn und wog seine Überlebenschancen ab …

KAPITEL ZWEIUNDZWANZIG

Der Tag des Begräbnisses dämmerte herauf mit einem trostlosen, bleiernen Himmel und Regenschauern, die dem traurigen Anlass nur zu gerecht wurden.

Im Anschluss an eine lange, triste Prozession an dem Katafalk vorbei, auf dem die Leichen von Mark Benedetto, Witold Koski und Stavro Kovacs aufgebahrt lagen, versammelten sich die durchnässten Trauergäste zu einer kurzen Andacht, die ohne die Anwesenheit der Priester aus dem Kloster vom Heiligen Wort von Tralayn stattfinden musste.

Hätten die Menschen gewusst, wie es derzeit um das Kloster bestellt war, dachte Gonji, dann wäre ihnen die hiesige Trauerandacht im Vergleich fröhlich erschienen. Wie die Dinge lagen, griff Misstrauen um sich, denn die Menschen hatten Angst davor, wie weit Klanns Einfluss womöglich reichte.

Als Tralayn ihre Grabrede beendet hatte und die Gemeinde im Gebet leitete, wurden die Särge geschlossen und auf Wagen geladen. Der blinde Stellmacher Ignace Obradek verlieh dem Ganzen für Gonjis Geschmack noch eine bizarre Note, indem er das Aufladen befehligte und den Leichenzug selbst anführte.

Es war eine gespenstische, gefühlsgeladene Prozession, die unter weinendem Himmel zum Friedhof im Tiefland zog, während die Trauerglocken läuteten.

Nachdem die Toten zur Ruhe gebettet waren, setzte sich Gonji zusammen mit Wilf und Garth zum Mittagessen. Strom war wie üblich nicht dabei, da er sich entschieden hatte, bei seinen Schafen in den Bergen zu speisen, während Lorenz mit Milorad zur Burg gereist war, um eine Audienz beim König zu erbitten.

Die Witwe eines der Soldaten Rorkas, Magda, saß mit ihren beiden kleinen Kindern am selben Tisch. Die übrigen Flüchtlinge aus der Burg hatten anderswo Unterschlupf gefunden, und diese drei gedachten noch am selben Nachmittag in eine neue Bleibe umzuziehen, die ihnen die Stadt bereitstellte.

Sie aßen praktisch schweigend, lauschten dem prasselnden Regen und hingen ihren Gedanken nach. Wilf wirkte besonders missmutig, und Gonji entschied, dass dem jungen Schmied noch zu schaffen machte, wie er ihn am vorangegangenen Abend weggeschickt hatte.

Als sich Magda und ihre Kinder zum Aufbruch anschickten, traf Lorenz ein und schüttelte den Kopf – eine stumme Antwort auf die Frage, ehe sie ihm gestellt werden konnte:

»Nein, ich fürchte, Flavio ist untröstlich. Ich hatte ihm gesagt, was er zu erwarten hatte; Milorad tat es ebenfalls. Trotzdem haben wir uns auf den Weg gemacht. Und wir sind nie über das Außenbollwerk hinausgekommen. Mort erschien am Torhaus und befahl uns zu verschwinden. Er sagte, König Klann hege nicht den Wunsch, jemanden aus der Stadt zu empfangen. Und das war alles.«

Gonji stöhnte innerlich. Die Enttäuschungen häuften sich in letzter Zeit für ihn. Entweder hatte Julian sich gesagt, zur Hölle mit dem Vorschlag des Barbaren, oder dieser König Klann war wirklich ein eingefleischter Einsiedler. Und diese Enttäuschung rief Gonji eine weitere ins Gedächtnis.

Er trieb sich so viel wie möglich in Flavios Nähe herum und versuchte, ihm die Einstellung als Leibwächter abzuschwatzen, ohne dabei allzu aufdringlich zu werden. Keine Chance! Allmählich machte sich Gonji Sorgen, nachdem er voreilig gehandelt und Julian bereits gesagt hatte, er wäre tatsächlich vom Ältesten eingestellt worden. Er fand, dass es nun lieber auch wirklich passieren sollte. Das Dreifachbegräbnis hatte jedermann in eine nachgiebige Stimmung versetzt. Vielleicht war jetzt der richtige Zeitpunkt gekommen, es erneut bei Flavio zu versuchen.

»Darf ich dich heute begleiten?«, fragte Wilf, als Gonji in den Sattel stieg. »Heute Nachmittag wartet nicht viel Arbeit auf mich. Ich bemühe mich auch, dir nicht im Weg zu sein.«

Gonji lachte. »Sei mein Gast, Freund.«

Sie trabten los und nahmen Kurs auf das städtische Amt für Verwaltung und Finanzen.

Dort trafen sie auf Flavio, Milorad und einige weitere Personen, die an einer langen Tafel saßen und trübsinnig Ale und Wein tranken. Aus Flavios finsterer Miene schloss Gonji, dass Milorads schlechte Nachrichten noch immer im Saal nachhingen.

Nach ein paar geleerten Kelchen und einer raschen Lageeinschätzung, dass jetzt der richtige Augenblick für den Angriff gekommen war – war Flavio doch in einer seiner seltenen öffentlichen Demonstrationen von Rührseligkeit versunken –, steuerte Gonji den Ratsältesten behutsam in ein kleines Vorzimmer und feuerte seine erste Salve ab:

»Meister Flavio, du hast mir noch keine Antwort auf meine verzweifelte Bitte gegeben – nein, nein, schicke mich jetzt nicht mit einem Stoßseufzer davon! Du versagst mir die Gelegenheit, einer bedeutsamen Pflicht nachzukommen, etwas, das ich zum Leben benötige, und du begehst einen schweren Fehler, wenn du dich nicht an das militärische Protokoll hältst, das Banditen wie dieser Klann erwarten. Und sieh nur meine Börse an: Ein Fuchs könnte sich darin häuslich niederlassen! Meine Kleidung ist fadenscheinig, und ich bin gezwungen, von der Gunst anderer zu leben. Das allein wäre schon fast Grund genug für mich, mir den Bauch aufzuschlitzen. Nein – *doso* – bitte, ich weiß, dass du für diesen Tag genug hast vom Tod; ich habe es nicht so gemeint. Tatsache bleibt jedoch, dass Europa mich scheibchenweise umbringt. Erneut gebe ich zu bedenken – und verzeiht meine Taktlosigkeit –, dass Tralayns Grabrede ein wenig kürzer hätte ausfallen können und der Friedhof um ein Grab weniger belegt wäre, hätte ich nicht im Wald mein Leben riskiert. Aber andererseits irre ich hier wieder wie ein Tölpel auf brüchigem Boden herum. Verzeih mir …«

Und so redete Gonji immer weiter. Er selbst fand, dass sein Gestikulieren der Präzision eines *No*-Schauspielers auf den edlen Bühnen Japans Ehre machte und sein Vortrag jedem großen europäischen Tragöden. Und letztlich obsiegte der Samurai, ob nun, weil der Älteste zu tief in den Becher geschaut hatte, oder weil sich Gonjis Selbsteinschätzung als zutreffend erwies:

»Du hast gerade den besten Leibwächter ganz Europas in deinen Dienst genommen …«

Lorenz Gundersen traf im Amtshaus ein, und nach einem Augenblick der Verwirrung und einem kurzen Disput über die Weisheit dieser Ernennung – wobei Flavio diese Gelegenheit wählte, um sich gegen jegliche weitere Infragestellung seiner Autorität zu wehren –, zahlte Lorenz dem Samurai widerstrebend einen Monatssold der stattlichen Einkünfte vorab, die der Leibwächter eines führenden Magistrats erhielt.

Sie hatten soeben die geschäftlichen Einzelheiten von Gonjis Einstellung abgewickelt, da traf ein Llorm-Sendbote von der Burg ein und überbrachte die Nachricht vom festlichen Bankett.

Erregter Tumult und Triumphschreie vertrieben die rührselige Begräbnisstimmung im Amtsgebäude, als Flavio den Befehl ungläubig vorlas. Selbsternannte Kuriere stürmten los, um die Nachricht zu verbreiten.

In zwei Tagen gedachte König Klann, im großen Saal der Burg Lenska ein Bankett zu geben, zu dem vier offizielle Vertreter der Stadt Vedun eingeladen waren. Zwei davon wurden namentlich erwähnt: der Ratsälteste und, seltsam genug, der Schmiedemeister der Stadt.

Man schickte nach Garth und Tralayn.

Auf die Verlesung des Befehls folgte eine angeregte Diskussion, und Gonji sah Flavios verwirrte Miene und schloss daraus, dass sie beide den gleichen Gedanken hegten: Nur Stunden zuvor hatte Klann jedes Treffen abgelehnt. Eine derart offensichtliche Launenhaftigkeit des Königs verriet nichts Gutes, um das Mindeste zu sagen. Eine Alarmglocke läutete in Gonjis Kopf, als die Erinnerung an etwas nur halb Belauschtes an die Oberfläche drängte. Sie versank jedoch wieder, als er sich mit wachem Interesse dem Gespräch über die Auswahl der Delegierten zuwandte.

»Ich muss gehen, und Garths Erscheinen wird verlangt«, sagte Flavio gerade. »Auf jeden Fall sollte auch Milorad mitkommen, der unser Experte für Politik und Protokoll ist. Lorenz, möchtest du dich als Vierter anschließen?«

»Nein, ich nicht«, lehnte der Stadtkämmerer ab und strich Fusseln von seinem Wams. »Ich war schon dort und hege keine große Liebe zur Burg. Außerdem wartet hier viel Arbeit auf mich. Du wirst wohl Michael wählen müssen.«

»Michael, hm.« Flavio schien unsicher. Etwas machte ihm Sorgen. »Vielleicht lieber nicht. Vielleicht wäre Tralayn die bessere Wahl.«

»Nicht Tralayn«, riet Milorad. »Ihre spitze Zunge würde mit Gewissheit Zwist hervorrufen.«

Flavio strich sich geistesabwesend den Bart. Gonji räusperte sich zweimal, ehe er damit die Aufmerksamkeit der anderen gewann.

»Hast du deinen Leibwächter so schnell vergessen? Du hattest mir versprochen, dass ich diese legendäre Burg zu sehen bekäme«, sagte er, wohl wissend, dass Flavio nichts dergleichen versprochen hatte. Trotzdem schwafelte Gonji weiter drauflos: »Ich denke, ich sollte der Vierte sein.«

Flavio sann darüber nach.

»Du müsstest doch nicht ... diese Dinger mitnehmen, oder?«, fragte Milorad und deutete vorsichtig auf Gonjis Schwerter.

»Meine Schwerter begleiten mich überallhin, mein Freund. Und ich bin schließlich der Leibwächter des Ältesten.«

Flavio schien die Frage abzuwägen. »Gibst du mir dein Wort, dass du keinen Streit anfängst?«

»Natürlich – sofern niemand versucht, *dich* zu verletzen.«

»Die Soldaten gestatten dir womöglich nicht den Zutritt zur Burg.«

»Sollten sie Einwände erheben, weiche ich klaglos zurück.«

Flavio nickte und lächelte. »Damit ist die Sache geklärt. Du darfst viertes Mitglied der Gruppe sein.«

»Toll!«, rief Wilf. »Du kannst für mich nach Genya suchen und herausfinden, ob mit ihr alles in Ordnung ist. Meister Flavio, bist du sicher, dass im Befehl der Schmiede*meister* verlangt wird? Ich meine, ich könnte doch anstelle meines Vaters gehen, oder?«

Flavio schüttelte mitfühlend den Kopf. »Ich fürchte, der Befehl ist eindeutig.«

Garth und Tralayn trafen gemeinsam aus dem gleichmäßigen Nieselregen ein. Garth klatschte sich die nasse Mütze ans Bein. Tralayn, deren Jadegewand durch einen schwarzen Überwurf geschützt wurde, schien den Elementen getrotzt zu haben: Sie sah aus, als wäre sie kaum im Regen gewesen.

Beide wurden über das anstehende Bankett informiert und reagierten ähnlich wortkarg auf das, was es womöglich zu bedeuten hatte. Garth tat seine verlangte Teilnahme mit einem düsteren Scherz über die Trinkgewohnheiten des Burgschmieds ab, und Tralayn verwarf die ganze Angelegenheit als nutzlose Übung: »Mal abgesehen von der Gelegenheit, den Feind auszukundschaften«, erklärte sie zu Flavios Unbehagen.

»Klann ist *nicht* unser Feind«, berichtigte sie der Älteste.

»Ich habe nichts von Klann gesagt …«

In diesem Augenblick eilten Michael und Lydia Benedetto aus dem Regen herein, atemlos von der Nachricht, beide noch immer in ihrer Trauerkleidung. Michael rang darum, seine Würde zu wahren, als man ihm erklärte, er würde nicht am Bankett teilnehmen, und angesichts der erkennbaren Demütigung, gepaart mit seiner beinahe komischen körperlichen Verfassung – die gebrochene Nase jetzt flankiert von dazu passenden bläulich verfärbten Augen – wandten die meisten Anwesenden verlegen die Blicke ab.

Etwas Giftiges wechselte unterschwellig zwischen Ehemann und Ehefrau, als Flavio damit fertig war, seine peinlich müden Ausreden für Michaels Ausschluss zu rezitieren: die Notwendigkeit, sich auszuruhen und zu erholen, Vedun in Flavios Abwesenheit zu verwalten und so weiter. Und als das Paar Augenblicke später wortlos ging, war deutlich, dass zwischen ihnen Unfrieden herrschte.

Als sie fort waren, fand Gonji es nötig, die freudlose Stimmung zu vertreiben, die angesichts der Demütigung Michaels von der Versammlung Besitz ergriffen hatte. Großtuerisch schlug er vor, einen Trinkspruch auf Burg Lenska und die strahlenden Aussichten auszubringen, die mit dem anstehenden Empfang durch König Klann den Unbezwingbaren verbunden waren.

Von den Versammelten stiegen laute Rufe auf, »aye« und jubelnde Bekundungen von Wärme und Kameradschaft, während man die Becher hob und seine Hoffnung auf friedliche Koexistenz und alle möglichen Formen des Wohlergehens der Stadt Vedun ausdrückte.

Und so kam es, dass Sabataké Gonji-noh-Sadowara erneut auf jenem schönen Berghang saß und hinausblickte auf grüne Wiesen und üppiges Weideland, auf ordentlich kultiviertes Tiefland und liebevoll gepflegte Obstgärten. Er war erfüllt von Staunen und dem prickelnden Gefühl, dass sich hier Schicksal erfüllte. Hielt er sich wirklich erst seit wenigen Tagen in Vedun auf? So viel war geschehen. Er war schon früher in Europa aus dem Fußvolk zu einer einflussreichen Stellung aufgestiegen, aber … noch nie so schnell.

Bin ich jetzt dem Ziel nahe, das ich schon so lange anstrebe?, fragte er sich.

Die Überzeugung, dass dies so war, trotzte allen Vernunftgründen, die das Gegenteil besagten. Und solch starke Gefühle hatten ihn schon früher nur selten getäuscht. Bald würde er auch diesem schwer zu fassenden König Klann von Angesicht zu Angesicht begegnen. Er würde die legendäre Burg Lenska, die Unangreifbare – die so mühelos angegriffen worden war –, in ihren luftigen Höhen betreten. Er würde erneut zweifellos den üblen geflügelten Lindwurm erblicken, das Untier, das widerlichen Tod vom Himmel regnen ließ. Ob es sich an Gonji erinnerte? Würde es das Werk zuende bringen, das es in jener ersten, verrückten Nacht in der Stadt nicht hatte vollenden wollen?

Falls es so sein sollte, dann war das eben so. Karma.

Wilf wurde der beiden *Kata* im waffenlosen Kampf und im Schwertkampf müde, die er geübt hatte. Er plumpste neben Gonji schwer auf den Boden, atmete schwer, schwitzte nach der reinigenden Anstrengung und lehnte es ab, sich über die Schmerzen zu beklagen, die man ihm ansah.

Gonji bemerkte auf einmal, dass er diesen stämmigen jungen deutschen Schmied mochte, dass er ihm eine Zuneigung entgegenbrachte, wie es bei einem seiner schikanösen Halbbrüder nie möglich gewesen wäre. Er dachte an Tatsuya, den rivalisierenden Bruder, den zu töten Gonji im schicksalhaften Duell gezwungen gewesen war, und an Reiko und eine Liebe, die erkaltet war. Dann spürte er ein warmes Kribbeln, als er an das sanfte, schlehäugige stumme Mädchen und die blonde und eigensinnige Gattin des Ratsherrn dachte. Diesen Gedanken folgte der nostalgische Schmerz der Erinnerung an Kirschblüten und Sake und Tee und die Millionen Einzelheiten der Umgangsformen, die die Schönheit und das Geheimnis des Lebens zelebrierten. An Japan und ein ausgeschlagenes Erbe …

Da sprach sein neugefundener Bruder in respektvollem Ton zu

ihm, fast als hätte er seine Gedanken gelesen, und schilderte noch einmal den Wirbelwind der Eskapaden, die sich Gonji in den zurückliegenden Tagen geleistet hatte.

»Und jetzt bist du sogar persönlicher Leibwächter Meister Flavios geworden«, schloss Wilf seine Aufzählung und schüttelte wie benommen den Kopf. »Und gehörst zur Delegation beim Bankett.«

Der Sohn des höchst edlen *Daimyo* Sabataké Todohiro stand auf und wandte sich nach Osten. Er drehte sich langsam und bewunderte die gewaltige und ferne Schönheit der umstehenden Karpatengipfel, die das Gebiet umschlossen wie ein lange verklungenes Echo der uralten Wälle Veduns.

»*Hai*«, flüsterte er schließlich, »und so geschieht es, Wilfred-san, dass ein Mann aus dem Osten Ordnung und Harmonie in das Chaos des barbarischen Europa trägt.«

Wilf blickte ihm nach, als Gonji den Hang zu ihren angebundenen Rössern hinaufstieg, zwischen spärlichen Kiefern hindurch zu einer Stelle, wo die angeschwollene zinnoberrote Sonne auf den Bergen lag und, wie es aus Wilfs Blickrichtung den Anschein hatte, Gonjis Gestalt mit einem blutigen Schimmer übergoss.

PERSONENVERZEICHNIS

Alain Paille – ein Künstler und Dichter, Veduns bizarres Genie
Aldo Monetto – Axtmacher, Freund Karl Gerhards
Ben-Draba – Feldkommandeur König Klanns
Eduardo – Anführer einer Bande Straßenjungen
Esteban – stellvertretender Hauptmann der Dritten Freien Kompanie
Flavio – Ratsältester von Vedun
Francisco Navarez – Hauptmann der Dritten Freien Kompanie
Garth Gundersen – oberster Schmied von Vedun
Giacomo Battaglia (Jocko) – Koch der Dritten Freien Kompanie
Goodwin – ein englischer Kaufmann
Gort, der alte – greiser Torwächter von Vedun
Hawkes – englischer Söldner bei der Dritten Freien Kompanie
Helena – eine junge taubstumme Frau aus Vedun
Ignace Obradek – ein blinder Stellmacher
Jacob Neriah – ein reisender Kaufmann
Julian Kel'Tekeli – Hauptmann der Freien Gefährten unter den Besatzungstruppen in Vedun
Karl Gerhard – ein brillanter Bogenschütze, Pfeilmacher und Jäger, Freund Aldo Monettos
Klann der Unbezwingbare – verzauberter König, der Vedun besetzt hat
Ladislas – städtischer Ausrufer in Vedun
Lancaster – ein englischer Kaufmann, Gefährte Goodwins
Lorenz Gundersen – ein Sohn Garths, Stadtkämmerer von Vedun
Luba – ein bösartiger Söldner

Lydia Benedetto – Gattin des Ratsherrn Michael
Michael Benedetto – Günstling des Ratsältesten Flavio
Milorad Vargo – Flavios Freund und Ratgeber, Ehegatte Annas
Mongolen (Ling und **Hu San)** – Gegenspieler Gonjis in der Dritten Freien Kompanie
Mort – Klanns Zauberer
Paolo Sauvini – ein Stellmacher
Pater Dobret – wandernder Priester und Vertrauter des Simon Sardonis
Peter Foristek – Bauer aus Vedun
Phlegor – ein militanter Gildenmeister
Roric Amsgard – wichtigster Lebensmittelhändler Veduns, ehemaliger österreichischer Soldat
Rorka, Baron, Ernst Christophe – abgesetzter Baron der Provinz
Sabataké Gonji no Sadowara – reisender Samurai auf einer Suche, die ihn quer durch Europa führt
Sianno – Llorm-Hauptmann, Befehlshaber der regulären Besatzungstruppen in Vedun
Simon Sardonis – geheimnisvoller Einzelgänger, der sich in der Umgebung Veduns aufhält
Strom Gundersen – Schafhirte, jüngster Sohn Garths
Tralayn – Prophetin und Ratsfrau von Vedun
Verrico – Arzt von Vedun
Vlad Dobroczy – ein Bauer
Weinende Schwestern – Vampirschwestern in den Südkarpaten
Wilfred Gundersen – ein Sohn Garths, selbst Schmied und Liebhaber Genyas

»Woodings explosive Vorstellungskraft kennt keine Grenzen.«

THE TIMES

Chris Wooding
WELT AUS STEIN
Roman
448 Seiten
ISBN 978-3-404-20599-8

Eine unterirdische Welt mit riesigen Höhlen, unterirdischen Meeren, Wäldern aus Kristall. Eine Zivilisation geboren aus der Dunkelheit, in Dunkelheit lebend, von den Schatten beschützt. Eine Welt im Krieg. Tief im feindlichen Territorium schmachtet ein Gefangener in einem ausbruchsicheren Kerker. Er ist ein fähiger Assassine, ein Dieb, ein Spion; hochintelligent, extrem gefährlich und auf unheilvolle Weise besessen.
Und er weiß etwas, das sein Volk bis ins Mark erschüttern wird. Etwas, das vielleicht das Desaster verhindern könnte, welches auf die Welt zukommt ...

Bastei Lübbe Taschenbuch

Wenn die Lebenden zu Feinden werden, kann nur die Welt der Toten noch Rettung bringen!

Gail Martin
IM BANN DES
NEKROMANTEN
Fantasy
592 Seiten
ISBN 978-3-404-20600-1

Die Menschen im Königreich des Winters lebten schon immer mit den Geistern der Toten. Doch seit der letzte Nekromant starb, ist der Friede in Gefahr. Prinz Martris Drayke, dessen Kräfte gerade erst erwachen, ist auf der Flucht vor seinem mörderischen Bruder und einem grausamen Magier. Um sein Land zu retten, muss Martris die Toten zur Hilfe holen.

Dark Fantasy der absoluten Spitzenklasse!
»Gehört in jedes Regal!« *Library Journal*

Bastei Lübbe Taschenbuch